Reset 리셋

;네가 아니어도

Reset, 네가 아니어도 2

초판 1쇄 찍은 날 § 2008년 4월 18일
초판 1쇄 펴낸 날 § 2008년 4월 28일

지은이 § 이미연
펴낸이 § 서경석

편집장 § 문혜영
편집책임 § 이종민
편집 § 한지윤

펴낸곳 § 도서출판 청어람
등록번호 § 제1081-1-89호
등록일자 § 1999. 5. 31
어람번호 § 제5-0191호

주소 § 경기도 부천시 원미구 심곡1동 350-1 남성B/D 3F (우) 420-011
전화 § 032-656-4452 팩스 § 032-656-4453
http://www.chungeoram.com
E-mail § eoram99@chollian.net

ISBN 978-89-251-1284-8 04810
ISBN 978-89-251-1282-4 (SET)

Reset 리셋 _2

;네가 아니어도

_이미연 지음

도서출판 청어람

Out of place _18

① 제자리에 놓이지 않은, 적당한 자리가 아닌
② 어울리지 않는

“자요.”

세은은 스륵스륵 김이 오르는 컵을 내밀었다. 남자는 컵을 받고 표면의 뜨거운 온도에 부르르 떨었다. 세은은 결국 내 죄려니 싶어 남자에게 이불을 둘러주었다.

영문도 모른 채 흐느끼는 남자를 데려온 게 십 분 전, 남자가 차도 가져오지 않고 차비도 없다는 말에 부모님 몰래 집에 데려왔다. 잠깐 몸 좀 녹이고 보내면 되겠거니 했지만 하도 심하게 오들오들 떨어서 차까지 대접하게 됐다.

침대 하나, 컴퓨터 책상 하나, 서랍장 하나, 책장 둘인 평범한 방. 세은의 공간 속 은형은 외계생명체 같았다. 있어선 안 될 곳에 뚝 떨어진 외계생명체. 저이도 사람은 사람인데 왜 이렇게 평범한 것과는 섞이질 않을까. TV의 한 프로그램에서 연예인들이 일반인들의 집을 방문하는 코너가 있었다. 수수하고 평범한 공간에 들어간 화려한 연예인들은 매직아이의 어떤 글자처럼 돌출되어 있었다. 그때는 연예인들이 완벽하게 분장하고 화려한 차림을 해서라고 생각했다. 하나, 막상 코앞에 놓고 보니 무언가가 달랐다. 이게 스타 기질이란 것일까, 범상치 않은 존재감이란 것일까, 아니면 세은이 그를 스타라고 의식해서인 것인가. 은형은 가만히 있어도 스스로 빛을 뿜고 있었다.

"달아."

앤가. 아니, 애들은 단것을 좋다고 마시지. 누군가 손가락을 튕겨 최면에서 깨어난 기분이었다. 그래, 스타든 아니든 다같이 지구에 살고 있는 인간 아니냐. 먹을 것 투정도 하고, 추우면 달달 떨기도 하고. 자체 발광하는 건 특이사항이긴 하지만 그 때문에 이 남자를 마치 신의 아들쯤 여기며 숭상할 필요는 없는 것이다.

하지만 세은은 은형에게서 눈을 뗄 수 없었다. 이건 옛 감정에서 기인한 미련일까, 아니면 이 남자는 실제 이렇게 잘생긴 건가.

눈가는 불그죽죽하고 입술은 새파랗게 질린 채였다. 뺨은 새하얗고 코끝은 새빨갰다. 그렇지만 참 잘난 생김생김이었다. 날카롭고 가는 눈은 이지적이었고, 속눈썹은 저게 진짜일까 싶을 만치 길었다. 입술은 얇았지만 남자치곤 곱상한 얼굴에 잘 어울렸다. 함께 다니는 재민이 워낙 눈에 띄는 미남이라 은형의 미모는 잘 알려지지 않았는데 재민의 화려하고 튀는 미모보단 은형이 세은 취향에 더 맞았다. 하긴, 그래서 삼 년이나 주구장창 쫓아다닌 거겠지만. 그러고 보니 은형을 이렇게 가까이에서 찬찬히 본 적은 처음이었다. 아마 이게 생전 처음일 것이다. 은형이라면 세은이 그를 관찰하도록 얌전히 있지 않았을 테니까.

"인삼차에 꿀을 더 탔어요. 싫음 말든지요."

컵을 도로 뺏어가려니 남자가 컵을 가슴 앞으로 당겼다. 먹을 걸 뺏기긴 싫은가 보다. 세은은 자기 방에 들어와 벌써 세 번째로 한숨을 내쉬고 있었다.

은형은 뜬금없이 미안하다고 울며 사과하더니 그 뒤론 꿀 먹은 벙어리였다. 아, 꿀 먹였다. 세은은 실없이 웃었다. 여하튼 '달아'라고 한마디 한 게 전부였다.

남자가 얼마나 구슬프게 울든 얼마나 애통하게 사과하든 세은은 상관없었다. 그가 조용히 차 마시고 몸 녹인 뒤 돌아가면 그만이었다. 이 남자가 왜 여기까지 왔는지 궁금해하고 싶지 않았다. 이 남자에 대한 건 일체 관심을 끊고 싶었다. 일말의 동정이라도 품으면, 터럭만큼의 관심을 갖게 되면 뭔가가 변하고 말 것 같았다. 돌이킬 수 없는 일이 벌어질 것 같았다. 세은은 지금이 충분히 좋았다. 이제 더는 이 남자로 인해 혼란스럽고 싶지 않았다. 채은형에게 얽히지 않고 덤덤하고 편하게 사는 게 정말로 좋았다. 서로 남남처럼 사는 게 최선이었다. 이 남자도 잘 납득하고 있는 사실 아닌가.

"다 마셨으면 차비 줄 테니까 가요."

"아무 느낌 없어?"

세은은 지갑에서 돈을 넉넉히 꺼내 남자에게 내밀었다. 남자는 돈을 받지 않은 채 물끄러미 세은을 올려다보았다.

"뭐가요?"

"아무렇지도 않아? 내가, 사과했잖아……."

이런 것도 스타 기질인가? 자기가 사과해 줬으니 당연히 리액션이 있어야 할 것 아니냐는 거?

"뭔진 모르겠지만 알았어요. 사과 받았으니까 이제 그만 가요."

"이세은."

'아.'

세은은 어금니를 꽉 깨물었다.

"어서 가요. 이젠 가란 말도 못 알아들어요?"

"세은아……."

내 이름 부르지 말아요. 날 부르지 마. 당신이 내 이름을 부르면 여기가, 가슴이, 너무 아파. 난 이런 통증 다 필요없어. 날 가만히 내버려 둬.

"난 이제 댁하고 연관되고 싶지 않아요. 내가 말이 부족했던가요? 난 정말로 채은형 씨가 싫고 두 번 다시 얽히고 싶지 않아요. 그래서 난 최선을 다해 피했어요. 그렇다면 채은형 씨도 알아서 날 피해야 하지 않아요? 날 먼저 싫어한 건 그쪽이라고요."

묵직한 통증이 피어올랐다. 그들 둘이, 세상이, 다 아는 말을 하는데도 자꾸만 가슴이 저려왔다. 세은은 모질게 입술을 깨물었다.

"무슨 변덕으로 날 찾아오는지 모르겠지만 한밤중에 이렇게 찾아오는 거 분명히 민폐예요. 결례라고요. 채은형 씨가 얼마나 유명한 연예인인지는 상관없어요. 아니, 유명한 연예인이면 몰상식

해도 된다는 법이라도 있어요? 여기선 채은형 씨 반길 사람 아무도 없으니까 다신 오지 마세요."

세은은 일부러 문까지 활짝 열었다. 현관은 잠그지 않았으니 문만 열고 나가면 그만이었다. 세은은 숨을 몰아쉬며 채은형이 움직이길 기다렸다.

은형은 천천히 일어났다. 하지만 세은의 예상대로 문 앞을 지나가지 않고 세은 앞에 섰다. 세은은 문고리를 잡은 손에 힘을 주었다.

"지금은 아니야."

남자의 목소리는 나직했다. 세은은 귀를 쫑긋 세우고 만 자신이 미웠다.

"지금은, 널 싫어하지 않아."

결국, 결국 이 남자가 일을 치고 말았다. 세은은 힘껏 고개를 쳐들었다. 콧잔등이 시큰했다. 사람은 너무 화가 나면 눈물이 날 수도 있는 법이다.

"그래서요? 지금은 싫어하지 않아주셔서 감사해야 할까요? 나 같은 하찮은 팬을 찾아주셔서 망극해야 할까요? 아니요! 채은형 씨한테 그런 가치가 없을뿐더러 나도 이제 채은형 씨라면 간이며 쓸개며 빼주던 팔푼이가 아니거든요!"

세은은 이 사이로 내뱉었다. 부모님을 생각해 최대한 소리를 죽이긴 했지만 성질 같아선 버럭버럭 고함을 지르고 싶었다. 사람이 왜 이렇게 뻔뻔하냐고, 양심도 없냐고, 나한테 어떻게 했는지 다 잊은 거냐고. 몇 번이고 몇 번이고 스스로를 버러지 같다고 생각했었다. 그에게 외면당할 때마다, 그에게 무시당할 때마다. 그런데도 채은형 하나 행복해지라고 마음과 정성을 다해 별의별 것을 다 해다 바쳤다. 그 대가가 이것인가?

언니들이 아무리 말려도, 동생들이 무슨 소용이냐고 되물어도, 엄마가 한심하다고 구박해도 세은은 괜찮았었다. 세은이 해주는 걸 은형은 하나도 모르지만 동규를 통해 은형이 얼마나 기뻐했는지를 몇 번이고 들었다. 이번에도 기뻐했다고, 무척 고마워했다고, 그 한마디에 얼마나 행복했는지 모른다. 내 먹고 입을 것 줄여가며 주머니 탈탈 털고, 내 시간과 공을 들여가며 참 많은 것을 해다 주었다. 그래도, 그 공을 몰라준다고 해도, 은형이 기쁘다니까, 행복하다니까, 세은도 행복했었다.

세은은 열로 쓰러지던 날 모든 기억이 돌아왔다.

정말로 기억하고 싶지 않았는데 모두 돌아왔다. 기억을 잃은 이후도 마찬가지지만 기억이 돌아온 직후에도 세은은 별로 혼란스럽지 않았다. 상황이 달라진 건 하나도 없었지 않은가. 은형에 대한 기억이 없을 때든 있을 때든 은형이 자신을 함부로 대하고 막 대하는 건 변함없었다. 기억이 돌아온 건 차라리 불행이었다.

기억을 잃은 순간의 일도 지금은 바로 어제 일처럼 생생히 기억했다. 세은은 여전히 욱신대는 가슴에게 멍청하다고 소리쳤다.

"그러니까 이제 제발 좀 꺼져 주겠어요?"

남자의 얼굴이 순간 새하얗게 질린 것 같았다. 그도 이 말을 기억하고 있을 것이다. 세은이 기억을 잃던 날 그가 마지막으로 내뱉은 말이니까. 기억하고 있지 않다고 해도 상관없었다. 뜨뜻한 물줄기가 뺨을 타고 흘렀다.

세은은 손바닥으로 얼굴을 슥슥 문질렀다. 눈물 좀 흐르면 어떤가, 그걸 가장 보이기 싫은 인간에게 들키면 좀 어떤가. 이젠 울고 싶으면 울고, 화내고 싶으면 화낼 것이다. 은형 앞이라고 더욱 아픈 마음 숨기고 서러운 감정 삼키며 살지 않을 것이다.

세은은 남자가 여전히 꼼짝도 않자 직접 현관까지 가 문을 확 열어젖혔다. 남자는 천천히 세은의 집을 나갔다. 세은은 남자가 나가기 무섭게 문을 철컹 닫아걸었다.

뭘 해야 했더라. 그래, 씻고 자야 한다. 내일은 새벽 일찌감치 일어나 JA의 숙소를 찾아가야 한다. 세은의 뒤에 찬이 있다는 걸 JA도 알고 나서부턴 JA의 태도며, 구철민의 태도가 현저하게 부드러워졌다. 그들의 태도가 부드러워지니 스타일리스트 팀, 백댄서 팀도 세은에게 만만하게 굴지 못했다. 일하기가 훨씬 편해졌다.

세은은 방에 도착하지도 못하고 거실 한가운데에 주저앉았다.

이제 내가 싫지 않으면 어쩔 건데? 내가 뭘 해줬었는지 이제 알아서, 그래도 일말의 양심은 있어서 사과한 거야? 자기 미워하지 말라고? 이제야?

세은은 앞으로 천천히 고꾸라졌다. 너무도 피곤했다. 아무 생각도 하고 싶지 않았다. 사실 찬이 덕분에 일이 편해지긴 했지만 예전처럼 세은을 몰아쳐 주기를 바랐다. 아무 생각도 못하게, 기억이 돌아오지 않은 예전처럼 다시 살 수 있도록.

기억이 돌아왔어도 잊은 듯 살 수 있으리라 믿었다. 은형과 부닞친대도 기억을 잃었을 때처럼 행동할 자신도 있었다. 게다가 은형과 마주친다 해도 서로 외면할 테니 해묵은 상처는 맘 깊은 곳에 침잠되어 서서히 치유되리라 믿었다.

하지만 은형을 얕보았나 보다. 이렇게 불쑥 들이닥칠 줄은 몰랐다. 대체 무슨 용건인지, 왜 이제야 회개하려는지 모르겠다. 이건 또 다른 괴롭힘인가? 아니면 정말 세은에게 용서받고 싶었나? 그럼 세은이 당연히 용서하리라고?

은형의 의도는 알 바 아니었다. 은형의 사과도 세은의 관심 밖이었다. 그저 지금은 이대로 가만 내버려 두기만을 바랐다. 세은은 기억을 잃으면 해묵은 상처도 지워질 줄 알았다. 상처가 지워지면 정말 홀가분하게, 새로 태어난 것처럼 살아갈 줄 알았다.

그래서 강하게 바랐었다. 눈이 내리던 그 밤, 그가 꺼져 달라던 그 밤, 제발 모든 걸 잊게 해달라고. 제발, 제발, 그의 눈앞에서 사라지게 해달라고. 나의 존재, 나의 흔적, 나의 모든 것, 지워지게 해달라고. 그가 필요없다면 나도 필요없으니까.

바보…….

눈물이 뺨에 가는 선을 그리며 바닥에 똑똑 떨어졌다. 세은은 천천히 눈을 감았다. 싫어져서 기억을 지웠으면 좋았잖아. 그렇게 아파서 그에 대한 기억만 지울 거면 그 김에 그를 미워했어도 좋았잖아. 기억을 되찾은 지금은 또렷이 알겠다. 세은은 그를 미워하지 않았다. 간절하게 간절하게 바랐는데 결국 미워지지가 않았다. 그래서 기억을 지웠다. 그를 미워해야 하는데 미워지지 않아서, 미워하지 못하면 살 수 없을 것 같아서, 그에 대한 기억만을 지웠다. 그에게 했던 것들과 그에게 받았던 냉대만을 지웠다. 그래야 살 것 같아서, 나도 좀 살아보자고 몸부림을 쳤던 거였다.

난 왜 이렇게 미련할까. 세상 누구에게 물어도 그를 미워할 이유는 충분히 있었는데 왜 끝끝내 마음을 돌리지 못했던 걸까. 왜 난 그렇게 그에게 집착했던 걸까. 왜 그를 미워하는 걸 참을 수 없어 내 기억을 봉해 버렸던 걸까. 난 왜 그에게 이토록 집착했던 걸까.

기억을 잃은 이유조차 그를 위한 것이었지만 층층이 누적된 상처가 아니었다면 기억을 지우는 극단적인 방법까지 동원하진 않았을 것이다. 세은이 느끼고 생각했던 것 이상으로 상처는 커져왔기에 조그만 계기만으로도 세은의 방어 기재가 발동했던 것이다. 둔하고 미련한 자신이 상처가 뇌 속을 갉아먹을 만큼 커졌다는 걸 몰랐던 것뿐이다.

그렇게 기억을 지웠지만 나아진 건 하나도 없었다. 은형을 제대로 잊었느냐, 그것도 아니다. 결국 기억이 원래대로 돌아왔으니까. 잊혔던 감정이 정리되었느냐, 그것도 아니었다. 오히려 혼란만 가중되었다. 은형을 대할 때면 가슴이, 심장이, 영혼이 무뎌지지 않았다. 그럼 대체 이 마음은 무엇이란 말인가. 그렇다고 기억이 사라진 동안 상처가 나았느냐 하면 그것도 아니었다. 머릿속 기억을 지워도 영혼에 새겨진 상흔은 지워지지 않았다. 그를 볼 때마다 가슴 언저리가 아릿해 왔던 것. 그의 무신경한 한마디나 관심을 받을 때마다 명치가 죄어왔던 것. 돌이켜 보면 상처는 여전히 그 자리에 고스란히 남아 있단 신호였다.

기억을 지워도 사라지지 않는 이 상처는 대체 어떻게 해야 하는지…….

단 하나 분명한 건 이젠 정말로 은형과 마주치고 싶지 않단 사실이었다.

'언제나 당신 때문에 울었지. 기억을 잃었어도, 잃기 전에도. 되찾은 지금도 마찬가지야. 내 눈물의 샘……. 내가 얼마나 잘못했는지 이제 잘 알았으니까, 당신이 얼마나 괴로웠을지 잘 알았으니까……. 이제 제발 날 놓아줘…….'

세은이 JA의 로드 매니저를 하며 처음으로 찬과 스케줄이 겹쳤다. JA가 찬이 패널로 참여하는 한 프로그램에 출연하게 되었다. 세은은 맡은 일을 끝내고 찬의 대기실을 찾아갔다. MC와 패널들은 넓은 대기실을 공동으로 사용하고 있어서 세은은 연예인 종합 선물 세트를 구경하는 기분이었다.

찬은 굉장히 얌전하고 조용했다. TV에서는 여느 때의 이미지에 맞지 않게 발랄하던데 대기실에서는 또 존재감을 못 느낄 정도로 얌전했다. 세은이 다가가자 곧 특유의 거만한 표정으로 돌아왔지만. 그제야 찬이 같았다. 세은은 주머니에서 살짝 베지밀을 꺼냈다. 찬은 베지밀을 보곤 얼굴이 굳어졌다. 세은은 그러거나 말거나 즐겁게 뚜껑을 따 찬의 코앞에 내밀었다. 찬은 세은을 한참 노려보았다.

"이거 주려고 왔어?"

"팔 빠지겠다."

찬은 결국 베지밀을 받았다. 따뜻한 물로 중탕을 해서 한동안 따끈따끈할 것이다. 벌써 4월로, 봄은 무르익고 있었지만 한 자리에 가만히 있으면 아직은 추웠다.

"방송국에서 만난 건 처음이잖아."

"그래서 농땡이 피우고 온 거야?"

"무슨 말씀. 할 일 다 끝내고 온 거야. 갑자기 일이 터지지 않는 이상은 한가하단 뜻이지."

세은은 찬이 머리 세팅까지 완벽하게 끝낸 모습을 찬찬히 훑었다. 아직 스물하나인데다 수염은 과연 날까 싶을 정도로 미끈미끈하고 뽀얀 얼굴이라 남녀구별이 잘 안 되었다. 어릴 적에 잘 못 먹고 자랐나, 왜 이렇게 마르고 어려 보이는지 모르겠다. 그래서 더 영양가가 있는 것들로 골라 챙기는 것 같았다.

갑자기 대기실 문이 열리더니 조그맣고 통통한 남자가 튀어들어 왔다.

"저기, EM 대본 받으러 왔는데요."

"왜 대본을 여기서 찾나, 이 친구야."

한 남자가 키 작은 남자에게 아무개 씨를 찾으라고 일러주었다. 키 작은 남자는 한참 당황하며 그 아무개 씨는 또 어디서 찾아야 하는지 물었다. 친절했던 남자의 표정에 잠시 어처구니없다는 표정이 떠올랐다. 남자는 그래도 인내심을 갖고 녹화장에서 헤드셋 쓰고 초록색 티셔츠 입은 사람을 찾으라고 했다. 키 작은 남자는 그래도 여전히 불안한 안색으로 인사도 없이 허둥지둥 방을 나갔다.

"EM이라고 했지?"

"처음 보는 애네. 새 매니저인가?"

"GIL 스토커가 위장 취업한 이후로 새로 사람을 들였다잖아요."

"아, 그거 EM네 로드 매니저랬지?"

세은도 모르려야 모를 수 없는 소문이었다. GIL의 스토커가 EM의 로드 매니저로 취직했었다니, 간신히 언론사에 흘러나가는 건 막은 모양이지만 그래도 한동안 시끄러웠었다. 그 정도의 임팩트 있는 사건은 쉽게 잊히지 않는 법이었다. EM의 새 로드 매니저에게 친절했던 남자는 MC 쪽 스태프였던 모양이다. 남자는 뭘 더 아는 사람처럼 덧붙였다.

"저 친구가 두 번째예요. 스토커 때문에 새 로드 구한다 싶더니 일주일이나 갔나, 바로 그만둬 버리고. 어찌어찌 로드 없이 지내다가 엊그저께 새로 구한 친구라네요."

"민형 씨는 잘 아네?"

"EM네 실장이 로드 하나 건네달라고 안 그래도 부탁했었거든요."

"요즘 그렇게 사람 구하기 힘든가? 로드 매니저가 힘들긴 하다지만."

"요즘 애들이 지 성질 못 견디는 것도 있고, EM 쪽에서도 뭐 있는 것 같고."

"채은형 씨가 한성깔 하긴 하나 보네."

"뭐 채은형 씨만 그런가? 웬만큼 이름 날린 스타라면 다들 그 정도는 하지."

MC와 패널들은 한동안 스타의 성질머리에 대해 혀를 내두르다 곧 다른 이야기로 화제를 바꾸었다. 세은은 억지로 안 들리는 척 관심을 끊고 있었다.

"아, 너 준비해야 하는데 내가 너무 오래 잡았나?"

세은은 찬에게 미안해져 일어나려 했다.

"은형 형네 소식 알지?"

"그렇지 뭐. 이 바닥에서 그 소식 모르는 사람이 어디 있어."

"해보고 싶지 않아?"

찬은 눈으로 슥슥 대본을 훑은 채로 아무렇지 않게 물었다. 세은은 억지웃음을 끄집어냈다.

"내가 왜. 너 덕분에 JA 로드도 잘만 하고 있는데."

"은형 형이 있잖아."

아직 기억이 돌아온 걸 아무에게도 말하지 않았으나 찬에게는 말을 해야 했나 보다. 그동안 걱정해 준 EM 팬클럽 언니 동생들에게 먼저 말해야겠다고 생각해 놓고 시간이 없어 자꾸만 미루고 있었다. 세은의 기억이 돌아왔고 그동안 은형이 세은을 어떻게 대했는지를 들으면 지금 같은 말은 나오지 않을 것이다.

"찬아, 나 실은……."

"가지 마."

고작 석 줄밖에 없는 대본인데 지금껏 한 장도 안 넘어가고 있었다. 찬의 시선은 세은을 향했다.

"은형 형한테 가지 마."

웃어 넘겨야 하는데 그럴 수가 없었다. 기억이 돌아온 지금 억만금을 준다 해도 갈 일 없다고 말하면 찬이도 안심할 텐데 찬의 눈빛이 너무 진지했다.

"왜 그래……."

세은이 분위기를 가볍게 하려는데 세은의 핸드폰이 징하고 울었다. 구철민이었다. 당장 오라는 명령이었다. 세은은 찬의 머리를 습관적으로 토닥였다.

"안 갈 거야, 걱정하지 마."

세은은 대체 뭐 때문에 부르는 걸까 호기심 반, 두려움 반으로 JA 대기실에 달려갔다.

찬은 자신의 머리를 더듬거렸다. 세은의 온기는 아주 잠시만 머물고 곧 사라졌다. 손에는 아직 세은이 건넨 베지밀이 들려 있었다. 이미 서늘하게 식어가고 있었다.

GIL의 콘서트 날, 찬이 EM과 세은이 있는 대기실을 찾아갔을 때 은형의 손에는 베지밀이 들려 있었다. 그리고 삼각김밥도. 은형은 성질도 괴팍한데 입맛은 더 괴팍하다고 혀를 찼었다. 베지밀에 삼각김밥이라니, 세은 이후로 또 그렇게 먹는 사람을 볼 줄은 몰랐다.

하지만 아니었다. 생각의 공식이 잘못되었다. 세은과 은형이 각각 괴팍했던 게 아니었다. 은형의 괴팍한 식성을 세은이 맞춰 버릇하다 세은조차 옮아간 것이다. 교차점이 없는 공집합이 아니라 그에 이미 속해 있는 합집합이었던 것이다.

찬은 베지밀 병을 그대로 쓰레기통에 던져 버렸다.

세은은 더는 미룰 수가 없어 EM 팬클럽 회장 미정에게 전화를 걸었다. 명절이나 특별한 시즌이 되면 문자로 간간이 안부를 묻긴 했지만 직접 통화를 한 건 정말 오랜만이었다. 둘은 서로 반가워 한참이나 난리를 쳤다.

세은은 미정에게 그동안 걱정 끼쳐서 미안했다며 운을 띄운 뒤 기억을 되찾았다고 전했다.

[정말이야? 어떻게?]

"얼마 전에 앓았던 적이 있는데요, 그때 뭐가 잘못됐는지 깨니까 옛일이 다 기억이 나더라고요."

[뭐가 잘못되긴. 원래 있어야 할 곳으로 돌아온 거잖아.]

그렇죠. 하지만 정말 되돌리고 싶지 않았어요. 세은은 후후 웃고 말았다.

[그럼 기억을 어떻게 잃게 되었는지도 기억나?]

계단에서 미끄러지기 직전 무슨 일이 있었는지 당연히 궁금할 것이다. 하지만 이미 은형에 대한 감정을 접어가는 와중에 다시 은형을 욕하며 옛 감정을 되새김질하고 싶지는 않았다. 그리고 은형이 세은에게 했던 말을 듣는다면 미정은 어쩔 수 없이 은형을 원망할 것이다. 사실 다 털어놓아서 미정과 팬클럽 운영진 모두가 은형을 미워하면 속이 후련할 것 같았지만 이미 다 지난 일이지 않은가. 어찌 보면 그에 대한 사과를 받기도 했고. 세은은 한숨만 쉬었다.

"계단에 눈이 쌓인 걸 알고 있었으면서도 부주의하게 움직이다가 미끄러졌어요."

미정은 그러냐며 싱겁게 대답했다. 세은이 뭔가 숨기는 걸 눈치 챈 것 같았지만 미정은 고맙게도 입을 다물어주었다.

"요즘 팬클럽 관리하느라 바쁘겠어요, 언니."

[언니랑 동생들이 많이 도와주니까. 하지만 네가 없는 자리는 크더라.]

"그래서 말인데 새로 운영진을 뽑아요, 언니."

EM이 활동을 쉴 때야 운영진 하나가 빠져도 상관이 없지만 EM의 활동이 활발해지면 게시판 관리며, 팬클럽 관리며, EM 관련 기사 점검이며, 정말 눈코 뜰 새 없이 바쁠 것이다. EM 팬클럽 운영진들끼리는 취미가 아니라 돈 한 푼 못 받는 부업이라고 명명했었다. 그만큼 자기 시간이 없을 정도로 바쁜 게 운영진이었다. 거기에 세은의 자리가 비었으니 그 빈자리를 메우느라 갑절로 바쁠 터였다.

[그렇게 시간이 안 되니?]

"안 되는 것도 있고요."

[기억이 돌아오니까 더 하기 싫은 것도 있고?]

세은은 부인하지 않았다.

"네. 전에 너무 바보짓을 해서 이제 더는 하고 싶지가 않아요."

[바보짓이라니. 넌 그냥 은형 씨를 좋아했던 거잖아.]

"고작 팬이면서 팬 이상의 마음으로 쫓아다녔죠. 지금은 은형 씨가 날 왜 그렇게 미워했는지 알 것도 같아요."

지금 은형 씨가 내게 하는 짓을 보면 말이에요. 그 사람은 왜 갑자기 날 쫓아다니는 걸까요. 복수라도 하고 싶은 걸까요? 하지만 세은은 차마 그 말까진 할 수 없었다.

"팬은 정말 필요한 고마운 존재이지만 그 이상 성가신 존재더라고요. 연예인이란 것도 직업이고 그 직업에서 성공하기 위해 팬의 존재가 필요한 건 사실이지만, 인간적으로 팬과 친해질 필요는 없는 거잖아요. 직장 생활하면서 상사와 부하가 꼭 인간적으로 친해질 필요가 없는 것처럼요. 언니 난요, 그것도 모르고 은형 씨와 가까워지려고 발버둥이었어요. 그쪽 입장에선 얼마나 난감했을까요? 다 알고 나니까 이젠 팬클럽 운영진으로 남아 있을 수가 없어요."

미정이 한숨을 푹 내쉬었다. 세은의 맘을 돌리려고 노력해 봤자 헛수고 같았나 보다.

[네가 그렇다면 말릴 수야 없지. 그렇다고 팬클럽까지 탈퇴하겠다는 건 아니지?]

마음 같아선 팬클럽도 탈퇴하고 싶었지만 그럼 운영진 언니 동생들과의 인연도 끊어질 것 같았다. 운영진만이 아니더라도 팬클럽을 통해 알게 된 사람들도 많았다. 그들과의 인연을 단칼에 자를 순 없었다.

"유령회원이 될 테지만요."

[그래. 안 그래도 일하느라 바쁠 테니까.]

미정은 화제를 돌리려는 듯 세은의 일에 대한 관심을 보였다.

[로드 매니저라는 거 그렇게 힘들어?]

"저야 뭐, 이제 다 적응했어요. 이젠 장거리도 잘 뛰고요, 길도 잘 찾고요. 잔심부름이야 SI 팀에 있을 때부터 해왔던 거라 새삼스럽지도 않고요."

[내가 잘못 물어봤네. 네가 힘들다고 힘들다 말할 성격이 아니지.]

세은은 풋 웃었다.

"왜 그러는데요?"

[동규 씨 그만둔 건 아니?]

승행이 메인으로 올라갔다는 것도 이미 알고 있었다. 기억을 되찾은 지금 동규에게 작별인사를 못한 게 정말 아쉬웠다. 나중에 JA가 활동을 접고 짬이 나게 되면 동규에게 정식으로 연락을 해볼 생각이었다.

"네."

[그래서 승행이가, 아니, 승행 씨가 동규 씨 자리에 올라가서 로드 매니저를 새로 구했거든. 근데 무슨 일인지 처음에 구한 사람은 이 주도 안 되어서 잘리고, 두 번째 사람은 일주일도 안 되어서 잘리고, 지금 구한 사람마저도 대체 언제 자를지 모르겠다고 하더라.

"승행 씨가 그래요?"

승행이 로드 매니저였을 땐 더 편하게 이름을 불렀지만 EM의 메인 매니저로 승진한 다음엔 운영진들도 격식을 갖춰 부르는 것 같았다. 세은도 미정을 따라 승행 씨라고 호칭했다. 그나저나 승행 바로 다음으로 구한 로드 매니저가 GIL 스토커였다는 건 팬들에게까지 소문이 퍼지지 않은 모양이다. SOO 사장의 능력이랄까, 정말 철두철미하게 입을 봉한 것 같았다.

[애들이 EM 무대마다 쫓아다니면서 해준 얘기야. 그래서 승행 씨한테 확인했더니 죽겠다고 하더라고. 구하는 애들마다 족족 뛰쳐나가 버린다고.]

요즘 애들의 급한 성미와 은형의 날카로운 성정에 대해 얘기하던 관계자들의 대화가 떠올랐다. 은형이 괴팍할 정도로 날카롭긴 하지만 동규나 승행, 그전의 로드 매니저와 스태프들에게는 잘 대했었다. 성질을 부릴 땐 부리더라도 아닐 땐 잘 챙겼다고 할까. 성질을 부리는 것도 어떤 이유가 있어서였다. 팬클럽 운영진 자리에 있으면서 은형을 관찰하는 동안 은형이 사실은 스태프들을 잘 돌본다고 혼자 좋아했던 기억이 났다. 리더다운 모습이라고, 믿음직하다고.

그래서 사람들이 은형의 성질머리 때문에 로드 매니저가 뛰쳐나갔을 거라 추측할 때도 속으로 그럴 리 없다고 저도 모르게 편을 들었었다. 타인에게 굉장히 까칠한 만큼 일단 자기 사람으로 받아들이면 깍듯이 챙기던 은형이었으니까.

그러다 왜 자기가 은형 편을 들어야 하는지 기막혀했었다. 세은이 유독 공평한 사람도 아닌데 말이다.

[여간 곤란한 게 아닌 모양이야. 승행 씨가 오죽했으면 주변에 믿음직한 남자 하나 추천할 사람 없냐고 물을 정도였으니까.]

정말 급하긴 했나 보다. 미정에게 로드 매니저 감을 구해달라고 했다니.

[세은아, 그 일 하면서 어디 괜찮은 로드 매니저 못 봤어? 승행

씨한테 추천할 만한.]

"그런 사람들은 벌써 자기 소속이 있죠."

[EM에서 대우는 나쁘게 하지 않을 텐데. 스카우트 안 되려나?]

미정은 승행이 고생하는 것도 고생하는 것이지만 로드 매니저가 없어서 EM이 불편할까 봐 걱정인 것이다. 미정의 마음은 십분 이해했다.

[JA에는 언제까지 일할 거야?]

미정이 다시 세은에게로 관심을 돌렸다.

"언제까지가 어디 있겠어요. 이번 달로 활동을 접는다고는 하는데 그게 은퇴가 아니라면 쭉 계속할 것 같은데요?"

[이번 달로 활동을 접는다고? 그럼 혹시 세은아…….]

미정이 갑자기 말을 멈췄다. 세은은 미정이 무슨 말을 하려는지 알 것 같았다. 세은은 어색하게 웃었다.

"무리예요. 이제 JA한테 적응했는걸요. 이제 와 다른 곳으로 옮기는 게 입장도 난처해지고……."

[응, 미안. 내가 주책이다.]

"언니 마음 다 이해해요."

[네가 은형 씨 때문에 얼마나 힘들었는지 다 봤으면서……. 기억이 돌아오지 않았다면 그 핑계김에 졸라봤을 텐데. 로드 매니저가 팬클럽 옛 운영진이면 우리가 EM이랑 접촉하기도 더 쉽잖아.]

미정이 애써 가볍게 얘기했다. 세은은 미정을 따라 가볍게 대꾸했다.

"또 몰라요. EM 편에 서서 팬클럽 사람들을 더 엄격하게 막았을지도.”

[그러게 말이야. 내가 너무 오래 잡은 것 아냐? 바쁘지 않아?]

세은은 안 그래도 들어가 봐야 한다며 전화를 끊었다. 세은은 한숨을 푹 내쉬었다. 미정의 목소리를 들어 기분은 좋았지만 생각만큼 마음이 가볍질 못했다.

낯선 번호로 연락이 온 건 그로부터 일주일이 지난 다음이었다. JA의 공식적인 활동은 모두 끝이 났다. SI 때도 마찬가지지만 공식적인 활동이 끝나면 세은은 졸지에 공중에 붕 뜬 듯한 느낌을 받았다. 하루에도 몇 개씩 있던 스케줄이 하루아침에 사라져 버리니 적응이 안 되는 것이다.

그래도 매일매일 출근하라는 엄명에 KG 사무실에 출근해 철민을 도와 잡무를 보고 있을 때였다.

[세은 씨? 나 차유숙이야. 기억나?]

차유숙이라 하면 SOO의 실장이었다. 모를 리 없었다.

“당연히 기억하죠. 잘 지내셨어요? 정말 오랜만이에요. 진작 연락드렸어야 했는데…….”

[응, 응. 나야 당연히 잘 지내지. 세은 씨도 잘 지낸다고 들었어.]

왜 SOO의 실장이 세은에게 연락을? 세은은 도둑이 제 발 저리다고 사무실을 나가 한적한 곳을 찾았다. 마침 옥상으로 통하는 비상구가 열려 있어 세은은 옥상에 올라갔다. 따끈한 사람이 목덜미를 스쳤다. 세상은 어느덧 완연한 봄으로 무르익고 있었다.

[JA는 얼마 전에 활동 접었더라.]

"네. 요즘은 사무실로 출근하고 있어요."

[KG 사무실, 우리 사무실이랑 얼마 안 먼데.]

그랬다. 그래서 실은 출퇴근 할 때마다 주변을 두리번거리는 게 일이 되었다. 혹여 마주치기 싫은 누군가와 마주칠까 봐. 하지만 3월의 그 밤 이후 은형은 신기할 정도로 세은 앞에 얼씬도 하지 않았다. 찬의 프로그램 때도 그렇고, 음악 프로그램에서 겹치는 때도 몇 번 있었는데도. 세은은 덕분에 어느 정도 마음을 놓고 지냈다.

"그랬죠, 참."

[점심 약속 있어? 우리 점심이라도 같이 하자.]

실장의 어투가 부드러울수록 세은은 불안해졌다. 그래도 점심 제안을 거절할 구실이 없어 세은은 수락하게 되었다. 둘은 시간 맞춰 KG와 SOO의 중간 지점에서 만나기로 했다.

실장은 일 년 전이나 지금이나 전혀 변함이 없었다. 여전히 마른 몸매에 스타일리시한 패션 감각에 항상 유쾌하게 반짝거리던 눈동자까지. 다만 지금은 그 눈동자에 조심스러운 기색이 스며 있었다.

"중식 괜찮아?"

"실장님은 유독 중식을 좋아하셨죠."

실장의 눈빛이 날카롭게 번뜩였다. 실장의 차로 이곳 중식당으로 이동했다. 예약된 룸으로 안내 받아 두 사람은 자리를 잡는 중이었다.

"혹시 기억이 돌아왔어?"

실장이 예나 지금이나 변하지 않은 건 저 뛰어난 감도 마찬가지인 모양이다. 유독 눈치가 빠르고 감이 뛰어난 사람이었다. 세은은 새삼스레 거짓말할 필요를 못 느꼈다.

"네. 그런데 어떻게 아셨어요?"

"떠본 거였지."

세은은 기가 막혔다. 차 실장의 감이 예리하든 무디든 세은이 기억을 잃은 걸 안 사람이라면 누구든 물을 수 있는 질문이었다. 차 실장이 원하는 건 뭐든 알아내는 능력이랄까, 사람을 마음대로 주무르는 능력이랄까, 사람을 다루는 데 있어 굉장히 유능한 사람이라는 걸 잊고 있었다. 유도심문에 넘어가다니 세은도 한참 멀었다.

"은형이에 대한 것뿐만 아니라 우리에 대한 것까지 다 잊은 척했었잖아. 기억 안 나?"

SOO 사람들과의 기억을 떠올릴 때면 대부분 뿌옇게 흐려 있거나 두통이 찾아와서 일부러 거리를 두긴 했었다. 은형과 얽힌 일이라면 굳이 기억할 필요가 없다고 판단했기 때문이다. 차 실장이 중식을 좋아했던 걸 세은이 자연스레 떠올리는 걸 보고 차 실장은 혹시나 싶어 떠본 것일 터였다. 어쨌거나 세은보다는 몇 수 위의 고수였다. 세은은 혀를 내둘렀다.

"실장님은 여전하시네요."

"그거 칭찬이지? 근데 재민이나 은형인 알아?"

"아뇨. 굳이 말할 필요를 못 느껴서요."

"흠."

두 사람은 실장이 주문한 요리를 차례로 비워갔다. 음식을 거의 다 먹을 즈음 후식으로 커피가 나왔다. 세은은 커피 잔을 잡고 실장이 용건을 꺼내길 기다렸다.

"내가 부른 게 이상했지."

"저한테 뭔가 용건이 있으세요?"

"세은 씨."

실장은 자기 백에서 서류봉투를 꺼냈다. SOO의 마크가 선명하게 찍힌 봉투 안에는 계약서가 들어 있었다. 세은은 의아해졌다.

"이게?"

"KG보다 절대 부족하진 않게 해줄게. 보수도, 조건도. 지금 은형이가 새로 키우는 남자애가 하나 있어. 유리라는 앤데, 꽤 괜찮아. 크게 클 녀석이야. 세은 씨가 최소 일 년간 EM 로드를 해주면 바로 유리 전담으로 붙여줄게."

"실장님……."

아주 예상하지 못했다면 바보일 것이다. 세은은 최대한 부드럽게 거절할 생각이었다.

"기억을 되찾은 줄은 몰랐어. 그건 정말 계산 착오네. 하지만 옛 감정 때문에 이렇게 좋은 기회를 날릴 정도로 어리진 않잖아."

"로드 매니저라면 얼마든지 있잖아요. 이렇게 좋은 조건을 구비해 주지 않아도……."

"나도 염치없다는 거 알아. 세은 씨가 은형이한테 어떤 대우를 받았는지도 알고. 하지만 정말 이젠 세은 씨밖에 없어. 그동안 정말 여러 사람을 구해봤고, 여러 사람한테 컨택도 해봤어. 근데 이상하게 일만 시키면 사고 연발에, 계약만 하려 하면 자꾸 일이 꼬이는 거야. 로드 애들이 뛰쳐나갈 때마다 은형이 때문이라는 소문만 돌고. 기억이 돌아왔다면 세은 씨도 알잖아. 절대 은형이 때문이 아니야."

알고 있지만 차마 안다고 대답할 수가 없었다. 안다고 대답하는 순간 낚일 것 같았다.

"가장 최근에 있던 로드 애는 어땠는지 알아? 광주에서 야외 공연이 있으니까 가자고 했더니 경기 광주가 아니라 전라 광주에 간 거야. 그 때문에 공연이 펑크가 났어. 일이 꼬이려고 그랬는지 그날따라 승행이는 아버지 제사 때문에 함께 갈 수가 없었고, 재민이랑 은형이는 잠깐 눈을 붙인 모양이야. 찬미는 그렇게 방방곳곳 돌아다녔어도 경기 광주랑 전라 광주랑 가는 길이 달랐다는 걸 몰랐다네. 이미 도착하고 나니까 공연할 시간이었다는 거야. 그나마도 왜 EM 안 오냐고 승행이한테 연락이 와서, 승행이는 나한테 연락하고, 돌고 돌아 로드 애한테 연락하니까 전라 광주라고 천연덕스럽게 대답하잖아. 한 번 실수는 병가지상사. 그래, 제대로 경기 광주라도 못 알려준 승행이 책임도 있을 수 있어. 하지만 한 번쯤은 확인해 봤어야지. 그리고 회의 때 쭉 같이 있었으면서 왜 난데없이 전라 광주를 가냐고. 나도 성질머리가 못돼 처먹어서 싫은 소리 한마디 했더니 다음날부터 출근을 안 하는 거야."

이걸 웃어야 할지 말아야 할지. 세은은 이전 EM 로드 매니저의 실수담을 넋을 놓고 들었다. 전라 광주까지 간 거야 애교로 봐줄 수 있었다. 문제는 공연을 펑크 냈단 사실이었다. EM이 온단 소식에 경기도 팬들은 반쯤 몰려갔겠고, 그 지역 주민들도 목 빼고 EM을 기다렸을 것이다. 아무리 순서를 늦춰도 맞춰서 도착할 수 없으니 끝내 펑크를 낸 모양인데 EM의 신용이 지금 어디까지 떨어졌을진 하늘만 아실 것이다.

"세은 씨, 제발 나 하나 살린다고 생각하고 와줘라. 나 진짜 속이 타 죽을 것 같아. 은형이 골골대다가 털고 일어난 지 얼마나 됐다고 또 이런 일이 벌어지냐고. 은형인 병 털고 일어나자마자 죽어라 스케줄 잡지, 지금까지보다 배는 스케줄이 많다고. 승행이 혼자 로드도 하고 전담도 하라고 하면 걔는 말라 죽을 거야. 내가 돕는 데도 한계가 있어. 게다가 EM은 이전 로드 애 때문에 신용이 이미 뚝뚝 떨어지고 있어. 공연 펑크가 한 번이라도 더 이어지면 EM은 끝이야."

SOO는 EM 덕분에 벌어먹고 산다고 해도 과언이 아니었다. EM이 있어서 GIL도 발굴할 수 있었고, EM이 곡을 팔아서 SOO를 살찌울 수 있었고, 신인 가수도 발굴할 수 있었다. 세은도 삼 년이나 주구장창 쫓아다닌 덕에 그 정도 속사정은 알고 있었다.

"옛정을 생각해서라도. 나 진짜 웬만하면 누구한테도 고개 안 숙이거든? 내가 아쉬울 때조차 뻗대는 게 나야. 근데 이번만큼은 아무리 해도 답이 안 나와. 그러니까 세은 씨가 와줘라. KG랑 어색하지 않게 우리도 손을 쓸게. 매니저들이 헤드헌팅 당하는 거 하루이틀 일도 아니니까 그리 어려운 일도 아니야. 세은 씨 마음만 정하면 돼, 응?"

실장의 말대로 실장은 어딜 가도 뻔뻔하리만치 당당한 사람이었다. 아무리 시급하고 중대한 사항이라도 여자는 배짱이라며 밀어붙이던 사람이었다. 대체 얼마나 급하면 세은을 잡고 통사정을 할까. 세은은 실장의 눈밑 그늘과 기미를 발견했다. 마음이 어쩔 수 없이 흔들렸다.

"세은 씨 기억이 돌아왔다고 하면 은형이가 또 심하게 대할까봐 걱정인 거지? 그럼 비밀로 할게. 비밀로 하자. 그게 세은 씨도 그렇고 애들한테도 좋은 일 같다. 보수도, 지금은 이 정도지만 내년 초 협상할 때 내가 제대로 봐줄게. 지금 당장 대학 축제마다 쫓아다니는 것부터 시작해서 8월에는 전국 투어 콘서트까지 로드가 없으면 애들 발이 묶여. 나 진짜 죽겠다고."

"실장님, 하지만……."

은형은 어쩌면 세은에게 기억이 돌아온 걸 알아차렸는지도 모른다.

"나도 여자로서 세은 씨 마음 모르는 건 아닌데 이렇게 좋은 기회가 언제 또 오겠어, 응? 우리 식구들 모르는 것도 아니잖아. 정말이지, 은형이만 아니었으면 그 스토커 자식 자르자마자 세은 씨를 부르려고 했다니까."

"그, 그래요. 은형 씨도 저라면 싫어할……."

"지가 지금 찬물 더운물 가리게 생겼어? 채은형이 뭐라고 하면 다 나한테 말해. 내가 그냥 콱! 주리를 틀 테니까."

정말이지, 입도 벙끗 못하게 하는구나. 스토커 사건 직후에도 세은을 부를 생각을 하다 그만두었다면서, 아직도 세은이라면 싫다는 은형인데, 정말 이 일을 해야 하나?

하지만 정말 군침 넘어가는 조건이었다. 세은은 반년 가까이 로드 매니저로 일했다. 앞으로 일 년만 더 일한다면 메인도 아니고 전담 매니저로 승격할 수 있었다. 신인의 전담 매니저라는 건 오히려 세은에게는 플러스일 수 있었다. 세은의 능력을 유감없이 뽐내고 부족한 면도 여실히 드러날 테니 말이다. 부족한 면을 고쳐가며 자리를 잡아가는 것, 신인과 함께 성장해 가는 것, 새로운 모험이 될 것이다. 가슴이 두근두근했다.

내가 관리한 아이가 대스타가 된다면……. 꿈같은 일이었다. 은형이 키우는 아이라면 제2의 EM이 되지 말라는 법도 없었다.

이런 기회를 은형 때문에 놓쳐야 한단 말인가? 앞으로 더도 덜도 말고 딱 일 년만 참으면 되는데?

눈앞에 은형의 얼굴이 어른거렸다.

"내가 정말 바라는 건 이세은 씨와 다신 부딪치지 않는 거야. 제발 좀 꺼져 주겠어?"

세은은 눈을 질끈 감았다.

"그래서 말인데……."

실장은 흘끔 손목시계를 보았다. 세은은 결국 못하겠다고 거절하려 했다. 자학하는 취미 없었다. 은형 곁에서 상처가 좀먹어 들어가는 짓을 하고 싶지 않았다. 정말 아까운 기회였지만 세은은 스스로를 보호하기로 했다.

"이제 올 때가 됐는데……."

동시에 문이 열렸다. 세은은 반사적으로 문 쪽을 보았다. 은형이 서 있었다. 은형은 실장을 확인하고 안으로 들어오려다 세은을 발견했다. 적어도 실장과 은형이 짠 일은 아닌가 보다. 은형은 세은을 발견하고 석고상처럼 굳어졌다.

"거기서 뭐 해. 얼른 들어와."

실장이 일어났다. 세은은 잠깐 잊고 있었다. 차 실장이 얼마나 능력자이고, 계략가였는지를. 세은은 같이 일어나려 했다. 실장이 만류했다.

"걱정하지 마. 난 세은 씨가 제일 마음에 걸려하는 걸 치우려는 것뿐이니까."

"아니요, 실장님. 전 그만……."

"무슨 일이에요?"

그 와중에 은형은 문을 닫고 자리를 잡았다. 실장은 짐짓 사람 좋은 웃음을 떠올렸다.

"세은 씨한테 너희 로드 매니저 하라고 스카우트하는 중이었어."

"그 얘기 끝난 거 아니었어요?"

세은의 심장이 움찔했다. 어깨가 딱딱하게 굳어졌다. 은형은 뒤따라 들어온 종업원에게서 새 찻잔을 받았다. 재스민 차를 가득 담아 한 모금 마시는 그는 처음 이곳에 들어왔을 때의 멈칫거림은 상상도 못할 만치 태연했다.

"끝나긴. 그때는 사정이 여의치 않아서 그랬지. 지금은 세은 씨도 하던 일을 마무리 지은 때라 접촉한 거야."

"글쎄……."

은형은 말꼬리를 흐렸다. 그리고 처음으로 세은을 똑바로 쳐다보았다. 세은은 그의 시선에 숨을 멈추었다. 그는 마치 감정이라도 하듯 세은을 아래위로 훑었다. 그러더니 픽 코웃음을 날렸다. 세은은 어쩔 수 없이 열이 치밀었다.

"부를 만한 사람이면 진작 불렀지."

"채은형."

실장이 다급하게 은형을 불렀다. 은형은 찻물을 단숨에 비우곤 자리에서 일어났다.

"할 맘도 없는 사람 데려다 공밥 먹이고 싶지 않은데요."

"무슨 말이야. 너만 좋다고 하면 세은 씨도 우리랑 같이 일할 생각이었는데!"

"언제부터 매니저가 개인감정으로 자리를 옮겼는데요? 가수가 싫으면 안 오고, 좋아하면 오고? 프로로서 실격인데."

"은형아!"

은형은 문 앞에 도착했다.

"겨우 이까짓 일 때문에 부른 거예요? 실장님도 알잖아요. 난 프로 실격인 인간하고 같이 일할 마음 없습니다."

"채은형!"

은형이 나타났던 때처럼 휑하케 사라졌다. 실장은 어찌할 바를 몰라 발을 동동 굴렀다. 세은은 입술 안쪽 살에 피가 맺히도록 깨물었다.

"저 녀석이 정말! 채은형, 너!"

실장은 벌컥 성질을 내며 은형을 따라 나갔다. 그렇지만 곧 혼자서 돌아왔다. 아무래도 은형을 놓친 듯했다.

"은형이 말은 못 들은 거로 해. 요즘 세은 씨 얘기가 나와도 잠잠하기에 세은 씨한테 보여주려던 거였어. 둘이 같이 일해도 무탈하다는 걸. 은형이 저 자식이 오늘따라 심기가 불편한 모양인데 함께 일하면 이런 일은 없을 거야. 그건 내가 보증할게."

하지만 세은의 귀엔 실장의 말이 들어오지 않았다. 세은은 오직 실장이 내밀었던 서류봉투만 노려보고 있었다. 세은은 곧 봉투를 집어 들었다.

"지금 채은형 씨가 한 말이 그거였죠. 개인감정을 갖고 일하는 사람은 프로로서 실격이라고. 그건 채은형 씨가 나한테 아무 감정이 없으니까 자신있게 말한 거 아닌가요? 나랑 함께 일해도 자기는 프로로서의 자세를 유지할 자신 있다고?"

실장의 영민한 머리가 재빠르게 돌아갔다.

"그렇지. 은형인 감정적으로 일을 처리하는 애는 아니니까. 세은 씨도 알겠지만 은형인 프로답지 못한 사람하곤 일 안 하거든."

"마찬가지예요. 저 역시 프로답지 못한 인간하고 일할 수 없어요."

"하지만 은형인 완벽한 프로지."

세은은 봉투에서 계약서를 꺼냈다.

"말씀하신 조건, 하나라도 빼먹지 않으셨죠?"

실장의 얼굴에 확 빛이 돌았다. 실장은 세은 옆에 앉아 계약서를 펼쳐 보였다. 세은은 실장의 설명을 다 듣고 난 뒤 KG를 그만 둘 시간적 여유를 달라고 했다.

"그리 오래 줄 순 없지만. 사흘이면 되겠어?"

"사흘……. 노력해 볼게요."

"그래. 우린 진짜 좋은 팀이 될 거야. 잘해보자, 세은 씨."

"잘 부탁드려요, 실장님."

실장은 가벼운 걸음으로 앞장섰다. 세은은 실장의 차로 KG 사무실에 도착할 때까지 실장이 몇 번이고 잘한 결정이라고 하는 말을 흘려들었다. KG 사무실에 도착해선 곧바로 옥상으로 올라갔다.

속이 터질 것 같았다. 분하고 분해서 돌아버릴 것 같았다. 마구마구 소리를 지르고 싶었다. 마구마구 악을 쓰며 울고 싶었다.

'네까짓 게 뭔데, 채은형! 네까짓 게 뭔데, 네까짓 게 뭔데!'

세은이 해준 것 때문에 무시했던 시간들은, 세은도 어쩔 수 없었다. 스스로도 납득하지 않았던가. 세은이라 해도 그래 봐야 일개 인간일 뿐인 자신을 누군가가 숭배한다면 끔찍하게 싫으리라고. 그래서 은형을 조금쯤은 이해했다. 처음으로 은형 입장이 되어 자신의 행태를 돌아볼 수 있었다. 지난 과거가 정말로 부끄러웠다. 진심으로 후회되었다. 다신 같은 과오를 저지르지 않으리라 다짐했다.

하나, 그렇다 해서 상처가 낫진 않았다. 그는 세은을 철저히 무시했다. 간혹 눈이라도 마주칠라 치면 어김없이 환멸을 드러내곤 했다. 그는 단 한 번 세은에게 꺼지라고 말했지만 지난 삼 년간 그는 태도로, 눈빛으로, 온 전신과 전심을 다해 세은을 밀쳤다. 그는 지독하리만치 세은을 거부했다. 정말로, 정말로 세은을 싫어했다. 차라리 부모를 죽인 원수를 보는 눈빛이 더 부드러웠으리라.

세은이 그에게 피해를 준 일은 없었다. 그를 귀찮게 하고 성가시게 했을지는 모르나 그가 직접적으로 세은에게 피해를 입은 적은 한 번도 없었다. 하지만 그는 그래서 더 세은을 싫어했다. 세은이 그를 싫어할 구실을 만들지 않아 더 교활하다고.

은형은 세은의 존재 자체를 참을 수 없었던 것이다.

아무리 세은이 맹목적이었다 해도 그건 상처였다. 아무리 이 감정이 세은이 만든 환상에서 기인한 감정이라 해도 그의 태도는 진정 잔인했다. 그에겐 그럴 자격이 없었다. 그저 남들보다 좀 더 잘나고 세은이 그를 우상처럼 떠받들었다 해도, 한 인간이 기억을 다 지워 버릴 수밖에 없게끔 내몰 자격, 그에겐 없었다. 세은은 정말 죽고 싶었었다. 차마 죽지 못해 기억을 깡그리 지워 버렸을 뿐이다.

그래도 모습 안 보고, 소식 안 듣고, 말 안 나누며, 그렇게 상처를 치유해 가려 했다. 은형이라면 일절 관심을 끊고 스스로의 상처를 낫게 하는데 최선을 다하려고 했다. 은형이라는 매운 자극은 이제 더는, 결단코 필요 없었기 때문이다.

하지만 이건 아니었다. 이건 정말로 아니었다.

매니저란 일은, 은형에게 있어 쉽게 때려치울 수 있고, 쉽게 갈아 치울 수 있고, 누구든 할 수 있는 만만한 일일지 모른다. 하지만 세은에게는 아니었다. 한평생에 걸쳐 간신히 찾아낸 세은의 천직이었다. 남들은 평생 가도 만나지 못한다는 운명이자 반려 같은 것이었다. 세은이 지금껏 일해왔어도 매니지먼트 사는 망하지 않았다. KG가 워낙 탄탄한 곳인데다 이 업계에서는 최고로 손꼽히는 곳이라서인지는 모르겠다. 그렇다 해도 세은이 몸담은 동안 위태롭다느니 망하기 일보 직전이라느니 그런 적 없었다.

매니저란 일도 그렇다. 하면 할수록 보람이 있었다. 재미가 있었다. 집에서는 나잇값도 못하는 밥버러지 취급을 받았지만 매니저 일을 할 때면 누구 한 사람만큼은 세은을 필요로 했다. 행복이 뿌듯하게 차 올랐다. 정말 누구든 할 수 있는 일이지만 세은은 이 일이 아니면 이만한 행복을 느끼지 못했다. 세은이 해놓은 일들은 누군가에게든 인정을 받았다. 인정을 해주는 사람이 많아질수록 세은이 발붙이고 살 땅이 한뼘한뼘 늘어나는 것 같았다. 수면에 붕 떠 정처 없이 부유하는 부평초 같던 인생에 드디어 한 줌 디딜 땅이 생겼다. 세은이 최초로 찾은 제대로 된 안식처이자 보금자리였다. 이 일은 세은에게 자부심이 되어주었고, 진정한 자신감을 심어주었다. 세은에게도 살 만한 가치가 있다고, 이 세상의 산소를 호흡할 자격이 있다고 말해주는 것 같았다.

채은형은 그 잘난 입으로 몇 마디 놀려 세은이 지금까지 해온 일들을 부정했다. 부를 만한 사람이면 진작 불렀다고? 할 맘도 없는 사람 데려다 공밥 먹이고 싶지 않다고? 프로로서 실격이라고?

해낼 것이다. 아무도 토를 달 수 없게, 아무도 트집 잡을 수 없게. 지금까지 해왔던 것 이상으로 최선을 다해서.

그래서 채은형의 두 눈에 똑똑히 새겨줄 것이다. 당신이 그렇게 하찮게 여겼지만 나는 당신에게 무시받을 사람이 아니다. 나 역시 이 세계에서 프로로서 인정받고 있다. 그리고 더더욱 성장해 갈 것이다. 당신이 나를 견뎌준다 착각할지 모르지만 내가 당신을 견뎌주는 것이다. 난 당신과 EM을 발판으로 삼아 더욱 성장해 갈 것이다. 당신이 무시할 수 없는 경지에 올라줄 것이다. EM의 이름으로 내가 성공한 것이 아니라 내 이름으로 EM이 있게 되었다는 말이 나오게 할 것이다.

해낼 것이다, 해내고 말 것이다. 다시 채은형이 무시하지 못하도록!

내 곁의 너 _19

새로운 출발을 하면 언제나 두근거림이 따라온다. 세은은 거울 앞에서 새삼 옷차림을 체크했다. 허리까지 자란 생머리는 하나로 꼼꼼하게 땄고 집에서 대충 자른 앞머리는 자연스레 흐트러뜨렸다. 로드 매니저 생활을 하며 화장은 포기했다. 불규칙한 생활과 누적된 피로로 피부 역시 쉽게 트러블이 일어났다. 그리고 굳이 예뻐 보일 이유도 없어서 항상 맨얼굴로 다녔고 오늘도 마찬가지였다. 작업복처럼 걸친 봄 재킷은 버스럭버스럭 소리가 나는 재질이지만 갑작스레 비가 올 때나 바람이 심하게 불 때는 제 역할을 톡톡히 했다. 청바지 역시 작업복 중 하나였다. 일부러 통이 넓은 바지를 고른 게 아니라 살이 빠져서 자연히 통이 넓어지게 된 바지였다. 앉고 일어설 때 편해 일부러 찾아 입었다.

"소원 성취했네."

엄마가 세은을 배웅했다. EM과 함께 일하게 됐다고 미리 말씀드렸다. 오늘이 SOO로의 첫 출근인 걸 알고 현관까지 세은을 배웅해 주셨다. 세은은 주머니에 쑤셔 넣었던 캡을 꺼내 아무렇게나 슥 걸쳤다.

"그런 거 아니래도."

"오매불망하던 EM이랑 같이 일하는데도?"

"엄마가 생각하는 로맨스는 없을 거거든요."

"그렇지. 로맨스가 일어날 거였음 진작 일어났었겠지. 그러니까 너도 괜한 기대 갖지 말고 일만 열심히 해. 알았지?"

결국 엄마는 걱정이셨나 보다. SOO의 조건을 얘기한 뒤 사무실을 옮기겠다고 말씀드렸을 때 엄마나 아빠는 더 좋은 조건이면 됐다는 반응이었다. 엄마는 그때는 내색하지 않았어도 실은 세은이 다시 EM 곁에 간다는 게 마음에 걸리셨던 모양이다.

하지만 엄마가 말한 대로였다. 스캔들이 있었으려면 진작 있었지, 이제 와 무슨 일이 생기겠는가? 게다가 개인감정이 어떠네, 프로가 어떠네 운운한 건 은형이었다. 세은은 살랑살랑 손을 흔들고는 집을 나갔다.

KG에서는 순순히 사표를 받아주었다. 딱히 세은을 아까워하지 않았고 예상대로 홀가분하단 표정들이었다. 신세졌던 분들에게 인사하고 돌아서는 길, 참 감회가 새로웠다. 아르바이트로 시작해 로드 매니저까지, 근 일 년 반 정도를 이곳에 몸담고 있었다. 많은 사건이 있었고 그 이상으로 많은 것을 경험하고 배웠다. 잊지 못할 곳이었다. 걱정은 찬이었다. EM 쪽으로는 안 가겠다고 호언장담을 했는데 KG까지 그만두고 갔다는 걸 알면 정말 실망할 것이다. 하지만 계약서를 쥔 순간 찬의 실망감도, 팬클럽 운영진이 얼마나 기뻐할지도, 조금도 생각나지 않았다. 오직 채은형만이, 정말 본때를 보이겠다는 각오만이 있었다.

찬에게는 나중에 열심히 사과해야겠다. 오랫동안 삐치지 말아야 할 텐데.

회의실 문이 달칵 열렸다. 모자를 깊숙이 눌러쓴 세은이었다. 세은은 꾸벅 인사하며 들어오다 은형만 있는 걸 발견하곤 잠시 굳어졌다. 은형은 세은을 힐끗 본 뒤 아랑곳없이 다이어리를 뒤적였다. 세은도 곧 아무렇지도 않게 자리를 잡았다.

은형은 차 실장과 승행이 잡아준 스케줄을 점검하던 중이었다. 오늘 아침부터 스케줄 회의를 위해 여덟 시 반까지 회의실에 모이라고 했는데 차 실장도 아직 도착하지 않았다. 팔목을 주무르는 척 손목시계를 보니 아직 여덟 시였다. 짤막한 침묵 후, 세은은 다시 회의실을 나갔다. 은형은 저도 모르게 한숨을 내쉬었다.

세은이 오늘부터 출근한다는 건 사흘 전 차 실장에게서 미리 들었다. 식당에서 세은과 마주쳤을 때의 태도를 야단치던 차 실장은 앞으로 세은마저 쫓아낸다면 은형한테 직접 운전을 시킬 거라고 협박했다. 은형은 못 이기는 척 '내가 언제 일에 감정 개입하는 거 봤어요?' 라고 대꾸했다. 차 실장의 끙 앓는 소리는 무시했다. 재민이 정말 괜찮겠냐고 물어도 은형은 여느 때처럼 싸늘하게 쳐다볼 뿐이었다. '언젠 안 괜찮았냐?' 라는 되물음에 재민마저 그럼 그렇지 하는 표정을 지었다.

심장이 둥, 둥, 진동했다. 오늘 아침의 세은을 보면 사흘 전의 일은 없던 것만 같았다. 은형을 보자마자 이를 갈거나, 죽일 듯 노려보거나, 사람이 없는 틈을 타 날카롭게 쏘아댈 줄 알았는데, 정작 세은은 태연하게 인사하고 자기 볼일을 보러 나갔다. 아니면 은형과 단둘이 한 방에 있을 수 없어 일부러 피한 것일지도 모른다. 그리 생각하니 오히려 안심이었다. 적어도 무시당한다는 뜻은 아니지 않은가.

세은이 돌아왔다. 어디서 찾았는지 여러 개의 컵과 쟁반을 든 채였다. 깨끗이 설거지를 했는지 아직 물기가 맺혀 있었다. 세은은 가방에서 주섬주섬 커다란 보온병을 꺼냈다. 은형의 심장이 두근두근 뛰었다. 그로서는 이미 익숙해진 보온병이었다. 세은이 출근 첫날부터 뭔가를 챙겨왔으리라고는 생각도 못했다.

세은은 파란색 바탕에 흰 선으로 꽃이 그려진 커다란 머그잔에 내용물을 가득 부었다. 크림을 탄 듯 부드러운 흙빛이었다. 은형은 세은을 무시하는 척 연기할 틈도 없이 세은이 하는 양을 지켜보았다. 세은은 내용물을 담은 컵을 은형 쪽에 내밀었다. 은형은 진심으로 놀랐다.

"향이 고소하죠? 선식이에요. 우유에 타서 더 고소해요. 식기 전에 드세요."

마다할 틈이 없었다. 세은 말대로 미약하지만 컵 안에선 살금살금 김이 피어오르고 있었다. 김과 더불어 향긋하고 고소한 향도

올라왔다. 은형은 반사적으로 킁킁댔다. 검은콩 두유와 비슷한 향이었고, 은형은 베지밀과 두유라면 환장하는 사람이었다. 혀끝에 침이 고였다. 마셔야 할지 말아야 할지 고민이었다. 그사이 세은은 은형이 들여다보던 다이어리를 살피고 있었다.

"그게 앞으로의 일정인가요? 제가 한번 봐도 될까요?"

은형은 진심으로 놀랐다. 나에게 말한 것인가? 자신의 뒤에 아무도 없다는 걸 알면서도 바보같이 뒤돌아보고 싶은 걸 간신히 참았다. 세은은 정말 천연덕스러웠다. 마치 가면을 쓴 것처럼 무덤덤한 표정이었다. 눈빛이 호전적이라거나 그 반대로 싸늘했다면 오히려 대처하기 편했을 것을. 세은은 정말 일 관계로 만난 사람을 대하듯 어디까지나 예의 바르고 사무적이었다. 은형은 불현듯 뭔가가 울컥 치밀었다. 세은은 더도 덜함도 없이 사무적이었는데 그 트집 잡을 수 없는 완벽함이 신경에 거슬렸다. 하지만 그에게는 세은의 요청을 거부할 구실이 없었다. 세은은 이제 EM의 로드 매니저였다. 로드 매니저가 스케줄을 파악하겠다는데 은형이 협조하지 않는다면 프로 자격 운운한 자신이 우습게 되지 않은가.

세은은 은형이 내민 다이어리를 받더니 눈으로 슥 훑었다. 은형이 혼자 보는 다이어리라 마구 휘갈겨쓴 게 태반이었다. 그만이 알아볼 수 있는 암호 같은 것도 있어서 알아보기 더 힘들 것이다. 은형은 고생 좀 해보라며 세은이 준 음료를 맛보았다. 맛있었다. 단맛도 있었지만 거부감 들 정도는 아니었다. 오히려 고소한 맛을 더욱 잘 살려준다고 할까. 따뜻한 음료라 더욱 술술 넘어갔다. 한 모금만 맛보고 내려놓을 생각이었는데 갑자기 아까워졌다.

"역시 SI나 JA하고는 전혀 다르네요. SI는 대학 축제 때도 Y대에서나 부르고 말았었는데. 팬층이 너무 십대에 몰려 있어서 대학 축제에는 적합하지 않아서 그런 거래요. JA는 주로 군부대 위문 공연이 많았죠. EM은 대학 축제부터 지역 축제까지 정말 다채로운데요. 섭외 들어오는 프로그램들도 많이 다르고. 'V의 뮤직파티'! 이거 JA가 가장 노리던 프로그램이었는데. EM이 섭외된 건 당연하죠, 참. 근데 EM은 'V의 뮤직파티' 같은 건 피하지 않았었나요? 5집 들어서면서부터 노선을 넓힌 거예요?"

V의 뮤직파티는 밤 열두 시에 진행되는 심야프로였다. 조그만 클럽에서 관객들과 밀착되어 초대 가수가 MC와 공연을 겸하는 미니 콘서트 같은 거였다. 다만 클럽 문화에 맞추다 보니 웬만해선 댄스 가수 중심으로 프로그램이 진행되었었다. EM은 전형적인 R&B 가수라 출연하는 것이 정말 이례적인 일이었다.

하지만 지금은 그게 문제가 아니었다. 이게 정말 이세은이 맞나? 날 쳐다보지도 않고 일에 관한 것만 물어보는 사람이? 다시 기억상실증에 걸린 건가? 사흘 전까지의 사건은 몽땅 지워 버린 거야? 위가 단단히 뭉쳤다. 정말 그런 건가? 기억을 다시 모두 잃은 건가? 이번에도 은형과 관계된 기억만?

세은은 은형이 대답이 없자 고개를 들었다. 은형이 자신을 빤히 쳐다보고만 있는 걸 보고 똑같이 그를 응시했다. 아무런 빛깔도 없었다. 어떤 감정의 찌꺼기도 없었다. 그저 그를 보고 있었다. 대답을 기다리고 있었다. 은형의 심장이 욱신욱신 저려왔다.

"EM 팬층을 넓힐 기회는 될 것 같지만 EM이 이렇게 모험 정신이 뛰어난 줄은 몰랐어요. V의 뮤직파티는 지금껏 댄스 가수나 언더그라운드 그룹만 섭외했던 걸로 알고 있는데. 뭘 부를지는 정했어요? SI는 미리 대본을 받던데 EM도 마찬가지일 테죠? 승행 씨가 가져오려나. 노래를 몇 곡 불러야 하는지 나와 있을 텐데. 우선 3집의 '소망'으로 시작하면 좋을 것 같아요. 지금의 EM을 있게 해준 1등 공신이니까요."

빠르고 경쾌한 곡이 거의 없는 EM이니까, 라며 세은은 그나마 가벼운 곡을 몇 개 추려냈다. EM의 노래가 아닌 올드팝 같은 것도 한 곡 넣으면 EM의 가창력을 알릴 좋은 기회가 될 것 같다고도 했다. 딱히 올드팝이 아니더라도 팬 카페에 가면 EM이 불러주었으면 하는 노래를 모은 요청 게시판이 있으니 거기서 하나 선택해도 좋을 거라고도 했다. 급기야는,

"EM에 오니까 이게 좋네요. 팬 생활을 한 덕분에 EM의 처음부터 세세히 파악해야 할 시간이 줄었다는 거요. JA 때는 정말 힘들었거든요. JA 프로필을 새삼스레 외워야 하죠, JA 멤버들 이름도 외웠어야 하죠. 아, 이건 비밀이에요."

은형은 결국 이를 드러냈다. 참는 데도 한계가 있었다.

"뭐 하는 수작이야."

세은이 살짝 입을 다물었다. 은형은 테이블을 텅 내려쳤다.

"뭐 하는 수작이냐고! 또 기억을 잃은 건가? 그놈의 기억은 참으로 편리하군. 기억하기 싫은 건 언제든, 얼마든, 순식간에 지워버릴 수 있으니까!"

아닌데. 화가 났다고 해도 이런 말을 하려던 건 아닌데. 은형은

순간적으로 제정신을 차렸다. 세은의 눈빛은 아까 이상으로 차분히 가라앉아 있었다.

"왜 그러시는지 모르겠네요. 사무실에 와서 일 얘기 말고 제가 뭘 더 해야 하는데요?"

뒤통수를 얻어맞은 것 같았다. 세은은 다시 기억을 잃은 게 아니었다. 오히려 사흘 전의 일을 똑똑히 기억하고 있었다. 똑똑히 기억하고 그에게 고스란히 되갚고 있었다. '사무실'에 와서 '일' 얘기 말고 뭘 더 해야 하냐고? 그래, 넌 프로로서 충분히 날 공적으로 대할 수 있다고 알려주는 거구나. 넌 너무도 완벽하게 해낼 수 있다고!

하지만 정말로 네가 완벽하게 해낼 수 있을 것 같아? 날 공적으로만 대할 수 있을 것 같아? 내가 그렇게 둘 것 같아?

"어? 일찍들 왔네?"

재민이었다. 항상 지각하거나 약속 시간에 아슬아슬하게 도착하던 재민이었는데 오늘은 약속 시간을 십여 분 남겨두고 벌써 도착했다. 세은이 출근한다 하니 걱정되어 일찍 온 모양이었다. 혹시 세은과 은형만 있는 상황이 될까 봐, 둘만 붙여놓았을 때 무슨 일이 벌어질지 재민은 지난 삼 년간 지긋지긋하게 겪어서 잘 알고 있으니까. 은형의 태도에 혹시 세은이 질려 일을 때려치우지 않을까 걱정했을 것이다. 은형은 기가 막혔다.

하지만 서재민 봐라, 저게 이세은이다. 나 따위 아랑곳없이, 나에 대한 감정, 자기에 대한 내 감정 아랑곳없이 일 얘기만 늘어놓고 있단 말이다!

"오셨어요? 아침은요?"

재민은 은형의 살벌한 눈초리와 세은의 태평한 모습에 얼떨떨해했다. 세은은 새로운 컵에 선식을 따르더니 재민에게 내밀었다.

"선식 좀 싸왔어요. 우유에 타서 먹을 만해요."

"잘 먹을게."

재민은 어쨌거나 세은의 옆에 앉았다. 타원형의 테이블에 세은과 재민이 은형과 마주하고 앉았다. 은형은 세은을 노려보았다. 세은은 은형의 다이어리로 다시 시선을 내린 다음이었다. 은형은 기도 안 차 회의실을 박차고 나갔다.

분명히 그의 의도대로 되었다. 사흘 전, 차 실장에게 갑자기 호출 받았을 때 은형은 세은과 관계된 일인 걸 정말 모르고 있었다. 막상 식당에 도착해 차 실장과 세은이 함께 있는 걸 보고 얼마나 놀랐는지 모른다. 하지만 세은을 스카우트 중이라는 차 실장의 말과 테이블에 놓인 후식과 개봉도 안 된 서류봉투를 보고 상황을 파악할 수 있었다. 식사가 다 끝나도록 스카우트 제의를 늘어놓았지만 세은은 여태 승낙을 하지 않은 모양이었다. 차 실장이 EM의 로드 매니저를 구하느라 얼마나 절박한 상황인지 누구보다 은형이 잘 알고 있었다. 세은을 스카우트하기 위해 KG 이상의 대우와 조건을 약속했을 것이다. 차 실장은 사람을 다룰 줄 알았다. 사람이 어떤 유혹에 약하고, 어떤 대가를 바라는지 기가 막히게도 잘 꿰고 있었다. 저 서류봉투 속 계약서에는 세은에게 군침 넘어갈 조건이 명시되어 있을 터였다. 그걸 알면서도 세은은 봉투조차 개봉하지 않았다. 그건 아무리 좋은 조건이라 할지라도 은형과 함께 일하는 것은 참을 수 없단 것을 뜻했다.

아직도 세은의 방까지 들어갔던 날의 기억이 생생했다. 미안하다는 말, 진심이었다. 그 한마디로 세은의 마음이 봄눈 녹듯 녹으리라 기대하진 않았지만 적어도 그의 사과는 진심으로 받아들여 주기를 바랐다. 그러나 그의 진심은 끝끝내 세은에게 닿지 않았다. 세은은 그가 보아온 어느 때보다도 괴로워했고 비통해했다. 정말로 은형을 참을 수 없는 것처럼 보였다. 마치 예전의 은형처럼. 그리곤 끝내 제발 꺼져 달라고 했다. 세은이 기억을 잃던 날 그가 던졌던 말이었다.

기억이 돌아온 걸까? 오늘 이전까지 은형은 세은의 기억이 돌아왔다고 반쯤 확신하고 있었다. 꺼져 달라는 말은 세은이 쓸 법한 표현이 아니었다. 분명 기억의 전부는 아니더라도 기억을 잃은 상황을 포함해 어느 정도는 돌아왔으리라 짐작했다. 하나, 오늘의 세은을 보고 난 뒤에도 그는 확신할 수 없었다. 정말 기억이 돌아온 건가? 기억이 돌아왔다면, 왜 기억을 잃었는지도 기억이 났다면, 과연 날 저렇게 사무적으로만 대할 수 있을까?

처음에는 연기라고 확신했다. 연기라면 세은이 스스로 가면을 깰 때까지 기꺼이 관람할 예정이었다. 하지만 팬 생활까지 들먹이며 세은이 피식 웃었을 땐 진심으로 치가 떨렸다. 세은에게 가장 지우고 싶은 기억이 있다면 그게 바로 은형의 팬 생활을 했던 때이다. 그때의 상처와 통증이 아직까지 뚜렷하다는 걸 은형도, 세은도 잘 알고 있는데, 세은은 치욕스런 과거까지 끄집어대며 생긋 웃고 있었다. 이세은이, 자기의 과거를 아무렇지도 않게 들먹이며, 웃고 있었다.

여리던 사람이었다. 그도 알고 있었다. 강한 척하지만 틀림없이 그로 인해 많은 상처를 받고 있었다. 직접적으로 내색하지 않았어도 여자가 올린 글들을 통해 사실은 그녀가 그를 얼마나 원망하는지, 스스로의 감정을 추스르는 게 얼마나 힘겨운지를 잘 알고 있었다. 알면서 외면하고, 알면서 무시했다. 여자가 상처받는 게 어쩔 땐 기쁘기까지 했다. 네가 날 지긋지긋하게 만드는 만큼 네가 상처받는 거다, 다 네가 자초한 거 아니냐며. 그렇게 아프다면 다 관둬라라고.

그리고는 기어이 은형에 얽힌 기억만을 지워 버리게 만들었다. 그건 뇌에 충격을 받았다고 만들어지는 현상이 아니었다. 마음이 너덜너덜해져서, 마음이 갈기갈기 찢기어서, 마음이 만들어낸 결과였다.

지긋지긋하리만치 감정이 넘쳐 나던 여자였다. 자기감정에 겨워 힘이 들 때면 어김없이 투정하던 여자였다. 이건 아니었다. 이세은의 마음이 만년빙처럼 얼어붙지 않는 이상 불가능한 일이었다. 은형은 세은이 사고가 났던 그 비상구에 도착했다. 그 순간 거짓말처럼 얼어붙었다.

결코 얼어붙지 않을 깊은 감정이 얼어붙었다면, 그 마음이 바싹 시들어 버렸다면, 그 역시 은형 탓이었다. 이번에도 역시 그가 세은을 몰아붙인 것이다. 이번에도 그 하나의 욕심을 위해서. 그저 세은이 곁에 있어주었으면 좋겠다는 소망 하나를 위해서.

그저 호승심을 불러일으키고 싶었을 뿐이었다. 난 이제 너 신경

안 쓴다. 네가 날 신경 쓴다면 쓰겠지. 네가 날 신경 쓴다면 네 말과 달리 넌 아직 내게 감정이 남아 있는 거다. 어떠냐. 그 사실을 인정할 거냐, 아니면 이 기회를 잡을 거냐. 단지 그 정도의 도발이었을 뿐이다. 세은이 그의 자극에 덥석 EM 로드 매니저 자리를 잡았다는 말에 예상대로라며 회심의 미소를 지었었다.

저렇게 완벽하게 공적으로만 그를 대할 줄 몰랐다. 기억을 잃기 전이나 잃은 후나 그와는 아무 일도 없었던 사람 같았다. 그에게 바락바락 악을 쓰며 억지로 눈물을 삼키던 모습들도, 그의 품에 쓰러졌던 일도, 싸락눈 내리던 그날의 입맞춤도, 은형을 볼 때면 반사적으로 떠올리던 경계마저도 전혀 없었던 것 같았다. 차라리 은형의 생일에 세은을 찾아갔을 때가 더 인간적이었다. 그가 했던 말을 고스란히 돌려주었던 그때가 더 이세은다웠다. 지금은 마치 세은이란 거죽을 뒤집어쓴 생판 남을 대하는 것만 같았다. 세은이 기억을 잃은 직후에도 이런 기분은 맛보지 못했다. 이럴 거면 차라리 세은이 모든 기억을 싹 지웠다는 게 더 마음 편할 것 같았다.

또 하나 예상에 어긋난 게 있었다. 세은의 무심한 눈동자에 이토록 마음 저릴 줄 몰랐다는 것. 속이 터질 것 같았다. 화가 났지만 이 갑갑함은 분노에서만 기인한 것이 아니었다. 분통 터지는데, 꼭지가 돌 것 같은데, 그저 세은 때문에 화가 나서만은 아니었다. 아직도 심장이 욱신욱신 저려왔다.

마음이 아팠다.

이런 걸 마음이 아프다고 하나 보다. 심장을 쥐어짜는 것 같은 이 감각을 아픔이라고 하나 보다. 비상구를 나가 바깥의 신선한 공기를 마셔도 심장에까지 미치지 못했다. 탁하고 진득한 혈액이 심장에 뭉쳐 있는 것 같았다.

넌 어쩜 그렇게 독하지, 이세은? 날 지워 버린 걸로도 모자라 이젠 날 없는 인간 취급하는 거냐? 나와 얽혔던 기억, 감정, 모두 reset 시킨 거냐? 넌 어떻게 그게 가능하지? 너에겐 남들한테 없는 reset 버튼이라도 있는 거야? 넌 너의 감정을 지워 버린 걸로 모자라 멀쩡히 살아 숨 쉬는 내 감정마저 지워 버릴 생각인 거냐? 너에겐 그럴 자격이 있다고 여기는 거야?

마음속 아주 조그만 또 하나의 그가 속삭였다.

세은이라면 그만한 자격이 있잖아? 설마 인정하지 못하는 거냐?

은형은 눈을 아프게 비볐다. 안구가 쓰려왔다. 은형은 몸을 수그렸다.

아니, 이세은 외엔 누구에게도 그럴 자격이 없어.

세은인 네가 했던 걸 고스란히 돌려주고 있는 거야.

알아. 난 그보다 훨씬 지독했지. 하지만 자기도 아팠다면서, 힘들었다면서! 나도 힘들어, 나도 아파.

마음속 그는 작게 혀를 찼다.

아프다고? 그럼 안 아파지면 되겠네. 세은일 버려. 네가 여태 해왔던 일이잖아.

숨이 막히다. 가슴이 쥐어뜯긴 듯 아팠다. 은형은 가슴께를 움켜쥐었다.

"불가능해…… 이제 더는."

EM은 후속곡 뮤직비디오 촬영 콘셉트를 잡는 중이었다. 보통은 새 앨범을 발표할 때 미리 타이틀곡과 후속곡의 뮤직비디오를 촬영해 놓았다. 하지만 이번엔 앨범 발표가 늦어지면서 일정이 어그러지는 바람에 후속곡 뮤직비디오 제작은 다음으로 미루어졌다. 차 실장은 뮤직비디오 촬영을 맡은 업체가 내놓은 기획서를 훑고 있었다.

이번 후속곡 '한 사람' 뮤직비디오에는 한 가지 스토리를 가지고 EM이 직접 출현하기로 했다. 이전엔 전문 배우들을 고용해 예쁘고 서정적인 영상을 만들어내곤 했다. EM이 직접 출현하는 건 노래를 부르는 몇 컷 정도 수준이었다. 이번엔 EM이 주인공으로 전면에 나서기로 한 것이다.

'한 사람'은 연인이 있는 여자를 사랑하게 된 남자의 이야기였다. 여자의 연인 역에 재민이, 여자를 짝사랑하는 남자 역에 은형이 캐스팅되었다. SOO의 식구들은 뮤직비디오 제작 업체 YU에서 지정한 캐스팅을 보고 내심 놀랐다. 은형에게 연기를 시킨다, 그것도 가슴 아픈 짝사랑을 앓는 연기를? SOO의 식구들의 시선이 반쯤은 세은에게, 반쯤은 은형에게 머물렀다. 그러나 가장 팔팔 날뛰리라 생각했던 은형과 어떤 반응이 있으리라 예상했던 세은은 오히려 잠잠했다.

YU 기획팀장은 의욕적으로 캐스팅 이유를 설명했다.

"작사를 한 분이 채은형 씨라고 들었습니다. 그럼 누구보다 감정 이입이 잘될 것 같아서요. 그리고 서재민 씨보다 채은형 씨의 이미지가 상대적으로 조용한 편이니까요. 자기 마음을 밝히지 못한 채 가슴앓이 하는 걸 멋지게 연기해 내시리라 생각했습니다."

차 실장은 YU 기획팀장의 입에서 또 어떤 말이 터질지 몰라 거기에서 저지했다. 기획팀장은 '나 잘했죠, 칭찬해 주세요' 라는 강아지 같은 눈을 하고선 SOO 사람들을 돌아보았다. 기묘한 침묵이 감돈 뒤 재민이 어색하게 웃으며 나섰다.

"저를 잘 몰라서 하시는 말씀이에요. 제가 사실은 은형이보다 더 어둡거든요. 이참에 나도 내 본모습 좀 밝혀볼까?"

"재민 형이라면 정말 잘할 것 같은데요. 말도 못하고 집요하게 지켜만 보는 거."

재민을 편든다고 편든 승행의 말이었다. 하나, 승행의 말이 끝나기 무섭게 SOO 사람들의 시선이 승행에게 꽂혔다. 승행은 괜스레 다이어리만 뒤적거렸다.

"대중에게 EM이라고 하면 대부분 재민 씨를 먼저 떠올려요. 재민 씨를 주인공으로 내세우는 게 더 나을 것 같은데요."

세은이었다. 세은은 양해해 달라는 듯 차 실장을 보고 살짝 웃었다.

"은형 씨 인기가 재민 씨만 못하단 뜻이 아니에요. EM의 팬이 아닌 대다수는 EM이라 했을 때 재민 씨를 제일 먼저 떠올리는 건 사실이잖아요. 뮤직비디오에서는 기존의 팬을 다지는 역할하고 새로운 팬을 넓히려는 역할을 기대하는 것 아닌가요? 우선은 재민 씨를 얼굴마담으로 내세우는 게 EM에 대한 친숙도를 더 높일 것 같은데요."

"그렇지. 우리 팀에서 얼굴마담 하면 나지."

재민이 짐짓 으스대며 끼어들었다. 세은이 볼펜 뒤쪽 끝으로 재민을 쿡 찔렀다. 그제야 분위기가 누그러졌다.

"나도 비슷한 생각인데, 은형인 어때?"

차 실장이 물었다. 세은의 볼펜 끝에 시선을 두던 은형은 입을 꾹 다물었다. 그도 역시 자기가 주인공으로 나서는 것보다 재민이 전면적으로 나서는 게 더 유리하다는 데 찬성이었다. EM의 팬들이나 은형이 대단하다고 칭찬하지, 그 외의 대중들은 은형의 존재를 거의 인식하지 못했다. EM의 리드보컬은 재민이기 때문이었다. 라디오 방송에서도 재민을 패널로 지정하면 지정했지, 은형을 초청한 적은 없었다. 그 점에 있어 은형은 항상 안심했다. 그는 음악만 하면 되었다. 대외적인 활동은 정말 적성에 맞지 않았다. 때문에 지금까지는 가장 최소한의 활동만을 해왔다. 그 외의 필요한 활동에는 재민을 내세웠는데 재민은 자신을 노출하는 활동들이 재밌다고 했었다.

기존의 관례도 그렇고 이성적으로 재고해도 재민이 주인공이 되는 게 합당했다. 하지만 은형은 전혀 다른 답을 내놓고 있었다.

"재민이가 정말 이 역할을 하고 싶다면 모르겠지만 내가 주인공을 맡아도 괜찮을 것 같은데요."

또다시 먹먹한 분위기가 돌아왔다. YU 사람들만이 반색하고 나섰다.

"4집까지 재민이를 전면에 내세웠으니까요. EM은 재민이만의 그룹이 아니라는 걸 슬슬 알려도 좋을 것 같고요. 무엇보다 내 팬들은 항상 내가 뒤에 숨는 걸 안타까워했으니 이젠 나도 수면 위에 떠올라야죠."

SOO 사람들은 은형이 싫어할까 봐 주인공을 재민에게 미뤘을 뿐이었다. 주인공의 이미지만 봤을 땐 은형의 이미지가 딱이었다. 내성적이고 잘 웃지도 않고 튀는 걸 싫어한다. 반면 재민의 이미지는 재치만점에 생글생글 잘 웃고 다정한, 마치 환한 태양 같은 이미지였다. 재민이 주인공으로 나서면 보는 사람들은 '저렇게 잘나고 멋진 놈을 놔두고 다른 남자가 눈에 들어와?' 할 것이다. 하지만 은형은 그 정도까진 아니었다. 왜 그 여자가 재민을 선택하고 은형을 돌아보지 않는지 어느 정도 납득하게 될 것이다. 재민이 워낙 화려하고 뛰어난 외모라서였다. 뮤직비디오의 특성상 출연자는 외모만 부각된다. 보이는 모습만으로 보는 이들을 납득시켜야 하는 것이다. 주인공을 상대적으로 수수한 은형으로 잡은 건 잘한 일이었다.

하필이면 주인공의 캐릭터가 세은과 겹쳐진다는 게 문제였다. 은형에게 다른 여자가 있어서 세은이 실연한 건 아니지만 은형에게 다른 여자가 있든 없든 은형은 세은을 돌아보지 않았고, 세은은 그런 은형을 끝까지 쫓아다녔다. 그렇게 실상과 겹쳐지는 게 많은 상황에서 세은 역할을 은형이 맡겠다고 나설 줄은 아무도 몰랐다. 오히려 벌컥 화를 내고 콘티를 벅벅 찢을지 모른다는 생각에 재민이며 승행이 나섰던 것이다.

재민 역시 은형만 좋다면 지금 캐스팅에 불만없다고 답했다. 회의는 그 후에도 자잘자잘한 조정과 협의를 거쳤지만 대부분 원활하게 진행되었다.

회의가 끝난 후 다같이 점심을 하기로 했다. 근처 식당으로 이동하는 중에 재민이 지나가듯 물었다.

"무리하는 거 아냐?"

안 그래도 앞으로의 일정과 작업 의뢰를 머릿속에 떠올리고 후회하는 중이었다. 그렇지만 은형은 내색하지 않았다.

"별로."

재민은 여전히 인상이 구겨진 채였지만 화제를 더 잇진 않았다. 재민이 더 묻지 않아서 다행이었다. 은형 스스로도 자기답지 않은 결정이란 걸 잘 알았다. 본인이 납득하지 못하는데 남을 어떻게 이해시킬 수 있겠는가. 다만 세은이 조목조목 옳은 소리만 내뱉어서 화가 났을 뿐이다. 감정은 눈곱만큼도 개입하지 않은 객관적인 판단 때문에 성질이 치밀었을 뿐이다.

자꾸만 세은에게 휘둘리게 된다. 세은이 첫 출근했던 날, 오전 회의 때도 마찬가지였다. 세은이 의견을 내놓으면 반발심이 치밀어 아예 입도 못 열게 하고 싶었다. 풋내 나고 미숙한 제안도 있었지만 과연 팬 경력 삼 년이 헛세월은 아니었달까, 세은은 EM을 잘 파악해 예리한 제안을 내놓기도 했다. 이 바닥에서 대강 이 년은 뛰어다닌 덕분인지 아주 비현실적인 제안도 아니었다. 차 실장이 신중하게 검토하겠다고 답할 정도로 참신한 제안도 있었다. 운전만 해왔던 여느 로드 매니저들하곤 달랐다. 적극적으로 아이디어를 내놓고 타인의 의견도 배우는 자세로 받아들였다. 게다가 세은이 미리 준비했던 생식 덕분에 회의도 부드럽게 시작되었다. 사람이라면 누구든 보살핌받는다는 느낌에 약한 모양이다. 세은이 이른 아침부터 회의가 잡혀 다들 빈속으로 출근했을 것 같아 준비했다는 말에 알게 모르게 분위기가 부드러워졌다. 그런 세은의 모습과 세은이 만들어낸 분위기를 그날부터 시작해 지금까지 쭉 견뎌내야 했다. 세은이 은형은 일절 고려하지 않는 모습을, 은형과 공적인 관계를 유지하려는 분위기를.

이런 건가, 무시당한다는 건. 꽤나 기분이 더럽고, 슬픈 일이었다. 때론 세은이 그와 눈 한 번 마주치려 기를 쓰던 옛날이 그립기도 했다. 지금의 세은은 그와 눈이 마주치면 치는 대로 두었으니까. 굳이 더 보려고도 하지 않았고 굳이 피하려고도 하지 않았다. 결국 번번이 눈을 먼저 피하는 건 은형이었다. 투명하고 텅 빈 동공이 그의 모습을 비춰내는 게 화가 나서, 그 얇은 망막 안으로도 파고들지 못하고 겉도는 게 보여서, 결국 먼저 시선을 치우게 된다.

화가 나고, 화가 나고, 화가 나서…… 슬펐다.

미리 예약해 둔 식당에 일행들이 모두 들어갔다. 은형은 재민을 먼저 들여보내고 잠시 입구에 머물렀다. 안에 들어가면 맘에도 없는 웃음을 짓고, 흥미도 없는 화제에 주의를 기울여야 한다. 그전에 단 한순간이나마 제대로 숨 쉬고 싶었다.

입구에 서 있자니 세은이 식당 쪽으로 다가오고 있었다. 일행을 먼저 보내고 세은은 급한 일을 처리하고 온 모양이었다. 세은은 그를 흘긋 보고 식당 안으로 들어가려 했다. 은형은 결국 세은을 붙잡았다. 세은의 평온한 눈빛이 일순 흔들렸다. 은형은 눈을 번

뜨였다.

"만족스러우신가?"

흔들림은 잠시였다. 세은의 눈빛은 곧 서늘하게 가라앉았다.

"손 좀 놓아주시죠."

"그렇게 또 무시하겠다고. 네가 여기에 온 목적이 뭐야. 복수? 이런 게 복수가 될 거라 생각한 건가?"

세은의 표정이 차갑게 얼어붙었다. 은형은 바보 같게도 세은에게서 반응을 끌어냈다고 기뻐하는 동시에 이번에도 여지없이 이 사람의 심장을 할퀴었구나 싶어 우울해졌다.

"사람들이 보고 있는데요, 채은형 씨."

사람들의 시선 따위 이전부터 알고 있었다. 은형은 선글라스 하나 쓰지 않은 맨얼굴이었다. 지나다니는 사람들은 이미 EM을 부르며 쑥덕거리고 있었다. 여느 때의 그라면 사람들의 시선을 끌 짓은 조금도 하지 않았을 터였다. 여느 때의 그라면 세간의 이목을 의식해 당장 세은을 놓아주었을 것이다. 하지만 그는 더욱 세게 세은을 잡아당겼다.

"또 무시하는 건가?"

세은은 입을 꾹 다문 채 고개를 돌렸다. 은형은 진심으로 열이 치받쳤다. 여자는 이 순간에조차 그를 제대로 상대하지 않았다.

은형은 손을 풀었다. 여자가 비틀거렸다. 그가 잡고 있는 내내 딱딱하게 굳어 있어서인가 보다. 은형은 여자를 그대로 밀었다. 그의 시야에서 치웠다. 조금 더 여자와 대면한다면 스스로가 공인이고 프로란 의식이 스러질 것만 같았다. 당장 고래고래 소리 지르며 싸우지 않는다면 여자가 기절할 정도로 키스를 퍼붓고 싶었다. 다신 그를 무시하지 못하게, 다신 이런 일 없었다는 듯 굴 수 없게. 다신 여자가 잊을 수 없고, 잊더라도 뼈에 사무쳐 다시 떠오르도록, 여자의 영혼에 깊이 각인시키고 싶었다. 나를, 채은형이란 인간을.

은형은 일행에 합류해 자리에 앉았다. 곧 세은도 뒤쫓아 들어왔다. 역시 아무 일도 없었다는 듯한 얼굴이었다. 식사가 끝날 때까지 은형은 단 한 번도 세은 쪽을 쳐다보지 않았다.

뮤직비디오 속 은형의 역할은 카페 주인이었다. 은형은 날카로운 눈매를 가릴 목적으로 검은색 뿔테 안경을 착용했다. 머리카락은 조금 덥수룩하게 흐트러뜨리고 눈가까지 내려오게 했다. 몇 번이나 빨아 부드럽게 해진 면 티셔츠를 입고 검은 앞치마를 둘렀다. 분장을 완벽하게 마친 뒤 사람들 앞에 서니 신선하단 반응이 이어졌다.

"고등학생 같다."

재민도 한마디 했다. 반면 재민은 옅은 연둣빛 비니에 노란색의 타이트한 티셔츠와 긴 다리를 늘씬하게 드러내는 물 빠진 진을 걸치고 있었다. 재민의 아이돌스러운 외모가 더욱 잘 살아났다.

"넌 제비 같다."

재민이 머리를 긁적이다 스타일리스트한테 눈총을 받았다. 비니가 흐트러진 바람에 다시 매만져야 했다. 은형은 고소해하며 웃었다.

줄거리는 대략 이랬다. 은형이 운영하는 조그만 카페에 자주 찾아오는 여학생이 있었다. 은형은 그 여학생을 좋아하면서도 수줍음이 너무 많아 말도 걸지 못한다. 드디어 용기를 내어 서비스라며 차 한 잔을 서비스하려던 때, 여학생은 은형의 뒤편을 보며 환하게 미소 짓는다. 여학생의 남자 친구인 재민이 나타난 것이다. 여학생은 은형을 보고 의아해했지만 은형은 한마디 말도 못하고 카운터 뒤로 도망가 버린다. 그 뒤로도 커플은 가끔 은형의 카페를 찾았다. 여학생은 그 어느 때보다 밝고 해맑게 웃고 있었다. 은형은 그 모습을 보며 남 몰래 마음 아파한다. 그러다 언젠가부터 커플이 나타나지 않았다. 그러더니 여학생만이 혼자 카페에 찾아오게 되었다. 은형은 여학생의 어두운 모습에 다시 한 번 용기를 내어 말을 건다. 여학생은 남자 친구와 헤어졌다고 했다. 여학생은 그사이에도 감정이 북받쳐 눈물을 뚝뚝 흘리고 만다. 남 앞에서 울어버렸다는 사실에 놀라 도망치는 여학생과 뒤쫓아간 은형, 빗속에서 은형은 여학생을 붙잡았다. 여학생은 은형의 서툰 달램에 잠깐만이라며 가슴에 이마를 대었다. 그날을 끝으로 여학생은 다신 카페를 찾아오지 않았다. 카페를 지나가는 여학생을 발견했지만 은형은 끝끝내 여학생에게 말을 걸지 못하고. 다시 비가 오는 날 창을 타고 소리 없이 흐르는 빗물을 더듬으며 은형이 눈물을 흘리는 것으로 뮤직비디오는 끝이 난다.

은형은 결코 타고난 연기자가 아니었다. 눈물은 안약의 힘을 빌려 흘릴 수 있고, 대사는 한 마디도 없기 때문에 편하게 연기할 수 있다지만 짧은 시간 내에 사랑에 빠진 표정, 실연에 괴로워하는 표정, 그리움에 애달파하는 표정을 동시에 만들어낼 수 없었다. 특히 사랑에 빠진 표정이 나오지 않아 몇 번의 NG 끝에 감독은 잠깐 휴식 시간을 갖기로 했다.

감독이 은형에게 다가왔다. 은형은 정말로 내가 왜 이걸 하겠다고 나섰는지 모르겠다며 한숨만 푹푹 내쉬었다. 재민은 그사이 자기 몫의 촬영을 다 끝내고 라디오 방송에 출현하기 위해 이동한 다음이었다. 재민은 세은과 함께 움직이고 은형 곁은 승행이 지켰다. 원래 재민과 승행이 함께 갔어야 했지만 은형 곁에 세은을 둘 순 없다고 판단했는지 승행이 세은을 대신 보냈다. 덕분에 세은은 은형이 분장한 모습만 보고 곧 자리를 비웠다.

"은형 씨, 다른 건 다 괜찮아. 처음치곤 정말 잘하고 있어. 근데 내가 보기엔 어깨에 힘이 들어간 것 같아. 사랑에 빠진 남자가 아니라 이 여자가 돈 떼어먹고 도망가진 않을까 의심하는 모습이라고."

은형은 감독의 실없는 말에 픽 웃었다. 감독도 같이 웃더니 조금만 더 열심히 하자며 기운을 북돋아주었다. 승행이 곁에서 감독이 하는 말을 다 듣고 있었다. 은형은 거울 속 자기 표정을 보며 고개를 갸웃했다.

"그렇게 이상했어?"

승행은 어정쩡하게 웃었다.

"누가 보면 형이 한 번도 사랑에 빠져 본 적 없다고 생각할걸요. 감독님 말씀이 맞는 것 같아요. 너무 긴장해서 그런 것 같아요. 자연스럽게 해봐요."

"그래서 달달한 표정을 지었던 건데."

"그게 너무 과했다니까요. 그냥 자연스럽게, 그래, 형도 한 번쯤은 형도 모르게 시선을 빼앗겼던 사람이 있었을 거 아니에요. 그 사람을 떠올려 봐요."

이세은.

은형은 흠칫 놀랐다. 승행의 말이 끝나기 무섭게 세은이 떠올랐다. 나도 모르게 시선이 가던 사람, 언제 어느 때든 바로 찾을 수 있던 사람. 하지만 사랑 때문은 아니었다. 세은의 집착이 진절머리나게 싫어서 재깍 알아보았던 것뿐이었다.

하지만 그게 정말 혐오 때문만이었을까? 돌이켜 보면 세은이 게시판에 글을 도배하기 전에도 세은이 왔는지 정도는 알았던 것 같았다. 언제든 맨 앞에 와 있었으니까 못 알아보는 게 우습긴 하다.

은형은 습관적으로 얼굴을 비비다가 누군가 꽥 소리치는 바람에 제정신으로 돌아왔다. 스타일리스트는 화장이 번진 걸 보더니 입속말로 투덜거렸다. 은형은 반사적으로 사과했다.

다시 촬영이 시작되었다. 카페를 한 군데 섭외해 하루 동안 빌리기로 했기 때문에 더 이상의 NG는 금물이었다. 따뜻한 오후 햇살에 고고하게 자리를 잡은 여배우는 은형으로선 처음 보는 신인 배우였다. 은형의 취향은 아니었지만 상큼하면서도 청초한 이미지라 웬만한 남자들이라면 첫눈에 반하는 것도 어려운 일은 아니리라 생각했다. 그녀에게 첫눈에 반한 신만 찍고 나면 곧 빗속의 신이 진행될 것이다. 해가 떨어진 다음에는 사위가 어둑해져서 빗속이라는 설정이 더욱 빛을 발한다고 했다. 그러니 해가 떨어지기 전까진 무슨 일이 있어도 이 신을 성공해야만 했다.

은형은 정말로 힘이 들었다. 차라리 여자가 없이 혼자 그리워하고, 여자의 빈자리를 힐끔거리고, 들어오는 손님마다 여자인지 확인하다 여자가 아닌 걸 안 뒤 실망하는 장면들이 훨씬 쉬웠다. 주인공 여자 역을 맡은 여배우가 아니라 다른 누군가를 상상하면 되었기 때문이다. 그가 그린 인물이 아니라 전혀 다른 인물을 앞에 두고 감정을 이입하려니 번번이 실패하고 말았다. 그럴 거면 정말 주인공 여자를 있는 그대로 볼 게 아니라 그가 그린 인물을 덧씌워 보는 게 나을 것 같았다.

신이 시작되었다. '한 사람' 의 전주가 시작되었다. 은형은 감독이 지정한 자리에 앉아 컵을 닦는 시늉을 했다. 컵에 시선을 주었지만 자꾸만 시선이 창가 쪽을 향했다. 한 여자가 앉아 있었다. 긴 머리를 하나로 총총이 땋아 등 뒤에 늘인 여자는 나른한 오후 햇살을 받으며 책장을 넘기고 있었다. 새하얀 손가락이 책장을 스윽스윽 스쳤다. 은형은 시선을 들었다. 여자의 입술은 여린 붉은빛이었다. 자그마한 코를 지나 좀 더 시선을 드니 반쯤 내리뜬 눈이 있었다. 기다란 속눈썹이 그늘을 드리우고 있었다. 하지만 은형은 그 속눈썹에 감싸인 눈동자가 짙은 커피 빛깔이라는 걸 알고 있었다. 불현듯 그 눈동자가 이쪽을 향했다. 은형은 숨이 막혀 반사적으로 고개를 획 돌려 버렸다.

동시에 컷하는 신호가 울렸다. 은형은 제정신으로 돌아왔다. 저만치에 감독이 다음 신을 지시하고 있었고 승행이 이쪽으로 다가

오고 있었다. 그리고 승행의 뒤엔 머리를 하나로 땋은 짙은 커피빛 눈동자의 여자가 따라오고 있었다.

"잘했어요, 형. 마지막엔 정말 놀라서 눈을 피하는 것 같던데요? 우리도 옷 갈아입고 준비해요."

은형은 어쩐 일인지 승행을 따라온 여자를 똑바로 볼 수가 없었다. 여자, 세은은 승행에게 재민에 대한 이야기를 건네고 있었다. 라디오 방송 작가와 PD에게 붙잡히는 바람에 저녁을 같이 먹을 테니 세은보고는 뮤직비디오 촬영장에 돌아가라고 했단다. 세은은 재민이 술을 마실 경우 부르라고 당부한 뒤 촬영장에 돌아왔다고 했다. 승행은 당연히 술을 마실 테지만 세은을 부를 일은 없을 거라고 알려주었다. 재민은 EM 관계자들이 아니고선 술을 자제하는 편이라 라디오 방송 쪽 사람들이나 다른 방송국 사람들과 술자리를 같이 해도 취한 적이 거의 없었다. 세은은 그 말을 듣고 안심하는 눈치였다.

승행은 그러더니 세은에게 먼저 돌아가라고 했다. 오늘 뮤직비디오 촬영이 끝나면 내일은 또 지방으로 뛰는 나날이 시작될 터였다. 게다가 내일 공연 장소는 해남이었다. 오후에 출발하겠지만 피곤할 게 틀림없으니 오늘은 푹 쉬라고 했다. 승행은 선배로서 세은을 챙겨주려는 것이다. 하지만 은형은 이맛살을 찌푸렸다. 세은이 돌아가야 한다는 건 그도 알고 있었다. 승행이 돌려보내지 않았다면 은형이 돌려보냈을 것이다. 은형 역시도 합리적으로 일하는 걸 좋아하기 때문에 일도 없는데 매니저를 둘이나 붙잡고 있지 않았을 것이다. 그래도 세은이 돌아갈 거라 생각하니 마음이 언짢았다.

세은은 시계를 흘끗 보고 망설이는 눈치였다. 은형은 저도 모르게 끼어들었다.

"이제 몇 컷이나 남았다고."

승행이 놀라 쳐다보았다. 승행은 세은을 대신해 은형을 설득하려 했다. 하지만 세은이 막았다.

"맞아. 이제 빗속 촬영만 남았잖아. 나도 다같이 움직이는 맘이 편하기도 하고. 내 신경은 쓰지 마, 승행 씨. 아까 은형 씨 하는 거 보니까 금세 끝날 것 같은데."

승행이 뭐라 반박해도 세은은 마음을 돌리지 않았다. 은형은 둘을 모른 척하고 의상을 바꿔 입었다. 자기도 유치하다는 건 알지만 단지 세은을 괴롭히려고 붙잡은 건 아니었다. 세은이 믿을지 모르나 세은이 곁에 있으면 좀 더 연기를 잘할 수 있을 것 같아서였다. 이 사실을 몇 백 번을 말해준대도 세은이 수긍할 것 같진 않았지만.

『그 사람과 헤어지던 날, 그대는 참 많이 울었어요. 하늘도 어두워 그대 어깨 적시고 있었죠. 잠깐만이라며, 내 가슴을 조금 빌려갔어요. 그대의 젖은 어깨밖에 난, 볼 수 없었죠. 돌아보면 안 될까요. 그대 어깨 너머 항상 내가 있는데. 돌아봐 주면 안 되나요. 그대가 빌려간 가슴은 아직 돌아오지 않았는데. 사랑해선 안 되었다는 거 알고 있어요. 그대 마음속엔 그 사람뿐이라는 거 알고 있어요. 그대에겐 그 사람이 아니면 안 되겠죠. 나도 그래요. 나도 그래요.』

빗속에서의 촬영은 생각 이상으로 어려웠다. 후둑후둑 떨어지는 빗줄기는 뼛속까지 얼어붙게 했다. 아직 이른 4월이라 얇은 옷차림으로 물줄기를 맞자니 정말로 추웠다. 게다가 지금까지 NG를 거의 안 내던 여배우가 번번이 NG를 내는 바람에 은형은 몇 번이나 머리와 옷을 말리고 지루하게 기다리는 작업을 반복해야 했다.

간신히 촬영이 끝났을 때는 열한 시가 되어 있었다. 여섯 시부터 그 한 장면을 위해 약 네 시간 동안 비를 맞은 것이다. 은형은 급기야 재채기를 시작했다. 으슬으슬 몸이 떨리고, 머리는 핑글핑글 돌았다. 열이 나는 것이다. 이 정도 진행 속도라면 집에 도착하자마자 앓을 게 분명했다. 은형은 질겁했다. 내일도 당장 공연이 있는데 몸살이라니! 아픈 것도 아픈 거지만 또다시 공연을 펑크 낼지도 모른다는 불안감이 더 컸다.

촬영팀과 헤어진 게 열한 시 반, 다같이 뒤풀이를 하려 했지만 은형은 몸 상태 때문에 빠져야 했다. 은형의 상태를 본 촬영팀은 바로 납득하고 은형을 보내주었다. 은형이 차에 오르기 무섭게 승행이 은형의 아랫배와 양말 위로 핫팩을 붙이고 찬미는 도톰한 담요를 덮어주었다. 은형은 갑갑했지만 마다할 수가 없었다. 끙끙거리는 그의 이마에 서늘하고 선뜻한 무언가가 닿았다.

"흰 죽이에요. 약 먹어야 되니까 조금이라도 먹어요."

은형은 군말없이 받아 들었다. 정말은 아무것도 삼킬 수가 없었다. 그사이 열이 더 올라서 속이 울렁거려서였다. 하지만 억지로 죽을 한술 떴다. 승행이 병원에 가봐야 하는 것 아닌지 걱정했다.

"병원 갈래요, 은형 씨?"

세은이 물었다. 은형은 여전히 으슬으슬 추웠지만 완강히 고개를 저었다. 세은은 한숨을 내쉬었다.

"우선 약을 먹여보고, 오늘 밤은 내가 은형 씨 곁에 있을게. 승행 씨랑 찬미는 먼저 들어가 쉬어."

승행과 찬미가 동시에 놀랐다. 하지만 은형만큼 놀란 사람은 없을 것이다.

"아픈 사람을 혼자 둘 수도 없잖아. 나도 은형 씨가 진정되는 것 같으면 집에 가서 쉴 테니까 걱정 말고."

"그럼 나도 같이 가. 병원에 들쳐 업고 갈 사람도 필요할 테니까."

"그래, 그럼. 찬미야, 걱정 말고 먼저 들어가서 쉬어. 경과보고 할게."

은형의 의견은 깡그리 무시된 채 세은과 승행이 은형을 병간호하기로 결정이 났다. 찬미가 미안해하며 돌아간 것을 끝으로 남은 사람들은 은형의 집으로 향했다. 은형은 그사이 세은이 준 죽과 약 한 봉지를 비웠다. 촬영 스태프가 준비한 도시락으로 끼니를 해결하긴 했지만 세은이 준 죽이 훨씬 든든했다. 약을 먹어서인가, 핫팩이 뜨끈뜨끈하게 덥혀줘서인가, 은형은 슬슬 졸음이 밀려왔다.

은형의 집에 올라가 침대에 누울 때 은형은 거의 반쯤 잠들어 있었다. 이마에 붙여준 건 아이스팩인가 보다. 이마부터 시작해 머리 전체가 시원해졌다. 세은은 승행에게 은형의 몸에 붙어 있는 핫팩은 다 떼고 옷을 갈아입히라고 시켰다. 핫팩은 맨살에 직접

부착했다간 화상을 입기 십상이라며 대신 이불이란 이불을 다 끌어와 은형에게 덮이고 실내 온도를 올렸다. 곧 실내가 따끈따끈해졌다.

은형은 가물가물한 눈으로 세은이 왔다 갔다 하는 걸 보았다. 세은이 바로 곁에 와 그의 뺨을 더듬었다.

"열이 그리 심하진 않은 것 같네."

은형은 세은의 손이 떼어지기 직전 그 손을 붙잡았다. 세은은 태연하게 대꾸했다.

"아직도 추워요? 아니면 물이라도 갖다줄까요?"

"이세…… 은……."

"열 떨어지는 것만 확인하고 갈 테니 안심해요."

"아니……."

세은이 은형의 손을 떼어내었다. 은형은 고집스레 더욱 꼭 쥐었다. 세은은 그의 힘에 못 이겨 침대에 걸터앉았다. 그녀가 앉은 자리가 가볍게 내려앉았다.

"아프다, 이세은……."

"죽을 정도는 아니에요. 엄살쟁이였군요."

"여기가, 아파."

은형은 힘없지 자기 가슴을 툭 쳤다. 세은은 대답이 없었다. 은형은 그러고 싶지 않은데 자꾸만 잠이 몰려왔다. 손에 힘이 풀리려고 했다. 안 되는데, 이 손을 놓으면 세은이가 가버릴 텐데, 그럼 안 되는데…….

"세은아……."

정말은 내 목소릴 듣고 싶었다고 했지. 네 마음을 알 것 같다. 뭐라고 좀 더 말해봐, 세은아. 네 목소리가 듣고 싶어. 항상 네 목소릴 들었던 것 같은데 잘 기억이 안 나.

"은형 씨……."

아아, 그래 난 네 목소리가 듣고 싶었던 거야. 예전처럼 날 부르던 네 목소리를, 날 사랑해 주던 네 목소리를. 그때의 너와 같은 마음으로.

아마도 널 사랑하나 봐, 이세은.

열은 뚝 떨어졌다. 다음날 아침, 은형은 생각보다 가뿐하게 자리를 털고 일어났다. 방 안이 갑갑할 정도였다. 땀범벅인 옷을 벗고 얼른 새 옷으로 갈아입었다. 샤워하고 싶은 마음이 굴뚝이었지만 병을 도로 도지게 하고 싶진 않았다. 시간은 벌써 정오가 되어 있었다. 꼬박 열두 시간은 잔 모양이었다. 하지만 푹 잔 만큼 몸은 개운했다. 울렁거리는 속도 진정되었고 지끈지끈 쑤시던 머리도 멀쩡해졌다. 이마를 짚어보니 세은이 붙였던 아이스팩은 사라지고 없었다. 잠결에 뗀 건지 세은이 떼어줬는지 기억나지 않았다.

거실에 나오니 아무도 없었다. 세은은 자기가 한 말을 충실히 이행한 모양이었다. 은형의 열이 떨어진 걸 확인하자마자 집에 돌아간 듯했다. 은형은 휑한 거실을 보고 한숨지었다. 아프고 나면 항상 그랬듯 허전함이 몰려들었다. 아픈 건 이골이 났는데도 깨어났을 때 혼자인 건 도통 적응이 되지 않았다.

배가 꼬르륵 울렸다. 은형은 먹을 게 있던가 싶어 부엌에 갔다.

식탁 위에는 낯익은 그릇이 서너 개 놓여 있었다. 하나는 랩 포장이 된 흰 죽이었고, 나머지는 반찬이었다. 죽은 만들어진 지 얼마 안 됐는지 아직 따뜻했다. 얼마 전까지 여기 있었단 뜻인가? 은형은 부리나케 현관으로 달려갔다. 엘리베이터까지 뛰어가느라 빈약한 체력이 바닥이 났다. 헉헉대며 엘리베이터가 멈춘 층을 보니 일층이었다. 정말로 방금 전에 떠났을지도 모른다. 거짓말처럼 은형은 비상구를 향해 달려가고 있었다. 숨이 찬데, 속이 다시 울렁거리기 시작하는데, 무릎은 툭 꺾일 것만 같은데, 멈출 수가 없었다.

로비에 도착했다. 평일 대낮이라서인지 로비는 한산했다. 그를 알아본 경비가 깍듯이 인사했으나 은형은 그는 안중에도 없이 로비를 두리번거렸다. 경비 외에는 아무도 보이지 않았다. 아예 아파트를 나갔다. 길거리엔 차량도 얼마 없었다. 어제보다도 좋은 날이었다. 햇볕은 따뜻하고 바람은 훈훈했다. 정오의 햇살은 점점 강하게 무르익는단 느낌이었다. 그 햇볕 아래 아무리 사위를 둘러보아도 세은의 모습은 보이지 않았다.

은형은 터덜터덜 아파트로 돌아왔다. 경비가 다시 그를 보고 재깍 인사했다. 은형은 이번에도 무심히 지나가려다 도로 경비에게 다가왔다. 경비는 이십대 중반의 청년이었는데 은형을 알아보고 눈을 반짝였다.

"혹시 머리가 이렇게 길고 하나로 땋은 조그만 여자 못 봤나요?"

"검은색 코트를 입으셨던 분 말인가요?"

세은은 항상 엉덩이까지 낙낙하게 덮는 검은 코트를 입고 다녔다. 은형은 눈을 빛냈다.

"십여 분 쯤 전에 나가셨습니다만. 무슨 일이신데요?"

십여 분 전. 은형은 기가 막혔다. 일이 분도 아니고 십여 분 전이라 이거지. 죽이 식기 전이란 생각에 여기까지 달려나왔었는데 십여 분이나 지난 다음이었단 건가.

은형은 여전히 궁금해하는 경비를 뒤로하고 아파트로 올라갔다. 갑자기 확 피로가 몰려왔다. 그래도 다시 열이 오르진 않았다. 그나마 다행인가.

부엌에 돌아오니 죽은 완전히 식어 있었다. 그리고 수저 밑에 아까는 못 보았던 쪽지가 있었다. 세은이 남긴 메모였다.

〈입맛 없더라도 드세요. 전자레인지에 일 분 정도 데우면 먹을 만할 거예요.〉

간결한 메모였다. 쓴 사람의 이름조차 남아 있지 않았지만 그가 아는 세은의 글씨체, 세은의 말투였다.

'십 분만 더 기다리지 그랬어, 딱 십 분만 더.'

그랬음 눈을 떠 제일 먼저 널 볼 수 있었잖아.

왜 세은을 봐야 하는데?

불현듯 어젯밤의 바보 같은 짓이 떠올랐다. 세은을 붙잡고 아프다고 징징댔다. 뭐라고 더 투정을 부렸는데 머릿속에서 그쳤는지 입 밖으로 냈는지도 정확히 기억나지 않았다. 세은이 뭐라고 했었는지도 가물가물했다.

그럼에도 분명 지워지지 않는 게 하나 있었다.

'이세은을 사랑할지도 모른다?'

은형은 쪽지를 툭 떨어뜨렸다.

"그게 무슨 바보 같은……."

어처구니가 없어 웃음이 다 나왔다. 웃음은 곧 그쳤지만 은형은 더 말을 잇지 못했다. 그는 돌처럼 굳어졌다.

하지만 그래야 이해되는 것들이 있지 않았던가? 세은이 그에 대한 기억만 싹 잊은 뒤에도 몇 번이나 세은을 찾아갔던 일, 세은을 자극하고 도발하고 기어이 그를 상대하게 만들었던 일. 그 자그만 몸이 너무 가여워서 입을 맞춘 일이라든지, 평생 꿈도 꾸지 않았던 사과를 했던 일. 세은을 곁에 두려고 수를 썼던 것도, 정작 곁에 있으면서도 그를 태연하게 대하는 그녀의 모습에 괴로웠던 것도, 아플 때 세은의 목소리가 자꾸만 듣고 싶고 눈을 떴을 때 가장 먼저 세은 생각을 떠올렸던 것도, 사랑 때문이라면 다 이해가…….

아냐. 그럴 리 없어. 그럴 리가…….

저도 모르게 시선을 준 여자가 있지 않느냐고 했을 때 떠오른 사람도, 창가에 앉아 책을 읽고 있던 여배우에게 투영한 여자도 모두 세은이었다. 뮤직비디오 촬영 때 혼자서 하는 연기가 편했던 건 세은을 마음껏 그릴 수 있어서였다. 카페를 들어오는 사람마다 정말 세은이 아닌지 깜짝깜짝 놀랐었다. 텅 빈 창가를 보면서 세은을 상상했다. 안약을 넣고 눈물을 뚝뚝 흘릴 땐 갑자기 슬퍼져서 정말로 콧잔등이 시큰해졌었다. '한 사람'의 가사가 가슴에 저며와서였다.

『돌아보면 안 될까요. 그대 어깨 너머 항상 내가 있는데. 돌아봐주면 안 되나요.』

맙소사.

바닥에 살포시 내려앉은 쪽지가 묵묵히 그를 지켜보고 있었다. 은형은 쪽지를 들어 올렸다. 종이는 서늘했지만 어쩐지 세은의 체온이 묻어 있을 것 같았다. 쪽지를 들여다보았지만 내용이 머리에 들어오지 않았다. 자꾸만 자꾸만 세은이 비쳐 보였다.

은형은 질끈 눈을 감았다. 쪽지를 와직 구기고 휙 내던졌다. 인정할 수 없다. 인정하기 싫었다. 이세은을 사랑한다니 그게 가당키나 한 일인가? 세은에게 관심이 있었던 건 인정한다. 하지만 고작 흥미와 관심 수준이었다. 심하게 대했던 데 대한 미안함도 있었다. 정말 그뿐이었다. 그 이상도 그 이하도 아니었다. 사랑이라니, 더더욱 말도 안 되었다.

은형은 기어이 샤워를 했다. 몸이 끈적끈적해서 견딜 수 없었다. 샤워를 마치고 나니 다시 으슬거려 왔다. 샤워를 마쳐도 머릿속은 여전히 엉망진창이었다. 은형은 얼굴을 아프게 비볐다.

"사랑은 아닐 거야, 사랑만큼은……."

그는 바닥에 널브러진 쪽지를 다시 주워 들었다. 확 찢어버리거나 휴지통에 던져 버릴 심산이었다. 쪽지가 조그매서 찢지는 못하고 휴지통에 던져 버렸다. 은형은 그대로 방으로 돌아가 나갈 준비를 갖췄다. 뮤직비디오 촬영 건을 마무리하기 위해 사무실에 들러야 했다. 땀으로 젖은 시트를 걷고 외출복으로 갈아입고 머리스타일을 가다듬었다. 차 키와 지갑을 들고 현관을 나섰다. 자동잠금장치가 그가 나가자 '문이 닫혔습니다' 하고 친절하게 알려주었다.

은형은 문에 기대섰다. 복도의 전등 센서가 그를 감지하고 반짝 불을 밝혔다. 그는 불이 들어온 전등을 멍하니 응시했다.

"사랑은…… 아니겠지?"

전등은 곧 어둑하게 꺼졌다. 은형은 한동안 꼼짝도 하지 못했다.

M 방송국에서 녹화를 마치고 나오니 아직 날이 훤했다. 때는 5월 중순의 화창한 날이었다. 아직 5월인데도 재킷을 걸친 등에 뜨끈한 기운이 감도는 게 5월 하순이 되면 성격 급한 사람들은 반팔을 꺼내 입을 것 같았다. 여름은 왜 그리 성급한지 봄이 채 무르익기도 전에 그 열기를 뻗쳐 왔다.

오늘은 그나마 M 방송국 녹화만 마치면 저녁까진 한가했다. 차는 방송국을 벗어나 곧 대로변으로 진입했어야 했는데 엉뚱한 방향으로 향했다. 승행이 앞좌석에서 로드 매니저에게 똑같은 의문을 표했다.

"어차피 점심 먹을 거잖아요. 날도 좋은데 윤중로나 잠깐 들르죠. 꽃놀이는 놓쳤지만 기분전환도 할 겸."

"그렇다는데, 차로 한 바퀴 휙 돌아볼까요?"

승행이 뒷좌석에 물었다. 여간해선 감정 표현을 잘 안 하는 찬미가 박수를 짝 치며 환호했다. 그러다 EM의 눈치를 살핀다. 재민은 나쁠 것 없다고 했다. 은형은 좋다고도 싫다고도 대답하지 않았지만 차는 이미 윤중로로 향하고 있었다.

세은은 운전을 참 잘했다. 언제나 급하게 이동을 해야 해서 기존의 로드 매니저들은 차를 거칠게 몰아댔었다. 끼어들기며, 급브레이크며, 예고없는 유턴이며. 은형은 아무리 피곤해도 차에선 편히 잠들지 못했었다. 세은도 거칠 때는 거칠지만 여간해선 부드럽게 차를 몰았다. 차가 안락하게 흔들릴 때면 은형은 소록소록 잠이 밀려오는 걸 느꼈다.

세은은 여의도 공원의 유료주차장에 차를 세웠다.

"우리 잠깐 걸었다 와요. 요즘 차로만 이동해서 운동 부족이잖아요? 평일 이 시간엔 사람도 얼마 없으니까 다니기 나쁘지 않을 거예요. 그리고 이거."

뒷좌석 구석에 한 짐 쌓여 있던 비닐봉지를 세은이 가리켰다.

"김밥, 초밥, 과일 좀 샀어요. 삼십 분만 앉아 있다가 와요."

재민이 봉지를 부스럭거리며 뒤졌다. 재민은 초밥 케이스를 하나 꺼내더니 휘파람을 불었다.

"와, 연어초밥이잖아! 이거 내가 제일 좋아하는 건데."

재민은 꿀꿀하게 차 안에서 도시락을 펼 순 없다며 귀찮아하는 은형을 끌고 차에서 내렸다. 다섯 사람은 윤중로까지 천천히 걸어갔다. 준비성 좋은 세은이라 돗자리며 따뜻한 음료까지 이미 완비해 놓았다. 신문지는 웬 거냐고 찬미가 물으니 잔디 위에 돗자리 하나만 깔면 엉덩이가 배겨서 완충용으로 신문을 까는 거라고 했다. 은형은 내심 혀를 찼다.

확실히 벚꽃은 한 송이도 남아 있지 않았다. 완연한 녹색으로 뒤덮인 윤중로는 하지만 그 푸릇푸릇함만으로도 충분히 절경이었다. 보기만 해도 숨이 탁 트였고 뜨끈한 바람마저도 시원하게 느껴졌다.

찬미는 어린 나이답지 않게 차분하고 침착해서 EM과 오랫동안 함께 일을 해왔다. 그런 찬미조차도 시원한 풍경에 들떴는지 팔랑팔랑 뛰어다녔다. 승행도, 재민도 감탄을 금치 못했다. 저마다 벚꽃철에 오지 못해서 아쉽다고 했다. 그래도 봄이 농익었다는 느낌이 코앞에 펼쳐지자 다들 설레어했다.

다섯 사람은 평평한 바닥을 골라 신문지를 깔고 그 위에 돗자리를 펼쳤다. 돗자리 하나로도 충분했을 텐데 일 인용 정도의 조그만 돗자리도 더 가져와 그 위에 짐을 풀 수 있었다.

도시락도 눈부셨다. 딸기철에 접어들었음을 느끼게 해주는 새빨갛게 여문 딸기와 자두, 복숭아에, 재민이 좋아하는 연어초밥, 찬미가 사족을 못 쓰는 김밥, 승행 몫으로 캘리포니아롤, 거기에 따끈따끈한 된장국까지. 짐이 커다랬던 것은 커다란 보온병이 두 개나 들어 있어서였다. 한 통은 된장국, 한 통은 따뜻한 커피였다. 세은이 항상 들고 다니는 조그만 보온병에 따뜻한 물도 가득했다.

“김치에, 더덕에, 깻잎이라. 언니, 이걸 언제 다 준비한 거예요?”

세은은 랩들을 하나씩 벗겨냈다. 찬미는 물을 틈이 있나 보다. 두 남자는 물을 틈도 없이 자기 몫을 입에 쑤셔 넣고 있었다.

"보면 알잖아. 다 산 거야. 반찬은 우리 집에서 조금씩 덜어온 거고. 차 실장님이 우리 식구들 바람 좀 쐬라고 예전에 보조금을 주셨어. 그걸로 도시락을 산 거지."

"그래도. 요즘 진짜 바빴잖아요."

"난 차로 이동하는 사람이잖아. 이거 살 시간은 충분히 있었어. 어서 먹어."

은형은 자기 앞에 놓인 도시락을 보고 조금 멍해졌다. 그의 앞에는 유부초밥이 놓여 있었다. 재민이며 다른 친구들이 어린애 같다고 놀려도 은형이 제일 좋아하는 건 유부초밥이었다. 그가 한 입도 대지 않는 걸 보고 재민이 직접 하나 집어주었다.

"먹어봐. 사 온 거라는데 진짜 맛있다."

유부초밥은 아니었다. 은형은 반신반의하며 한입 물었다. 쫀득쫀득한 밥과 간간하게 간이 밴 유부, 두 맛을 하나로 아우르는 적당한 단맛. 그가 이미 알고 있는 맛이었다. 은형은 이전에 이 유부초밥을 먹어본 적이 있었다.

재민은 자기 몫의 연어초밥을 싹 비우고 다른 사람들 밥도 넘봤다. 연어초밥은 양이 적었지만 그 외 김밥이며, 롤 등은 양이 넉넉했다.

"역시 사람을 잘 둬야 돼. 세은이 오니까 짬 내서 소풍도 오고. 하아, 너무 좋다."

부른 배를 통통 두드리며 재민이 벌렁 드러누웠다. 세은은 그사이 과일을 먹기 좋게 잘라놓고 다 쓴 칼이며 식기는 물 티슈로 가볍게 닦아냈다.

여린 푸른 잎이 늦은 봄 햇살 아래 바람 따라 한들한들 흔들렸다. 재민은 눈을 감고 알 수 없는 멜로디를 흥얼거렸다. 승행은 세은을 도와 자리를 치우고 찬미는 나무에 기대 따뜻한 오후 햇살을 만끽하고 있었다. 한가로운 오후였다. 모두들 갑작스럽지만 너무도 반가운 봄나들이에 긴장을 풀고 있었다. 단 한 사람만이 파란 하늘과 푸르른 녹음과 푸릇푸릇 잔디밭 사이, 어디에도 마음 두지 못하고 초조하게 입술을 꾹 깨물고 있었다.

짤막한 소풍을 마친 뒤 다섯 사람은 차에 돌아왔다. 오후 스케줄을 위해 다시 움직일 때였다. 따뜻한 햇살과 향긋한 내음과 신선한 공기로 잔뜩 충전한 일행들은 신경이 누그러진 덕분인지 오후 스케줄도 너끈하게 해치울 수 있었다. 재민은 여느 때보다 팬서비스를 남발해 팬들은 자지러지려 했다.

지금은 한창 대학 축제 기간이었다. 오늘 공연한 대학이 서울권에 있어 팬클럽 운영진들도 찾아왔다. 하지만 다들 EM보다는 세은이 더 반가운 것 같았다. 대여섯의 여자들이 세은을 감싸며 꺅꺅거리느라 정신이 없었다. 덕분에 EM 일행이 차 안에서 세은을 기다리게 되었다.

승행이 내일 스케줄을 검토하느라 차에 불을 켰다. 재민은 말없이 앉아 있다가 승행을 툭툭 쳤다.

"세은이, 기억 돌아왔대?"

은형의 덜컹 내려앉았다. 원하지 않아도 몸이 재민 쪽으로 기울었다. 시선은 여전히 차창 밖, 운영진들과 손을 맞잡고 떨어지지 못하는 세은에게 고정되어 있었다. EM 일행 앞에서는 항상 차분하고 얌전하던 세은이었지만 친구들과 모이자 얼굴에 대번에 화색이 돌았다. 눈을 빛내며 한 사람 한 사람 손을 잡는 모습이 정말로 반가운 듯했다.

"아니라고 들었는데요. 왜요?"

"그럼 네가 말해줬어? 나 연어 좋아한다고."

"은형 형에 대한 기억만 없어진 거잖아요. 재민 형이 뭐 좋아하는지는 이미 기억하고 있었을걸요?"

"아, 그랬지."

재민은 은형 쪽으로 빙글 돌아앉았다.

"넌 뭐 감 잡히는 거 없냐?"

은형은 시침을 뚝 뗐다.

"형도, 물을 사람한테 물어요."

승행이 살짝 질린 안색으로 대꾸했다. 재민이 머쓱하게 머리를 가다듬었다. 곧 세은이 돌아왔다.

"저 때문에 발이 묶였네요. 미안해요."

"세은이 인기야 알아줬지."

"제가 뭘요. 다들 너무 오랜만이라 그런 거죠."

"우리 로드 매니저가 팬클럽 운영진이면 안 되지 않아?"

"진작 그만뒀어요."

은형은 어금니를 지그시 맞물었다. 승행은 이미 알고 있던 사항인지 재민과 찬미가 크게 놀랐다.

"정말, 언니? 언제?"

"이 일 시작하기 전에."

"우리 로드 하느라고 그만둔 게 아니란 말이야?"

재민의 대꾸는 은형의 심정을 대변하고 있었다.

"EM이 활동을 재개하면 운영자들도 같이 바빠지니까요. 더 일찍 그만뒀어야 했는데 그만두겠다는 연락을 할 시간도 없어서 이제야 한 거죠. 그때는 EM 로드가 아니라 JA 로드를 계속할 줄 알았으니까요."

"우리 로드 때문에라도 당연히 그만뒀어야지."

은형은 뾰족하게 대꾸했다. 차 안이 순식간에 싸해졌다. 세은이 차를 조작하는 소리만이 들렸다.

"그럼요. 이중 스파이 노릇 할 생각은 없으니까요."

세은도 지지 않고 대꾸했다. 재민이 혀를 찼다. 은형을 노려보는 듯했지만 은형은 바로 앞 운전석을 노려보느라 신경도 쓰지 않았다.

세은이 EM의 로드로 일한 지 벌써 두 달째로 접어들고 있었다. 그동안 이미 꾸준히 함께해 온 사람마냥 손발이 척척 맞아 새 사람을 들였다는 실감이 없었다. EM의 공연 때마다 아이디어를 제공하고, EM의 스케줄이 원활하게 풀리도록 이리저리 뛰어다녔다. 승행을 따라 공연 관계자나 방송 관계자들에게 인사하러 다닐 때도 많았는데 어떤 공연 관계자는 드디어 제대로 된 사람들인 것 같다고 세은을 칭찬하기까지 했다. 세은이 매니저로서의 역할을 능숙하게 수행하고 있다는 건 이미 입증이 되었다.

엄마와 같은 세심하고 꼼꼼한 보살핌도 빠지지 않았다. 함께 뛰는 동료로서 EM의 지원군 역할을 톡톡히 발휘하는 것이다.

공연을 마치고 차에 오르면 이미 덥혀진 공기가 그들을 맞아주었다. 무대에서 내려온 직후는 조금 땀이 밸 정도로 훈훈하지만 싸늘한 차에 오르면 금세 선뜻해지고 만다. 하지만 세은과 함께 이동한 후 그런 급격한 체온 변화는 없었다. 재민은 덥다고 툴툴거렸지만 곧 세은이 준비한 모포를 덮고 쌕쌕거리며 잠이 들었다.

뒷좌석 사람들이 잠이 들었다 생각하면 세은은 라디오 볼륨을 낮추었다. 항상 교통방송을 청취했다. 아나운서의 목소리가 나직나직하게 들릴 때면 은형은 저도 모르게 잠이 왔다. 잠이 들지 않을 때는 세은이 승행과 목소리를 죽여 대화하는 것을 들었다. 주로 다음날 이동 경로와 스케줄에 대한 상의였다. 승행이 우스갯소리를 하면 세은은 소리 죽여 쿡쿡 웃었다. 어깨를 살짝 들썩이며 눈이 휘어지는 모습이 상상이 되었다. 은형은 그럴 때면 살짝 창문을 열어 밤공기를 호흡했다. 울먹임과 같은, 수분 기운이 가득한 밤공기를 마셔도 요동치는 마음은 가라앉지 않았다.

간절기는 끔찍했다. 은형은 더운 것도 싫고 추운 것도 싫었지만 덥지도, 춥지도 않을 때는 거의 미칠 지경이었다. 그리고 간절기에는 언제나 환절기가 동반되기 때문에 EM 활동을 할 때나 하기 전에도 항상 이 시기 즈음에 감기를 달고 살았다. 그러다 다 커서 감기가 뚝 떨어졌다고 생각했던 삼 년간, 지금은 그 삼 년이 어느 한 사람의 애달픈 정성의 결과임을 알게 되었다.

EM이 마시는 건 차갑고 시원한 이온음료도 있지만 후식을 겸해서 대부분은 인삼차를 마셨다. 승행이 로드 매니저였을 때 대기실을 하나 가득 채운 과자들은, 지금은 수제 쿠키와 과일 등으로 바뀌어 있었다. 어디를 가도 먹을 것이 부족한 적 없었고, 먹을 것들이 입에 맞지 않아 반술만 뜨고 만 적도 없었다. 세은의 맛집 리스트는 건재한지 어디를 이동해도, 하다못해 휴게소의 가락국수 한 그릇을 먹어도, 기가 막히게 맛있는 것만 찾아내었다. 불규칙한 생활과 쉴 틈이 부족한 생활로 차로 이동하는 동안 푹 쉬어야 하는데 은형의 성격상 차에서 푹 잠자기는 거의 불가능했다. 하지만 세은이 운전하는 차 안에서는 저도 모르게 곯아떨어진 적이 몇 번 있었다. 덥지도, 춥지도 않은 딱 적당한 따스함에 조심스러운 운전 솜씨, 세은이 숙면에 좋다며 권하던 라벤더 티와 감기 예방 차원이라고 차 안에 놓아둔 레몬 향 방향제, 건조한 실내 때문에 목이 상할까 봐 준비한 가습기, 욕조에 한두 방울 정도 떨어뜨리면 근육이 풀어지는 효과가 있다며 하나씩 안겨준 페퍼민트 아로마…….

이쯤 되면 저 여자는 못하는 게 뭘까 의문이 들었다. 페퍼민트 아로마 때는 한두 방울로 효과가 없을 것 같아 대여섯 방울 풀었다가 온몸이 화끈거려 죽는 줄 알았다. 그보다 더 곤란했던 건 다른 일행들이 페퍼민트 아로마의 효과로 하루 종일 재잘거리던 때 재민이 은형 주변에서 코를 킁킁거리며 '너한테서도 냄새가 나는 것 같다?' 고 했을 때였다. 세은이 은형 쪽을 보고 있었다. 은형은 신경질적으로 팩 쏘아붙였다.

"네 냄새가 옮은 거겠지!"

사람들 얼굴에 떠오르던 '그럼 그렇지' 의 표정이라니. 우선은 안심이었지만 사실은 참 고역이었다. 세은이 해보라고 주는 것들을 해봐도 안 돼, 했어도 내색하면 안 돼, 정말은 페퍼민트 아로마 덕분인지 두통이 날아간 것 같다는 감상이 입에 뱅뱅 맴도는데 말을 해서도 안 돼……. 일로 인한 스트레스보다 세은에 연관된 일에 신경을 곤두세우는 게 더 피곤했다.

하지만 은형이 세은이 해주는 것들을 고분고분 받아들이고 순순히 따른다면 더 귀찮아질 것이다. 재민은 몇 번이나 은형에게 세은에 대한 관심을 끄라고 경고했었다. 은형이 새삼스레 세은이 해주는 것들에 반응을 내보이면 또다시 무슨 생각이냐고 따질 놈이었다. 이전에는 '안 그럴 거야' 라는 말로 무마할 수 있었지만 한 번 더 같은 일이 생기면 재민은 그냥 넘어가지 않을 것이다. 재민도 세은 일이라면 유달리 촉각을 곤두세우지 않은가.

그럴 땐 뭐라고 답해야 하는가. 이제야 미안해졌다고, 세은의 고마움을 알았다고? 그 정도면 다행이게. 그 정도 대답만으로도 재민은 '너 사람 됐구나' 할 것이다. 그건 그 나름으로 열받겠지만, 만약 이 감정이 사랑일지도 모른다고 고백한다면……. 재민이 어떻게 나올지 도무지 상상이 되지 않았다. 어쨌거나 놀라겠고 은형을 미친놈으로 치부할 것이다. 새디스트냐고 진심으로 물을지도 모른다. 어떤 반응이든 재민이 열렬히 환영하지 않으리라는 건 확실했다. 은형의 감정 때문에 세은이 더 힘들어할지 모른다고 걱정할 놈이었다. 은형은 이를 갈았다.

재민의 반응은 부차적이었다. 문제는 은형의 상태였다.

한번 세은에게 반응하기 시작하면 마음이 와르르 무너질 것이다. 이 마음을 주체하지 못해 예전처럼 훌쩍 세은의 집에 찾아간

다거나, 그녀를 안는다거나, 주위 눈엔 아랑곳없이 키스할지도 모르겠다. 아니, 확실히 그럴 것이다. 어쩌다 세은과 단둘만 남는 상황이 발생할 때면 저도 모르게 세은을 응시하곤 했으니까. 저도 모르게 세은 근처까지 다가갔다가 당황해서 그대로 도망쳐 버린 적도 있었다. 세은을 보면 여전히 울컥 치미는 감정이 있는데 요즘은 그 이상으로 간절히 손을 뻗고 싶은 마음이 들었다. 닿고 싶고, 안고 싶고, 키스하고 싶었다. 숨도 못 쉬게 끌어안아 날 보라고, 날 봐달라고 소리 지르고 싶었다. 이제 그만 날 좀 용서해 달라며 애걸하고 싶었다.

그렇다고 세은을 은형 마음대로 다룰 수 있단 뜻도 아니었다. 잠이 오지 않았다. 은형은 모포 속에서 눈을 거슴츠레 밝히고 운전석 쪽을 보았다. 승행도 잠들었는지 앞좌석에선 희미한 라디오 소리만 들렸다.

마음대로 다룰 수 있는 여자였다면 세은이 은형 좋다고 쫓아다녔던 것을 진작 말릴 수 있었겠지. 마음대로 대할 수 있는 여자였다면 이미 두 번째로 키스를 나누던 날 결코 집에 돌려보내지 않았지. 정말로 만만한 여자였다면 진작 은형의 사과를 받아들이고 '프로의 자세'로서 은형을 대할 게 아니라 이전처럼 사모의 마음을 담뿍 담아 은형을 대했겠지.

세은이 주었던 유부초밥을 보았을 때 기억이 돌아온 것인가, 하는 물음과 기억이 돌아왔음을 나에게 밝히는 저의가 무언지에 대한 물음이 동시에 떠올랐다. 세은의 방에서 세은이 했던 말을 똑똑히 기억한다.

"그러니까 이제 제발 좀 꺼져 주겠어요?"

그가 세은에게 했던 말, 그가 당시에는 진심으로 바랐던 말을 세은은 고스란히 돌려주었다. 기억을 잃던 상황의 기억만 돌아왔는지 전부가 돌아왔는지는 아직까지도 알 수 없었다. 다만 유부초밥을 보았을 때 소름이 돋았다. 이건 세은의 도전장이자 경고문이었다. 난 감정에 취해서가 아니라 프로의 입장에서 너의 입맛을 맞춰주겠다, 어디 맛있게 먹어봐라.

예전과 같은 맛이었지만 같은 의미는 아니었다. 여자는 자기의 감정이 얼마나 냉정했는지를 알리기 위해 일부러 유부초밥을 만들어온 것이다. 더는 그를 사랑해서, 그의 행복을 위해 움직이는 게 아니라 단지 돈 때문에, 자기 능력을 입증하기 위해 지난날의 레시피를 활용하는 것이다.

진절머리나는 여자. 네가 그렇게까지 하지 않아도 네가 날 사랑하지 않는다는 것쯤 잘 알고 있다. 너의 감정이 죽어버린 것, 그게 나 때문이라는 것, 똑똑히 알고 있다. 넌 몇 번이고 내게 말했으니까, 내가 싫다고, 죽도록 싫다고, 그러니 제발 꺼져 버리라고.

넌, 내가 사람도 아닌 줄 아는 거냐? 그 정도의 말을 들어도 난 채은형이니까 상처도 입지 않는다고 생각해? 화도 안 나고, 울분도 안 쌓이고, 차가운 철근 같은 마음이라 흠집 하나 안 난다고?

너 그렇게 비인간적인 사람 아니었잖아.

나도 아파. 알아? 나 너 때문에 정말 아파. 널 곁에 두면, 우리 함께 지내면, 네 감정이 전부는 아니더라도 아스라한 아지랑이처럼은 피어오를 줄 알았어. 날 싫다 싫다 하지만 정말은 나에 대한 미련이 남아서 내가 네 곁에 있으면 언젠가 네 마음이 내게 돌아올 줄 알았어. 나도 노력하고 있으니까, 대체 내가 뭣 때문에 스케줄을 늘렸는데.

난 그런 기대도 하지 못해? 넌 내가 이런 생각을 하리라곤 꿈에도 상상하지 못하지? 너에게 난 언제나 비인간적이고, 몰상식하고, 너라고 하면 끔찍해하며 달아나기만 했던 그런 채은형일 테니까.

그래서 네가 더 내 곁에 있어주길 바랐어. 나도 사람이라는 거, 나도 그냥 남자라는 거, 알아주길 바랐으니까. 제발 보아주길 바랐으니까.

근데…… 네가 내 곁에 있는 거 왜 이렇게 힘이 드냐…….

차라리 기억을 못 찾은 척을 하지. 내 입맛은 하나도 기억나지 않는다고 하지. 아니면 내가 소름 돋게 싫어하는 문어초밥이라도 사 오지. 그럼 일말의 희망이라도 발견할 수 있잖아. 아직은 나에 대한 감정이 남았다고 착각이라도 할 수 있잖아.

너 진짜 못됐다, 이세은……. 난 널 사랑하는 건지도 모르는데.

…하고 싶지 않았어 _20

뮤직비디오 반응은 기대 이상으로 좋았다. 팬클럽 게시판에는 이번 뮤직비디오에 대한 반응이 하루에도 열 몇 개씩 올라왔고, 음악 채널에도 EM의 '한 사람'을 틀어달라는 요청이 쇄도했다. 음악 프로그램이 아니고선 EM을 실제로 볼 수 있는 기회가 적기 때문에 뮤직비디오 방영 요청이 더 많은 거라고, 차 실장이 말해주었다.

세은이 EM 로드 매니저이기 때문인진 몰라도 길거리를 다닐 때면 유독 EM에 관련된 이야기를 많이 들을 수 있었다. 오늘 세은은 EM의 콘서트 의상 콘셉트를 잡으려 찬미와 함께 시내에 나온 참이었다. 찬미는 EM의 콘셉트를 잡으려 막연히 길거리를 방황한다고 했다. 오늘은 세은도 시간이 되어 함께 나왔다. 찬미는 세은이 함께 간다는 말에 무척 반가워했다. 세은과 GIL의 콘서트 때 손발을 맞춘 적이 있어 세은의 감각이 도움이 된다는 것이다. 세은으로선 오랜만에 쉬는 날을 맞았는데 늘어지게 자는 것 외엔 할 일이 없어 나선 것이었다.

평일 대낮의 동대문은 한가했다. 찬미와 세은은 쇼핑 나온 여학생들처럼 꺅꺅거리며 이리저리 길거리를 누비고 다녔다. 여자는 참 신기했다. 피곤해서 죽을 지경이면서도 예쁜 옷이나 예쁜 소품들을 보면 전에 없이 생생하게 살아난다. 그래서 여자라 참 행복했다. 이런 작은 일로도 행복해질 수 있으니까.

두 여자는 한참을 돌아다니다 잠깐 숨을 돌리기 위해 카페에 들렀다. 자리를 잡고 차를 주문하고, 창밖을 지나다니는 사람들을 하염없이 구경하자니 마치 기다렸다는 듯 '한 사람'이 흘러나왔다. 찬미가 풋 웃어버렸다. 세은도 어처구니가 없었다.

"이것도 직업병인가. 난 어딜 가도 EM 노래는 딱 알아들어."

찬미의 말에 세은도 동의했다. 세은이야 찬미보다 훨씬 오래전부터 EM의 노래를 알아듣긴 했다. 팬으로서의 시간이 더 길었으니까. 시내 중심가를 다니면 온갖 가게들과 온갖 노점상에서 온갖 노래들이 흘러나온다. 하지만 자석을 놓으면 흩어진 철가루가 일시에 싹 몰려드는 것처럼, 세은은 길거리를 나서도 어디서든 EM의 노래를 식별했다. 세은은 내심 동의만 할 뿐 내색하진 않았다.

"'한 사람'이다."

옆 테이블에 앉은 소녀들이었다. 이제 대학 2, 3학년쯤으로 보였는데 '한 사람' 이라고 외친 소녀가 맞은편 친구를 탁탁 때리고 있었다. 맞는 친구는 이맛살을 찌푸렸다.

"'한 사람' 이 뭔데?"

"EM! 몰라? 나 뮤직비디오도 갖고 다녀."

그러더니 소녀는 PMP를 꺼내 뮤직비디오를 찾기 시작했다. 세은과 찬미 쪽 테이블은 동시에 조용해졌다.

드디어 소녀가 뮤직비디오를 찾았는지 친구에게 보여주었다. 친구는 처음에는 시큰둥하게 화면을 들여다보다 점점 호기심을 띠어갔다. 친구는 화면을 가리키며 이 사람이 누구냐고 물었다. 세은은 속으로 재민이겠거니 생각했다.

"채은형! 왜 SI 노래도 주고, GIL도 키운 사람 있잖아."

"정말? 와, 되게 분위기 있게 생겼다. EM이면 좀 오래된 가수 아냐? 근데 왜 얼굴이 이렇게 낯설지?"

"요즘엔 그래도 TV에 꽤 나오는데 못 봤어? 'V의 뮤직파티' 에도 나왔었는데."

"끝에만 좀 봤는데. 이런 얼굴이 아니었던 거 같은데."

"안경 써서 그럴걸? 은형 오빠 원래 안경 안 쓰거든. 나 원랜 재민 오빠가 더 좋았는데 '한 사람' 이후부턴 은형 오빠가 더 좋아."

"우는 것 봐. 어우, 막 가슴이 찌릿하다."

"그치, 그치! 죽을 것 같다니까. 은형 오빠는 진짜 천재 같아. 못하는 게 뭐지? 노래 잘해, 잘 만들어, 잘생겨, 게다가 연기도 잘해! 아아, 너무 좋아!"

"이게 진짜 연기야? 배우래도 믿겠다."

"네가 좀 볼 줄 아는구나. 막 팬들 사이에서도 난리였다니까. 사실은 은형 오빠가 실연한 지 얼마 안 되는 거 아니냐고. 그게 아니면 연기 수업을 한참 받았거나. 그래도 연기 수업 받는다고 이런 장면이 바로 나오겠어? 그게 다 우리 오빠가 천재라는 소리지 뭐야?"

"아까 거기 좀 다시 틀어봐."

친구는 아예 PMP를 뺏어가더니 좀 더 앞으로 돌렸다. 친구도 곧 한숨을 폭 내쉬었다.

"진짜 잘생겼다. 어우, 막 쫓아가서 안아주고 싶네."

"그치!"

"정말 누구한테 차였던 거 아냐? 눈빛이 아주 삭막한 게……."

"언니?"

세은은 눈을 깜박였다. 찬미가 세은을 빤히 쳐다보고 있었다. 세은은 멋쩍게 웃으며 자세를 바로잡았다.

"저런 거 들으면 보람이 막 생기지 않아?"

찬미는 안 그래도 뿌듯해하는 표정이었다. 세은도 마지못해 웃었다.

"은형 오빠도 제법이지. 그렇게 연기할 줄 알았으면서 여태 숨기고 있었다니."

세은이나 찬미나 뮤직비디오가 완성된 직후 SOO 사무실에서 EM과 다같이 완성본을 틀어보았다. 뮤직비디오가 다 끝난 뒤 차 실장은 흡족하게 YU 기획팀장과 악수를 나누었고, 재민은 은형을 놀리느라 바빴다. 세은은 회의실에 불이 켜질 때까지도 멍했다.

승행이 일어나 회의실을 정리할 때에야 부랴부랴 자기도 나섰다.

은형이 연기를 잘한다는 건 금시초문이었다. 연기 수업을 받은 적이 없다는 건 누구보다 잘 알고 있었다. 하지만 뮤직비디오 속 은형은 어떤 일류 배우보다도 훌륭하게 감정 연기를 해내고 있었다. 은형의 완벽주의적인 성격을 생각하면 그리 놀랄 일이 아니라고 할까? 그렇지만 결국 잡지 못하고 떠나보내 버린 여인을 그리며 눈물을 툭 떨어뜨렸을 땐 세은도 코끝이 찡해져 하마터면 울 뻔했다.

은형도 그런 사랑이 있나 보다. 가슴 아파서, 너무 가슴 아파서, 사랑한다 말도 못하고 보내 버린 사랑이 있나 보다. 그게 아니라면 채은형은 정말로 연기의 천재였다. 뮤직비디오를 본 다음이라 이 뮤직비디오가 뜨지 않는다는 게 이상하다는 걸 세은은 알고 있었다. 동시에 은형을 사랑하게 될 여자들이 늘어나리란 것도. 그는 모성본능을 자극했다. 벽에 기대 비 내리는 차창을 바라보며 힘없이 손을 뻗던 장면에서, 어느 여자든 그를 와락 안아주고 싶어질 것이다. 사랑하는 여인이 다른 남자 품에서 행복하게 웃는 걸 지켜보던 그의 눈빛을 보면, 누구든 그의 눈을 가려주고 싶을 것이다. 그를 대신해서 안아주고 부질없는 사랑은 그만 하라고 다독이고 싶을 것이다. 그 쓸쓸함, 그 덧없음, 그 허무함, 그리고 그 간절함. 반하지 않는다는 게 무리였다.

특히 빗속에서 처음으로 그녀에게 손을 뻗던 장면에선 세은은 결국 눈을 돌려 버렸다. 그 한순간, 아주 짧은 한순간 그의 눈에 번진 기쁨 때문에, 곧 이어진 먹먹한 슬픔 때문에. 편집 역시 훌륭

해서 그 순간 그가 그녀에게 반했던 장면, 그녀가 그에게 환하게 웃어주던 장면, 그 사람을 잊지 못해 눈물을 툭 떨어뜨리던 그녀와 그녀에게 끝끝내 손을 뻗지 못했던 장면이 짤막하게 스쳐 갔다. 그가 얼마나 기쁠지 동시에 사실은 얼마나 슬픈지 알 수 있었다. 결국은 이 손을 놓아야 한다는 걸 그도, 보는 사람들도 잘 알고 있었다. 그래서 더욱 슬펐고 그런 감정을 일으킨 은형은 정말로 놀라웠다.

그가 사랑에 빠지게 된 시선도 감독은 잘 잡아냈다. 그의 시선이 머무는 곳, 그의 시선 속 그녀는 정말로 사랑스러웠다. 이 사람은 이토록 사랑스레 그녀를 바라보고 있구나를 잘 알 수 있었다. 그녀와 눈이 마주치자 화닥 눈을 피하던 모습, 가슴을 움켜쥐던 모습에서 그가 얼마나 떨리는지를 알 수 있었다.

아마 뮤직비디오를 본 여자들이라면 한 번쯤 그런 사랑을 받아보고 싶다고 생각할 것이다.

"촬영할 때를 생각하면 웃겨. 얼마나 NG를 냈었는데. 언니는 재민 오빠 데려다 주러 가서 못 봤지?"

세은은 금시초문이었다. 은형이 NG 내는 것보다 빗속 신을 촬영할 때 여배우가 NG 내는 걸 훨씬 더 많이 봐서였다. 찬미는 말도 말라고 손을 내저었다.

"사랑하는 여자를 보라는데 처음에는 빚을 받아낼 것처럼 노려보질 않나, 표정이 이렇게 풀어져선 약에 취한 사람 같질 않나, 하여간 가관이었어. 그러다가 승행 오빠가 그랬나? 한 번쯤 자기도 모르게 시선을 빼앗긴 적 있지 않냐고, 그때를 떠올리라고 하니까

저 표정이 나오더라고. 은형 오빠한테 누군가 있는 게 틀림없어."

왜 세은의 가슴이 따끔거리는지 모르겠다. 세은은 더 듣고 싶지 않았다. 세은이 일어나자고 하니 찬미도 군말없이 일어났다.

"재민 오빠한테 유빈 언니가 있는 건 이제 비밀도 아닌데 은형 오빠는 왜 비밀로 붙일까?"

찬미는 아직도 그 말이었다. 둘은 큰길가로 나갔다. 세은은 적당히 대꾸하고 화제를 접으려 했다.

"꼭 그런 사람이 있는 게 아닌가 보지. 은형 씨야 워낙 일에 있어선 철두철미하잖아."

"여자의 직감이야, 이건. 게다가 이런 소리 하는 건 나만이 아니라고. 언니는 팬 카페에 안 가봐? 다들 은형 오빠한테 누군가 있을 거라고 얼마나 시끄러운데."

"은형 씨가 노래 만들 때마다 항상 누군가 있을 거라고 난리였어. 하지만 정말 누군가를 모티브로 삼아서 노랠 만든 적은 없잖아. 더 둘러볼 거야? 벌써 시간이 이렇게 됐네."

"언니도 참. 누가 보면 아직도 은형 오빠한테 감정 있는 줄 알겠다. 오늘은 이만 하자. 내일은 새벽부터 이동해야 하잖아? 앗, 저기 버스 왔다. 언니 안녕!"

세은이 반박할 틈도 안 주고 찬미는 후루룩 달려갔다. 세은은 팔짱을 끼고 툴툴거렸다.

"내가 무슨 감정이 있다고 그래? 누구나 할 만한 대꾸였잖아. 그 인간이 겪지 않은 일을 노래로 잘만 만드는 거 알면서 그래."

말과는 달리 머릿속이 복잡했다. 누군가가 있을 수도 있다. 아주 뺑만으로 노래를 만들진 않을 것이다. 머릿속으로 짜낸 게 아니라 가슴에서 비롯된 노래라 사람의 심금을 울리는 것이다. 그렇다는 건 어느 정도의 경험이 보태어져야 한단 뜻이었다.

사랑. 그래, 채은형이라고 사랑하지 말란 법 없다. 하지만 세은의 머릿속이 복잡한 건 그에게 '다른' 누군가가 있으리란 생각 때문이 아니었다. 가슴이 쩌릿하게 저려왔다.

뮤직비디오 촬영 직후 은형이 몸져누웠을 때 세은은 겁이 덜컥 났다. 이 사람 한 번 아프면 오래가는데, 내일부터 또다시 강행군이 시작되는데. 아프게 두면 안 되겠다고 생각했다. 그래서 밤새 곁에서 간호하겠다고 했다. 은형이 잠든 걸 확인한 후 세은은 승행을 먼저 집에 돌려보냈다. 승행은 은형과 세은의 관계를 생각해서인지 곧바로 돌아가려 하지 않았다. 세은은 아픈 사람 간호에는 이골이 났으니 걱정 말라고 승행을 설득했다. 세은의 덤덤한 모습을 보고 안심했던지 대신 내일 내려갈 때 운전은 자기가 할 거라며 돌아갔다.

차라리 승행일 남겨두었어야 했는데. 은형은 잠이 들었어도 가끔 신음을 토하며 뒤척였다. 세은은 그럴 때마다 수건을 적셔 얼굴이며 목덜미며 드러난 살갗을 닦아주었다. 자기가 생각해도 지극 정성이었다. 이 남자가 앓아누울까 봐 온 밤을 새워 꼬박 곁을 지키다니. 이게 정말 로드 매니저로서의 마음가짐만일까.

당연하지. 로드 매니저로서가 아니면 내가 왜 여기 있는데. 내가 곁에 있는데도 감기 걸렸단 소리 듣기 싫어서 있는 거잖아. 내가 챙겨주는데도 부족한 부분이 있었기 때문이라며 핀잔받을까 봐 있는 거잖아. 다른 이유는 없어. 내가 일에 있어선 얼마나 철두철미한지 보여주고 싶을 뿐이야.

"……."

잠든 줄 알았던 그가 뭐라고 우물거렸다. 뭐가 더 필요한가 싶어 귀를 기울였다.

"은아…… 세은아……."

단 한 번도 그의 '누군가'가 자신이라 생각한 적 없었다. 채은형이 나를? 지나가던 개가 웃을 노릇이다. 이 세상 모든 여자가 '누군가'가 될 수 있어도 세은만은 '누군가'가 될 수 없었다. 은형의 뮤즈, 그에게 영감을 불어넣어 주는 사람, 그의 음악의 모티브, 그가 감정을 품고 있는 사람, 그리고 그가 가슴에 품은 사람.

세은은 돌아서 나왔다. 견디기가 힘들었다. 이 사람이 대체 왜 이렇게 날 흔드는지 모르겠다. 왜 찾는데? 왜 부르는데? 내가 꿈에서도 당신을 괴롭히니? 이젠 부르지 마, 찾지 마, 흔들지도 말고 아는 척도 하지 마.

집에 가려고 했다. 그가 아파 죽든 말든 상관하고 싶지 않았다. 그의 곁에서 마음이 무너지는 것보다 무책임하다고 손가락질받는 게 좋았다. 현관까지 나왔다. 신발도 신었다. 하지만 한 걸음도 떼어지지 않았다.

세은은 문고리를 잡고 숨을 죽였다.

"너 대체 왜 이러니, 이세은……."

정말은 가고 싶지 않았다. 정말은 아픈 그를 혼자 두고 싶지 않았다. 정말은, 정말은……. 지금껏 굳게 믿고 있던 신념이 뿌리째 흔들렸다. 아픈 그가, 약에 취해 잠든 그가 세은을 불렀다. 너무도 안타까이, 애절하게, 세은을 불렀다.

세은은 그 자리에 쪼그려 앉았다. 자신도 알 수 없는 이유로 눈물이 흘렀다. 채은형이 미웠다. 그가 정말로 미웠다. 잠시도, 한순간도 세은을 놓아주지 않는 그가. 그리고 그에게 옭아매인 자신이.

아침이 밝도록 세은은 그의 거실에 머물렀다. 문득 정신을 차리니 아침도 훌쩍 지나 점심때가 다가오고 있었다. 열이 내렸는지 그는 새근새근 잠들어 있었다. 이마에 붙인 아이스팩을 조심스레 떼는데도 일어나지 않았다. 그가 다 나았으니 세은이 더 머물러야 할 이유가 없었다. 죽을 만들고 상을 차린 뒤 메모를 남겼다. 적어도 세은이 로드 매니저로서 할 일은 다 했다는 티는 내고 싶었다.

경호업체 직원의 인사를 받으며 아파트를 나왔다. 쨍한 날씨였다. 밝고 화창한 날이었지만 세은의 구름진 마음은 조금도 개이지 않았다.

그때의 가라앉은 마음은 지금껏 나아질 생각을 못했다. 자꾸만 무언가가 치받쳐 오르는데 세은은 그게 무엇인지를 알려고 들지 않았다. 알게 되면 지금까지의 평온함이 산산조각이 나 다신 돌아오지 않을 것 같았다. 하지만 세은은 지금 상태가 좋았다. 은형을 공식적으로 대하고 일정한 거리를 두는 게 정말로 편했다.

그에게 다른 '누군가' 가 있든 말든, 그가 잠결에 세은을 찾든 말든, 세은은 흔들리지 않을 것이다. 절대로, 다시는.

세은도 집에 돌아가기 위해 지하철역으로 향했다.

오늘은 케이블 방송국에서 녹화가 있었다. 세은은 빌딩을 앞에 둬서야 찬을 떠올렸다. 정말 정신이 나갔었나 보다. 이 일을 시작한 지 몇 주가 흘렀는데도 아직 찬에게 알리지 않았다. 찬도 지금쯤 알았을 테고, 많이 섭섭해할 것이다. 기억대로라면 찬도 오늘 녹화가 있었다. 세은은 짬을 내어 찾아가 봐야겠다고 생각했다.

EM의 짐을 대기실에 다 옮긴 뒤 승행에게 잠깐 자리를 비우겠다고 말하려 했다. 찬이 때맞춰 대기실 문을 열고 나타났다. 재민이 찬을 보더니 의아해하면서도 반갑게 맞았다.

"찬이 아냐? 웬일이야?"

"여기 로드한테 볼일이 있거든."

세은은 살짝 은형 눈치를 보았다. 은형의 눈빛이 매서워졌다. 세은은 재빨리 찬을 데리고 밖으로 나갔다. 찬은 사람이 드문 곳에 도착해선 세은의 손을 탁 뿌리쳤다. 세은은 난감했다. 찬이 단단히 화가 났나 보다.

"미안해."

"뭐가 미안하다고 미안하대?"

먼저 선수를 치는 게 더 심사를 꼬이게 만들었나 보다. 그래도 세은은 또 한 번 사과했다. 이 일을 시작하며 세은에게 가장 자신 있는 게 뭐냐고 물으면 단연 사과하는 일이었다.

"이쪽으로 옮기지 않겠다고 했는데 왔잖아. 그 다음에도 너한테 계속 얘기하지 않고."

"내가 가지 말랬잖아."

찬의 성격에 세은의 진로에 대해 계획을 세웠을 가능성이 컸다. 모두 세은을 위해서 준비한 길이었을 텐데 세은은 그 속도 모르고 다 뿌리치고 나온 것이다. 그 생각을 하니 더더욱 미안했다.

"응. 정말 미안해."

"왜, 내가 왜 가지 말라고 했는지 생각도 안 했지."

"날 위해서였던 거지?"

"그래! 세은 때문이었어! 은형 형 근처에 얼씬대는 거 보고 싶지 않았으니까!"

어딘지 삐걱거리는 말이었다. 은형의 근처에 얼씬대는 게 보기 싫었다니?

"내가 그 사람 곁에 가고 싶어서 간 게 아니잖아. 이건 일이고, 내 경력상 도움이 될 건 뻔……."

"그래? 세은 그런 사람이었어? 일이면 부모를 죽인 원수라도 받들고 모실 수 있는? 언제부터 그렇게 철저했어?"

세은은 말을 잊었다. 생각했던 이상으로 찬은 화가 나 있었다. 그리고 세은이 생각했던 방향으로 화를 내는 것도 아니었다. 약속을 어긴 것도 어긴 거지만 찬은 세은이 더 좋은 선택을 했다면 받아들일 줄 알았다. 사후약방문식으로 보고를 한 것에 화를 낼 줄 알았다. 친구라면 옮기기 전에 고민 상담이라든지 그런 걸 함께 해야 하는 것 아니냐고. 만약 찬이 세은에게 한마디 언급 없이 인생에 있어 중요한 결정을 내렸다면 세은은 외로웠을 것이다. 찬도 그러리란 생각에 달래줘야겠다 마음먹었는데 반응이 영 엉뚱한

데로 튀었다.

"은형 형이 그렇게 좋아? 그럴 거면 기억은 왜 지웠어? 결국 이렇게 돌아갈 거면서 왜?"

"찬아, 왜 내가 은형 씨를 좋아한다고……."

"은형 씨?"

세은은 결국 입을 다물었다. 찬의 앞에선 한 번도 은형의 이름을 친근하게 부른 적 없었다. 찬에게는 아직 기억이 돌아왔단 말도 하지 않았다. 기억이 돌아온 걸 알리면 세은이 은형에게 결코 마음이 없다는 걸 찬도 알아줄 것이다.

"나 실은 기억이 돌아왔어."

"그래서?"

그래서라고? 세은은 당황했다. 설명이 부족했나 보다.

"내가 얼마나 바보 같았고 얼마나 미련했는지 다 기억이 났어. 이제 다신 은형 씨를 좋아하게 될 일 없을 거야."

"세은, 세은……."

찬이 느닷없이 웃음을 터뜨렸다. 공허하고 서글픈 웃음이었다.

"그걸 나보고 믿으라고? 아직 자기 마음 하나 파악하지 못한 거야? 어째서 이 일을 시작했지? 어째서 그렇게 싫다던 은형 형 곁에 있을 생각을 했어? 지난 시간이 바보 같았다면서 왜 그 나날을 다시 시작하려는 건데?"

"찬아, 그게 아니야."

이 일을 시작하게 된 계기부터 확실히 말했어야 했다. 은형에게 본때를 보이고 싶었다. 세은이 감정적으로 일을 처리하고, 찬의 백에 빌붙어 이 자리에서 인정받는 게 아니라 정말로 세은의 노력으로 인정받고 있다는 걸 알리고 싶었다. 너와는 전혀 관계없이 나 이렇게 자립해 있다고, 이제는 너 없이도 나 이렇게 잘살고 있다고. 지난 삼 년에 대해 그 정도의 보상도 받으면 안 됐던 건가?

"아니라고? 세은, 어떻게 이렇게 바보 같아?"

찬이 한 걸음 물러났다. 세은은 굳어져 찬에게 다가가지 못했다.

"여자는 다 그래? 사랑이, 남자가, 다 그렇게 중요한가? 세은을 잘못 봤어. 세은은 정말 아닐 줄 알았어."

"찬아……."

찬은 울 것 같았다. 왜 그래? 뭐가 잘못된 거야? 여느 때의 너답지 않아. 이렇게 약하고 슬픈 모습은 처음이야. 내가 그렇게 널 실망시켰어? 하지만 난 이럴 수밖에 없었어.

"널 실망시켰다면 미안해. 하지만 난 네가 날 대견하게 생각할 줄 알았어. 싫은 사람 곁에서도 이 일을 똑바로 하고 있으니까. 넌 날 응원해 줄 줄 알았어."

솔직한 마음이었다. 찬은 언제나 세은의 편이었으니까, 세은이 어떤 선택을 하든 세은의 마음을 이해해 줄 줄 알았다. 설마 이렇게까지 실망하고 바보스럽게 여길 줄은 몰랐다. 세은은 마음이 아팠다. 내가 그렇게 잘못했나 하는 마음과 왜 날 이해해 주지 못할까 하는 마음이 충돌해 가슴이 정말로 아팠다.

돌연 찬이 코앞에 다가왔다. 세은은 가슴을 꾹 누르고 통증을 달래는 중이었다. 찬의 신발이 코앞에 보인다 싶은 순간 세은의 입술에 찬의 입술이 부딪쳐 왔다.

"차, 찬아!"

세은은 황급히 떨어졌다. 입술은 여전히 욱신거렸다. 찬의 입술은 차갑고 딱딱했다. 세은은 너무 놀라 어찌해야 할 바를 몰랐다.

"그러는 세은은? 세은은 내 마음 알아?"

찬의 예쁘지만 항상 시니컬하게 일그러졌던 표정은 온데간데없었다. 찬은 슬프고 슬퍼서 견딜 수 없는 사람 같았다. 항상 찬의 눈에 고여 있던 외로움이 더욱 짙어져 있었다. 하지만 세은은 찬에게 다가갈 수 없었다.

찬은 아니었다. 항상 귀엽고 예쁜 동생 같은 녀석이었다. EM 팬클럽 운영진의 막내와는 또 다른 의미로서 아끼는 막내 동생 같은 녀석이었다. 찬은 나이 차이에는 아랑곳없이 세은의 이름을 부르고 건방진 말투로 반말을 내뱉고 툭하면 기어올랐다. 다 세은이 편해서려니 싶어 세은도 처음부터 거리낌없이 찬을 대할 수 있었다.

찬은 세은에게 정말 멋진 일을 잔뜩 안겨주었다. 생전 인연 없을 것 같던 파티에 다 가보고, 신데렐라처럼 변신을 해 파티의 히로인이 돼보기도 했다. SI의 매니저 보조 자리를 안겨줘 세은의 천직을 발견하게 해주었고, 세은이 힘들 때나 지칠 때 항상 곁에서 웃음을 주었다. 찬에게는 너무나 고맙고 감사한 일이 가득이라 언젠가 이 보답을 꼭 하겠노라고 다짐을 했었다.

그뿐이었다. 찬이 세은을 여자로 보는 낌새도 전혀 없었고, 나이 차이도 꽤 나기 때문에 생각지도 않았다. 새로운 일에 적응하고 기반을 다져 가느라 연애는 생각지도 않았다. 외로운 강아지처럼 품을 파고드는 찬을 남자로 볼 수도 없었다. 정말 동생이었다. 귀엽고, 여자보다 예쁘고, 애교는 전혀 없지만 애교 이상으로 사랑스러움을 발하는, 함께 있으면 기분 좋고, 평생 이런 관계로 함께했으면 좋겠다 싶은 동생이자 친구. 게다가 세은은 기억을 잃은 후에도 은형 때문에 혼란스러운 나날을 보내 다른 남자는 안중에 두지도 않았다.

하지만 찬은 세은이 생각했던 것만큼 어린 남자아이가 아니었다. 세은을 바라보는 찬의 표정은 이미 성숙한 남자의, 애정을 구하는 남자의 얼굴이었다. 세은에게 해주었던 것들을 만약 세은 또래의 남자가 해주었다면 세은은 한 번이라도 이 남자가 나한테 관심이 있나 의심해 보았을 것이다. 찬이라서, 찬이가 어려서, 세은은 한 번도 그런 생각을 해보지 않았다.

낯설었다. 세은은 입술을 더듬었다. 제발 누구라도 좋으니 이게 꿈이라고 말해주었으면. 사실 찬은 세은을 여자로 보지 않고, 입술을 부딪쳐 오지도 않고, 이렇게 아픈 낯으로 내 마음을 아냐고 묻지도 않았다고. 하나, 찬이 해주었던 일들의 해답이 모두 여기에 있었다.

난 어쩌면 이렇게 바보 같을까? 왜 단 한 번이라도 찬의 마음을 헤아릴 생각을 안 했을까! 왜 내 마음이 상대와 같으리란 착각을 했을까! 그토록, 그토록 오랜 세월 동안 한 사람을 사랑해 놓고. 내가 사랑한다고 해서 그 사람의 마음이 내 마음과 같은 건 아니라는 걸 통렬히 깨우쳤으면서. 왜 이번에도 나 편할 대로만 생각하고 말았을까.

"한 번도 생각한 적 없지?"

찬이 세은의 마음을 꿰뚫었다. 염치가 없었다. 염치가 없어서, 찬의 마음을 헤아린 적 없단 사실에 마음이 쑤셔서, 세은은 눈물이 날 것만 같았다. 하지만 울면 안 되었다. 정말 괴로운 사람은 찬이니까, 괴로울 텐데도 찬은 울지 않고 있으니까. 여기서 울어버리면 반칙이다. 찬을 조금이라도 위한다면 울어선 안 된다.

하지만 자꾸만…… 목이 메었다.

"미안해……."

"너 잔인해. 정말로."

찬이 돌아섰다. 세은은 찬이 돌아선 걸 확인하고 결국 눈물을 떨어뜨렸다.

그날은 하루 종일 멍했다. 승행이 뭔가 지시했는데 까먹고 있다 황급히 움직인 때도 있었고, 찬미가 드라이어 선에 자꾸만 거치적거리니까 제발 다른 데 가서 앉으라고 핀잔을 주기도 했다. 이리저리 채이고 나니 하루가 저물고 있었다. 오늘 스케줄은 이걸로 끝이라 간만에 일찍 퇴근할 수 있었다.

그러자 재민이 다같이 한잔하자고 나섰다. 매일 바쁘게 오가느라 느긋하게 얘기 나눌 시간도 없었다고. 승행이 전담 매니저로 승급한 거나 세은이 새로 한 팀으로 참가하게 된 데 대한. 세은은 솔직한 마음으로 집에 가 쉬고 싶었지만 빠질 수가 없었다.

은형도 승행 때문인지 자리에 참석했다. 찬미는 감기 기운이 있어 저녁만 함께 하고 집에 돌아갔다. 세은도 찬미가 일어설 때 일어나려다 재민에게 잡혔다.

"찬이랑 싸웠지?"

단정적인 질문이었다. 세은은 대답도 못하고 멍하니 앉아 있었다. 그사이 찬미가 가볍게 기침을 시작해 모두 돌아가라고 성화였다. 세은은 결국 붙잡혔다.

"오늘 종일 멍하던데. 찬이랑 그렇게 사이가 좋았어?"

차는 대리운전을 부르기로 결정하고 세은까지 술잔을 받았다. 다같이 건배제창을 하니 세은은 뺄 수가 없었다. 대학 다닐 때나 사회생활을 할 때 제일 고역이었던 게 바로 술자리였다. 누구든 세은을 잡고 늘어지면 세은은 뿌리칠 줄을 몰랐다. 대신 술은 절대로 사양이었다. 술에 약한 편은 아니지만 취해 흐트러진 모습을 남들에게 보이기 싫어서였다.

"시간 지나면 다 풀려. 찬이가 원래 쿨하다고 할까, 담백한 놈이라 뒤끝이 없거든."

세은도 알고 있었다. 그래서 한참을 방심했다. 찬인 원래 이런 아이니까, 하면서 찬의 본심을 알려고 들질 않았다. 세은은 스스로에게 화가 나 잔을 쭉 비웠다. 재민이 잘 마신다며 또 한 잔을 따라주었다. 네 사람은 재민의 단골이라는 허름한 포차에 둘러앉아 있었다. 사람들이 와글거렸지만 EM 일행은 가장 후미진 곳에 자리를 잡아 사람들 눈에 띄지 않았다. 단골이라더니 주인이 직접 가장 골방을 빼주었다. 그러더니 눈에 띄게 푸짐한 안주와 소주 대여섯 병을 들고 나타났다.

"근데 계찬이 계성 사장 아들이었어요?"

승행이 느닷없이 물었다. 재민은 한숨을 내쉬더니 승행의 어깨를 툭툭 두드렸다.

"너 그런 정보망으로 여기서 어떻게 살았냐. 성만 보고도 몰라?"

"계씨가 특이하긴 하지만 연관시킨 적은 없어서요. 정말이구나. 근데 왜 가수를 하지 않고? KG가 자기 아버지 건데."

"가수 아들이 꼭 노래 잘한다는 법 있어?"

"계성 사장님이 가수였어요?"

세은은 처음 아는 사실이었다. 재민이 또다시 혀를 찼다.

"까막눈이 여기도 한 분 계시네. 계성 사장은 가수 출신이야. 그러다 매니지먼트가 더 적성에 맞다는 걸 알고 그 분야를 개척했던 거지. 지금 보면 선견지명이 있던 거지. 그 사장 손을 거친 가수마다 대히트를 쳤으니까. 본인 노래 실력하고 매니지먼트 실력하고는 상관없나 봐."

"노래는 못 불렀나요?"

"실력이 없다는 건 아니야. 오히려 목소리는 깨끗하고 곧은 게 통기타하고 절묘하게 잘 어울렸지. 근데 노래 운이 없다고 해야 하나. 히트 친 노래는 하나도 없었어."

"그래서 계성 사장을 몰랐구나."

"게다가 우리 부모님 때나 활동했던 가수니까."

찬에 대해선 정말 아무것도 모르고 있었다. 아버지가 원래 가수 출신이었다는 것도. 조금만 관심을 가졌으면 충분히 알 수 있던 사실이었는데.

"사업 시작하고 나서 스캔들의 제왕으로도 유명했지."

"그건 알아요. 최명희 씨랑 육 개월 만에 이혼했었죠. 그 당시에 정말 난리도 아니었다면서요."

"그럼. 최명희라면 그 당시 최고의 여배우였는데. 임신해서 한 결혼이라 말도 많았는데 출산하자마자 이혼을 당했으니 정말 난리도 아니었지. 지금 최명희는 뭐 하고 사나 몰라."

세은은 심장이 부들부들 떨렸다. 찬의 엄마가 이혼을 했다고? 그럼 지금 엄마는?

"그러고 나서 곧 두 번째 식을 올렸죠?"

"두 번뿐이야? 지금 부인이 네 번째던가, 다섯 번째던가. 한 번은 일본인이랑, 한 번은 디자이너랑, 한 번은 유명 모델이랑. 네 번 했나 보다. 지금 결혼도 깨지네 마네 말이 많으니 곧 다섯 번째가 생길 수도 있겠네."

"근데 왜 구박해? 구박은 새엄마만 하는 거잖아."

"흐응. 친엄마도 뭐, 별로 안 좋네."

찬의 말이 새록새록 떠오른다. 디자이너 샵과 뷰티 샵에 들렀을 때 꼬박꼬박 '어머니' 라고 불렀던 것도.

친엄마와는 태어날 때 이별해서 새엄마 손에 자랐다. 새엄마는 남편의 자식이 반갑지 않았나 보다. 찬이를 예뻐하지 않았던 것 같다. 그러니 구박은 새엄마만 하는 거냐는 말을 했을 것이다. 계성 사장이 디자이너와 결혼을 했고, 현재는 유명 모델과 결혼한 상태라면, 드레스 샵은 이전 새엄마의, 지금 뷰티 샵은 현 새엄마의 가게일 것이다.

겉보기엔 호화롭고 부유한 생활인데. 세은은 눈을 세게 문질렀다. 왜 찬이 그토록 염세적이며 비판적이 됐는지 알 것 같았다. 잘 웃지도 않고, 비비 꼬인 말만 내뱉고, 문득문득 너무 외롭고 작아 보였던 이유도. 안정을 찾지 못해서였나 보다. 마음 붙일 곳이 없어서였나 보다. 엄마가 없어서였나 보다. 그렇다고 계성 사장이 착실히 아빠 노릇을 했을 것 같지도 않았다. 그렇게 자식을 생각하는 아빠였다면 찬이 태어나자마자 찬의 친모와 이혼하진 않았겠지. 정 참을 수 없어 새 아내를 맞이했더라도 자식의 안정을 위해 진득하게 참아냈었겠지.

찬은 자기 속사정을 말하는 성격이 아니었다. 찬은 세은이 알고 있으리라 생각했을까? 아니. 찬은 이미 세은을 간파하고 있었다. 세은은 찬이 베풀어주는 지금 모습을 좋아했다. 찬에 대해 깊게 생각하고 더 깊이 알려들지 않는다는 걸 알고 있었다. 그래서 찬은 더더욱 자기 이야기를 꺼낼 수 없었던 거다. 세은이, 찬이 속 얘기를 꺼내지 못하도록 막고 있었던 거다. 세은은 그저 찬이 자기 얘기를 잘 안 해서 누구나 아픈 가정사 하나쯤은 있는 법이라고 배려했던 건데. 찬에게는 그런 배려가 사실 필요 없었던 게 아닐까.

세은에게 관심을 보였던 건 세은이 어미닭처럼 누군가를 챙기는 습성이 있어서는 아니었을까. 지난 새엄마들에게선 보지 못했던 '엄마'의 모습을 세은에게서 발견했던 건 아니었을까. 그렇게 생겨난 관심으로 세은 곁에 있고 싶어 이것저것 잘해주었던 건.

찬이 처음부터 세은을 여자로 보았던 건 아니었을 것이다. 그랬다면 아무리 둔한 세은이라도 눈치를 챘을 것이다. 언제부터 나를 보는 눈이 변했던 걸까. 아니면 찬은 여전히 '엄마'를 구하는 마음인데 나를 은형에게 뺏길까 봐…….

너 진짜 못됐다, 이세은. 찬의 표정을 보았잖아. 찬이 진심을 말했잖아. 왜 네가 힘들다고 찬의 진심까지 왜곡하려 들어. 왜 네가 편할 대로만 생각하려 해.

하지만 찬일 놓치고 싶지 않아. 찬이와 계속 함께하고 싶어. 내가 원하는 대로, 예전 우리 사이처럼. 찬인 정말 좋은 녀석이고, 함께 있으면 즐거우니까.

넌 알고 있잖아. 그게 찬이한테 얼마나 잔인한 일인지. 찬의 마음을 묵살하고 네 좋을 대로면 곁에 두겠다고? 그게 얼마나 사람 피 말리는 일인지, 마음을 좀먹어 들어가는 일인지, 누구보다 잘 알면서 네가 어떻게 똑같은 짓을 찬이한테 할 수 있어?

찬이 마음에 응할 수 없으니까! 난 찬일 결코 남자로 볼 수 없으니까! 난 지금도 채은형 때문에 혼란스러우니까.

왜 지금이었던 거야, 찬아……. 왜 하필 지금이었어. 좀 더 일찍, 아니면 좀 더 나중이어도 좋았잖아. 내가 채은형에 대해 아무 생각도 안 들 때쯤, 채은형에 대해 아무 감정도 안 들 때쯤이었다면. 찬아, 나 아침에 눈을 뜨면 채은형을 생각해. 오늘은 어떻게 해서 채은형이 찍 소리도 못하게 해줄까를. 걸을 때도, 운전할 때도, 쉴 때도 채은형을 생각해. 어떠냐, 나 잘하고 있지, 네 걱정은 다 우려였다, 난 너한테 엉기지도 않고 내 일을 착실하게 잘해가고 있다. 날 다시 보고 있겠지, 내가 얼마나 유능한지 똑똑히 보고 있겠지, 그 생각을 하면서 힘을 내고 있어. 지금 난 채은형 외엔 누구도 생각할 여유가 없어…….

그래서 미안해, 찬아. 넌 날 좋아한다고 해줬는데 난 네 마음을 부담으로만 여기고 있어서. 대체 내 어디가 좋았던 거니…….

"세은아, 무슨 술을 그렇게 마셔."

재민이 놀라 말렸지만 세은은 연거푸 석 잔을 마신 다음이었다. 세은 혼자 단시간에 한 병을 거의 다 비웠다. 세은은 끓는 속을 삭이려 안주도 먹지 않고 술을 들이부었다. 재민이 잔을 빼앗으니 그제야 제정신으로 돌아왔다.

"그렇게 속상했냐?"

그렇게 속상했냐고요? 아니요, 아니요.

"미안해서요."

세은은 이래서 술을 마시고 싶지가 않았다. 눈물이, 한숨이, 제어되지 않는다. 세은은 눈물을 뚝 떨어뜨렸다.

"미안해서요. 날 그렇게 생각해 줬는데 난 이것밖에 안 되는 인간이라……."

"찬이가 널? 그 녀석, 웬만해선 사람한테 정 안 붙이던데."

"재민 씨가 몰라서 그래요. 찬이는 외로운 거예요. 외로워서, 많이 외로워서 나 같은 사람을……."

세은은 엉엉 울고 싶었다. 너무 속이 상했다. 찬이를 생각하면 찬이를 대했던 자기가 너무 모질고 바보 같아서 가슴이 미어졌다. 누구보다 그 고통을 잘 안다면서 찬이에게 똑같은 상처를 안겨줬다. 미안하고 미안해서 속이 곪아갔다.

"어떡하죠. 내가 찬일 상처 입혔어. 찬이는 잘못한 거 하나도 없는데 나 때문에 상처받았어."

"너 말투가 무슨……. 혹시 고백 받았어?"

세은은 대답도 하지 못했다. 가슴을 꾹꾹 누르는 게 고작이었다. 당장 찬이한테 전화하면 안 될까? 정말 미안하다고, 잘못했다고. 상처 줄 생각은 아니었다고. 그런 뒤엔? 찬이가 원하는 답이라도 해줄래?

아니, 난 못해. 난 할 수 없어. 찬이를 그런 눈으로 본 적이 한 번도 없으니까. 난, 내가 봤던 사람은…….

"찬인 아직 어리잖아. 실연 한두 번 할 수 있는 거지. 그리고 솔직히 네 나이에 찬일 남자로 보는 게 더 문제지. 찬이 자식, 누님을 이렇게 괴롭혔단 말이야?"

재민이 세은의 속을 풀어주려는 듯 가볍게 말했지만 세은은 그게 더 야속했다.

"어린 나이에 실연하면 덜 아픈가요? 앞으로 몇 번은 더 겪을 일이니까 지금도 통과의례쯤으로 여겨야 하는 거예요?"

재민이 머쓱해했다. 테이블 분위기가 어색해졌다. 세은은 대체 누구한테 화풀이냐며 자신을 탓했다.

"미안해요. 괜히 재민 씨한테 분풀이를 했네요. 잠깐 바람 좀 쐬고 올게요."

"누나, 그럼 같이……."

"잠깐만 갔다 올 거야. 난 괜찮아."

세은은 아직은 서늘한 바람이 부는 5월의 밤거리로 나갔다. 차갑고 선선한 공기에 술이 조금은 깨는 것 같았다. 가슴에 침잠된 슬픔도 이 바람에 실려 함께 날아간다면 좋을 텐데. 가슴에 고이기 시작한 슬픔은 쉬이 사라지지 않고 더욱 묵직해져 갔다.

"계찬이 전에 그랬지."

세은은 깜짝 놀랐다. 아무리 취해서 천지분간을 못한다 해도 이 목소리를 헷갈릴 순 없었다. 은형이었다. 웬일로 담배를 물고 있었다. 일하는 중엔 절대 담배를 안 무는 사람인데. 세은은 번잡한 술집에서 조금 벗어나 도로변에 서 있었다. 쌩쌩 지나가는 차들이 시린 바람을 일으키는 덕에 세은은 몸을 웅크리고 있었다. 그 곁을 은형이 다가온 것이다.

"고맙다고, 내 덕에 기회가 생겼다고."

곁에 왔다는 것도 놀라운데 말까지 걸고 있었다. 채은형이 맞을까? 채은형의 거죽을 뒤집어쓴 다른 사람은 아닐까? 은형의 목소리는 깊고 나직했다. 세은은 은형의 목소리를 들으려 집중했다.

"하지만 난 한 번도 기회를 준 적 없어."

스무고개? 왜 이 사람은 갑자기 나타나 안 그래도 혼란스러운 마음에 더 커다란 혼란을 안겨줄까. 세은은 그를 빗겨 지나치려 했다. 은형이 잡았다. 세은의 심장이 쿵 내려앉았다.

"널 그놈한테 줄 생각도 없어."

"무슨……."

"찬의 키스는 어땠어?"

세은의 눈이 커다랗게 확대되었다.

"우, 우리를 봤어요? 어떻게?"

"너무 부주의하더군. 기분은 어땠어? 나랑 했던 때처럼 쉽게 잊혀질 만하던가?”

얼굴에 순식간에 확 불타올랐다. 이 남자가 감히 전의 그 키스를 언급할 줄은 몰랐다. 세은은 남자를 뿌리치고 돌아가려 했다. 하지만 남자는 세은을 놓아줄 생각이 전혀 없었다. 오히려 세은을 더 아프게 잡아당겨 자기 코앞에 놓았다. 쿵 떨어진 심장이 펄떡펄떡 뛰었다. 세은은 숨 쉬는 법을 잊었다.

“적어도 잊어버렸다곤 안 하네?”

남자가 엷은 비웃음을 띠었다. 성질이 울컥 치밀었다. 지금껏 남자를 대할 때마다 욕을 퍼지르고 싶은 걸 얼마나 참았는지 모른다. 기회가 될 때마다 세은이 로드 매니저 일을 얼마나 잘해내고 있는지 자랑하고 싶어 몸살이 났다. 최근엔 세은은 여전히 태연했지만 남자가 폭발하는 걸 보고 얼마나 통쾌했는지 모른다. 그간의 노력을 수포로 돌릴 수 없었다. 세은은 예의 ‘사무적인’ 가면을 뒤집어썼다. 억지로 몸을 움직여 그를 떼어놓으려 했다. 남자는 다른 손으로 여유롭게 세은을 제압했다. 남자의 손이 허리에 감겼다. 몸이 밀착되었다. 세은은 발버둥쳤다. 봄이고 재킷은 벗어둔 상태라 지금은 넉넉한 티셔츠 하나를 입은 게 고작이다. 가면에 금이 가려 했다. 얇은 옷감 너머 그의 단단한 몸이 여실히 느껴졌다. 정말 그러고 싶지 않은데 심장이 터질 듯 쿵쾅거렸다.

“이러지 말아요.”

“내가 뭘 하는데.”

“날 갖고 놀고 있잖아요. 내가 싫어하는 걸 즐기고 있잖아요. 은형 씨가 아니라도 지금 충분히 힘드니까 이제 그만…….”

"내가 널 갖고 논다고?"

여유롭게 빈정거리던 남자의 기색이 순식간에 돌변했다. 세은은 처음으로 남자가 무서워졌다. 가로등을 등져 그늘진 얼굴 속에 눈동자만이 번뜩이고 있었다. 그리고 너무 가까웠다. 남자의 숨소리가 피부로 느껴졌다.

"넌, 남자가 여자를 갖고 노는 방법을 잘 아나 보지?"

남자의 입술이 내려왔다. 세은은 반사적으로 굳어졌다. 남자는 차갑고, 잔인하고, 냉정했다. 남자의 입술은 세은과 맞닿기 직전에 멈추었다. 그의 입김이 세은의 입술을 간질였다. 세은은 뱀 앞의 쥐처럼 뻣뻣하게 얼어붙었다.

"하지만 이 남자 저 남자에게 쉽게 키스를 허락하는 여자야말로 남자를 농락한다고 하지 않아?"

"내가 언……!"

벌어진 입술 사이, 그가 내려왔다. 남자의 혀는 거침없이 세은의 입 안쪽을 휘감았다. 세은은 그제야 남자를 떼어내려 안간힘을 썼다. 하지만 술 때문에, 이미 너무 취해 버려서 남자를 밀어내는 힘은 미약하기 그지없었다. 남자의 입술은 섬뜩했지만 입 안을 휘젓는 혀는 너무도 뜨거워 녹아버릴 것 같았다.

거칠고, 격렬했다. 세은은 그를 밀어내던 손으로 고스란히 그의 옷깃을 거머쥐었다. 남자가 허리를 받쳐 주지 않았다면 주저앉았을 것이다. 남자는 세은의 등을 더욱 당겨 안았다. 가슴이, 심장이, 미친 듯이 요동을 쳤다. 남자의 키스가 깊어졌다. 세은의 등이 뒤로 휘었다. 그럴수록 남자는 더욱 깊숙이 키스했다.

세상이 빙글빙글 돌았다. 뜨거워서 타버릴 것 같았다. 열이 올라서 사지분간이 되지 않았다. 세은은 필사적으로 매달렸다. 세은을 감싼 남자 역시 놓아주지 않을 듯 더욱 세은을 부둥켜안았다. 숨이 막혔다. 이대로 죽어버릴 것 같았다.

남자의 입술이 먼저 떨어졌다. 세은은 남자가 떨어진 다음에도 바로 정신을 차리지 못했다. 남자가 뭔가 말을 내뱉은 것 같은데 아무것도 들리지 않았다.

다시 입술이 내려왔다. 부드럽고 한없이 달콤한 입술이 내려왔다. 세은의 입술을 깨물고, 잘근잘근 씹고, 그 안을 삼킬 듯 핥았다. 세은의 혀도 그에 반응해 움직였다. 그의 혀를 받아들이고 그의 안쪽으로 넘어가고, 그가 했던 것처럼 그를 더듬고 맛보았다. 혀가 엉키는 행위가 이토록 달콤하고 허기진 행위였음을 처음 알았다. 그를 탐해 들어가도 자꾸만 부족했다. 뭔가, 더 채워지길 바랐다.

"세은아, 왜 이렇게 안 들……."

찬물을 뒤집어쓴 것처럼 정신이 번쩍 났다. 세은은 입술을 뗐다. 허둥지둥 남자를 밀어내려 했다. 하지만 허리와 등을 감싼 남자의 팔은 걷어지지 않았다. 세은은 절박하게 은형을 올려다보았다.

"너네……."

재민은 충격을 받아 아무 말도 하지 못했다. 세은은 시간을 더도 덜도 말고 딱 십 분 전으로 되돌리고 싶었다. 채은형이 나타났을 때 바로 안으로 들어갔어야 했다. 아, 하지만 이 남자는 그래도 세은을 잡았을 것이다. 남자가 세은을 더욱 죄었다. 세은은 그를 떼어내는 것보다 숨을 쉬고 싶다는 욕구가 더욱 간절했다.

"세은이 좋아할 일 없다고 하지 않았냐? 관심 갖는 것도, 이러다 말 거라고?"

그런 말을 했다고? 그런 말까지 했으면서 나한테 키스했던 거야? 세은은 은형의 품에서 벗어나려 했다. 하지만 은형은 대체 무슨 생각인지 실수라도 세은을 놓치지 않았다.

"그랬지."

"그런데 왜 그러고 있는데!"

"너야말로 무슨 상관이야? 말로는 아니라고 하면서 너도 실은 이 여자를 좋아했던 거 아냐?"

"채은형!"

"아니라면 너야말로 신경 꺼. 이 여자, 아무한테도 안 줄 거니까."

가슴이 둥둥둥둥 울렸다. 세은은 말 그대로 얼음처럼 꽁꽁 얼었다. 이 사람들이 무슨 말을 하는 거지? 아니, 채은형, 당신 무슨 말하고 있는 거야?

은형이 도로변에 나가 택시를 잡았다. 택시가 코앞에 서자 은형은 세은을 짐짝처럼 던지고 그 옆에 올랐다. 은형은 택시가 출발할 때까지 재민 쪽은 쳐다보지도 않았다. 은형의 행선지는 그의 집이었다. 세은은 그제야 제정신으로 돌아왔다.

"아까 그건 무슨 말이에요? 재민 씨가 뭐라고요?"

"신경 꺼. 그 자식이 아니라고 했어."

"은형 씨야말로 날 좋아할 일 없다고 했다면서요!"

"그럴 줄 알았지. 이미 빠져 버린 것도 모르고."

이건 신종 농담인가? 세은은 그와 멀찍이 떨어져 한숨 같은 비웃음을 터뜨렸다.

"채은형 씨, 그거 지금 웃으라고 한 말이죠? 나한테 어떻게 대했는지 기억 안 나요? 꽃 때문에 날 타박했던 거 잊었어요? 이 일 시작하고 지금까지 날 계속 무시했던 건?"

"이제야 인간다워 보이네. 그동안 잘도 사람을 무시해 놓고? 그럼 넌 새로운 기억상실증에 걸렸어? 내가 널 찾아갔던 건, 키스했던 건, 사과했던 건, 전부 다 잊었나?"

세은은 잠시잠깐 희열이 솟았다. 효과가 있었다. 세은이 그를 무시하는 걸 그가 의식하고 있던 것이다. 그러나 곧 희열은 차가운 분노에 휘감겼다.

"그걸 뭐라고 생각했어야 했는데요? 다 일시적인 변덕일 게 뻔한데! 채은형 씨가 나한테 관심있는 거라고 생각할까요? 참도……!"

"그래."

은형이 이쪽으로 돌아앉았다. 차 안의 어슴푸레한 어둠으로도 남자의 번뜩이는 눈빛은 가려지지 않았다.

"넌 말해야 알아듣지. 그래, 나 너한테 관심있어."

또다시 숨이 막혔다. 오늘은 찬이의 진심을 알고, 그 마음에 보답할 수 없어 정말 가슴 아팠다. 찬이를 여태 괴롭혀 왔단 생각에 오늘은 최악의 하루가 되어버렸다. 이 이상 최악은 없으리라 예상했는데 섣부른 판단이었다. 이 이상의 최악을 언제든 선뜻 안겨줄 인간이 있었음을 완벽히 까먹고 있었다.

채은형, 채은형. 당신은 대체 언제까지 날 괴롭혀야 직성이 풀릴까? 당신은 대체 무슨 생각으로 날 놀리는 거야? 내가 아무리 찔러도 피 한 방울 안 나오는 짚인형인 줄 아는 거야? 내 심장은 무슨 금강석으로 만들어져서 흠집 하나 안 나는 줄 알아? 아니거든! 당신하고만 얽히면 난 비참할 정도로 예민해 버리거든! 당신의 한마디, 소소한 표정, 작은 몸짓 하나에까지 난 미쳐 버릴 정도로 반응해 버리거든! 그러니까 이런 저질스런 농담 따위 그만둬!

"난 당신 장난감이 아니야."

세은은 차 시트를 아프게 내려쳤다. 다시금 눈물이 솟아 턱 끝으로 흘러 뚝뚝 떨어졌다.

"내가 당신을 괴롭힌 세월만큼 날 괴롭힐 생각인가 보지? 이제 일 년 지났으니까 앞으로 이 년 남았나? 내가 어디서 가장 괴로워할지 연구하느라 고생했겠어. 하지만 잘못 생각했어! 당신이 나한테 관심있는 척해도 난 넘어가지 않아! 다 거짓말인 거 알고 있으니까, 나한테 복수하려는 거 다 알고 있으니까! 당신이 뭐라고 해도 난 안 속을 거야, 당신이 뭐라고 해도 난 아무렇지도 않을 테니까!"

은형의 눈이 가늘어졌다.

"왜 다 거짓말이고, 널 속이려는 수작이 되지?"

"기가 막혀. 당신은 당신이 한 짓은 조금도 생각 안 나?"

"네가 팬이었던 시절을 말한다면……."

"채은형 씨, 그 이후를 말하는 거거든요. 내가 기억을 잃은 걸 수작으로 몰아붙이고, 만날 때마다 짜증이 난다느니, 도움이 안 되느니, 싫다느니. 자기가 했던 말들 기억 안 나나요? 채은형 씨야말로 신종 기억상실에 걸리셨나요?"

"정말로 짜증이 났으니까."

은형이 세은의 팔목을 붙잡았다. 보기엔 말라서 힘도 하나 못 쓸 것 같은 인간에 왜 이렇게 악력이 좋은지 모르겠다. 세은이 아무리 팔을 휘둘러도 남자는 떨어지지 않았다.

"싫어 죽겠는 너한테 계속 관심이 가서 짜증이 났으니까."

세은은 넘어가면 안 된다고 수십 번 곱씹었다. 하지만 남자의 말은 끝난 게 아니었다.

"드디어 치웠다고 생각했던 걸림돌을 이젠 내가 찾아 헤매고 있었으니까. 넌 이제 내가 아니라도 잘사는데 난 네가 없으면 살기가 힘들어졌으니까."

말려들지 마, 안 돼. 이것 역시 이 남자 수법일 거야.

"나라고 쉬웠는지 알아? 나라고 너에 대한 감정 인정하고 받아들이는 게 쉬웠는 줄 아냐고! 항상 귀찮아했어, 항상 거치적거렸어. 네가 없어지기만을 바랐지. 정말로 네가 없으면 숨통이 트일 줄 알았어. 근데 막상 네가 없어지고 나니까……."

세은은 귀를 틀어막았다. 은형이 거칠게 그 손을 떨쳐 냈다. 세은은 눈을 감고 그를 외면하려 했다. 그래도 그의 목소리는, 목소리에 담긴 절절한 감정은 사라지지 않았다.

"널 찾게 됐어."

은형의 목소리가 잦아들었다. 손목을 쥐었던 우악스러운 힘도 사라졌다. 세은은 힘겹게 눈을 떴다. 은형이 세은을 바라보고 있었다. 평생 가야 눈 한 번 마주칠까 싶던 사람이 세은을 간절하게 바라보고 있었다. 꿈이 아니었다. 세은의 상상도 아니었다. 그가 정말로 세은을, 세은만을 바라보고 있었다.

그렇게 보지 말아요. 사실은 날 싫어하잖아. 뼈에 새겨져 다신 잊을 수 없을 만큼, 확실한 태도를 보였잖아. 그런데 왜 이제 와서…….

"그리고 드디어 돌아왔지."

아니야. 난 돌아온 적 없어. 내가 얼마나 능력있는지, 당신 없이도 얼마나 잘사는지 보이려는 생각일 뿐이야. 그렇지, 이세은? 그것뿐이었지?

왜 확신을 못해, 왜 그렇다고 하지 않아. 너 정말 찬이 말대로였어? 사실은, 사실은…….

은형이 세은의 턱을 손등으로 닦았다. 세은은 퍼뜩 제정신으로 돌아와 고개를 돌렸다.

택시가 은형의 집 근처에 도착했다. 세은은 내리지 않을 생각이었다. 하지만 남자는 세은을 너무나 잘 알았다.

"정말로 나한테 무관심하다면 내가 차 한 잔 권해도 뿌리치지 않겠지, 로드 매니저님?"

도발이라는 걸 잘 아는데, 발끈해서 반응하면 그가 원하는 대로 움직이게 된다는 것도 아는데, 세은은 반사적으로 차에서 내렸다. 마치 내릴 구실이 필요했던 사람처럼.

은형의 아파트 로비를 지나 엘리베이터에 올랐다. 은형은 멀찍이 선 세은을 끌었다. 세은은 저항하지도 못하고 그에게 안겼다. 은형이 나직한 목소리로 빈정거렸다.

"이번엔 저항하지 않기로 했나?"

그가 아무리 못된 소릴 해도 세은은 꿈쩍도 하지 않았다. 곧 약속이라도 한 듯 은형의 입술이 내려왔다. 세은은 눈을 감았다.

더 못된 말을 해요, 내가 뿌리칠 수 있게. 더 모진 말을 해요, 예전처럼, 날 떼어놓으려던 예전처럼. 이렇게 부드럽게 안지 말아요, 이렇게 애타게 키스하지 마. 그럼 난 결국 인정하게 돼버리잖아…….

내 시선이 항상 머물렀던 사람은, 싫어도 미워도 뿌리치고 저항해도, 눈길이 가 멈췄던 사람은…… 기억을 잃기 전에도 잃은 후에도 되찾은 지금도 오직 당신뿐이라는 거.

세은은 그의 옷깃을 움켜쥐었다. 감은 눈 사이로 한 줄기 눈물이 흘러내렸다.

바보라고 해도 좋아. 날 미련하다고 욕해도 좋아. 당신의 말이 모두 거짓말이라도 좋아. 그러니까 이번만은 내 마음대로 할래. 지금만은 당신 정말 날 좋아한다고 믿을래.

죽기를 바랐던 사랑이 결국은 조금도 죽지 않았다는 걸 알아버렸으니까. 부인하고 외면해도 진실은 변하지 않았으니까.

채은형, 당신을 정말 사랑하고 싶지 않았어…….

꿈인 듯 _21

티셔츠를 위로 밀어 올리느라 잠시 입술이 떨어졌다. 하지만 곧 허겁지겁 서로를 찾았다. 은형은 욕정에 휩싸인 와중에도 득의양양한 미소를 지었다. 여자의 손이 그를 감았다. 다신 떨어지지 않을 듯 몸을 밀착해 온다. 혼자만의 욕망이 아니란 뜻이다.

브래지어를 밀어 드디어 봉긋한 맨가슴을 움켜쥐었다. 마주친 입술 사이로 여자의 흐릿한 신음이 번졌다. 은형은 간신히 한자락 붙어 있던 이성조차 놓칠 뻔했다. 여자는 너무 부드럽고 따뜻했다. 손에 잡히는 건 분명 사람인데 구름인 듯 꿈인 듯, 쥐고 나면 흔적도 없이 사라질 그 무엇인 것만 같았다. 은형의 손이 더욱 거칠게 움직였다. 끈질기게 그를 물고 늘어지는 허망함을 떼어버리려는 듯.

지금은 세은이 그를 원하는 데만 집중할 거다. 드디어, 드디어 갖게 된 세은 아닌가.

침대까지가 너무 멀었다. 집은 약한 난방이 되어 있어 막 들어섰을 땐 따뜻했지만 옷가지를 벗고 나니 어쩔 수 없이 세은이 바르르 떨었다. 은형은 참지 못하고 세은을 번쩍 안아 침실로 향했다. 침대에 뉘인 세은은 곧 발작적으로 그를 끌어당겼다. 이성을 쥔 손에 점점 힘이 빠져나갔다.

정말 한 마디도 나누지 않았다. 은형은 은형대로, 세은은 세은대로 서로의 몸을 탐하기가 바빴다. 세은은 꿈결처럼 부드럽고 뜨거웠다. 은형을 더듬는 손은 어딘가 어색했지만 확고한 의지를 담고 있었다. 은형은 뛸 만큼 기뻤다. 세은이 그를 찾아 헤맬수록, 그의 구석구석을 맛볼수록 '내 남자' 라는 확인을 받는 것 같아서.

그는 망설이지 않았다. 이미 충분히 기다렸다. 술집 앞에서의 키스로 그의 몸은 이미 달 만큼 달아 있었다. 세은의 몸을 확인했다. 손끝에 닿는 그녀는 농밀하게 익어 있었다. 촉촉한 과즙이 묻어나왔다. 은형은 기쁨에 몸을 부르르 떨었다.

습관적으로 침대 옆 서랍장에서 콘돔을 찾았다. 아직 남은 게 있었다. 은형은 그마저도 기뻤다. 재빨리 착용을 하고 여자가 정신을 차릴 틈도 주지 않고 깊게 밀고 들어갔다. 여자에게서 짤막한 탄성이 터졌다. 비좁고 내밀한 속, 은형은 어찔어찔 어지러웠다. 처음도 아니면서 처음 했을 때보다 더 강한 자극을 받았다.

은형은 여자가 적응할 틈도 주지 못하고 거칠게 움직였다. 여자의 손이 뻗어왔다. 은형은 기쁘고도 행복하게 그 손을 잡아 손바닥에 입을 맞추었다. 하지만 그 이후의 기억은 희미하고 희뿌옜다. 다만 절정에 올랐던 순간만이, 아득하게 추락하는 느낌만이 생생했다. 여자에게서 흐느끼는 듯한 소리가 흘러나왔다. 은형은 그제야 다독이려는 듯 여자의 입술을 핥았다.

입술을, 쇄골을, 봉긋한 가슴을, 마른 배를, 천천히 훑는 동안 여자는 잠에 빠졌다. 지쳤던 건가. 은형은 뒤처리를 한 뒤 머뭇머뭇 여자를 품었다. 옷을 벗겨놓으니 더 가늘었다. 은형은 여자를 힘껏 끌어안았다. 여자가 '내' 품에 있음을 확인한 후에야 낮의 일을 편안히 떠올릴 수 있었다.

"찬아, 그게 아니야."

세은의 목소리였다. 드디어 찾았다. 은형은 대체 무슨 짓이냐고 자책하면서도 세은 뒤를 따라가고야 말았다. 아까 찬의 기색이 신경이 쓰였다. 아니, 사실은 화가 난 찬을 대하는 세은의 태도가 신경이 쓰였다.

왜 그렇게 쩔쩔매는데? 내 눈치를 볼 정도로 뭐가 그렇게 켕기는데? 은형은 비틀린 심사로 쫓아나왔다. 저 여자는 계찬이라고 하면 유독 더 약해지는 면이 있었다. GIL의 콘서트 때도 찬이 응석을 부리는 걸 고스란히 다 받아주지 않았던가.

나, 그때부터였던가? GIL 콘서트 첫날에 술자리를 가졌을 때 사람들이 세은 이야기를 하면 다른 영상이 아니라 찬에게 서슴없이 목도리를 둘러주던가, 찬과 스스럼없이 엉기던 영상이 떠올랐었다. 어찌나 화가 났던지 사람들 생각은 않고 파락 성질을 부리고 말았다.

그때부터였던 거야? 기가 막힌다.

잠시 생각에 잠긴 사이 갑자기 말소리가 뚝 끊어졌다. 슬쩍 쳐다보니 찬의 입술이 세은에게 겹쳐 있었다. 은형은 열불이 나 당장 뛰쳐나가려 했다.

“안녕하세요, 선배님.”

오늘 함께 출연하기로 한 후배 가수였다. 은형을 보고 눈을 반짝이며 다가왔다. 은형은 정말 열이 목구멍까지 쳐 올랐지만 내색하나 할 수 없었다. 은형은 가까스로 냉정을 되찾았다. 은형은 후배 가수에게 간략하게 안부를 묻고 혹시 세은과 찬의 눈에 띌까 봐 대기실 쪽으로 이동했다. 후배 가수는 눈치도 없이 강아지처럼 쫄랑쫄랑 쫓아왔다.

그 뒤로 세은이 수상했다. 전에 없이 멍해선 빠릿빠릿하게 움직이지도 않고 자리만 차지하고 있었다. 분주하게 움직여도 모자랄 판이라 다들 걱정하기보단 눈에 힘을 주고 봤지만 세은은 그마저도 눈치 채지 못하고 있었다. 나중에 세은이 없는 사이 재민이 세은에게 무슨 일이 있나 보다고, 위로도 할 겸 한잔하자고 일행에게 제안했다. 그래서 오늘 술 모임이 급작스레 결정된 것이다.

설마 찬에게 고백을 받았을 줄은 몰랐다. 은형은 심장이 얼어붙는 줄 알았다. 찬이 고백했다면 세은의 답은? 하지만 눈물을 뚝뚝 떨어뜨리면서 괴로워하는 모습을 보니 고백을 받아들인 건 아닌 모양이었다. 은형은 그 뒤 제정신이 아니었다. 세은이 바람을 쐬러 나가겠다는 걸 뒤쫓아 확 여자를 안아버렸다.

여자를 품에 안아야 안심이 되었다. 내가 널 다른 놈한테 보낼 줄 알아? 그러자고 내가, 널 곁에 두는 것 같아? 어림도 없어. 앞으로 네 인생에 남자는 나 하나뿐이어야 해.

찬이 놈이 세은에게 관심있는 건 진작 알고 있었다. 은형 앞에서 유독인진 몰라도 두 사람이 함께 있을 때면 찬은 은근슬쩍 스킨십을 시도했다. 세은도 싫어하는 눈치가 아니었었다. 하지만 세은이 정말 찬에게 마음이 있었다면 은형을 몰아낼 최적의 구실로 삼았을 것이다. 나에게는 마음에 둔 다른 남자가 있으니 넌 사라져라, 하고.

상상만으로도 심장이 지끈거렸다. 이 여자가 다른 남자를……. 은형은 품에 안은 세은을 부서뜨릴 듯 거세게 끌어당겼다. 세은이 자그맣게 끙 앓았다. 은형은 가까스로 팔에 힘을 풀었다.

그래. 다 찬 혼자만의 짝사랑이었던 거다. 지금 여자는 이렇게 내 품에 있지 않은가. 찬이 그렇게 좋아하는 티를 냈는데도 이제야 찬의 마음을 알아챘다는 건, 찬이 직접적으로 고백했기 때문이다. 말을 하지 않고선 못 알아듣는 여자였다. 그도 이번에 깨달았다. 남은 건 그의 고백이었다.

결국 사랑이었나. 그는 쓴웃음을 머금었다. 세은은 잠에 들어서도 그다지 편한 모습은 아니었다. 은형은 세은의 미간에 진 주름에 입을 맞추었다.

은형은 세은에게 소리치는 순간 깨달아 버렸다. 세은에게 관심이 있음을 인정했으면서 끝끝내 인정하지 못한 감정이 남아 있음을. 그리고 그것이 일종의 '사랑'이라 불리는 감정임을. 은형은 한숨을 내쉬었다. 이 마당에 무슨 고집을 더 부리는 거냐. 세은에게 집착하는 것도, 독점욕을 갖는 것도 사실이었다. 하지만 그 역시 사랑이었다. 정말 인정하고 싶지 않은데 사랑이었다. 그래서 세은이 다른 남자의 것이 될지도 모른다고 생각한 순간 심장이 찢기는 것 같은 고통이 밀려온 것이다.

여자에게 무시당할 때도, 여자가 그에게 어떤 감정도 없는 것처럼 굴었을 때도, 미쳐 버릴 지경이었던 건 세은을 사랑해서였다. 언제부터였냐고 물으면 답할 말은 없었다. 그조차도 언제 시작된 감정인지 알 수 없었으니까. 세은이 기억을 잃은 직후부터 그가 했던 행태들을 전부 사랑이라고 할 수도 있었고 아닐 수도 있었다. 다만 세은을 사랑했다. 아직도 고집스레 버티는 마음도 있었다. 사랑이 아닐지 모른다고, 단순한 독점과 집착일지 모른다고. 하지만 단순한 독점과 집착만으로 이토록 이 여자가 사랑스러워 보일 수 있을까? 그녀의 소소한 행동 하나와 눈빛 한 점에 하루에도 몇 십 번씩 심장이 패대기쳐질 수 있을까? 정말 그녀의 마음이 완벽히 날 떠났다는 생각만으로 잠을 설칠 수 있을까? 대체 이 여자 때문에 뜬눈으로 아침을 맞이한 게 몇 밤인가 싶었다.

사랑이어도 좋았고 사랑이 아니라도 좋았다. 지금은 그녀가 이 품에 있는 것이 중요했다. 세은이 드디어 그에게 반응하고 그를 받아들였다는 사실만이 중요했다. 지금 생각하면 남의 사업장에서 대체 무슨 짓인가 싶다가도, 그렇게 잡지 않았다면 지금 이 여자가 내 품에 있었을까 회의도 든다. 잘한 거다. 한순간의 얼굴 팔림으로 평생의 행복이 보장되지 않았던가. 은형은 여자의 흐트러진 머리카락을 가만히 넘겨주었다.

여자가 살짝 눈을 떴다. 은형의 심장이 두근, 내려앉았다. 뭐라고 해야 하지? 잘 잤어? 아니, 잠든 지 십여 분이나 지났을까? 몸 괜찮냐고? 아니, 괜찮지 않다면 어떻게 할 건데. 대체 이럴 땐 뭐라고 해야 하지?

부스스 눈을 뜬 세은은 마치 포유류의 솜털이 보송보송 난 새끼처럼 작고 연약해 보였다. 그리고 사랑스러웠다. 무슨 말이 필요할까. 마음이 가는 대로 움직이면 되는 거였다. 은형은 세은을 당겨 아기 피부처럼 보드라운 분홍빛 입술에 입을 맞추려 했다.

멈칫, 세은의 어깨가 굳어졌다. 은형은 눈을 들어 세은과 눈을 맞추었다. 세은의 시선은 엉뚱한 곳을 헤매고 있었다. 당황해서 시선이 한곳에 잡히지 않았다. 쑥스러운 건가? 은형은 저도 모르게 입가가 풀어졌다.

여자가 그를 빠져나가 일어났다. 그러다 벌거벗은 가슴을 보고 제풀에 놀란다. 그 모습까지 귀여워 은형은 숨죽여 웃었다. 이제 슬슬 품이 식으려 한다. 다시 여자를 끌어당기려 했다. 하지만 여자는 그가 팔을 뻗기도 전에 침대에서 내려갔다. 시트를 끌어 몸을 가리려 했지만 그가 시트의 다른 한 귀퉁이를 잡았다. 시트가 팽팽히 당겨지니 빨개진 얼굴로 어쩔 줄 몰라 한다. 은형은 천천히 일어나 앉았다. 여자는 곧 시트를 놓더니 허둥지둥 자기 옷을 찾아나갔다. 여자의 옷은 거실에 널브러져 있었다. 은형은 한숨을 내쉬곤 집에서 입는 트레이닝 바지를 찾아 걸쳤다.

거실에 나가니 세은은 이미 티셔츠며 바지며 온전히 다 걸친 상태였다. 참도 바빴겠다. 은형은 문틀에 기대 특유의 모습으로 팔짱을 끼었다. 그렇게 부끄러운가? 나만큼 이 여자도 어쩔 줄 모르는 건가? 이렇게 보니 여자의 머리는 거의 산발이었다. 긴 머리채는 항상 단정이 꼬은 채였는데 지금은 흐트러져 꼴이 말이 아니었다. 저 모양새마저도 예뻐 보이니 채은형도 이제 끝장이다. 그래도 비식비식 웃음이 새어나왔다.

"머리."

세은이 휙 돌아보더니 그를 보고 멈칫 굳었다. 은형은 뱀 앞의 개구리처럼 얼어붙은 세은이 우스웠다. 누가 잡아먹는데?

"엉망이야."

세은은 손이 보이지 않을 정도로 재빠르게 움직였다. 당장 머리끈을 풀더니 단단하게 꼰 머리카락은 손가락 빗질로 좍좍 풀었다. 저렇게 머리 푼 모습도 오랜만이다. 근 이 년 가까이 머리도 참 많이 자란 것 같다. 세은과 거리가 좀 있었는데도 향긋한 머리내음이 맡아졌다. 은형은 여자가 옷을 입은 걸 보며 안쓰럽게 혀를 찼다. 곧 다시 벗을 건데 왜 입은 거래.

"가볼게요."

세은을 느긋하게 관찰하던 은형의 귀가 순간 먹먹해졌다. 세은은 정말로 그 채로 현관으로 향했다. 은형은 기가 막혀 멍하니 있다가 현관이 달칵 소리와 함께 열리자 부리나케 달려갔다.

가까스로 세은을 잡았지만 여자는 결코 그를 쳐다보지 않았다. 무언가 이상하다. 부끄럼 타고 수줍어한다기엔 너무 완고한 고집이 보인다. 은형은 그제야 일이 이상하게 돌아가고 있음을 깨달았다.

"어딜 가겠다고?"

"우리 집에요."

"자고 가. 집에 갈 돈도 없잖아."

"집에 도착해서 내면 돼요."

이건 앙탈 수준이 아니다.

은형은 세은의 턱을 홱 낚아챘다. 그녀의 표정은 그가 기대했던 대로가 아니었다. 수줍게 물든 발그레한 뺨과 어색함이 가득한 눈빛을 기대했는데 그녀의 표정에 단 하나 생생한 감정은 후회였다. 세은의 턱을 쥔 은형의 손에 힘이 들어갔다. 그러자 그녀가 드디어 그와 눈을 마주쳤다.

"너, 내가 한 얘기 못 들었어?"

"들었어요. 이거 놔요."

"항상 그 말이지. 이거 놔라, 싫으니까 꺼져라. 그래도 이젠 아니잖아. 내 마음, 너도 알았잖아."

"네, 알았어요."

여자의 대답은 꼭 '그래서요?' 라는 것 같았다. 은형은 넋이 나갔다. 다 끝난 게 아니었단 말이야? 너 나한테 안겼잖아. 너도 기꺼이 날 찾았잖아. 너도 나랑 같은 마음인 거 아니었어? 네 마음 다 돌아와서 내 마음 받아준 거 아니었어?

"그런데?"

"그런데 뭐가 더 필요한가요?"

"장난해!"

결국 성질이 폭발했다. 아직 뭔가 미진하게 전해졌나 보다. 어르고 달래야지, 성질 좀 죽여야지, 마음을 가다듬고 또 가다듬어도 그를 설게만 보는 여자의 눈빛에 그만 화가 치밀고 말았다.

"왜 내 집에 들어왔어, 왜 나한테 안겼어! 너도 같은 마음이었던 거 아냐? 내 마음 알고 다 받아들였던 거 아냐?"

세은이 차갑게 그의 손을 뿌리치고 한 걸음 물러섰다. 현관의 센서등이 그녀의 움직임에 슬쩍 작동했다. 백열등 아래의 세은은 참으로 부드러워 보였다. 얼굴 윤곽이며 입술의 굴곡이며. 하지만 부드러운 백열등 불빛 속에서도 세은의 차가운 눈빛은 조금도 누그러지지 않았다.

"채은형 씨 마음은 알았어요. 채은형 씨 나한테 관심있다면서요. 그래서 나도 채은형 씨한테 관심을 둬야 하나요?"

이 여자가 미친 건가? 아니면 내 귀가 잘못됐나? 지금 무슨 소리야? 너 이세은 맞아?

"채은형 씨랑 잔 거요, 술김이에요. 은형 씨가 그렇게 키스를 잘하는지 몰랐어요. 침대 위에서도, 좋았고요."

"닥쳐!"

은형은 현관의 한쪽 벽면을 쿵 내려쳤다. 그러나 세은은 놀라지도 않았다. 의연하게, 아무런 감정이 없는 눈동자로 빤히 그를 쳐다보고만 있었다. 인형과도 같은 무기질의 눈동자로 그저 '쳐다본다'는 행위를 하고 있었다. 은형은 기가 막혔다. 또다시 시작이었다. 지긋지긋한 지난 두 달의 통증이 또렷이 떠올랐다. 은형은 세은을 잡고 아프게 흔들었다.

"거짓말이지. 나한테 당했던 것들 생각나서 고스란히 되갚으려는 거지. 됐어, 알았으니까 그만 해. 네가 얼마나 아프고 힘들었는지 이젠 다 아니까……."

"지난날은 상관없어요."

"상관이 없다고?"

"나도 알아버렸거든요. 지난 삼 년간 은형 씨가 왜 그토록 날 진절머리 냈었는지. 많이 싫었던 거죠, 나라고 하면 끔찍했던 거죠. 머리로는 알고 있었는데 은형 씨 덕분에 그런 감정이 어떤지 체험하게 됐어요. 참 싫더라고요, 싫어하는 사람이 날 쫓아다닌다는 거. 참 밉고 징그럽더라고요."

은형은 눈을 질끈 감았다. 아니야, 누가 이건 다 꿈이라고 말해줘! 보복하려고 일부러 싫은 여자 쫓아다닌 거 아니었어. 내가 당했던 만큼 너도 당해보라고, 네가 날 싫어할수록 오기를 부려 쫓아다닌 것도 아니었어! 그냥 네가 좋았으니까, 네가 너무 보고 싶어서, 단지 그뿐이라서…….

"내일 시간 맞춰 데리러 올게요. 쉬세요."

"이러고도 나랑 일을 하겠다고?"

믿을 수가 없다. 이렇게 독했던가, 이 여자? 이렇게 모질었었나? 세은은 그를 지나쳐 다시 현관을 열었다.

"프로로서 실격이란 소린 듣고 싶지 않으니까요. 개인감정을 일에 개입하지 말라던 사람은 채은형 씨였어요."

은형의 등 뒤로 두꺼운 철문이 쿵, 묵직하게 닫혔다. 그는 차가운 철문에 기댔다. 선뜻한 기운이 체내에 스며들었지만 추운 줄도 몰랐다. 그는 이미 한기에 떨고 있었다.

미안하다고 했잖아, 내 마음도 이미 다 보여줬잖아. 나 용서했던 거 아니었어? 싫다고 했어도, 밉다고 했어도, 네 마음 나랑 같았던 거 아니었어?

내가 잘못 생각했던 거야? 넌 이제 날 사랑하지 않는 거야?

채은형, 언제 그 여자가 널 사랑한다고 했었냐? 아니. 하지만 드디어 손이 닿았을 때 이번에야말로라고 생각했어. 이번에야말로 이 손을 놓지 않겠다고, 다시 한 번 주어진 이 기회를 놓치지 않겠다고.

하지만 처음부터 아무런 기회도 없었던 거지. 이세은은 나에 대한 마음이 죽어버렸고, 다시 살릴 생각은 조금도 없었던 거지. 이미 알고 있었어. 날 대하던 태도들과 함께 일을 하면서 날 보던 눈빛들을 보며 이미 느끼고 있었어.

이 여자는 정말로 내게 아무 감정이 없구나.

그래서 화를 내고 그 여자 속을 뒤집어놓고 나에게 어떤 감정이라도 좋으니 심어놓을 생각이었는데. 그럴수록 나한테 질려갔던 건가? 여전히 아무 마음도 싹트지 않은 건가? 너 그렇게 힘들었던 거야, 이세은? 다신 나에 대한 어떤 감정을 갖는 것이 힘들 정도로?

아직 이 품에 안겼던 작고 부드러웠던 몸이 생생한데. 아직 나를 감싸던 절박했던 팔의 감촉이 여전한데. 아직 입술을 부딪치고 알맹이까지 통째로 쏟아 붓는 것 같던 감각과 그녀의 온기가 고스란히 남았는데. 여기 어디에도 사랑은 없던 거지?

은형은 주룩 미끄러져 내렸다. 푸푸 식은 웃음이 나왔다. 은형은 곧 발작적으로 큰 소리를 내어 웃었다.

너 참 대단하다, 이세은! 이 세상에서 날 이렇게까지 갖고 논 사람은 너 하나뿐이야! 난 사랑이었는데 넌 사랑이 아니었다고? 술김이었다고? 너 정말 대단하구나, 이세은! 대단해, 정말 대단해!

"대단하다고……."

웃음이 희미하게 사그라졌다. 은형의 어깨가 희미하게 떨려왔다.

내가 그렇게 미워? 그렇게 싫어? 너를 품으며 난 행복했는데 넌 몸뚱이의 쾌감만 느꼈구나. 싫은 놈 품에서 잘도 헐떡이더구나, 넌. 난 앞으로 너와의 행복한 시간을 떠올렸는데 넌 이 일을 무마할 궁리만 했겠구나.

아프다, 세은아……. 너는 모르겠지만 난 참 아프다. 이게 네가 원했던 거냐? 네 고통을 고스란히 안기는 거? 그게 네가 내 곁에 있던 이유였잖아. 통쾌하니? 이제 속이 후련해? 너 어쩜 이렇게 잔인하냐. 이럴 거면 왜 나한테 안겼던 거야? 왜 내게 희망을 줬던 거야? 그래야 내 꼴이 더 우스워지니까? 그래야 내가 더 망가질 테니까? 와, 이세은, 너 진짜 똑똑하다. 날 이렇게 만들 수 있는 건 너밖에 없다는 거 어떻게 안 거냐?

턱이 잘게잘게 흔들렸다. 은형은 곧 눈을 짓눌렀다. 하지만 감은 눈두덩이 너머로 뜨겁게 서럽게 흘러내리는 눈물은 그치지 않았다.

뭐라고 해도 좋아. 정말 복수만을 위해 나한테 안긴 거라고 해도 좋아. 이세은, 정말 사랑이 아니었냐? 정말로 넌 사랑이 아니었어?

난 널 안고 죽을 만치 행복했는데. 정말 이게 꿈인 것만 같아 무서울 정도였는데. 널 더 소중하게 안지 못해 미안했는데. 정말로 사랑이 아니었어?

"대답 좀 해봐. 대답해 보라고!"

하지만 돌아오는 건 공허한 울림이었다. 은형의 몸이 차갑게 식어갔다. 갈기갈기 찢어진 심장만이 남았다. 은형은 천천히 고꾸라졌다.

비가 오려는지 꾸물꾸물 하늘이 심상치 않았다. 라디오에선 남부지방에 강수확률이 95%라고 했다. 좀 더 내려가면 빗방울이 떨어질지도 모른다. 오늘 무대는 실내 체육관이라 다행이었지만 저녁때는 야외 공연이라 취소되지 않을까 걱정이었다.

세은은 정말로 은형을 데리러 왔다. 약속 시간 십 분 전에 칼같이 맞춰서. 차에 오르니 이미 재민이 자리를 잡고 있었다. 전날 재민에게 몇 통의 전화가 왔지만 모두 무시했다. 조수석에 탄 승행도 있어서인지 재민은 별소리하지 않았다. 오늘은 정말 전라도 광주에 가야 했다. 일행은 침묵 속에 잠겼다. 찬미도 무슨 낌새를 느꼈는지 같이 조용했다.

고속도로를 타고 가다 중간에 휴게소에 들렀다. 간단하게 끼니라도 해결하려 움직이는데 재민이 은형을 잡았다. 승행이 걱정이 되는지 쫓아오려고 했다.

"괜찮아. 얘기만 할 거야."

재민이 승행을 말렸다. 찬미가 승행을 끌었고, 세은은 재민을 걱정스레 보다가 곧 돌아섰다. 둘은 차에 남았다. 좁은 공간이 갑갑해 은형은 창을 열었다.

"너 무슨 생각이야."

그 물음 두 번째다. 은형은 이번엔 제대로 대답할 수 있었다. 더 마음 돌리려 애써봐야 헛수고란 걸 알았으니까.

"무슨 생각인 것 같아."

"세은이 좋아하는 거냐?"

"좋아하는 건가. 그보다 좀 더 심하다."

재민이 맨얼굴을 슥슥 부볐다. 재민도 참 심란해 보였다. 처음 차에 탔을 때 전날 술자리 때문도 있겠지만 재민의 얼굴이 부석부석해서 놀랐었다. 여느 때라면 재민이나 은형이나 얼굴이 말이 아닌 걸 보고 찬미가 한소리 했을 것이다.

"세은일 사랑한다고? 이제 와서?"

"넌?"

은형은 특유의 팔짱을 끼고 재민을 응시했다. 어제 세은에게 완벽히 채인 은형보다 재민이 더 심란해 보이다니 정말 놀랄 일이었다.

"왜 나한테 이런 걸 묻는데? 네 감정은 뭐야?"

"몰라, 모르겠어! 그냥 화가 나!"

재민이 별안간 소리를 쳤다. 은형은 한숨을 내쉬었다. 너도냐, 서재민? 이게 무슨 코미디냐.

"그럼 그 감정 접어. 세은이 이제 내 여자야."

은형은 냉정하게 잘라 말했다. 숨을 고르던 재민이 눈을 부릅떴다. 은형은 재민을 외면하지 않았다.

"너, 뭐…… 그럼 어제?"

없는 얘기 한 것도 아니지 않은가. 은형의 눈빛은 더욱 차게 가라앉았다.

"흔들리지 마. 너랑 세은이 때문에 싸우고 싶지 않아."

더는 재민에게 유빈이 있다는 둥 이야기를 하지 않았다. 유빈과 얼마나 오래 사귀었든 마음이 세은 쪽으로 기울었다면 게임은 끝이다. 사람이란 마음 가는 대로 사는 동물이니까. 세은이든 어떤 여자든, 그 여자 하나로 재민과 싸우고 싶지 않았다. 은형은 재민을 밀어 차에서 내리려 했다. 재민이 은형을 붙들었다.

"억지로 한 건 아니지?"

억지로 했다면 죽일 기세다. 은형은 시험 삼아 '그렇다면?' 이라고 대답해 볼까 잠깐 동안 고민했다. 하지만 그는 곧 손을 뿌리쳤다.

"날 의심하는 거냐?"

"아니, 하지만 세은이 자발적이었다곤……!"

남의 감정은 왜 이토록 잘 보일까. 재민도 필사적이었다. 자기 입으론 아니다, 아니다 했으면서 스스로도 골백번이 넘도록 이건 사랑이 아닐 거라고 외쳤을 텐데도, 겉으로 드러나는 감정은 진심을 고스란히 드러내고 있었다. 머릿속과 가슴은 정말 따로 노는 법인가 보다.

"자발적이었어. 너한텐 유감이겠지만."

은형이 차를 나갔다. 곧 재민이 쫓아왔다. 평일 대낮의 휴게소였는데도 차와 사람이 바글거렸다. 몇몇 사람들이 그들을 알아보는지 그 자리에 멈춰 그들 쪽을 유심히 쳐다보았다. 익숙한 시선이라 은형은 아무렇지도 않게 사람들을 헤치고 나갔다. 재민이 은형을 도로 붙잡았다.

"둘이 잘되었다면서 그럼 오늘 아침은 뭐야?"

솔직하게 얘기할까? 하지만 사실을 알게 된다면 재민이 어떻게 나올지 알 수 없었다. 재민이 세은에게 접근한다면 재민과의 사이마저 갈라지고 말 것이다. 아무리 재민이라 해도 세은을 양보할 순 없었다. 여자 하나 때문에 팀이 내분을 일으키는 걸 같잖다고 우습게 봐왔다. 그 꼴을 EM이 실현할 순 없었다.

"오해가 있어서 좀 싸운 것뿐이야. 이제 우리 일이니까 신경 꺼."

재민이 세은에게 확인을 받든 말든 상관없었다. 은형은 이대로 세은을 놓아줄 생각은 결코 없으니까. 가슴은 깊게 그어진 상처는 아직 찌릿찌릿 저려오지만 세은을 놓치는 것보단 낫다는 걸 알고 있었다. 아무에게도 양보하지 않을 것이고, 누구에게도 빼앗기지 않을 것이다. 세은 자신에게서조차 빼앗아올 것이다. 은형은 이미 세은을 맛보아 버렸다. 세은의 맛을, 세은의 향을, 그에게 매달릴 때의 쾌감을 알아버렸다. 절대 놓아줄 생각 없었다. 재민에게 말하는 것은 모두 그의 각오를 다지는 계기가 되었다.

"그리고 세은이 건드리지 마라. 난 경고했어. 다신 누구한테도 세은이 내줄 생각 없어."

"벌써부터 싸우는데도? 세은인 하나도 행복해 보이지 않아!"

은형도 알고 있었다. 이젠 은형의 존재만으론 세은은 행복하지 않는다. 은형의 마음을 주어도 세은은 거들떠보지도 않는다. 막막했다. 정말 죽도록 막막했다. 재민이 세은에게 관심을 갖지 않았다면 대체 어찌해야 할지 조언을 구하는 첫 친구가 되었을 것이다. 하지만 이 마음을 재민에게도 조금도 비칠 수 없었다. 그 생각을 하니 더욱 힘에 겨웠다.

"나도 알아."

이세은 행복해지라고 사랑하는 거 아니다. 은형도 행복해지고 싶어 사랑한 사람이 세은인 것이 아닌 것처럼. 그저 사랑하게 되었다. 빌어먹게도, 하필이면 이세은을 사랑하고 말았다. 이세은이 행복하든 말든 은형과 상관없었다. 그의 곁에서 하루하루 말라 죽어가든 달아나고 싶어 안간힘을 쓰든 전혀 상관없었다. 세은이 불행해한대도, 시들어 죽어간대도 은형은 세은을 놓지 않을 것이다.

간밤에 한 결심이었다. 마음을 뭉텅 베어버린 세은 때문에 화가 나고 이가 갈리는데 그 이상으로 슬펐다. 왜 슬플까……. 세은에게 상처를 받아서? 세은이 날 사랑하지 않아서?

아니, 지금 이 자리에 세은이 없어서.

세은이 없으면 마치 산소를 빼앗긴 것처럼 숨 쉬기도 힘들었다. 세은이 없으면 분노도, 원망도 모두 사그라지고 텅 빈 공허만이 찾아왔다. 외롭고, 숨 막히게 외롭고 추워서, 못 견디게 슬퍼서 어찌할 바를 몰랐다. 이럴 거면 곁에 두는 게 낫다. 함께 있으면서 속이 터져 죽는 게 홀로 텅 빈 그릇 같은 심장을 그러쥐고 헐떡이는 것보다 백만 배 나았다.

내 사랑이 널 더 불행하게 만든다고 착하게 물러날 내가 아니야! 나 때문에 힘들 테면 어디 실컷 힘들어봐! 난 너보다 더 힘들 테니까!

하루가 빠르게 흘러갔다. 어느덧 광주에서의 공연을 마치고 서울로 돌아오는 길이었다. 남부지방에 확산된 비구름이 그들의 가는 길을 적시고 있었다. 아직은 추적추적 내리는 수준이지만 곧 엄청나게 퍼부을 것 같았다. 꾸물거리는 날씨에 EM 일행들도 말을 잊었다.

라디오에서 아름다운 멜로디가 흘러나왔다. 나직나직 마음에 스미는 목소리의 DJ가 곡의 제목을 알려주었다. 'I never stopped loving you'. 은형은 저도 모르게 풋 웃었다. 얼마나 아이러니한 곡인가. 은형을 비웃기라도 하는 듯한 노래였다. 네덜란드의 시인이자 음악가인 마리떼 보디어의 곡이라고 했다. 현을 튕기는 듯 마음에 부딪쳐 오는 목소리는 절제되어 있으면서도 호소력이 짙었다. 현란하지 않은 어쿠스틱 기타의 연주 역시 너무도 가슴에 아려왔다.

『I Never stopped loving you from the moment I first met you.

After all We've been going through I never stopped loving you.

I will never leave you again for you were always my friend.

The only one who was there in the end.

No, I'll never leave you again.』

갑자기 노래가 꺼졌다. 은형은 차가 멈춘 걸 깨달았다. 세은과 승행이 자리를 바꾸고 있었다. 재민은 전날 잠을 이루지 못했는지 지금 차가 멈춘 것도 모르고 쿨쿨 곯아떨어져 있었다. 찬미 역시 뒤척이긴 했지만 일어나진 않았다.

"누나, 열이 있으면 있다고 말하죠."

"가벼운 미열이라 그랬어. 약을 먹었는데 잘 안 가라앉네."

"그러다 또 쓰러지면 어쩌려고요. 지금은 동규 형도 없는데, 전 은형 형 감당 못한다고요."

은형은 일어난 기척을 냈다. 승행이 뭔가 쓸데없는 말을 할까 봐서였다.

"은형 형 깼어요? 출출하지 않아요?"

"여기 휴게소야?"

"네. 비가 점점 더 드세지네요. 춥진 않아요?"

"괜찮아. 배고프면 밥 먹고 와."

"같이 먹어야죠. 그러지 말고 뭘 좀 사 올까. 그나저나 재민 형 잘 자네요. 어제 늦게까지 마신 탓도 있겠지만."

승행은 뭐 좀 사 오겠다고 나갔다. 세은이 쫓아나가려는 걸 승행이 막았다. 열이 도지면 안 된다고. 깨어 있는 사람은 은형과 세은뿐이었다.

"열이 있다고?"

"쓰러질 정도는 아니에요. 걱정하지 말아요."

하긴, 어제 저 여자도 홑겹 하나로 집까지 돌아갔을 터였다. 은형은 차에서 내렸다. 세은이 놀라 급히 숨을 들이켰다. 봄날의 비였지만 어깨에 부딪치는 빗줄기는 싸늘했다. 은형은 재빨리 운전석에 올랐다.

"뭔가 필요하면 말을 해주시죠. 이렇게 올 필요까진……."

"승행이도 어제 저 자식 상대했으면 피곤할 거야."

"하지만 저녁에 공연도 있고……."

"야외 공연? 비가 이렇게 내리는데 공연을 하겠어?"

은형의 말이 떨어지기 무섭게 핸드폰이 드륵 울렸다. 승행이 비에 젖을까 봐 핸드폰을 놓고 내린 모양이었다. 조수석에 떨어져 있는 핸드폰을 세은이 받았다. 세은은 몇 번인가 대꾸를 하곤 전화를 끊었다.

"누군데?"

"차 실장님이요. 저녁 공연 취소래요. 조만간 시간 다시 잡을 거라고 하시네요."

웬만한 비였다면 관객들에게 우비를 나눠 주고 그래도 관람하게 하겠지만 지금은 장마가 시작된 게 아닌가 의심이 들 정도로 세차게 비가 쏟아졌다. 이 빗속에서 가수 보겠다고 몇 시간을 오들오들 떨다 감기 걸리면 누구를 탓하겠는가. 기획사 측도 어마어마한 손실을 감안하고 공연을 접었을 것이다.

"어젠 잘 들어갔어?"

라디오를 끄니 차 지붕과 차창에 투둑투둑 떨어지는 빗방울 소리가 시끄러웠다. 그 덕에 은형의 목소리 역시 빗소리에 묻혔다.

가까이에 있는 세은이 알아들을까 싶은 정도였다.

은형의 물음에 세은이 조금 굳어졌다. 은형은 피식 웃었다.

"왜, 어제 그런 일이 있고 나서 내가 떨어질 줄 알았나 보지? 자기가 얼마나 지독한 말을 했는지 자각은 있어?"

"솔직한 마음을 털어놓았을 뿐이에요. 그게 지독하게 들렸다는 건 은형 씨 사정이겠죠."

이 여자의 한 마디 한 마디는 어째서 이토록 가슴에 쑤셔 박힐까. 은형은 핸들에 팔을 괴고 살짝 엎드렸다. 쑤시는 가슴조차 보이고 싶지 않았다.

"어젠 그렇게 부드러웠으면서. 기억나? 나한테 얼마나 매달렸었는지."

"채은형 씨!"

어둑한 차 안에서도 여자의 하얗게 질린 얼굴은 똑똑했다. 여자도 적어도 강철심장을 가진 건 아니란 뜻이다. 어제 이야기를 꺼내면 명백히 당황하니 말이다.

"없는 얘기 한 것도 아닌데?"

"원래 이렇게 저질스러운가요?"

젠장. 은형은 고개를 파묻었다. 저질스럽냐고? 그래, 나 저질스러운 놈이야. 하지만 어제 일만큼은 이렇게 들추고 싶지 않았어! 어젠, 어제는 정말로…… 내가 어제 얼마나 행복했는지 네가 알기나 해?

콜록, 여자가 잔기침을 했다. 은형은 여자를 돌아보았다. 쿡쿡, 터지려는 기침을 억지로 참고 있었다. 은형은 한숨이 나왔다.

“이 미련한 여자야. 남은 그렇게 잘 챙기면서 왜 자기 몸은 소홀히 해.”

“내가 어제 소홀히 하고 싶어서 한 줄……. 콜록, 콜록.”

은형은 뒷좌석으로 몸을 길게 늘여 그가 앉아 있던 자리에 널브러진 모포를 가져왔다. 아직 그가 덮었던 여운이 있어 따뜻했다. 그는 다짜고짜 모포를 펼쳐 여자를 칭칭 감았다. 여자는 거부했지만 자꾸만 기침이 나와서인지 그를 밀어내는 손에 힘이 하나도 없었다. 그 낌새가 이상해 이마를 짚었다. 뜨끈했다. 은형은 저도 모르게 욕설을 뱉었다.

“너 이 상태로 일하고 있었단 말이야?”

“사고 나게끔 안 했을 테니까 걱정…….”

“누가 내 걱정한데! 넌 마조히스트야? 너 스스로를 학대하는 게 그렇게 좋아? 남 아까운 줄 알면 자기 아까운 것부터 알아! 도대체 어떻게 된 여자가 완전히 거꾸로 됐어. 보통은 자기 건강을 먼저 챙겨!”

“소리치지 말아요…….”

아직 할 말이 댓발은 남았는데 여자가 머리를 움켜쥐었다. 뒷사람들이 깨는 것도 걱정이지만 은형이 빽 소리 쳐 머리가 울린 모양이다. 갑자기 여자의 상태가 나빠지는 것 같았다. 은형은 겁이 덜컥 났다.

“너 괜찮아? 아까까진…….”

“채은형 씨만 없으면 괜찮아요.”

순간 은형은 울컥, 눈물이 배었다. 하지만 그는 더욱 냉정하고 야멸치게 대꾸했다.

"그거 참 안됐군. 평생 아파봐, 어디."

승행이 돌아왔다. 은형이 운전석에 있는 걸 보고 놀란 기색이었다. 은형은 승행이 놀라거나 말거나 가서 약이나 사 오라고 도로 돌려보냈다. 승행은 세은에게 증상을 묻고 다시 휴게소로 돌아갔다.

"괜히 승행 씨만 고생하네."

"또 남 걱정이지."

은형은 살짝 신경질이 났다. 뒷좌석의 사람들, 승행이, 다 걱정하면서 은형만 걱정하지 않는 세은이었으니까. 은형은 히터를 있는 대로 높였다. 솨, 소리가 커지면서 뜨끈한 바람이 훅 불어왔다. 세은이 모포 사이로 얼굴을 비죽 내밀었다.

"너무 세게 틀면 더울 거예요. 게다가 기름값도……."

"이 정도는 참으라고 해! 그리고 내가 이 정도도 못 버는 놈 같아?"

여자가 기가 찬지 숨을 들이켰다.

"어련하시겠어요."

승행이 약을 사들고 돌아왔다. 은형은 승행이 의아해하든 말든 세은에게 땍땍거리며 약을 건넸다. 세은이 손이 떨려 쌍화탕을 따지 못하자 당장 빼앗아 뚜껑을 따곤 세은 손에 쥐어주었다. 세은은 열이 올라 몽롱해서인지 승행의 눈치도 살피지 못했다. 은형이 주는 대로 넙죽 약을 받아먹더니 길게 한숨을 내쉬었다.

"한숨 자."

"하지만 조수석에서 자면……."

"자라면 자. 네가 옆에 있는데 내가 졸 수 있을 것 같아?"

세은은 가물가물한 눈을 더는 뜨지 못하고 곧 잠에 떨어졌다. 사실은 엄청 피곤했던 모양이다. 잠든 모양새가 약 기운 때문이라고만은 생각하기 어려웠다.

승행은 은형에게 삼각김밥과 콜라를 내밀었다. 베지밀보단 잠 깨는 데 도움이 되겠거니 싶어 은형은 순순히 콜라를 받았다. 승행은 미안한 듯 덧붙였다.

"사실 베지밀을 찾는데 여긴 없더라고요."

"괜찮아. 잘 먹을게."

승행이 포장을 뜯는 소리가 이어졌다. 잠시 뒤 승행은 조심스럽게 물었다.

"은형 형, 내가 관여할 일은 아니지만, 혹시 세은 누나를……."

"응."

승행은 은형이 선뜻 대답한 것에 더 놀란 것 같았다. 동시에 여러 가지를 납득한 모양이었다.

"그래서 세은 누나 쓰러졌을 때도……. 사실 궁금했거든요. 왜 은형 형이 제일 사색이 되었었는지."

"나도 몰랐었어."

"세은 누나 마음이 이제 보답받는 건가요?"

보답일까, 보복일까. 은형은 쓰게 웃었다.

"어서 자. 오늘 저녁 공연도 취소됐다니까."

"아, 그래요? 차 실장님한테 연락 왔어요? 하긴, 비가 이렇게 쏟아지는데 무슨 야외공연을. 은형 형, 피곤하면 언제든지 교대할

게요."

곧 승행에게서도 고른 숨소리가 났다. 은형은 빈 포장과 쓰레기를 조심스레 한 곳에 모으고 차를 출발시켰다. 비가 세차게 내려 시야가 굉장히 좁았다. 천장을 두둑두둑 시끄럽게 두드리는 빗소리는 갈수록 거세어져 갔다. 하지만 은형의 귀엔 새근새근 규칙적으로 숨을 내쉬는 세은의 숨소리가 또렷하게 들려왔다.

피로와 약 기운 때문이라곤 하지만 세은은 그의 곁에서 잠이 들었다. 휴게소에서 도로로 진입하기 위해 잠시 멈춘 사이 은형은 세은을 돌아보았다.

세은아 그거 알아? 어제 네가 이렇게 내 품에서 잠들기를 바랐다. 어제뿐만 아니라 오늘도, 내일도.

네가 이렇게 고집스러울 줄 알았으면 옛날에 좀 잘해줄 걸 그랬어. 그럼 내가 너에게 다가가는 길이 조금은 덜 힘들지 않았을까? 하지만 은형은 고개를 털었다. 불가능했다. 은형은 자신을 숭배의 감정으로 바라보는 세은이 정말로 싫었었다. 너무 싫었기 때문에 상처를 입히는 것도 아무렇지도 않았다. 그래, 그거구나. 싫었던 게 문제가 아니었다. 그가 세은을 싫어하는 것만으론 그리 큰 상처가 되지 않았을지 모른다. 좋아하는 사람이 항상 날 좋아하란 법이 없다는 걸 그녀 나이면 충분히 알았을 테니까. 그는 그녀가 싫다는 이유로 상처를 주었다. 무시하고 멸시하고 하찮은 버러지 취급을 했다. 그게 문제였던 거다. 정말로 싫었다면 차라리 솔직하게 부담스러우니 그만두라고 말했어야 했던 거다. 비겁하게 도망치며 사람을 이리저리 끌고 다닐 게 아니라. 상처를 주고 지치게 만들었다. 아무리 세은이 잘못된 감정으로 그를 우러러보았대도 세은의 마음을 지치게 하고 세은의 존엄성을 깔아뭉개선 안 되었던 거다.

그 스스로도 자신이 부족한 사람인 걸 알고 있었다. 음악을 제외하면 그 어떤 것에도 노력을 기울이고 자제하려 노력하지 않아 정말 제멋대로 살아왔다. 그렇다고 해서 남의 마음을 함부로 업신여겨도 된다는 뜻은 아니었는데. 좋아해 주는 사람일수록, 아껴주는 사람일수록 고마워했어야 했는데. 왜 그 사실을 이제야 알게 됐을까, 왜 이제야.

너무 늦지 않았기를. 세은에게 빙빙 둘렀던 모포가 조금 느슨해져 있었다. 은형은 모포를 살짝 당겨 세은에게 다독다독 덮어주었다. 세은이 살짝 뒤척였다. 아기의 칭얼거림 같아 은형은 마음이 쓰였다. 좀 더 편하게 자게 하고 싶었는데. 사실 은형의 자리에서 자게 하면 더욱 편히 잘 테지만 비를 핑계 대며 계속 조수석에 앉혀놓았다. 조금이라도 함께 있고 싶었다.

아니, 너무 늦었더라도 상관없었다. 은형은 라디오도 켜지 않고 최대한 조심스럽게 운전을 했다. 너무 늦었다고 그쳐질 마음이 아니었다. 세은에겐 불행이겠지만 은형의 마음은 미안함과 양심을 핑계로 물러서기엔 너무 멀리 와 있었다. 그가 어찌할 수 없을 만큼 자라나 버렸다. 이젠 그가 그만두고 싶다고 그만둬지지 않았다. 그리고 그는 그만두고 싶은 마음은 전혀 없었다.

이러지 마 _22

세은은 느닷없이 사무실로 호출을 받았다. 차 실장으로부터였다. 한창 바쁠 때라는 걸 알면서도 굳이 사무실에 오라는 걸 보니 보통 심각한 일이 아닌 것 같았다. 세은은 오후와 저녁 공연 사이에 짬을 내어 사무실에 들렀다.

세은을 보는 사무실 직원들의 눈초리가 조금 서먹했다. 인사를 해도 떨떠름한 반응이 돌아왔다. 세은은 자기가 잘못한 게 무언지 꼽아보기 시작했다. 차 실장은 세은을 보더니 직접 문을 꼭 닫았다.

"거두절미하고 물을게. 세은 씨, 은형이랑 사귀어?"

세은은 저도 모르게 웃어버릴 뻔했다. 이게 무슨 우습지도 않은 농담인가.

"난 진지해."

골초인 차 실장이 담배도 물지 않고 있었다. 정말 심각한 모양이다. 세은은 정색을 했다.

"전혀 아니에요. 앞으로도 그럴 일 없어요, 절대."

"사람 일에 전혀, 결코, 절대라는 건 없다는 게 내 신조야."

"차 실장님……."

하지만 채은형과 세은의 일에는 '결단코'가 존재한다. 퍼뜩 세은을 보듬어 안던 뜨거운 손과 세은의 깊은 곳을 밀고 들어오던 열기가 떠올랐다.

"그래. 나 너한테 관심있어."

세은의 뺨이 벌겋게 달아올랐다. 어느 날 밤, 눈이 소록소록 어깨를 덮던 밤, 그가 남겼던 뜨거운 키스도, 청각이 아니라 통각으로 전해졌던 그의 사과도. 생생하게 기억했다. 그러나 그것들로 은형과 사귀게 되었다는 건 어불성설이었다. 세은은 한 번 무너진 것으로 족했다. 가슴에 뜨겁게 밀어닥치던 격랑에 결코 넘어선 안 될 선을 넘어버렸다. 진드기 같은 미련과 애증 때문에 거칠게 밀려오는 충동에 넘어가 버렸다. 실수는 한 번으로 족했다. 같은 실수는 두 번 다시 반복할 생각 없었다.

"아니에요. 정말 아니에요."

차 실장이 그제야 길게 한숨을 내쉬었다. 여느 때처럼 담배를 물더니 뿌연 연기를 깊이 내뿜었다. 세은은 사무실 사람들이 자신을 서먹하게 대했던 이유를 알 것 같았다.

"연예인하고 매니저가 사귀는 일은 솔직히 이 바닥에서 드문 일은 아니야. 하지만 어느 연예인이든 극도로 조심하는 일이기도 하지. 일종의 사내연애이자 최악의 트러블메이커가 될 수 있으니까."

SI와 함께 일했을 땐 세은이 원체 SI를 남자로 대하지 않고, SI도 굳이 세은을 의식할 필요가 없어서 연애와 관련된 문제는 없었다. 그리고 연예인의 대부분은 함께 움직이는 스태프를 일종의 도구나 시종, 좋게는 가족쯤으로 여기기 때문에 스캔들은 거의 일어나지 않았다.

한데 여자 연예인들 사이에서 가끔씩 남자 매니저와 얽히고설킨 스캔들이 일어나기도 했다. 매니저가 대다수 남자이기 때문에 일어나는 일이라고 하던데, 힘이 들 때든 기쁠 때든, 연인보다 더욱 가까이 있는 남자였기 때문에 자주 사랑에 빠졌다는 착각을 한다고 한다. 매니저였을 때는 어떤 응석도 받아주고, 힘든 일은 대신 처리해 주는 믿음직한 남자였을지 모르나, 막상 연인이 되면 갑자기 여자 연예인과 대등해지려고 해 태도가 바뀌게 된다.

그리고 사람 사이에는, 설사 친부모자식 간이라 해도 일정한 사이가 필요한 법인데, 눈을 뜰 때부터 잠이 들 때까지 활동하는 동안은 거의 24시간 함께 움직이다 보니 부딪치는 것도 극도로 많아지게 된다. 사귐의 시작부터가 파멸의 시작이라고 해도 과언이 아니었다. 깨지고 나면 틀림없이 문제가 발생했다. 그 바닥에 소문이 퍼지는 것은 물론이거니와 매니저 쪽에서 상처 입은 마음을 풀기 위해 연예인의 험담을 퍼뜨리고, 그 매니저는 매니저대로 연예인을 건드렸다는 주홍 낙인이 찍혀 그 바닥에서 오래 견디지 못하게 되었다. 극단적인 경우 스토커로까지 추락한다. 매니저였기 때문에 그 연예인의 사생활은 물론 공적인 업무까지 꽉 꿰고 있어 연예인은 옴짝달싹 못하게 됐다고 했다.

그래서 매니저와 사귀면 쉬쉬하고, 사귀기 이전 소속사 측에선 매니저와 연예인 사이에 연애 감정이 생기지 않도록 최대한 주의를 한다. 세은도 잘 아는 사실이었다. 차 실장 역시도 여자 매니저를 채용하여 걱정도 많이 했겠지만 세은이 은형에게 어떤 감정을 갖고 있고, 재민과는 친구처럼 어떻게 잘 지내왔는지 잘 알기 때문에 걱정을 덜었을 터였다.

"EM은 내가 말하지 않아도 알겠지만 우리 회사 최고의 상품이야. 솔직히 우리 회사를 키운 은인이라고 하는 게 맞겠지. 그리고 EM한테 커다란 오명이나 스캔들이 생기지 않는 한 EM의 유명세는 앞으로도 꾸준할 거야. 세은 씨한테 은형이랑 사귀지 말라는 건 아니야. 그건 개인감정이고 둘 다 어른이니까 내가 이래라저래라 할 문제는 아니지. 오히려 요즘 추세라면 둘이 사귀고 있다는 걸 공표하는 것도 나쁘지 않겠지. 하지만 그렇게 되면 세은 씨는 우리 회사를 그만두어야 해. 그리고 알지? 우리 회사를 그만둔다 해도 은형이랑 사귀고 있다는 소문이 퍼지게 되면 세은 씨가 갈 곳은 없을 거야."

주먹 쥔 세은의 손이 가볍게 떨렸다. 세은은 야멸친 눈빛으로 차 실장을 쏘아보았다.

"정말로 그럴 일 없을 테니 걱정하지 마세요. 저 역시 어린 나이도 아니고, 이제 와 채은형 씨 좋다고 쫓아다닐 일도 없으니까요.

만약 채은형 씨와 무슨 일이 생기게 된다면 책임지고 물러날 각오를 하고 있어요. 하지만 차 실장님, 전 누구보다 이 일을 좋아하고 책임감과 프로의식을 갖고 있어요. 앞으로 더 성장하고 싶단 욕심도, 야망도 있고요. 고작 채은형이란 인간 하나 때문에 제 꿈을 포기할 생각 없습니다."

차 실장은 여전히 건조하고 날카로운 눈빛이었지만 표정은 처음보단 확실히 풀어져 있었다. 차 실장은 한 모금 빤 담배를 그대로 지져 껐다.

"그래. 내가 GIL 스토커 때문에 더 민감했던 것 같아. 세은 씰 믿지 못하겠단 뜻은 아니었어. 다만, 그래, 다만 세은 씨랑 은형이가 사귄다는 말에 정말 그럴 수도 있겠단 생각이 들었던 거야."

어째서? 세은이 언제든 다시 시작할 준비가 되었다는 태세처럼 보였을까? 세은은 더욱 화가 났다. 차 실장이 세은의 기색을 보더니 손사래를 쳤다.

"세은 씨 때문이 아니야. 은형이 때문이었지."

"네?"

세은은 멈칫 굳어버렸다. 차 실장은 새 담배를 빼 물었다.

"처음에는 웃고 넘겼었는데, 세은 씨가 이전에 로드로 일할 때 말이야. 열이 나서 쓰러진 적 있지?"

"네. 승행 씨가 병원까지 데려다 줬었죠. 고맙게 생각해요."

"재민이가 말리지 않았음 세은 씨가 고마워할 상대는 은형이었을걸?"

입이 얼어붙었다. 사고가 일시 정지했다. 누가 뭘 어쨌다고?

"은형이 알지, 지독하게 프로의식이 강한 거. 걔는 무대를 코앞에 두고선 담배도 끊는 독한 놈이야. 혹여 무대에서 실수라도 할까 봐 지금도 트레이닝을 계속하는 놈이라고. 그런데 채은형이 세은 씨가 쓰러지자마자 자기가 직접 세은 씨를 데리고 병원에 가려고 했었어. 무대를 앞두고 말이야."

쓰러지기 직전에 은형의 목소리가 들렸다고 생각한 건 착각이 아니었단 말인가? 세은은 차 실장을 쳐다볼 수가 없었다.

"하지만 상대가 다른 누구도 아니고 세은 씨였잖아. 이런 말 미안한데, 정말 웃기기밖에 더하지 않았어. 채은형에게 이제야 인간다운 면이 싹텄나 보다 싶어서. 아니면 은형이가 직접 세은 씨를 안고 뛸 생각을 하진 않았을 테니까. 거기다……."

세은은 목이 건조해져 꿀꺽 마른 침을 삼켰다.

"그러다 또 쓰러지면 어쩌려고요. 지금은 동규 형도 없는데, 전 은형 형 감당 못한다고요."

승행이 그리 말했을 때 내가 아픈 것과 승행이 은형을 감당하는 게 무슨 상관인가 싶었다. 그 말은 위화감이 돌아 기억은 하고 있지만 깊이 생각하지 못하고 있었다. 차 실장의 말을 들을수록 차 안에서 승행의 말을 자르듯 일어났던 은형이 생생했다.

"은형이가 직접 일거리를 하나 들고 왔어. 그 일이 있는 날에 다른 더 중요한 무대가 있어서 거절했더니 이것만큼은 거절할 수가 없다는 거야. 얼마 전에 Y병원 위문 공연 다녀왔었지? 그래. 나도 무슨 일인가 싶어서 Y병원 인맥 좀 찔러봤었지. 그랬더니 홍보팀장이 은형이한테 받을 빚이 있다고 너스레를 떨더라고. 뭐냐고 물어도 비밀이라고만 해서 그냥저냥 넘어갔었지. 근데 세은 씨랑 사귄다는 소식을 듣자마자 세은 씨가 어느 병원에 입원했었는지가 궁금해지는 거야. 승행이는 Y병원이라고 하더군. 내가 알기론 은형이가 개인적으로 Y병원 홍보팀장에게 신세진 일은 없어. 하지만 만약 은형이가 사람들에게 소문나지 않게 세은 씨를 문병 가려 했다면 홍보팀장을 통하지 않고선 불가능하지."

"안 왔었어요."

세은은 대꾸하고도 더 말을 잇질 못했다. 정말 안 왔었다고 할 수 있어? 그래. 채은형이 Y병원을 찾았다면 틀림없이 누군가 보았을 텐데 어디서도 병원 내에서 채은형을 봤다는 소문은 돌지 않았다.

"그 당시 은형이가 얼마나 바빴는지 알지? 만약 찾아갔다면 밤이었겠지. 세은 씨가 잠든 다음에 갔을 수도 있어."

"하지만 은형 씨가 왔다면 분명 소문이 돌았을 거예요."

"세은 씨, 은형이가 연예인 몇 년 했다고 생각해? 그 영리한 녀석은 이 바닥에 들어온 지 반년도 안 돼서 이 바닥 생리를 꿰찬 놈이야. 어느 상황에서 사람들 입을 막아야 하고, 어떻게 해야 사람들 입을 막을 수 있는지 잘 알아."

"실장님은 정말 은형 씨가 절 문병 왔다고 생각하시는 거예요?"

차 실장은 두 번째 담배꽁초를 지져 껐다.

"채은형이 마음만 먹는다면 불가능하지도 않아."

"그래, 나 너한테 관심있어."

어째서 난 채은형이 '마음만 먹는다면'을 부정할 수 없는 걸까.

자꾸만 자꾸만 세은에게 관심이 생겼다는 그의 말만 메아리쳤다. 세은은 세차게 고개를 털었다.

"아무튼 저 때문에 쓸데없는 신경 쓰게 만들어서 죄송해요. 이런 일 없도록 하겠습니다."

"누구한테 들었는지는 묻지 않아?"

세은은 씁쓸하게 웃었다.

"물으면 말씀해 주시겠어요?"

차 실장은 빙글 웃기만 했다.

세은은 인사를 남기고 차 실장 방을 나섰다. 직원들 사이의 냉랭한 분위기는 여전했다. 세은은 그래도 인사를 착실히 했다. 저녁 공연 장소로 이동했을 팀을 따라잡으려 버스정거장 앞에 섰다. 택시를 타는 게 훨씬 빠르다는 걸 알지만 지금은 일 초라도 빨리 팀에 합류하고 싶은 마음은 없었다.

은형이랑 사귄다는 말은 재민 아니면 승행에게서 흘러들어 갔을 것이다. 재민과 승행 중에선 승행일 가능성이 더 컸다. 차 실장이 상사이고, EM에 대한 소식은 소소한 것까지 모두 보고하라는 엄명을 받아 승행은 있던 일 모두를 보고하고 있었다. 그 와중에 세은과 은형의 관계에 대해 짐작하는 바도 털어놨을 것이다. 아니, 승행의 눈에도 보였다는 건가? 세은과 은형의 사이가 미묘하게 변질되었다는 것을? 아니면 은형이 직접 말했다던가?

은형이 말했다면 대체 무엇을 말했다는 건가? 세은에게 새삼 관심이 생겼다고? 세은과 잤다고? 세은은 한숨이 다 나왔다. 아직까지도 채은형을 좋게 보려는 습성이 남아 있었나 보다. 채은형이 세은과 잔 사실을 누구에게도 알리지 않았다고 순진하게 믿고 있었으니 말이다. 하지만 잔 사실만으로 세은과 은형이 사귄다고 생각했다니 승행도 너무 성급했다.

그날 밤은, 세은은 버스가 출발하기 직전에야 부랴부랴 잡아탈 수 있었다. 기사 분이 싫은 소리를 했지만 세은 잘못이라 얌전히 사과할 수밖에 없었다. 퇴근 시간이라서인지 버스에는 사람이 많았다. 앉을 자리를 찾지 못해 가장 끝자리까지 가 손잡이를 잡고 섰다. 흔들흔들, 몸이 의지와는 상관없이 힘없이 흔들거렸다. 이럴 땐 굳이 버티기보단 조금 힘을 빼고 버스의 움직임에 따르는 것도 좋았다.

그날 밤은……. 세은은 눈을 질끈 감았다.

행복했다면 미친 사람이라고 손가락질받을까? 아직까지 그의 손이 살갗을 더듬은 촉감이 생생했다. 어디를 어떻게 어루만지고 더듬고 보듬었는지, 얼마나 뜨거웠는지, 얼마나 격정적이었는지, 다 기억했다. 꿈인 것 같아서, 꿈일 것만 같아서, 울고 싶은 걸 얼마나 참았는지 모른다. 이 순간만이라도 좋았다. 다 거짓말이라고 해도 좋았다. 그 순간만큼은 그를 사랑하고 그에게 사랑받는다 믿고 싶었다. 부질없는 줄만 알았던 지난 삼 년간의 사랑이 드디어 보답을 받는다고, 그도 사실은 날 사랑하고 있던 거라고. 꿈이 깰까 봐, 언제 어느 때든 현실로 내팽겨쳐질까 봐 그에게 얼마나 매달렸는지 모른다. 한순간이라도 좋으니까 사랑한다고 해줘요, 날 바보라고 비웃어도 좋아, 지금만큼은 날 사랑한다고 해줘요, 당신도 지금까지 날 사랑해 왔다고.

정말 허무한 짓이라는 걸 알고 있었다. 그래도 매달렸다. 깨달아 버렸으니까, 그를 사랑한다는 걸 깨달아 버렸으니까. 지금만 이기적이면 어때, 허상에 매달리면 어때. 그만큼 힘들었잖아, 그만큼 아팠었잖아. 이 정도 보상이라도 바라면 안 돼?

하지만 잠에서 깨었을 때 세은은 정말로 자신을 죽이고 싶었다. 그렇다고 이 남자한테 매달리니? 널 어떻게 생각하는지 누구보다 잘 알면서? 그는 사랑이 아니라는 거 알잖아, 결코 사랑할 리 없다는 거 알잖아! 그렇게 겪어왔으면서도 모르니? 그렇게 시달렸으면서도 아직도 모르겠어? 그가 하는 말이 아무리 달콤할지언정 채은형이란 인간은 날 사랑할 리 없다는 걸, 아직도 모르겠어?

세은은 깨고 난 뒤 그와 무슨 대화를 나누었는지 실은 잘 기억나지 않았다. 그는 소리쳤고 세은도 지지 않고 소리쳤다. 부끄러웠다, 부끄러워서 딱 죽고 싶었다. 그가 소리치고 밀어붙이지 않아도 세은은 잘 알고 있었다. 정신 차릴 거야, 정신 차릴 거니까 제발 이젠 그만 해!

아무리 발버둥을 쳐도 그날 밤 이전으로 돌아갈 수 없었다. 그리고 동시에 그날 밤 이전의 세은으로도 돌아갈 수 없었다. 이젠 정말 깨닫고 말았다. 그를 사랑하고 있음을. 아직도 많이 사랑하고 있음을. 아니, 아직도란 말은 틀린 말이다. 세은은 기억을 잃은 이후 새롭게 채은형을 사랑하고 말았다.

기억을 잃은 후에 얻은 감정 덕분에 지난 삼 년간의 사랑이 어떤 색이었는지도 알게 되었다. 세은은 채은형을 사랑했다. 숭앙하고 경배했다. 그 감정이 남자에 대한 사랑이라 생각해 채은형을 독점하고 싶어했고, 채은형과 더더욱 가까워지고 싶어 발버둥을 쳤다. 하지만 남자에 대한 사랑을 얻으려는 여자치곤, 지금으로선 이해할 수 없는 행동들을 해왔다. 정말 남자로서 원했다면 좀 더 닿고 싶고, 좀 더 알고 싶고, 좀 더 다가서려 노력해야 하는 게 정상 아닐까?

은형을 쫓아다닌 삼 년간 세은은 그저 주고 싶고, 그저 그가 행복했으면 좋겠고, 그 마음을 알아주길 바라 게시판에 낯 뜨거운 편지를 남겼다. 스스로 글을 남기면서도 이게 그가 질릴 만한 행동이라는 걸 알고 있었다. 그래도 이 마음을 풀 수가 없고, 은형이 조금이라도 알아주길 바라 계속해서 편지를 썼다. 한 번도 직접적으로 인간 대 인간으로, 혹은 여자 대 남자로 그에게 부딪친 적 없었다. 부딪치면 깨지리라는 걸 잘 알고 있었고, 깨지고 나면 아무리 자신이라도 그를 더는 사랑할 자신이 없었기 때문이다. 그래서 나는 일개 여자와는 달리 더 넓은 마음으로 은형을 사랑한다고, 누구도 나와 같은 사랑을 할 순 없다고 착각에 빠졌다. 도망치고 있는 줄도 모르고, 깨질 각오가 없다는 걸 깨닫지 않으려고.

은형이 세은의 마음을 알아주길 바랐지만, 세은이 해주었던 것들을 알길 바라진 않았다. 세은이 해준 것을 알면 은형이 거절할 테고 그럼 세은의 자만심은 깨어지고 만다. 그리고 무의식중에는 알고 있었던 것 같다. 혹여 세은이 해준 것을 은형이 알게 되어 은형이 감복하게 된다면, 그 다음엔? 은형이 새삼 세은의 고마움과 소중함을 깨달아 세은을 연인으로 삼는 건가? 난 한 번이라도 은형의 연인이 되길 꿈꾸었었나?

하지만 연인이 되면 언젠가 헤어지기 마련이잖아.

난 그걸 견딜 수 있나? 은형을 외면하고 은형 없이 살게 되면 나의 낙은, 나의 보람은? 사실은 은형을 사랑한다는 걸 핑계로 은형을 돌보고, 은형을 위해 시간을 할애하는 걸 즐기지 않았나? 현실을 잊기 위해, 세 번에 걸친 회사의 도산으로 피폐해진 정신을 쉬게 하고 새로운 취직자리를 알아볼 시간을 없게 만들기 위해 일부러 은형을 이용했던 건 아닌가? 세은이 항상 바쁜 이유는 편의점 일도 있었지만 대부분이 은형 때문이었다. 은형을 사랑한다며 쫓아다닌 건 일종의 취미 생활, 혹은 세은의 특기였던 것이다. 부모님이 아무리 싫은 소리를 해도 은형을 위해 시간을 할애하고 은형을 쫓아다닐 땐 그 싫은 소리를 잊을 수 있었다. 부모님과 현실로 인해 받은 스트레스를 '채은형'이란 뮤지션에 몰두하며 잊어갔던 것이다.

거기에다 은형에게 온갖 돈과 시간과 정성을 할애할 때면 EM 팬클럽 식구들은 하나같이 세은을 칭찬했다. 세은을 대단하게 여겼다. 세은의 편이 되어 세은의 하소연도 다 들어주고 세은의 상처도 자기 일처럼 이해해 주었다. 세은은 자신이 정말로 대견한 일을 한다는 착각 속에 살았다.

참으로 편리했다. 채은형이 세은을 싸늘하게 대하면 대할수록 세은은 은형에게 더욱 열중해 갔다. 은형이 오히려 세은에게 다정하게 굴었다면 과연 몇 년이나 그 마음이 지속되었을까. 그렇다고 삼 년이나 한결같이 무시했던 은형을 용서하기가 쉽지 않았지만 어쩌면 그는 알고 있었을지도 모른다. 세은이 말하는 사랑이란 건 사실 허울 좋은 껍데기일 뿐, 그리고 현실에서 도피할 수 있는 구실이라는 걸. 거기까지 몰랐다고 해도 세은의 마음이 진짜 사랑이 아니라는 건 알았을 가능성도 있었다.

그리고 이 나이 먹은 후에야 간신히 알게 되었다. 사람이란 사랑하는 사람이 생기면 상대의 체온을 확인하고 싶어지는 법이라는 걸. 좀 더 닿고 싶고, 좀 더 붙고 싶고, 좀 더 열기를 나누길 바란다는 걸. 하지만 세은은 한 번도 채은형을 성적 대상으로 본 적이 없었다. 키스? 섹스? 어림도 없는 소리였다. 신처럼 숭상한 상대인데 어떻게 그런 불경한 상상을 할 수 있었겠는가.

마치 종이인형 놀이 같았다. 세은만의 세계 속에 '채은형'이라는 허깨비 인형을 만들어 삼 년이나 놀고 있었다. 은형이 세은의 감정을 받아주지 않아 힘들어하는 만큼 변하지 않는 상황에 안심하지 않았던가? 은형은 지독하리만치 일관적이라 조금도 마음이 돌아서지 않았다. 입사하는 회사마다 도산했던 세은에게는 그런 한결같음도 일종의 구명줄이었다.

채은형에 대한 지난 삼 년간의 감정이 자아도취 혹은 현실도피의 일환이라는 걸 알려준 사람은 아이러니하게도 채은형 자신이었다.

처음 그와 입술이 부딪쳤던 날 유명 MC의 결혼식장 로비에서 세은은 채은형 같은 남자는 다시 사랑하지 않으리라 맹세했다. 그 뒤로 은형과 자꾸 부딪칠 때마다 세은의 결심은 단단해졌다.

은형은 마치 돌아봐 달라고 징징대는 어린아이나 일이 마음대로 흘러가지 않자 떼를 쓰는 못난이 같았다. 얼마나 한심하고 기가 차던지, 사실은 아직도 은형이 미웠다. 생각하기 싫어도 생떼를 쓰던 그가 자꾸 떠올랐다. 버럭버럭 화를 내던 그 때문에 새삼 입은 상처가 자꾸만 쑤셔왔다. 그럴 때면 세은은 이를 악물었다. 네가 날 얼마나 만만히 봐서 지랄인지 모르겠는데 앞으론 절대 만만히 볼 수 없는 위치에 올라설 테다, 두고 봐라, 채은형.

내가 어째서 저런 모자란 인간을 사랑했을까. 아니, 과연 사랑이었을까. 고민에 휩싸였던 세은은 결국 답을 알아내고 말았다. 내가 저 인간의 진짜 모습을 보았대도 난 저 사람을 사랑한다 말할 수 있었을까. 대답은 보류였다. 그렇다고 하기엔 지난 삼 년간의 사랑이 발목을 옭아맸고, 아니다고 하기엔 그가 아무리 덜 자란 인간이라도 자꾸만 신경이 쓰이는 자신이 있었다. 아마 지난 삼 년간의 미련일 것이라고 세은은 쉽게 넘어갔었다.

지금도 실은 그를 사랑하는지 잘 모르겠다. 그는 기억을 잃기 전에도 잃은 후에도, 그리고 지금까지도 세은에게 너무나 많은 상처를 주었다. 그 상처들만 곱씹어봐선 은형이 없는 세상에서 살라면 만세삼창을 하며 날아가도 부족했다.

하지만 은형이 없는 세상에서 살고 싶지가 않았다.

그를 보면 마음이 그를 좇았다. 지금에야 인정하는 바이지만 그와 마주칠 때면 그를 보고 싶어했던 마음이 삐죽 솟아올랐었다. 어떻게 지내는지, 잘 지내고 있는지, 지금 뭘 하고 있는지, 궁금했던 마음이 들쑥날쑥 고개를 쳐들었다. 그렇지만 그는 다름 아닌 '채은형' 이었기 때문에 세은은 마음을 접었다.

그런데 그가, 은형이, 몇 번이고 세은의 마음에 부딪쳐 왔다. 눈이 내리던 날까진 이 사람의 품이 이토록 따뜻하고 푸근한 줄 몰랐었다. JA 때문에 힘이 부쳐서 한참 고단할 때라곤 하지만 다른 사람의 품 역시 따뜻하다고 느꼈을까. 그렇게 힘없이 폭 안겨 있었을까. 세은의 가슴은 작게 두근거리고 있었다. 아주 잠깐이라도 그 가슴에서 마음 풀어 쉬고 싶었다. 그게 잘못인가? 내가 이 사람 때문에 받은 상처가 얼만데. 이 정도쯤 이용해도 상관없잖아.

미안하다고 했다. 미안하다고, 머리털 나고 지금껏 사과 한 번 안 해봤을 인간이라 생각했는데 세은을 끌어안고 울며 사과했다. 세은은 마음이 돌로 만들어진 사람이 아니었다. 그렇기 때문에 무시하고 외면하고 깊게 생각지 않으려 기를 썼던 것이다. 마음에서부터 소곤거리는 목소리를 듣지 않으려고. '세은아, 너 사실은……'.

사과했던 때가 언제인가 싶게 세은이 EM 로드 매니저를 한다고 하니 프로의 자세가 어떻고, 개인감정이 어떻고, 세은의 속을 왈칵 뒤집어 놓는다. 그럼 그렇지, 저 인간이 그날 잠시 미쳤던 거지, 사과는 무슨 사과인가. 세은은 독이 올라 그의 매니저가 되겠다고 했다. 그래, 말은 EM의 매니저라고 했지만 세은의 촉각은 온통 은형을 향해 있었다. 그에게 무시당하지 않으려고, 본때를 보이려고, 당당한 내 모습을 보이려고. 그래서 인정받고 싶었다. 세은의 능력과 세은 자체의 존엄성을. 인정받은 다음엔? 다음엔…… 속 시원하게 웃으며 떠나는 거다. 내가 얼마나 필요한 존재였는지 각인시키고, 나없인 못살게 만든 다음에, 난 너 없이도 살 수 있다고 당당히 돌아서는 거다. 그럼 내 속은 후련해지겠지.

광주에서 공연을 마치고 돌아오던 날, 천장에 시끄럽게 부딪치던 빗소리가 그랬다.

'넌 정말 채은형 없이 살 수 있니?'

세은은 어처구니가 없어 바로 반박했다.

'나에게 한 짓들을 봤잖아. 전날 밤 일을 왈가왈부해서 내 얼굴을 뜨겁게 만들더니 남을 미련하다는 둥, 마조히스트라는 둥 얼마나 빈정거렸는데!'

빗물을 쉴 새 없이 거둬내던 와이퍼가 물었다.

'사실은 기뻤지? 그래서 설레며 잠들었던 거지? 채은형이 널 걱정했잖아.'

세은은 몸을 움츠렸다.

'나도 그 인간이 아플 때 걱정했어. 승행 씨를 보낸 다음에도 날이 밝을 때까지 곁에 있던 게 그 증거야. 그게 사람 된 도리잖아?'

고집스런 세은 때문에 차 지붕에 부딪치던 빗소리도, 부지런히 움직이던 와이퍼도 입을 다물었다. 세은은 낯이 뜨거웠다. 속으로 얼마나 버럭버럭 소리를 질렀는지 모른다.

'그래! 기뻤어. 모진 소리해서 어떻게든 좋은 기분을 가셔보게 하려고 했는데, 내가 상처 주는 소릴 하면 채은형은 당장 나보고 꺼지라고 했을 텐데, 전혀 그렇지 않아서, 오히려 날 위해 실내 온도를 높이고, 모포를 덮어주고, 쉬라고 윽박질러서, 그래서 기뻤어. 기쁘면 안 돼? 채은형이 나한테 마음을 썼는데 기뻐도 못해?'

쉬익, 열심히 가동하던 히터의 소음이 빙그레 웃었다.

'이세은, 많이 못돼졌다. 언제부터 성격이 꼬였던 거야? 기쁠

땐 순수하게 기뻐하라던 사람이 누구였지?'

세은은 뒤적뒤적 움직였다. 모포가 어깨 아래로 흘러내려 갔지만 세은은 가위에 눌린 듯 꼼짝을 할 수 없었다. 하지만 어깨 아래로 흘러내려 간 모포가 저절로 어깨 위로 올라왔다. 어깨와 목덜미를 꼭꼭 여민 손길이 느껴졌다.

'그래, 나 너무 기뻐. 내가 해준 것에 비해서 이 사람이 해준 거, 정말 하잘 것 없는데……. 너무 기뻐. 너무 기뻐서 불안해. 이 사람 왜 갑자기 이러지? 왜 나한테 갑자기 마음 쓰는 거야? 날 어떻게 하고 싶어서? 이제 와 날 사랑하기라도 한다는 거야? 그걸 나보고 믿으라는 거야?'

'왜 자꾸 고집을 부려. 정말로 널 사랑하는 걸 수도 있잖아.'

'모르겠어. 이 사람이 날 사랑한대도 난 행복해질 것 같지 않아. 지금 이대로면 안 될까? 아무 감정 내비치지 말고 그냥 이대로 있으면 안 돼?'

빗소리도, 와이퍼 소리도, 히터의 소음도 아무도 대답해 주지 않았다.

세은은 내릴 정거장에 이르러 문 앞으로 자리를 이동했다. 어느샌가 버스는 거의 비어 있었다. 종점에 다가와서인 듯했다. 사람들이 오가는 낌새를 전혀 알아채지 못했다. 세은은 한숨을 내쉬고 버스에서 내렸다.

6월이 되어 EM의 활동은 더더욱 바빠졌다. 재민이 고정적으로 출현하는 프로그램만 두 개에 EM 고정 프로도 두 개였다. 거기에 온갖 출연 제의가 들어와 선별하기 바쁜데 은형이 들어오는 일은 족족 받아 치우고 있었다. 대부분 대학과 시민축제의 출연 제의, 콘서트의 게스트 제의, 각종 기업행사의 초빙에 거의 주말마다 있는 결혼식의 축가 제의까지. 대체 이 사람이 이렇게 돈을 긁어모아 어디다 쓰려는지 궁금할 지경이었다. 덕분에 세은은 역시나 주말에도 EM과 함께 뛰어다녀야 했다. 승행 말로는 자기가 전담 매니저가 되면서 일복이 터졌다고 하는데, 세은도 실은 팬클럽 운영진을 맡았기 때문에 EM의 이전 스케줄을 잘 알고 있었다. 이번 앨범 들어 기존의 앨범들을 합친 것 이상의 활동을 선보이고 있었다. 혹시 메뚜기도 한철이라는 말을 염두에 두는 건가? 그랬다면 이미 3집 때부터 지금과 같은 활동을 벌였어야 했다.

EM의 활동이 늘어나니 기쁜 건 팬클럽 식구들이었다. 하루에도 백 몇 명씩 회원이 늘어난다고 했다. EM이 뛰는 곳이면 어디든 팬클럽 회원들도 함께였다. EM의 활동이 늘어 걱정하는 목소리가 반, 그 이상으로 기뻐하는 무리가 반이었다. 세은도 순수한 팬의 입장이었다면 EM의 왕성한 활동에 걱정하며 동시에 기뻐했을 것이다. 다만 지금은 EM과 함께 뛰어다니는 입장이라, 이제라도 좋으니 제발 스케줄을 줄여주었으면 하는 게 솔직한 심정이었다. 전국 방방곳곳을 쉴 새도 없이 뛰어다니려니 진짜 죽을 맛이었다. 이렇게 날 괴롭히려는 수작이냐, 하는 생각도 안 들었다. 사실 운전하는 세은이 힘든 건 사실이지만 그 이상으로 힘든 사람이 있다면 스케줄을 소화하는 EM일 테니까. 은형은 자기를 혹사하면서까지 세은을 괴롭히려는 인간은 아닐 것이다.

오늘은 그나마 스케줄이 두 건뿐이라 잠시 사무실에도 들를 수 있었다. 세은은 H대학까지 다시 마을버스로 이동했다. 세은은 축제 시작 시간 직전에 맞춰 대기실을 찾아갔다. 승행이 세은을 보고 다소 미안한 표정을 지었다.

"차 실장님이 뭐라셔?"

역시 승행이었던가? 표정만 봐선 말하려고 했다기보다 차 실장의 유도심문에 넘어간 것 같기도 하다. 그게 뭐가 그리 중요하랴, 이미 세은과 은형에 대한 소문이 퍼지는 마당에.

"그냥. 적응할 만한지 물었어."

찬미는 부지런히 재민의 헤어스타일을 세팅하는 중이었다. 은형은 한쪽 구석에서 차례를 기다리고 있었다. 그는 세은이 들어온 걸 보고 시선을 들었다. 광주에 다녀온 지 벌써 일주일, 그동안 은형은 잠잠했다. 세은을 억지로 도발하려고도 하지 않았고 세은의 심기를 건드리지도 않았다. 다만 아주 가끔씩 알 수 없는 눈빛으로 세은을 바라보기만 했다. 그의 시선을 느낄 때면 저도 모르게 자신의 모습이 겹쳐지곤 했다. 항상 그와 같은 눈빛으로 누군가를 바라보던 건 세은의 몫이었다. 그 시선의 대상이 되는 일은, 게다가 그 시선을 던지는 사람이 은형이 되리라곤 꿈에도 상상하지 못했다. 그래서 심장이 자그맣게 콩콩 뛰었다.

'날 보지 말아요. 날 그렇게 보지 마.'

더는 그 시선을 견디기 힘들었다. 자꾸만 무릎에 힘이 풀려서, 가슴이 떨려서, 심장에서부터 뜨끈한 기운이 퍼져 가서. 세은은 애써 그를 외면하며 늦게나마 대기실 정리를 하기 시작했다.

곧 은형도 준비를 마쳤다. 세은은 은형을 보고 입을 꾹 다물었다. 인정하긴 정말 싫은데, 멋있었다. 재민도 반짝반짝한 것이 정말 멋있고 잘생겼다. 무대에 서면 실신할 여자 꽤 될 거라는데 내기를 걸 수도 있었다. 하지만 은형은 재민과는 전혀 다른 멋이 있었다.

화려하지 않지만 절대 무시할 수 없는 존재감과 웃고 있지 않지만 눈을 뗄 수 없게 만드는 매력이 있었다. 무대에 서면 습관적으로 눈을 내려 뜰 것이다. 그럼 무대를 보러 모인 숱한 사람들은 눈을 내리깐 은형의 속눈썹이 얼마나 긴지 알게 될 것이다. 그리고 그들은 속눈썹이 만들어낸 그늘 속 눈동자에 한 번이라도 눈을 마주치고 싶어 숨을 죽이며 은형만을 바라볼 것이다.

삼 년간의 사랑은 정말이지 질긴 것이었다. 팬으로서의, 혹은 현실도피 수단으로서의 감정이라는 걸 알게 됐는데도 무대 준비를 갖춘 은형의 모습을 보면 반사적으로 가슴이 뛰었다. 아마 이 인간이 진짜라서일 것이다. 은형은 온갖 화려한 치장을 하지 않아도 스스로 빛을 뿜는 사람이었다. 그만큼의 재능과 실력과 스타의 기질이 있었다. 세은의 방에 오도카니 앉아 있어도 반짝였던 사람 아닌가. 이렇게 가슴이 뛰는 건 적응이 되면 언젠가 가라앉을 것이다. 하지만 그 언젠가가 언제일까? 삼 년, 그래, 지금까지 총 오 년의 세월이었다. 언제 한 번이라도 가라앉을 조짐이 보였던가?

곧 EM이 출연할 시간이 되었다. 승행이 대기실에 들어와 곡 순서 등등 최종 점검을 했다. 5집의 타이틀과 후속곡, 그리고 앨범에 수록된 곡까지 해서 총 세 곡을 부를 예정이었다. 앙코르곡을 대비해 4집의 타이틀곡도 준비해 놓았다. 이전부터 대학 축제를 대비해 EM은 매 무대마다 간략한 레퍼토리를 짜놓았다. 오늘 부를 5집 앨범 수록곡은 세은에겐 생소했다. 정작 EM 로드 매니저가 된 뒤로 EM의 노래를 들은 적이 없었다. 은형이나 재민 모두 자기 노래를 듣기보다 각자 좋아하는 뮤지션의 음악을 듣기를 바라, 이동하는 중에는 교통방송 아님 두 사람의 신청곡을 틀어놓기 일쑤였다. 개인적으로 EM의 노래를 들으려고도 해봤지만 은형의 목소리를 들을 때면 지금껏 써왔던 가면이 깨져 버릴 것 같아 번번이 CD 플레이어를 꺼버리곤 했다. 그래도 EM의 곡의 특징은 팬클럽 게시판에 도배되었기 때문에 각각의 곡의 특징은 대강 파악하고 있었다. 이번 수록곡을 부르겠다고 주장한 건 은형이었다. 팬들 사이에서도 심심찮게 회자되는 곡이라 세은은 좋을 것 같다며 찬성했었다.

세은은 EM이 무대에 오르는 길을 함께 걸어갔다. 승행이 무대 분위기가 어떤지 말하고 있었다. EM이 온다는 소식에 전교생도 모자라 동네 주민까지 죄다 모인 것 같단다. 무대는 대강당에 마련되었는데 강당 가득 사람들로 버글거린다고. 재민이 살짝 흥분한 듯 심호흡을 했다. 떨리냐고 하니 설레는 거란다. 세은은 조그맣게 웃었다.

EM이 무대에 올라가기 전 다시 은형과 눈이 마주쳤다. 뭔가를 말하는 듯한 눈빛이었다. 세은이 그 뜻을 파악할 새도 없이 EM은 무대에 올랐다. 정말 운동장을 가득 채운 관객들이 열화와 같은 함성을 내질렀다. 재민과 은형이 각자 인사를 하고 축제 분위기에 대해 칭찬을 하니 더더욱 큰 함성이 쏟아졌다. 이윽고 5집의 타이틀곡의 전주가 흘러나왔다.

은형이 리드보컬을 맡은 곡이었다. 재민의 부분이 끝나고 곧 은형의 파트가 시작되었다.

『널 믿지 않았어, 널 믿지 않았어. 너 역시 날 스쳐 갈 수많은 사람의 하나일 테니까. 스쳐가는 감정은 이제 싫었어, 스러질 감정을 더는 지켜보고 싶지 않았어. 난 약했어, 널 믿지 않았어. 그래서 결국 난 너마저 놓치고 말았나 봐.』

오싹, 소름이 돋았다. 세은은 정말로 넋을 잃었다. 은형이 노래를 잘하는 건 알고 있었다. 당연하다, 그래서 좋아했었다. 목소리가 좋은 것도 알고 있었다. 보통 EM을 좋아하면 재민을 먼저 좋아하기 마련인데 곧바로 은형에게 푹 빠졌던 건 저 음성 때문이었다. 이미 익히 잘 알던 사실임에도 새삼스레 눈물이 핑 돌고 말았다.

그동안은 대기실에서 찬미와 함께 대기했었다. EM이 무대에 섰다고 해도 로드 매니저나 스타일리스트는 뒷정리로 바빴다. 세은은 찬미를 도와 뒷정리를 마치면 곧 다음 장소로 이동할 준비를 해야 해서 곧바로 차에 돌아가기 일쑤였다. 하지만 오늘은 발걸음을 돌기기가 어려웠다. 은형의 목소리가 세은의 심장을 옭아매었다.

"은형 형 정말 대단하지."

은형의 파트가 끝나고 간주가 흐른 사이 다시 우레와 같은 함성과 박수가 쏟아졌다. 승행의 목소리는 잘 알아듣기 힘들 정도였다.

"워낙 실력파이긴 했지만 요즘 들어 더해. 노래만 잘 부르는 게 아니라 정말 누나 말대로 혼이 실린 것 같아. 아, 누나는 기억 안 나겠구나."

세은이 은형에게 보냈던 수많은 러브레터 중엔 '혼이 실린 노래'에 대한 찬사도 있었다. 은형이 노래를 부를 때면 정말 아껴 듣고 싶은 마음이 든다고, 은형의 혼이 실린 노래라 쉽게 듣고 지나칠 수가 없다고. 그럴 때면 은형을 걱정하게 된다고, 저렇게 영혼이 다 닳아 끝내는 다 고갈되지 않을까 하는 마음에.

지금이 딱 그 심정이었다. 은형은 노래를 하는 게 아니었다. 정말로 영혼을 토해내고 있었다. 기교적인 감정이입을 말하는 게 아니었다. 이미 무대 앞에는 은형의 노래에 훌쩍거리는 사람이 나오고 있었다. 노래 부르는 이의 슬픔이 가슴에 저며와서. 너무 애틋하고, 안타까워서.

『돌아와 달라면, 날 다시 사랑해 달라면, 넌 슬프게 웃겠지. 슬프게 웃으며 내 손을 뿌리치겠지. 다정한 넌 그저 고개만 저을 거야. 내가, 내가 어떡하면 좋을까…….』

관객들은 거의 동시에 채은형을 외쳤다. 재민과 EM을 부르는 사람들도 있었지만 세은의 귀엔 채은형을 부르짖는 목소리가 가득했다. 세은은 승행이 잠시 사라진 것도 몰랐었다. 승행은 무대 위의 두 사람에게 생수를 건네고 돌아왔다. 세은은 그제야 정신을 차렸다.

"미, 미안해. 내가 챙겼어야 하는데."

"괜찮아. 나도 처음엔 정말 혼이 빠져서 꼼짝도 못했으니까. 지금이야 어느 정도 적응을 했다고 하지만, 은형 형이 저렇게 열창을 할 땐 나도 모르게 반응이 느려지고 말거든."

"잘 부르는 건 알았지만……."

"요즘에 비할 바가 아니야. 은형 형 진짜 물이 올랐다고 해야 하나. 요즘 노래 부르는 거 들으면 적응해서 무뎌졌다고 생각한 내 마음까지 막 흔들려. 무슨 일이 있나 싶을 정도라니까. 정말 이루어질 수 없는 사랑을 한다든지……."

숨이 살짝 막혀왔다. 세은은 입술 안쪽 살을 깨물었다. 가슴에 미처 막지 못한 찌릿한 통증이 스쳐갔다.

"은형 형 성격에 그럴 리는 없지만."

두 번째 곡에도 앞 곡과 마찬가지의 반응이 이어졌다. 관객들의 목청이 쉬지 않을까 오히려 걱정이었다. 정말 열광적인 반응이었다. 잠깐의 멘트 후 세 번째 곡이 이어졌다. 무대에서는 처음 부르는 곡이었지만 이미 벨소리나 컬러링, MP3 다운 횟수 등에서는 몇 주 동안 1위를 지켰던 곡이었다.

제목은 '사랑, 너를 위한' 이었다.

『사람들이 말했어. 힘든 게 맞다고. 힘이 든 건 내가 사랑했던 증거니까 아파해도 된다고. 억지로 지우려 하지 말래, 시간 지나면 다 잊혀지는 거라고. 지금은 울어도 된대, 너를 사랑한 만큼, 너의 빈자리만큼.』

은형의 음성이 애잔한 떨림을 남기고 사라졌다. 관객들은 숨을 죽였다. 재민의 파트가 이어졌다.

『잘 지내고 있니, 나 아직 너의 행복을 빌 수가 없어. 너 없이

살아갈 방법도 모르는데 너의 행복을 빌어줄 방법을 난 몰라. 여전히 난 울고 있어. 너 없는 밤 웅크리며 간신히 숨만 쉬고 있어. 이것도 사랑이래, 너를 향한 사랑이래.』

『못해준 것들만 떠올라. 많은 추억을 만들자고 했지, 많은 기억을 공유하자고 했어. 귀찮아서, 언제든 할 수 있는 것들이라서, 다음으로, 내일로, 나중으로 미뤘어. 이렇게 너와 단절된 세계에서 나 홀로 살아갈지 모르고.』

『잘 지내야 해. 힘들어하지도 말고, 지치지도 말고, 아프지도 말고, 울지도 말고. 나와 함께일 땐 항상 아파야 했잖아. 너무 힘들어 메말라 버리고 말았잖아. 이젠 그러지 않기를. 너의 눈물의 샘, 내가 가져갈 테니. 이것도 사랑이니까, 너를 위한 사랑이니까.』

마치 누군가 세은의 심장을 차가운 손으로 움켜쥔 것 같았다. 세은은 꽁꽁 얼어붙었다.

이번에도, 이번마저도 세은은 무시할 수 없었다. 이건 명백히 세은의 노래였다. 아니라고 부정할 수도 없게 하는 단어가 나와버렸다. '눈물의 샘' 누구든 쓸 수 있고, 누구든 생각할 수 있는 표현이었지만 채은형이 쓰면 안 되는 표현이었다. 다른 누구라면 몰라도 결코 채은형만큼은 쓰면 안 되는 표현이었다!

EM이 무대에서 내려왔다. 기다렸다는 듯 앙코르가 터져 나왔다. 세 곡을 잇달아 부른 EM은 무대 뒤에서 잠시 숨을 골랐다. 승행이 땀을 쏟는 두 사람에게 수건을 내밀었다. 은형은 수건을 든 채 세은을 응시했다. 세은은 새파랗게 질려 있었다.

세은은 '사랑, 너를 위한'을 처음 들었다. 정말 프로라면 EM의 노래를 줄줄 꿰고 있어야 한다. 그러니 이번 5집도 달달 외울 정도로 들어야 한다는 건 머리로는 알고 있었다. 하지만 1번 트랙이 돌아가기 시작하면, 은형의 음성이 귓전에 스미기 시작하면, 저도 모르게 멈춤 단추를 누르고 있었다. 들을 수가 없었다. 은형을 코앞에 두고도 완전히 무시할 수 있었지만 그의 노래만큼은 무시할 수가 없었다. 가슴이 왈칵 뒤집어져 숨을 고를 수가 없었다. 그래서 팬클럽 게시판을 통해 수록곡들의 반응만을 객관적으로 수집했었는데.

사람들이 미친 듯이 EM을 불렀다. 앙코르에 대한 함성은 그치지 않았다. EM은 결국 다시 무대에 올랐다. 세은은 EM이 다시 돌아올 때까지 돌덩이처럼 굳어 있었다.

"누나, 괜찮아?"

승행이라면 알까? 세은은 가슴을 턱턱 치며 숨통을 텄다.

"승행 씨, 저 노래 뭐야? '눈물의 샘' 이라는 거……."

"글쎄? 은형 형이 작사한 거라. 눈물의 샘이 왜?"

승행도 모르고 있었다. 기존의 무대에서야 타이틀과 후속곡만 불렀기 때문에 질리도록 들었지만 이번 노래는 정말 처음이었다. H대학 이전에는 세 곡을 부르면 많이 부르는 편이었었다.

아무도 모르는 사실인가? 팬클럽 운영진조차도 몰랐던 건가? 그럴 수 있다. 세은이 써놓고 기억을 잃자마자 바로 지웠으니 어디서 봤나 싶다가도 세은이 썼다고는 생각지 못했을 것이다. 하지만 그 표현을 사용한 은형조차도?

'눈물의 샘' 은 세은이 은형을 표한 표현이었다.

〈당신이 보고 싶어 미칠 듯이 운 적이 있습니다. 차마 눈물을 보일 순 없어 맘으로 속으로 눈물을 삼킨 때가 있습니다. 당신을 보고 싶어하는 것밖엔 할 수 있는 게 아무것도 없어서 이런 바보 같은 나에게 질린 때가 있습니다. 한 번은 당신을 너무나 보고 싶어하는 내가 너무 한심해서 나를 위해 운 적이 있습니다.

내 눈물의 샘……

하지만 그런 당신을 원망할 수가 없습니다. 비록 당신에게서 비롯된 마음이지만 당신은 하나도 모르는 마음이기 때문입니다.〉

EM이 돌아왔다. 승행이 움직여 세은도 가까스로 함께 움직였다. 축제 실행위원들이 제지해 준 덕에 대기실이 있는 건물까지 수월히 들어갈 수 있었다. 실행위원들은 자신들의 특권을 사용해 EM에게 직접 사인을 받고, 사진 촬영도 했다. 승행과 세은이 다음 스케줄로 인해 곧 돌아가야 한다며 무리들을 뚫고 지나갔다. EM은 팬들에게 작별인사를 하고 매니저들을 따라 차로 향했다.

EM의 차를 발견하고 몇몇 팬들이 달려왔다. 세은은 최대한 경적을 아끼며 천천히 전진했다. 오늘은 이것으로 스케줄이 끝나기 때문에 다들 저녁이나 하자는 제의가 나왔다. EM이 좋다는데 세은이 거절한다 해서 받아들여질 리가 없었다.

H대학 부근 골목골목을 돌아 재민이 소개한 맛집에 도착했다. 재민은 왕년에 이 근처에서 놀았다며 자랑이었다. 다들 자리를 잡고 삼겹살과 갈매기살을 섞어 사람 수만큼 주문했다. 하지만 세은

은 도무지 입을 댈 수가 없어 결국 차에 돌아갔다.

터져 버릴 것 같은 가슴을 추스르느라 심호흡을 하는데 조수석 문이 열렸다. 은형이었다. 세은은 자기도 어찌할 수 없는 원통함에 소리를 지르고 말았다.

"그래선 안 되는 거잖아요!"

손에 잡힌 게 핸들이 아니라면 냅다 내던졌을 것이다. 은형은 놀라지도 않았다. 그의 특유의 체취가 훅 끼쳐 왔다. 더욱 분하고, 더욱 가슴이 시렸다.

"그래선 안 되잖아요. 그러면 안 되는 거잖아요!"

"뭘 말하는 거지?"

"모른다고 할 거예요? '내 눈물의 샘' 세상 모든 인간이 다 쓴다 해도 당신만은 쓰면 안 되는 거였어요!"

"왜 이제 와 난린데."

"몰랐으니까. 이전엔 당신 노래 따위 듣지 않았으니까!"

은형이 가볍게 한숨을 내쉬었다.

"어처구니가 없군. 활동을 늘이기까지 했는데 내 노래를 듣지 않았다고? 대체 내가 왜 스케줄을 늘였는데? 굳이 안 해도 되는 일들까지 도맡아하고, 뮤직비디오 촬영도 하고? 하나도 소용이 없었단 말이지."

그는 몸을 틀어 세은의 시트에 팔을 둘렀다. 그가 더욱 가까이 다가와 그의 체온마저 느껴졌다.

"그럼 어떡하면 좋을까. 내가 어떡하길 바라."

어떡하길 바라냐고? 어떡하길 바라기 이전에 진작 쓰지 말았어야 했으면서! 이제 와 어떡하겠느냐고? 세은은 말문이 막혔다. 너무나 바보같이 아무 생각이 없었다. 그저 원망스러워서, 우롱당하는 것만 같아서, 하필이면 세은의 상황에 겹쳐지는 노래에 사용해서, 가슴이 미어지고 알 수 없이 화가 나서……. 그래서, 그래서…….

"나한테 이러지 마요, 이러지 마……. 왜 자꾸 흔들어. 당신이 의도하지 않았어도 당신이 이럴 때면 난 흔들리고 말아. 힘들어, 힘들어서 죽을 것 같아. 아무 생각도 안 하려고 해도 그럴 수가 없어. 자꾸 나한테 왜 이래요? 홀가분하게 해줬잖아. 그런데 왜……. 당신이야말로 내가 어떡하길 바라는 건데……."

"날 밀어내지 마."

하느님…… 정말 너무하세요. 왜 이런 인간을 사랑하게 하셨나요. 왜 몇 번을 태어나도 이 못돼먹은 인간에게 반해 버리는 바보 같은 영혼을 주셨나요.

은형이 세은을 감쌌다. 지친 세은은 힘없이 은형 품에 안겼다. 은형은 세은을 감싼 팔에 힘을 주었다.

"두 번 다시 날 밀어내지 마."

그러니까 이젠… _23

은형이 대뜸 세은 뒤를 쫓았다. 찬미는 혹시나 싶은 마음에 승행에게 물었다.

"은형 오빠, 세은 언니 쫓아간 거야?"

"글쎄."

"글쎄? 오빠 뭐 알고 있구나."

승행은 아차 하는 표정을 지었다. 찬미는 승행을 붙잡아 채근했다.

"왜, 뭔데? 설마 두 사람이 사귄다는 건……."

승행의 시선은 점점 사방팔방을 헤매었다. 승행은 거짓말을 잘 못했다. 거짓말을 하거나 뭔가를 숨길 때면 꼭 시선을 어디에 둘지 몰라 두리번거리곤 했다. 찬미의 눈이 왕방울만해졌다.

"정말이야? 두 사람, 정말 그런 사이야?"

승행은 결국 체념하는 듯했다. 그는 시선을 뚝 떨어뜨렸다.

"거기까진 잘 모르겠지만 은형 형도 세은 누나 좋아한대."

"도?"

재민의 목소리엔 어쩔 수 없이 날이 서 있었다. 승행은 지글지글 익는 고기에서 할 수 없이 시선을 떼었다.

"은형 형이 누나 좋아한다고 했어요."

"세상에, 정말!"

재민은 삼겹살과 함께 주문한 소주를 땄다. 그는 일단 한 잔 마신 뒤에 잔을 힘껏 내려놓았다.

"세은이도?"

"당연한 거 아니에요? 세은 언니가 왜 이 일을 맡았겠어요. 세은 언니도 엉큼하다. 뮤직비디오 때도 그렇고 은형 오빠한테 누군가 생겼을 거라고 했을 때 딱 잡아떼더니."

찬미가 끼어들었다. 승행은 조금 떨떠름한 표정이었지만 부정하진 않았다. 결국 그렇단 말이지. 재민은 다시 한 잔을 쭉 들이켰다.

그날 결국 재민은 술기운에 쓰러지고 말았다. 승행은 찬미에게 택시비를 쥐어주고 자기가 직접 재민을 차까지 데려왔다. 차는 그 자리에 있었지만 은형과 세은은 없었다. 재민을 태운 뒤 둘 모두에게 연락했지만 아무도 전화를 받지 않았다. 승행은 잘된 건가, 걱정스러운 마음과 안심하는 마음이 나뉘었다.

윙윙, 핸드폰이 울렸다. 재민의 것이었다. 재민에게 받으라고 흔들어 깨웠지만 재민은 손을 휘젓고 고개를 획 돌렸다. 승행은 재민이 왜 이렇게 술이 떡이 되도록 마셨는지가 의문이었다. 핸드폰은 여전히 요란하게 울고 있었다. 승행은 재민의 재킷 주머니를 뒤적여 핸드폰을 꺼냈다. 유빈이었다. 승행은 안심하며 전화를 받았다.

"유빈 누나, 저 승행이요. 네, 지금 재민 형네 집으로 갈 거예요. 재민 형이 좀 많이 취해서……. 전화 왔었다고 전할까요? 아, 내일 스케줄이요? 오후 세 시부터 이동하면 되니까 시간은 괜찮아요."

유빈은 간략히 전화를 끊었다. 승행은 머쓱해졌다. 유빈이 재민의 집에 오겠다는 전화였다. 두 사람은 연인이니 승행이 참견할 일이 아닌데도 괜스레 얼굴이 빨개졌다. 밤이 깊어가는 이 시간에 연인의 집을 찾아온다면 목적은 하나일 테니까. 하지만 재민의 상태를 보니 한숨만 나왔다.

세은은 은형이 잡은 택시에 올랐다. 택시기사가 은형을 알아본 듯했지만 은형 특유의 냉랭한 분위기로 말을 거는 걸 막고 있었다. 하지만 그의 팔은 세은을 둘러 자기에게 기대게 했다. 세은은 지쳐 버렸다. 더는 그를 밀어낼 힘이 없었다. 이 남자에게만 유독 약한 건지, 아니면 세은이 원래 밀어붙이는 타입에게 약했는지 모르겠다. 이젠 머릿속이 뒤죽박죽이라 될 대로 되란 심정이었다.

그렇게 밀어내고 밀어내고 밀어냈는데. 그렇게 좋다고 매달리고 쫓아다닐 때는 거들떠보지도 않던 남자가 죽기 살기로 도망치니 따라붙는다. 다시 밀어내지 말라며 세은이 어디 갈세라 손도 떼지 못하고 있었다. 꾹 감은 눈 사이로 습기가 스몄다. 이럴 거면 지난 삼 년간 조금이라도 잘해주면 좋았잖은가. 하지만 은형 역시도 불가능했을 것이다. 그때는 정말 세은이 싫었을 테니까. 그가 훗날 세은이 좋다며 사사건건 개입하고 쫓아다닐 줄 그 역시 상상도 못했을 것이다. 왜 갑자기 태도가 바뀌게 된 것일까.

하긴, 갑자기도 아닌가. 그가 몇 번이고 세은을 찾아왔던 것들, 세은의 일에 간섭하고 화를 냈던 것들이 주마등처럼 떠올랐다. 한 번도 곱게 세은을 대한 적 없었다. 그럼에도 남자의 관심 역시 사그라들지 않았었다. 왜 갑자기가 아닌 것이다. 세은이 모르는 사이에 이 남자는 점점 변하고 있었다. 세은이 인정하지 않고 무시했기에 몰랐을 뿐이다.

하나하나 의식하고 그 이면에 숨겨진 의미를 헤아렸어야 했나? 아니, 그랬다면 이미 진작 세은은 나동그라졌을 것이다. 채은형과 관계된 것이라면 자신이 어떤 것을 얼마나 쏟아 붓는지 잘 알고 있지 않은가. 부질없는 짓이라는 질책과 그럼에도 매달리고 싶은, 절망보다 잔인한 희망 때문에 매일을 허덕였을 것이다. 그를 충분히 헤아리려 들지 않았어도 이렇게 마음이 가버렸는데. 여기서 더 은형을 생각하라는 건 세은보고 은형을 생각하는 것 외엔 일도 하지 말고, 밥도 먹지 말고, 잠도 자지 말고, 숨도 쉬지 말란 뜻이었다.

은형의 집에는 이번이 세 번째였다. 은형은 집 현관을 굳건히 닫은 다음에야 세은을 놓아주었다. 그의 손이 떨어져 나간 허리 부근이 허전했다. 세은은 그가 비운 온기를 채워 넣기라도 하듯 허리를 감쌌다.

"뭐 좀 마실래? 그래 봐야 커피나 물이야."

"괜찮아요."

"물이라도 마셔. 안색이 안 좋아."

왜 새삼 걱정하는 척일까. 아, 나한테 관심이 있댔지. 날 좋아하는 것처럼 말했었지. 이제 와 챙겨주고 보살펴 주고 싶은 걸까. 이토록 시니컬하게 남자의 행동 하나하나를 비꼬고 있으면서 나는 왜 한 걸음도 도망치지 못하는 걸까.

사실은 이게 다 꿈일 것 같으니까. 눈을 뜨면 삼 년 전 어느 날, 아직 은형이라고 하면 가슴 저림이 먼저 떠오르던 어느 하루, 은형이 나에게 잘해준 꿈을 꾼 것일까 봐. 그의 태도를 비꼬면서 간신히 이성을 추스르고 있었다. 사실은 지금 당장 쓰러진대도 세은의 상태로는 이상할 게 하나 없었다.

세은은 염치 불구하고 소파에 앉았다. 은형은 정말로 물을 한 잔 따라왔다. 괜찮다고 마다했지만 사실은 목이 말랐었다. 세은은 그가 내민 물을 거의 다 비웠다. 컵을 내려놓으니 바로 코앞에 은형이 앉아 있었다. 세은은 반사적으로 딸꾹질을 했다.

"뭐, 뭐예요……."

"꿈일까 봐."

세은은 텅 빈 컵을 툭 떨어뜨렸다. 컵에 고인 물기가 바닥을 적셨지만 은형은 컵 쪽엔 시선도 두지 않았다. 그는 정말로 머리카락 한올한올 셀 듯 세은을 차근차근 더듬어보고 있었다. 그가 손을 들어 세은의 뺨을 훑었다. 살짝 소름이 돋았다. 자동적으로 몸이 굳었다. 저림과 비슷한 떨림이 찾아왔다. 세은은 눈도 깜박일 수 없었다.

"넌 멀쩡해? 아니, 멀쩡하지 않았지. 나도 참."

은형이 풋 웃는다. 너무도 자연스럽고 편안한 미소라 세은은 숨을 죽였다.

"아까……."

무슨 말이라도 꺼내야 했다. 아니면 그가 냉큼 세은을 삼킬 것 같았다. 은형이 고개를 갸웃했다. 세은은 그에게 시선을 주지 않으려 기를 썼다.

"아까 나 때문에 스케줄을 늘인 것처럼 말했잖아요."

이제야 머리가 제대로 돌아갔다. 그래도 중심을 잃은 듯 세상이 핑글핑글 돌았다. 감전된 사람처럼 피부가 찌릿거렸다.

"네가 그랬어. 목소릴 들려달라고."

기억이 돌아왔던 날이 떠올랐다. 기억이 떠오른 계기는 은형의 목소리였다. 그의 목소리를 듣고, 그녀가 그토록 바랐던, 그녀를 부르는 목소리를 듣고 기억이 되돌아왔다. 설마 그걸 말했던 건가? 세은은 무언가가 떠올라 숨을 멈췄다.

"혹시 나 입원했을 때 찾아왔었어요?"

"그것까지 기억난 거야?"

세은은 눈을 질끈 감았다. 정말이야? 이 사람, 정말로 날 찾아왔던 거야? 마음이, 심장이, 어쩔 수 없이 흐물흐물 녹았다. 거짓말이지, 거짓말이지. 아니, 거짓말이 아니야. 은형은 잔인할 정도로 솔직한 사람이었다. 세은이 쫓아다녔던 삼 년간 단 한 번도 거짓으로나마 세은에게 다정했던 적 없었다. 일을 함께하면서도 은형이 거짓말을 한 걸 본 적 없었다. 성질 더럽다고 욕을 먹을지언정 은형은 거짓말을 하진 않았다.

정말인가 봐……. 정말 이 사람이 날…….

은형이 가볍게 입을 부딪쳐 왔다. 세은은 황급히 몸을 뺐다. 그의 손과 그의 호흡의 거리에서 멀어졌는데도 심장은 가쁘게 두근거렸다. 은형은 세은이 멀어지는 것을 보고도 느긋했다. 다시 손을 뻗으면 닿으리란 자신감인가. 하나, 곧 은형이 세은이 번 거리만큼 다가왔다. 또다시 세은이 뒤로 물러났지만 곧 소파의 손걸이에 등이 닿았다. 기다렸다는 듯 은형이 거리를 확실하게 좁혔다. 이 남자는 세은이 물러날 곳이 없는 곳까지 밀어붙였던 것이다. 세은은 새삼스런 깨달음에 그를 밀치고 일어나려 했지만 그는 손을 뻗어 세은이 도망칠 구석을 막았다. 다시, 그의 열기와 호흡이 다가왔다. 세은은 포식자의 사정권 안에 든 먹잇감의 기분이었다.

"밀어내지 말라니까 도망가는 거야?"

남자가 웃는다. 세은은 어쩔 수 없이 그에게 손을 대 지그시 밀었다. 하지만 미는 힘보다 세은 쪽으로 다가서려는 힘이 우세했다. 세은은 그럼에도 손을 뗄 수 없었다. 무언가를 생각할 힘마저 앗아간다, 이 남자는. 세은은 정말로 숨을 내쉬는 게 고작이었다.

그가 어깨를 미는 세은의 손을 당겨 자기 심장에 올려놓았다. 세은은 놀라 손을 빼려 했다. 은형은 완강했다.

둑, 둑, 둑, 둑. 세은은 믿을 수 없는 감각에 손 너머를 투시라도 할 듯 노려보았다. 은형의 목소리가 조그맣게 줄어들었다.

"들려?"

세은은 아랫입술을 꾹 깨물었다. 은형의 심장은 마치 얇은 근육을 찢고 나올 듯 불규칙적이고 거칠게 요동치고 있었다. 손에 마구 부딪치는 심장의 박동을 세은은 오롯이 느끼고 있었다.

"이번엔 결코 없던 일로 돌리지 않을 거야."

은형이 입술을 다시 부딪쳐 왔다. 남자가 여유있어 보인다는 건 거짓말, 가볍게 부딪치리라 예상했던 입술은 한 번의 사이를 두고 참을 수 없다는 듯 강하게 몰아쳐 왔다. 세은은 숨이 막혔다. 입이 절로 벌어졌다. 은형은 세은을 먹어치울 듯 덤벼들었다.

그가 거칠게 나와도, 그의 손이 뜨겁게 달아올라 세은의 속살을 헤쳐도, 세은은 무섭지 않았다. 그의 열기에 감염이 됐을까, 세은의 손도 어느새 그를 더듬고 있었다. 남자는 어느새 자기 옷을 모두 벗어 던졌다. 세은의 옷은 소파에 깔렸다. 옷이 구겨지리란 걱정도, 옷 때문에 등이 배긴단 감각도 없었다. 세은은 맹렬히 남자에게 매달렸다. 남자 역시 세은이 없으면 숨도 못 쉬는 사람처럼 세은에게 달려들었다. 옷을 벗기가 무섭게 남자가 세은의 다리 사이를 더듬어왔다. 반사적으로 다리를 오므렸다. 남자는 달래주려는 듯 세은의 허벅지 안쪽을 더듬더듬 쓰다듬었다.

남자의 입술이 간신히 떨어졌다. 세은은 그의 손길에 점점 다리에 실린 힘이 빠져나가고 있었다. 남자는 자신의 목을 감은 세은의 팔뚝 안쪽에 입술을 묻고 가볍게 빨았다. 짜릿한 통증이 아랫배 깊숙이 꽂혔다. 남자는 깨문 흔적이 남은 여린 살갗을 맛이라도 보듯 나른하게 핥았다.

"말해봐."

세은은 정신이 없었다. 허벅지 사이를 쓰다듬는 그의 손은 어느새 촉촉이 이슬이 밴 세은의 중심을 찾아 지그시 압박하고 있었다. 세은의 허리가 튕겨 올랐다. 신음을 참는 게 고작인데 무슨 말을 하라는 것인가. 남자의 손이 은밀해질수록 헐떡임을 참으려고 깨문 입술에 슬슬 힘이 빠져나갔다.

"너도 날 사랑한다고."

거짓말처럼 세상이 아득히 부서졌다. 빛의 파편이 자라락자라락 코앞에서 흔들렸다. 세은은 남자가 선사한 절정을 코앞에 두고 결국 울부짖고 말았다.

"은형 씨, 제발, 제발……."

"어서."

"사랑해, 사랑하지 않을 리가 없잖아!"

드디어 남자가 들어왔다. 그가 몇 번 움직이기도 전에 세은은 코앞에 펼쳐진 절정 속에 풍덩 빠져들었다. 절정의 나른한 여운을 만끽할 틈도 없이 그가 몰아쳐 왔다. 세은은 은형의 등을 헤집고, 그의 매끄러운 등에 손톱을 박았다.

"은형 씨, 은형 씨……."

"세은아……."

한숨인 듯, 격정인 듯 남자가 세은의 이름을 토했다. 세은은 발작적으로 몸을 떨었다. 곧 약속이라도 한 듯 두 번째 절정이 찾아왔다. 그의 목소리의 떨림이 채 사라지기도 전이었다. 거의 동시에 그에게도 절정이 찾아왔다. 마치 세은의 바람을 알기라도 하듯 남자는 숨을 내쉴 때마다 세은의 이름을 불렀다. 남자의 음성이 한줄기 깊은 강이 되어 세은의 마음을 감싸 흘렀다. 세은은 울먹임을 참지 못해 눈물을 뚝뚝 흘렸다.

세은은 자신을 보듬는 가슴을 턱턱 때렸다.

"미워, 당신이 정말로 미워."

남자의 대답은 너무도 부드러운 키스였다. 세은은 훌쩍훌쩍 어리광 난 아이처럼 울음을 그치지 못했다.

"왜 이렇게 힘들게 하는 거야, 왜 자꾸 괴롭히는 거야……."

"사랑해."

귓가에 나직이 울리는 시린 고백. 세은은 펑펑 울어버렸다. 남자가 세은을 감싸 안았다.

"사랑해……."

대답할 수 없었다. 뺨을 적시는 눈물은 뜨거웠고 세은을 보듬는 팔은 굳건했다. 사실은 그가 정말 미웠다. 정말로 정말로 미웠다. 하지만 이제 더는 그에 대한 마음을 부정할 수 없었다.

미운데, 사랑했다. 미워 죽겠는데, 사랑했다. 그가 참 많이 아프고, 세은보다 더 괴로웠으면 좋겠는데, 이대로 곁에 있기를 바랐다. 어디 가지 말고, 어디 사라지지도 말고, 내 곁에서, 그저 내 곁에서.

당신이 정말 미워, 알아? 정말 정말 미워…….

세은은 더욱 깊이 그의 품을 파고들었다.

그러니까 이젠 떠나가지 마. 다신 나한테 등 돌리지 마. 이제 나, 당신 없이 살게 하지 마…….

세은은 꿈결처럼 나직나직 들려오는 그의 숨소리를 들으며 가만히 눈을 감았다. 세은의 손은 혹여라도 그가 떠나갈세라 그의 손을 꼭 잡고 있었다. 그를 잡은 손등 위로 그의 촉촉한 입술이 닿았다. 세은은 심신이 너무나 지쳐 아직 자면 안 된다고 중얼거리면서도 곧 잠이 들고 말았다.

낯설면서도 아련하고 마음에 스며드는 소리였다. 세은은 부스럭부스럭 일어나다 아직 세상이 깜깜하다는 걸 깨달았다. 세은은 몸을 무겁게 누르고 있던 몇 겹의 담요를 치우고 소파와 바닥에 널브러진 옷을 찾아 입었다. 은형은 보이지 않았다. 세은은 소리가 나는 쪽을 향했다.

침실에 연결된 작업실이었다. 세은은 문가에 서 키보드 앞에 앉은 은형을 바라보았다. 은형은 세은이 다가온 것도 모른 채 연주하는 음악에 심취해 있었다. 깊은 밤임을 감안해서인지, 세은이 깰까 봐서였는지, 볼륨은 최대한 작게 되어 있었다. 그럼에도 키보드로 구현되는 음악의 아릿함은 또렷이 전해졌다.

"마음에 들어?"

세은이 다가온 줄도 모른다고 생각했는데 은형이 세은 쪽으로 손을 내밀고 있었다. 세은은 멈칫 굳어 있었다. 은형은 피식 웃더니 세은에게 다가와 허리에 팔을 둘렀다. 따끈한 그가 닿자 세은은 부르르 떨었다. 은형은 자연스레 세은의 입술에, 뺨에, 입술을 부볐다.

"잘 잤어?"

"지금이 몇 시……."
"더 자도 돼. 아직 세 시밖에 안 됐어."
"아직 안 잤어요?"
"응. 아까워서."
은형은 마치 아이처럼 세은을 끌어 키보드 앞에 앉혔다. 은형은 방금 연주한 곡을 녹음했는지 키보드의 어느 버튼을 누르니 그가 쳤던 곡이 흘러나왔다. 은형이 조금 더 볼륨을 높였다. 세은은 눈을 감고 음악에 빠져들었다.
키보드로 연주하고 있는데도 섬세하고 예민한 감성이 느껴졌다. 가슴 저미는 아릿함과 훅 힘을 주게 만드는 절실함이 있었다. 만약 그에 어울리는 가사가 곁들어진다면 은형이 만든 곡 중에서 최고작으로 꼽혀도 손색없을 정도였다. 세은은 어느새 눈물을 닦고 있었다. 세은은 연주가 끝나자 눈을 떴다. 은형이 세은을 내려다보고 있었다.
"어때?"
은형은 조심스러웠다. 그의 자신작이라고 하면 '역시!' 라고 생각할 판에 조심스레 의견을 구하니 의아해졌다. 세은은 솔직한 감상을 털어놓았다.
"정말…… 좋아요. 절절한데 애틋해요. 이전의 묵직한 느낌도 있지만 동시에 절제된 느낌도 있고요. 이건 언제 만들었어요? 이번 앨범 수록곡이에요?"
"아니. 지금 만들었어."
"지금?"

"마음에 들었다면 다행이네. 제목은 'TO SE' 거든."

세은은 숨을 죽였다. TO SE. 세은의 이니셜이기도 했다. 반사적으로 설마하는 생각이 들었지만 그 의심은 곧 확신으로 바뀌었다.

"사실은 가사도 있어. 이건 직접 불러주고 싶어서."

은형은 가볍게 목청을 가다듬고 다시 한 번 'TO SE' 반주를 틀어놓았다.

"사랑이 무언지 몰랐죠. 사랑이 무언지 알려준 사람도 없었어요. 그런 내게 사랑을 베푼 사람이 있었어요. 참 작고 작은 사람인데 그 사람의 사랑은 사랑을 모르던 삭막한 내 마음에 커다란 사랑을 심어놓았어요. 바보였던 난 그게 사랑인 줄 몰라 무겁고 힘들다며 외면했죠. 그 사람이 떠났어요. 아니요, 내가 보냈어요. 난 참 바보였죠. 보낸 다음에야 사랑을 알아버렸으니까. 많이 힘들었어요. 많이도 보고 싶었어요. 그래도 어디서도 그 사람 찾을 수 없었어요. 이별이란, 헤어짐이란 이런 거였어요. 이제 다신 그 사람 소식도, 음성도, 그림자조차 접할 수 없는 것. 어디서 잘살아가는지, 아프진 않은지 걱정도 할 수 없는 것. 난 바보였죠. 그 사람을 보낸 다음에야 사랑이 무언지, 가슴에 사무친 사랑이 무언지 알게 되었어요."

은형이 짤막하게 숨을 들이켰다.

"다시 돌아와 준 그 사람에게 내가 해줄 수 있는 건 아무것도 없어요. 난 아직 부족하고 바보이니까요. 하지만 이런 나라도 할 수 있는 게 하나 있어요. 그 사람을 사랑하는 것. 사랑이 무언지 모른 시절 내게 주었던 사랑만큼, 그보다 많이, 그 사람을 사랑하는 것. 부족하고 바보인 나예요. 미안하단 말도 이젠 할 수가 없죠. 그래서 약속할게요. 미안한 만큼, 그대 돌아오는 길이 힘들었던 만큼, 나 그대 사랑하겠노라고. 사랑해요, 나의 사람. 항상항상 그대 하나뿐이었습니다."

무거운 눈물방울이 뚝, 뚝, 세은의 아픈 상흔을 녹여내기라도 하듯 뜨겁게 흘러넘쳤다. 은형의 눈시울도 붉게 물들었다. 은형은 세은의 뺨을 들어 소맷자락으로 뚝뚝 떨어지는 눈물을 조심조심 닦아주었다.

"널 더 힘들게 하는 걸지도 몰라. 근데 난 한 번도 착해보질 않아서, 너 아플 거 생각하면서도 널 보낼 수가 없어. 널 보내면 난 죽을 것 같으니까."

은형은 세은의 손바닥을 들어 입술을 묻었다. 손바닥에 촉촉한 물방울이 스몄다. 세은의 어깨가 부스러질 듯 잘게잘게 떨렸다. 은형은 그 어깨를 강하게 안았다.

"사람 하나 살린다고 생각해. 너 어차피 너보다 남을 더 잘 생각하는 여자잖아. 날 위해서 내 곁에 있어. 다른 누구보다 내가 널 더 많이 필요로 하니까 어디 가지도 말고 있어. 아니, 못 보내. 안 보내. 어떻게 널 얻었는데, 내가 어떻게……."

세은은 그의 입을 막았다. 세은은 젖은 얼굴로 설레설레 고개를 저었다.

"한 마디면 돼요. 그냥 한 마디면……."

은형이 세은의 손을 떼었다. 무섭도록 번뜩이던 눈동자가 한순간에 허물어졌다. 은형의 눈가에 배인 물기가 또록 떨어져 내렸다.

"사랑해. 널 사랑해……."

세은은 그를 끌어안았다. 그 외의 말은 그 무엇이라도 필요없었다. 은형의 등이 자르륵 떨려왔다. 세은의 손을 잡은 그의 손끝은 차가웠다. 이 사람도 무서웠나 보다. 힘이 들었나 보다. 세은이 떠날까 봐, 세은이 사라질까 봐, 지금 이 순간이 모두 꿈일까 봐. 세은은 그의 등을 보듬었다.

그는 바보다. 세은이란 여자는 다른 거 다 필요 없는데. 오직 그의 사랑만 있다면, 사실 지옥에 떨어진대도 무서울 것 하나 없는데. 그는 세은에게 있어 가장 최고의 선물을 주었는데.

은형이 세은을 안아 침실로 데려갔다. 세은은 은형의 품에서, 은형은 세은의 품에서, 서로를 얼싸안은 채 잠을 청했다. 은형은 이제야 안심이 됐는지 금세 잠이 들었다. 세은도 잠결에서도 자신을 꼭 쥐고 있는 은형을 느끼며 천천히 눈을 감았다.

세은에게는 마치 쓰나미로 인해 초토화된 작은 섬처럼 엄청난 사건이 벌어졌는데 세상은 여느 때와 다름없이 흘러갔다. 세은은 고집을 부려 아침 일찍 집으로 돌아갔다. 은형은 당연히 반대했다.

"아무한테도 우리 일 말하고 싶지 않아요."

"난 말해도 상관없어."

"난 있어요."

"왜? 내 팬들이 무서운 거야? 아니면 차 실장한테 한소리 들을까 봐? 차 실장도 어른이야. 우리 사이를 이해 못할 것도 없고……."

"한소리 듣기 전에 난 잘릴 거예요."

은형은 어째서냐고 되물으려다 곧 입을 다물었다. 이 세계에서 연예인과 매니저와의 연인 선언이 무엇을 뜻하는지 그 역시 잘 알기 때문이었다. 차 실장은 싫은 소리 하진 않을 것이다. 다만 세은에게 정중히 자리에서 물러나 달라는 권고를 할 것이다. 세은은 이 일을 정말로 좋아했다. 힘이 들었지만 그 이상으로 보람찼다. 이제야 천직을 발견했구나 했는데 그 일을 포기하고 싶지 않았다. 아무리 은형을 위해서라도.

"정말로 나와 연인이 되고 싶다면 우리 사이를 밝히지 않는 게 좋을 것 같아요."

"재민이나 승행인 이미 알고 있어. 어제 일로 찬미도 알게 됐을 거야."

"얼버무릴 거예요."

은형의 눈이 좁아졌다.

"너 그렇게까지 해야겠어?"

세은은 턱을 치켜들었다.

"네. 그렇게 하지 않는다면 난 당신을 포기해야 해요."

은형이 벽을 쿵 내려쳤다. 세은은 움찔 놀랐지만 시선을 비켜내진 않았다. 은형에게선 잠에서 깨기 전까지의 좋은 분위기는 전혀 찾아볼 수도 없었다. 그는 정말로 세은을 찢어 죽이고 싶다는 듯 노려보았다. 세은은 그가 얼마나 상처를 받았을지 잘 알았다. 하지만 이 일만큼은 양보할 수 없었다. 그를 정말로 사랑한다. 그가 소중하다. 그렇지만 예전처럼 그 하나에만 매달려 그 하나만 바라보고 살고 싶지 않았다. 세은은 야심이란 걸 갖게 되었다. 뭘 해도 욕심 한번 제대로 세운 적 없던 세은이었는데 매니저란 일로는 꼭 성공을 하고 싶었다. 스스로 과신이라 생각하지만 성공할 자신도 있었다. 은형을 따라다닌 삼 년, SI와 함께한 일 년, JA와 함께한 사 개월, 그리고 지금 EM과 함께하는 시간 동안 노하우는 충분히 축적되고 있었다. 배짱과 끈기와 열성을 덧붙인다면 솔직히 성공하지 못할 이유가 없다고 생각했다.

나를 위해 일을 그만두라고 은형이 말한다면 기꺼이 그만둘 것이다, 그를 만나는 것을. 아마 은형은 불같이 화를 낼 것이다. 당장 세은을 잘라 버릴지도 모른다. 그래도 세은은 상관없었다. 차 실장에게 약속 받은 것도 있고 기존에 넓혀 놓은 인맥도 있고 하니, 생판 모르는 신생 매니지먼트 사에서 처음부터 시작해도 괜찮았다. 세은은 새삼 깨달은 건데 난관이 험난하면 험난할수록 불타오르는 사람이었다. 일이 힘들고 고단할수록 더욱 힘이 나는 타입이었다. 세은은 스스로가 생각하는 것만큼 나약하지 않았다.

그러니 그가 세은을 자른다고 해도 울며불며 그에게 매달리거나, 그와 헤어졌다고 눈물로 허송세월을 보내진 않을 것이다. 물론 심장이 찢길 듯 아프리란 건 자명했다. 세은은 강한 사람이었지만 그렇다고 심장이 쇳덩이로 구성된 건 아니기 때문이다.

이런 세은을 받아주었으면 좋겠다. 세은이 스타인 그를 받아주었듯. 그가 세은을 온전히 받아들이는 것이 힘들다면 이 관계는 시작하지 않는 게 좋을 것이다. 세은은 무서움과 미안함을 감춘 채 덤덤히 그의 시선을 받았다.

"일을 포기하라면…… 나를 포기하겠지, 넌."

뜨끔했다. 굳이 구구절절이 설명할 필요도 없었다. 하긴, 그는 알고 있었다. 찬이 더 좋은 자리를 준비했음에도 바닥부터 시작하고 싶단 의지로 JA 팀에 합류했던 일과 세은이 쓰러지면서까지 JA의 일에 매달렸던 것을. 그가 얼마나 윽박지르고 화를 냈는지 생생했다. 그래도 세은은 스스로 그만두기 전까지 JA의 일을 계속해 왔다. 은형도 이제는 세은의 고집을 꺾을 수 없다는 걸 알았을 것이다.

세은은 차마 미안하단 말도 할 수 없었다. 사실 생각만큼 미안하지도 않았다. 그가 먼저 세은에게 무리한 것을 요구하고, 그 스스로 헤어짐을 자초하고 있었으니까. 그저 마음만 아파왔다. 역시 그는 날 오롯이 받아들일 수 없는 건가, 하는 생각으로.

은형은 얼굴 껍질이 벗겨져라 북북 문질렀다. 곧 그는 손을 털어냈다.

"좋아. 마음대로 해."

양보인 걸까. 세은은 옷을 다 차려입고 현관문을 열었다. 은형은 돌아보지도 않았다. 세은은 도도독 달려가 등 뒤에서 그의 허리를 껴안았다.

"고마워요."

은형은 돌아서지 않았다. 세은은 그의 어깻죽지에 가볍게 입을 맞추고 다시 현관으로 돌아갔다. 순간 세은의 몸이 빙글 돌려 세워졌다. 그리고 무지막지한 입술이 내려왔다. 아프고 거칠고 사나운 키스였다. 뜨거워서, 아픔도 통증도 모두 뭉뚱그려졌다. 세은은 그의 목에 팔을 감으려 했다. 그와 동시에 은형이 그녀를 밀쳐 냈다.

"모두 다 네 뜻대로 될 거라 생각하지 마."

설마. 진심으로 하는 소리일까? 세은은 코앞에서 문이 쾅 닫히는데도 피식 웃고 말았다. 이 세상에서 채은형만큼 마음대로 안 되는 인간이 또 어디 있다고. 그는 아직까지도 자기 자신을 잘 모른다.

그렇게 집에 돌아가 외박한 딸내미에게 쏟아지는 엄마의 잔소리를 무시하고, 세은은 옷을 갈아입고 사무실로 출근했다. 승행이 시간 맞춰 기다리고 있었다. 세은을 보고 겉보기엔 태연했지만 아마 속으로는 궁금해서 애가 타고 있을 것이다. 세은은 그 궁금증을 알아서 해결해 줄 생각은 전혀 없었다.

"오늘은 대구였지? 대구랑 포항이라."

"서울로 올라올 땐 내가 운전할게."

승행이 조수석에서 스케줄 표를 확인했다. 세은은 고맙다고 가볍게 응수했다. 재민을 태우러 가는 길에 승행이 조심스레 물었다.

"어제 두 사람 뭐야? 세은 누나가 갑자기 사라져서 은형 형이 쫓아갔었잖아."

"설마. 은형 씨가 날 쫓아왔겠어?"

"그 뒤로 두 사람이 동시에 사라졌잖아. 연락도 안 되고."

"아침에 보니까 핸드폰이 꺼져 있더라. 전화 온 줄도 몰랐어. 어제 좀 충격을 받아서 집에 가서 자버렸거든. 아, 새삼 미안."

"그게 뭐 사과할 거라고. 충격은 왜?"

"'눈물의 샘' 이라는 거 내가 은형 씨 한창 쫓아다닐 때 은형 씨한테 한 소리였거든. 그걸 그 인간이 기억했다가 써먹었잖아. 이 인간은 왜 이렇게 못됐냐 싶어서."

"누나, 그럼 기억 돌아왔어?"

"응."

이제 비밀에 붙일 이유도 없었다. 차 실장은 은형이 알까 봐 기억이 돌아온 걸 숨기라고 했지만 이제 은형도 다 아는 일이니까. 세은은 여유롭게 기어를 조작했다.

"그래서 이 일을 하는 거야?"

"내가 아직도 은형 씨 좋아하는 줄 알아? 아니거든. 이 일이 내 경력에 큰 보탬이 되니까 시작한 거야. 난 이 일로 꼭 성공하고 말 거거든."

"하지만 은형 형이……."

세은은 파란 신호를 기다리며 승행을 흘끗 보았다.

"은형 씨가 왜?"

"음, 은형 형은 누나 좋아한다고 했거든."

채은형이 직접 자기 입으로? 어제 일이 아니었다면 세은은 아마 펄펄 뛰었을 것이다. 너 낮술 했냐고, 아님 무슨 꿈이랑 착각했냐고. 하지만 지금은 승행한테 우리 사이를 일러바친 게 바로 너였구나, 외엔 별생각없었다.

"다행이네."

"누나는 별 감흥 없어?"

"내가? 어때야 하는데?"

"기억도 돌아왔다면서."

"기억이 돌아왔어도 그게 벌써 몇 년 전 일인데. 이 년? 삼 년? 많이 무뎌졌지."

"그래도 너무 무덤덤해."

"내가 지금도 감격해야 한다고 생각하는 네가 더 신기하지."

"그럼 정말 아무 감정도 없는 거야?"

세은은 대답하지 않았다. 거기까지 거짓말을 하고 싶진 않았다. 세은의 침묵을 어떻게 해석하는지는 승행의 재량이었다. 아마 이 소식까지 차 실장에게 보고될 것이다. 차 실장은 앞으로도 유의해서 세은과 은형 사이를 지켜볼 것이다. 더더욱 조심해야겠다.

언제까지 비밀에 붙여야 할까. 세은이 성공한 매니저가 되어 이 세계에서 꽤 탄탄한 위치에 놓일 때까지? 아님 은형이나 혹은 세은의 감정이 소멸될 때까지? 이 감정이 자동소멸 된다면 누구의 감정부터 먼저 사라지게 될까. 나는 아니길 바라는 소망과 나일 것 같다는 예감 사이에서 세은은 어지럼증을 느꼈다.

재민의 아파트에 도착했다. 보통은 시간 맞춰 내려와 있는 편인데 오늘은 재민이 내려올 낌새가 없었다. 세은이 자기가 올라가 보겠다며 안전벨트를 끄르려 했다. 승행이 만류했다.

"기다려 봐. 곧 내려오겠지. 아님 내가 갔다 올게."

여느 때는 세은의 일이었다. 세은은 의아함을 표했다. 승행은 조금 머쓱하게 웃었다.

"어제 유빈 누나가 왔었거든."

세은도 바로 납득했다. 재민도 어제 바쁜 밤을 보냈겠다. 세은은 새삼 안 쓰던 부위가 쿡쿡 쑤셔오자 슬그머니 얼굴을 돌렸다. 어제 일만 떠올려도 얼굴이 화끈거려서 난리도 아니다. 아침에 일어났을 땐 눈이며 얼굴이며 너무 퉁퉁 부어서 비명을 지르고 싶었다. 얼음으로 진정시키려다 집에 돌아가야 한단 생각에 부랴부랴 옷부터 챙겨 입었다. 앞머리는 죄다 내리지 않고, 햇볕을 가리기 위해 착용한 선글라스가 아니었다면 승행이 무슨 일 있었는지부터 물었을 것이다.

승행이 약속 시간이 지나도록 재민이 내려오지 않자 전화를 걸었다. 재민은 한참 있다가 전화를 받더니 그 뒤로도 삼십여 분이 지난 다음에나 내려왔다. 재민의 상태도 가관도 아니었다. 갓 샤워를 했는지 머리카락은 젖어 있고, 향긋한 냄새도 풍겼지만 술 냄새가 더욱 강했다. 술을 대체 얼마나 마신 걸까. 평소 재민이 주량이 많다는 걸 알고 있었지만 함께 이동하며 다음날 술 냄새가 끼쳐 올 정도로 마신 건 처음 보았다.

재민을 보고 세은은 근처 약국에서 숙취해소제를 사 왔다. 재민은 싫다고 마다했지만 차가 조금만 흔들려도 속이 거북해지는지 곧 약을 입에 털어 넣었다.

"형, 괜찮아요?"

"괜찮……."

재민이 가슴을 쾅쾅 쳤다. 아무래도 속이 울렁거리는 모양이었다.

곧 은형의 집에 도착했다. 은형은 승행이 꼭 집까지 올라가야 나오기 때문에 그 핑곗김에 재민도 데리고 올라갔다. 승행 혼자서는 재민을 부축하기 힘겨워해서 세은도 따라 올라갔다. 세은을 보고 문을 연 은형은 아침때처럼 여전히 토라져 있었지만 재민 때문에 티도 내지 못했다. 재민은 은형에게 인사할 겨를도 없이 화장실로 달려갔다. 승행이 뒤쫓아갔다.

"저 자식 왜 저래?"

"승행 씨 말로는 어제 우리가 간 다음에 엄청나게 마셨대요."

"실연주인가?"

"재민 씨가요? 어제 유빈 씨도 만났었다는데요."

"뭐, 넌 그렇게 알고 있어."

무슨 소린지 영문을 알 수 없었다. 승행의 부축을 받고 화장실에서 나온 재민은 다 죽어갔다. 세은이 재민을 부축하려 했지만 은형이 밀쳤다. 그가 승행과 함께 직접 재민을 부축하고는 집을 나섰다. 세은은 은형이 힘들까 봐 자기가 부축하겠다고 했다. 하지만 은형은 들은 척도 하지 않았다.

세은은 기도 안 찼다. 은형이 사람들 앞에서 둘의 관계를 비밀로 하자는 세은의 부탁을 충실하게 따른다고 생각되지 않았다. 그저 세은에게 삐친 게 안 풀린 것이다. 하긴, 그 고약한 성질머리 어디 가시겠습니까. 우리가 얼레리꼴레리 한 사이가 됐다고 댁의 태도가 새삼 바뀌리라 기대도 하지 않았습니다. 세은은 은형 뒤통수에 대고 혀를 쏙 내밀었다.

그날 재민의 상태는 거의 최악이라고 할 수 있었다. 세은이 보기엔 무대에 오른 것만으로도 용했다. 대구까지 내려가면서 중간에 차를 세운 게 몇 번인지 몰랐다. 세은이 보기엔 이제 게워낼 것도 없는데 자꾸 구역질을 했다. 저런 상태가 더 괴로운 법인데. 술병이 단단히 난 모양이었다. 세은은 안 먹겠다는 재민을 어르고 달래 겨우 한 끼 먹이고 냅다 약을 들이부었다. 두 끼를 연속으로 약을 먹이니 포항의 무대에 오를 땐 그나마 사람 몰골로 돌아왔다.

은형은 당연히 프로로서 실격이라며 재민을 나무랐다. 재민은 찍 소리도 못하고 고스란히 잔소리를 들어야 했다. 평상시의 은형이었다면 주변 사람들이 너무하다 싶을 정도로 재민을 몰아붙였을 텐데 오늘은 적당 선에서 그쳤다. 형식상 혼낸다는 느낌도 들었다. 재민도 고분고분하게 미안해하지 않았다. 승행과 찬미뿐만 아니라 세은도 둘 사이의 미묘한 기류를 의아해했다.

세은은 찬미가 은형과의 관계를 물을 때 딱 잡아떼었다. 찬미는 그래도 의심을 확실히 풀진 않았다. 세은은 은형과 아무 사이도 아니라고 더 변명했다간 의심만 굳힐 것 같아 입을 다물었다.

그날, 세은은 모두를 집까지 데려다 주고 차를 사무실에 주차시켰다. 연예인들의 밴은 너무 눈에 띄어서 항상 사무실에 주차시키고 세은은 대중교통 수단으로 집까지 돌아가곤 했다. 오늘도 그럴 생각으로 지하주차장을 나섰다. 핸드폰이 울렸다. 은형이었다.

일 때문에 은형의 번호를 입력시켜 놓긴 했지만 한 번도 은형에게 직접 연락하거나 받은 적 없었다. 일에 있어서만큼은 프로의 모습을 보이겠다고 호언장담해 놓고 은형의 번호를 받은 뒤 한동안 착잡했었다. 팬이었을 때는 그토록 바랐던 번호였는데. 보고 싶고, 목소리가 듣고 싶을 때, 전화하길 얼마나 원했었는지 모른다. 일 관계로 번호를 알게 되었을 땐 차라리 지워 버리고 싶었다. 일 때문이든 실수이든 그에게 전화하고 싶지 않아서. 옛 기억을 끄집어내고 싶지 않아서.

지금은 무엇 때문에 받고 싶지 않은 걸까. 사실 지금까지 있던 일들이 모두 꿈일까 봐? 사실은 그를 쫓아다녔던 삼 년 중 어느 하루의 꿈일까 봐? 세은은 멍하니 핸드폰을 들여다보다 결국 전화를 못 받았다. 핸드폰은 다시 울리지 않았다. 정말 꿈이었나?

"전화는 왜 안 받아?"

불퉁스러운 목소리. 거짓말처럼 은형이 서 있었다. 세은은 주춤 그 자리에 머물렀다. 은형은 차에 기대 있다 천천히 세은에게로 걸어왔다.

살짝 찌푸린 미간, 왼쪽 손은 가슴을 감싸는 특유의 팔짱, 그새 갈아입었는지 아까와 다른 편안해 보이는 복장. 꿈이라고 해도 좋았다. 항상 세은이 보아왔던 그였다. 하지만 본질적으로 다른 하나가 있었다. 그가 세은에게 다가온다는 것. 실수로라도 세은이 있는 방향으로는 한 걸음도 안 떼었던 그였는데.

"이세은?"

세은은 멈칫멈칫 뒤로 물러났다. 갑자기 그가 인상을 확 구겼다. 그는 재빨리 팔짱을 풀더니 세은이 도망갈세라 팔뚝을 휘어잡았다. 세은은 바보처럼 그를 바라보기만 했다. 그는 화가 난 것 같았다.

"전화도 안 받고, 날 보자마자 튀려고 하고. 왜 그래, 뭐가 불만이야?"

채은형 맞다. 이 목소리도 이 표정도. 채은형 맞다. 이제 세은의 연인이 된 사람, 바로 오늘 아침까지 세은에게 사랑한다 말하던 사람.

"은형 씨……."

세은이 그를 부르자 그의 찌푸려진 이맛살이 조금은 펴졌다.

"집에 가려던 길이지? 타. 데려다 줄 테니까."

그가 기댔던 차는 그의 자가용이었다. 세은은 그에게 끌려 조수석에 올랐다. 차는 가죽 시트의 냄새가 났다. 그가 곧 운전석에 올랐다. 그러자 거짓말처럼 그의 향기가 밀려왔다. 세은은 방금까지도 그가 잡았던 부분을 어루만졌다. 아직 그의 온기가 남아 있었다. 그가 벨트를 매다 말고 동작을 멈추었다.

"아팠어?"

세은은 울보가 아닌데, 은형 때문에 많이도 울었지만 이젠 다 말랐다고 생각했는데, 지금은 그냥 눈물이 났다. 세은은 눈물을 보이지 않으러 일부러 시선을 창밖으로 던졌다.

"날 봐."

세은은 고집스레 창밖을 바라보았다. 은형이 세은의 어깨를 잡아 돌렸다. 세은은 놀라 눈을 깜박거렸다. 아까보다 더욱 이맛살을 찌푸리고 있는 그가 있었다. 어깨를 얼마나 세게 쥐었는지 정말로 아파왔다.

"아, 아파요."

은형은 흠칫 놀라더니 손에서 힘을 뺐다. 그는 세은을 빤히 쳐다보다 한숨을 푹 내쉬었다. 그가 운전석에 돌아가 시트에 기대앉았다. 그는 무척 피곤해 보였다.

"내가 뭐 잘못했어?"

세은은 대답하지 않았다.

"아니면 없던 일로 무르고 싶어?"

"그건……."

"네가 무르자고 무를 놈 같아, 내가?"

아, 그건 아니죠.

"너도 어제 분명히 날 사랑한다고 했어. 네 마음을 안 이상 빈말로라도 너 안 놔. 싫어도 지겨워도, 적응해."

은형은 세은이 한 마디도 말 못하게 못 박았다. 제멋대로였지만 세은을 놓지 않겠단 의지는 확고했다. 이런 날이 올지 몰랐는데 은형의 고집이 지금은 정말 고마웠다.

"그래요. 나 안 놓을 사람이죠, 은형 씨."

"그래서 불만……."

세은은 그를 꼭 껴안았다. 은형은 한숨을 삼켰다.

"너 대체 왜 이래. 병 주고 약 주는 거야?"

툴툴거리면서 세은을 떼어놓지 않았다. 오히려 세은을 더욱 바짝 끌어안았다.

"전화도 안 받고, 사람을 무슨 유령 보듯이 보고, 다가가면 물러서고, 부르면 무시하고. 또 없던 일로 만들 셈이었어? 그런 일 한 번이면 충분해!"

세은은 멍해졌다. 그의 떨리는 한숨이 아니었다면, 더욱더 조이는 힘센 두 팔이 아니었다면 그가 농담하는 거라고 생각했을 것이다. 상처받았었나 보다, 그와 처음으로 함께 보냈던 밤 세은이 거짓말을 둘러대며 그를 떠났던 밤, 그는 상처 입었었나 보다. 세은은 지금껏 그의 입장에서 그 밤을 돌이켜본 적 없었다. 그에게 그 밤이 어떤 의미였고 세은이 떠난 것이 그에게 어떤 영향을 끼쳤는지 생각해 보지 못했다.

"다신 이러지 마. 너 이러면 당장이라도 다 거짓말이었달까 봐 무서워. 알아?

불안했나 보다. 그날처럼 모두 없던 일이 될까 봐, 믿어지지 않았나 보다, 무서웠나 보다. 세은은 처음으로 채은형이란 사람을 제대로 마주하는 것 같았다. 그의 나약한 일면이 세은으로 인한 것임을 깨달았을 때 세은은 마음이 욱신욱신 쑤셨다.

"미안해요. 하지만 무서웠어. 이게 꿈이면 어떡해, 악몽이면 어떡해? 바로 다음에 날 여전히 싫어하는 당신이 있으면……."

그가 입술을 짓눌렀다. 세은은 눈을 꼭 감았다. 은형은 세은에게, 세은은 은형에게 매달렸다. 클림트의 '키스' 처럼 둘은 한 몸인 양 서로에게 엉겨 깊디깊은 키스를 나누었다. 은형이 젖은 입술을 들었다. 그의 눈가 역시 촉촉하게 물들어 있었다.

"꿈이면 깨면 돼. 그리고 다시 널 찾으면 돼. 너도 깨어나면 날 찾아와, 알았어?"

이 순간까지도 강압적이고 제멋대로인 은형, 하지만 세은은 웃을 수 있었다. 두 사람의 밤이 깊어가고 있었다. 두 사람의 사랑이 이어진 첫날밤이.

찬 _24

찬과의 통화는 오랜만이었다. 혹시 안 받을까 걱정이었지만 통화는 금세 연결되었다.

"바쁘니?"

[아니.]

오랜만에 듣는 목소리였다. 예전처럼 무뚝뚝한 목소리 그대로라 오히려 안심이었다.

"괜찮으면 오늘 잠깐 볼래?"

오늘은 재민의 라디오 방송이 있는 날이라 오후까지는 시간이 비었다. 은형은 8월부터 시작할 콘서트 준비 때문에 사무실에 출근한다고 했다. 세은은 찬의 시간이 비기를 바랐다.

[어.]

다행이다. 둘은 아침 겸 점심을 먹으러 서래마을에 가기로 했다. F 레스토랑에서는 파스타가 맛있고 인테리어가 아기자기해 유명인들도 많이 찾아온다고 했다. 그래서인지 찬을 보고도 종업원들은 안색이 일절 변함이 없었다.

마주 본 두 사람은 잠깐 서먹하게 시간을 흘려보냈다. 찬은 예전보다 더욱 말라 보였다. 옷차림이 많이 가벼워져서인가, 이제는 정말 바람 불면 날아가게 생겼다.

"더 마른 것 같아."

"뭐."

찬은 자기 팔꿈치를 흘끗 보더니 종업원이 갖다준 빵을 우물거렸다. 오이, 당근, 샐러리를 길게 잘라 두 조각씩 내놓았는데 당근은 달달하고 오이는 시원하고 샐러리는 기분 좋게 아삭거렸다. 세은이 자기 몫으로 하나씩 먹는 동안 찬은 야채 근처엔 얼씬도 하지 않았다. 야채를 한국식 쌈장이나 고추장이 아니라, 올리브 오일에 소금을 살짝 타 찍어먹게 했는데 이게 역시 별미였다. 세은은 무난한 오이 끝에 소금과 오일을 살짝 찍어 찬에게 내밀었다.

"됐어."

"먹어봐. 아님 오이 알레르기 있어?"

"세은이나 먹어."

"편식은 나쁜 버릇이야."

"엄마도 아니면서."

찬은 눈을 내리깐 채였다. 세은은 손을 거두지 않았다.

"누나잖아."

찬은 한숨을 푹 내쉬더니 오이를 낚아챘다. 삼키는 게 아닌가 할 정도로 단숨에 입에 집어넣더니 우걱우걱 씹었다. 평일 점심 무렵이라서인지 테이블은 두어 군데가 차 있었다. 덕분에 요리가 빨리 나왔다. 찬은 배고팠던 사람처럼 음식을 입에 쑤셔 넣었다. 반이나 먹었을까, 찬이 수저를 내려놓았다.

"결국엔 누나로군."

"미안해."

"날 불러낸 이유가 그거야? 세은은 결국 날 동생으로밖에 보지 않는다고 답하려고?"

"모른 척 넘어갈 수 없잖아."

"아하, 그래서 단호하게 잘라내시겠다. 이거야 원. 미적미적 질질 끌지 않아 고맙네."

"그렇게 말하지 마. 너도 힘들었겠지만 나도 쉽진 않았어."

"세은이 왜? 세은의 답은 뻔했잖아. 하나뿐이었잖아."

세은이 힘들었다는 걸 찬보고 알아달라는 건 아니었다. 찬이 얼마나 힘들었을지 잘 알기 때문에 찬을 보듬어야 한다고 생각했다. 하지만 같잖은 동정이었다. 찬을 보듬고 달랜다고? 무슨 마음으로? 찬의 마음을 받아줄 수도 없고, 받아줄 생각도 없으면서. 나이 몇 살 더 먹었다고 어른이라도 된 듯, 철없는 아이 달래듯 그렇게 어르려고? 세은은 찬을 동생으로 보았지만 만만하고 편하게 여긴 적 없었다. 항상 소중한 아이였고, 그래서 마음을 다치게 한 걸 깊이 후회하고 있었다. 때문에 세은은 찬을 대등한 한 인격체로 대하기로 했다.

"그래, 네 말이 맞아. 내 답은 하나뿐이었어."

"잔인해. 왜 날 보자고 한 거야? 확인사살이라도 하려고?"

세은은 찬을 똑바로 마주 보았다. 찬의 아프게 일그러진 눈동자에 가슴이 저며왔다. 세은은 그렇지만 아픈 기색을 내색하지 않았다. 세은보다 찬이 더 힘들고 아플 테니까.

"뭐라고 해도 좋아. 내가 이기적인 것도 알아. 하지만 너와 계속 친구로 지내고 싶어."

"왜? 내가 해준 것들은 좋았나 보지? 은형 형은 절대 해주지 않은 것들을 하고, 내 뒤에는 아버지란 인간의 백이 있으니까?"

쿡쿡 가슴이 쑤셨다. 그래도 세은은 외면하지 않았다. 외면해선 안 되었다. 찬의 눈가가 빨갛게 물들었다. 눈물을 간신히 참는, 당장 박차고 나갈 걸 간신히 참는 기색이었다. 세은은 찬이 당장 뛰쳐나가지 않았다는데 희망을 걸었다.

"네가 해준 것들은 좋았어. 네 아버지의 백이 근사한 것도 사실이야. 하지만 난 너와 함께 있는 시간이 정말로 좋았어. 넌 손이 많이 가는 아이였지만 가끔은 나 이상으로 어른스러운 구석도 있었고, 나이 차이는 실감 안 날 정도로 세상 돌아가는 사정도 잘 알고 있었어. 내가 연상이면서도 네가 더 믿음직해서 내가 더 많이 고민상담도 했었어. 힘들 땐 함께 있어줬고, 아플 땐 웃을 수 있게 해줬어. 그래, 넌 정말 많은 것들을 해줬어. 너와 있어서 난 너무 너무 즐거웠었거든. 네가 원하는 방향이 아니겠지만 난 널 좋아해. 네가 소중하고, 네가 힘들 때 네가 나한테 해줬듯 내가 너의 힘이 되고 싶어. 내가 받은 것 이상으로 너한테 잘해주고 싶고, 널 더 소중히 대하고 싶어. 그러면 안 돼? 내가 널 좋아하는 것만큼 아끼고 소중히 여기면 안 돼?"

찬은 아예 시선을 반대로 돌려 버렸다. 시뻘게진 눈가 위로 투명한 눈물이 툭툭 쏟아졌다. 찬은 거칠게 눈물을 훔쳤다.

"그래도 나는 안 된다는 거잖아! 세은이 사랑하는 남자는 은형 형밖에 없단 거잖아!"

"……응."

"응? 응이라고? 하!"

찬은 눈가를 손바닥으로 꾹 누른 채였다. 찬의 웃음소리는 삭막한 겨울 하늘을 휘갈기는 바람 소리 같았다. 곧 그 웃음소리마저 그쳤다. 찬은 자리에서 벌떡 일어났다.

"내가 왜 나왔는지 모르겠네. 좋아. 마음대로 해. 내가 뭐라든 세은은 결국 자기 마음대로 할 거잖아? 왜 나한테 허락을 구해? 내 마음 따위 언제 아랑곳한 적 있어?"

"그렇게 말하지 마. 나도 너 힘든 건 아는데……."

"안다면 그딴 소리 집어치워! 차라리 미안하다고 쌈박하게 잘라 내! 어쭙잖은 동정은 사양이야!"

찬이 결국 자리를 박찼다. 홀 안의 사람들이 세은 쪽을 힐끔거렸다. 세은은 손이 덜덜 떨려 수저를 떨어뜨렸다. 세은의 뱃속에서부터 깊은 한숨이 새어나왔다.

쉽지 않을 줄은 알았다. 당연하다. 다친 마음이 사람의 몇 마디로 구원되는 건 소설 속에서나 있을 법한 이야기다. 그렇다고 해도 이렇게까지 힘들 줄은 몰랐다. 찬을 어른스럽다고 생각했지만 상처 입은 마음에는 어른스럽고 아이스러운 차이가 없는 법이었다. 착각하고 있었다. 항상 세은에게는 약했던 찬이라 이번에도 쉽게 용서해 주리라고.

이제 정말 어쩔 도리가 없었다. 세은이 찬에게 연락하고 마음을 두드릴수록 찬의 마음을 더욱 깊이 헤집는 결과만 찾아올 것이다. 어찌해야 할지 모르겠다. 세은은 정말로 답답했다.

그날 일하러 가서도 찬의 일로 세은은 심경이 복잡했다. K대학 방송제에 EM이 게스트로 초청되었다. 대략 한 시간 반 정도의 방송제가 끝나니 세은은 이제 집에 돌아갈 수 있다는 안도의 한숨이 다 나왔다. 오늘은 정말로 심신이 피곤했다.

각각 멤버들을 집까지 데려다 주고 은형과 승행만 남았다. 은형을 내려준 뒤 얼마 안 돼 문자가 왔다. 자기 집에 꼭 들르라는 은형의 메시지였다. 최근에는 집에서 잔 적이 얼마 안 돼 부모님 심기가 많이 불편했다. 그리고 오늘은 찬의 일도 있고 해서 바로 집에 가 쉬고 싶었다. 사무실에 차를 대고 승행과 헤어진 다음에도 세은은 잠깐 고민에 빠졌다.

승행과 헤어진 시간을 계산한 것일까, 은형에게서 전화가 왔다. 세은은 한숨을 내쉬었다.

"네."

[왜 답이 없어.]

"피곤해서 그래요. 요즘 자꾸 외박하니까 부모님 눈치도 보이고요."

[누가 재워준데? 잠깐만 들러.]

그렇게 말하니 반박할 수가 없었다. 세은은 은형의 집에 도착했다.

은형은 편안한 옷으로 갈아입은 다음이었다. 시원한 거라도 주겠다는 말에 세은은 직접 물을 데워 먹었다.

"벌써부터 더워오는데 웬 뜨거운 물?"

"나 찬물 잘 못 먹어요."

"뭐? 그럼 항상 미지근한 물만 마신단 말이야? 물맛이 나?"

"남이사."

세은은 따뜻한 물에 냉장 보관된 차가운 물을 반쯤 따라 미지근해진 물을 꿀꺽 다 삼켰다. 은형은 싱크대에 기대선 세은이 하는 양을 지켜보았다. 세은은 컵을 내려놓고 할 말 있으면 하라는 태도를 취했다.

"너 무슨 일 있지."

아, 그 정도는 보이나. 세은은 홑꺼풀의 눈에 두세 겹 쌍꺼풀이 지는 것 같았다. 눈이 너무 피로하고 간질거려 꾹꾹 부볐다. 은형이 세은의 손을 잡아당겼다. 세은은 할 수 없이 그와 눈을 마주쳤다.

"말해. 뭐가 고민이야."

이 사람은 걱정도 참 독특하게 한다. 왜 화를 내는 건가. 걱정된다면 걱정스럽게, 조심스럽게 물어보면 안 되는 걸까. 지금은 날을 세워 그와 부딪치고 싶지 않았다. 하지만 아무것도 아니라고 한다면 불난 집에 기름 붓는 꼴이 될 것이다. 세은은 어떻게 말해야 할지 몰랐고, 사실은 별로 말하고 싶지도 않았다.

"당신은 곱게 말하는 법은 몰라요?"

엉뚱한 소리가 튀어나갔다. 피곤이 누적돼서 아무래도 입이 제어가 되지 않는 모양이다.

"이게 나야."

그게 답이 되는 건가. 세은은 그를 물끄러미 바라보았다. 예전에 어디서 보았더라, '미안해' 라는 건 '미안하지만 난 변하지 않아' 라는 뜻이라고 했다. 세은은 대번에 너무 편협한 생각이라고 툴툴거렸었는데, 적어도 '미안해' 소리는 안 하니 가식적이지 않아 좋다고 할까.

그 생각을 하니 어처구니없게도 풋 웃음이 났다. 세은은 은형이 '연인' 이라는 걸 깨달았다. 아직도 설고 멀게 느껴지는 연인이지만, 세상에 절대 공표할 수 없는 연인이지만, 그는 세은의 연인이었다. '이게 나야' 라는 답이 어디인가. 이 인간도 열심히 노력하는 중인가 보다. 예전 같았다면 무시하거나 '그래서 불만이면 얘기하지 마' 정도로 대답했을 인간이었다. 세은은 한 걸음 한 걸음 그에게 다가가 그의 가슴에 얼굴을 묻었다.

은형이 긴장한 기색이 역력했다. 그 역시 세은을 만나면서도 연인이란 자각이 부족했던 모양이다. 아니면 연인과 이런 시간을 나눈 적 없어서라든지. 세은은 그의 가슴에 편안히 얼굴을 묻었다. 지금은 말다툼보다 위로가 월등히 필요했다.

"찬일 만났어요."

어색하게 더듬더듬 뒤통수를 쓸던 손이 뚝 멎었다. 은형이 세은을 확 떼어놓았다. 역시, 찬의 이야기가 나오니 은형의 눈빛이 날카로워졌다. 이 사람은 내가 찬에게 한 짓을 알고도 이렇게 경계할까?

"왜?"

"사과하려고."

"네가 뭘 잘못했다고."

편을 들어주겠다는 건가, 찬에 대한 단순한 반감인가. 얼마만큼의 시간이 흘러야 이걸까 저걸까 의아해하지 않고 '이 사람은 이렇게 생각하는 걸 거야' 라고 확신할 수 있을까. 하긴, 수십 년의 시간이 흘러도 그렇게 쉽게 확신을 내릴 수 있는 사이는 얼마 없을 것이다. 아무리 굳건하고 견고한 사이라 해도, 댐이 손가락만 한 틈 하나로 무너지는 것처럼, 작은 오해 하나로 끝나 버리곤 하니까. 그러니 조급해하지 말고, 지금은 이 사람에 대해 의문을 품고 이 사람의 의중을 헤아리는 작업을 즐겨볼까.

"내 편 들어주는 거예요?"

"반은 내 탓이니까."

제3의 답안이군. 그 역시 책임감을 느낄 줄은 몰랐다. 승자의 여유라고 보기엔 찬의 이름을 들은 순간 번뜩인 눈빛이 예사롭지 않았다.

"사과했는데, 내 사과 방법이 잘못됐나 봐요."

세은은 찬에게 했던 말을 요약해서 전했다. 찬의 반응까지 들은 은형은 '흠' 하더니 쯧쯧 혀를 찼다.

"대체 그놈 어디를 보고 어른스럽다고 생각한 거야? 완전 앤데."

"어른스러워요. 지금은 날 헤아릴 여유가 없다 뿐이지……."

"넌 그 녀석 감정이 정말 사랑이라고 생각해?"

사실은 반신반의였다. 찬이 정말 세은을 여자로서 사랑했을까? 은형에게 아무리 정신 팔린 세은이었다지만 자신을 향한 호의를 놓칠 정도였던가? 그것도 찬이 자기를 여자로 본다는 사실을 모를 정도로?

하지만 찬이 그렇다 했으니 그럴 것이다. 세은은 찬의 감정 자체를 부정해 찬을 더 상처 입히고 싶지 않았다.

"그 녀석 혹시 착각하는 거 아니야? 남자 여자 사이에는 남녀 관계밖에 없다고. 나도 별로 믿어지진 않지만 남녀 사이에도 우정이란 게 존재할 수 있고, 너랑 찬이 정도 나이 차라면 누나와 동생 같은 우애가 싹틀 수도 있지. 찬이 녀석은 네가 날 선택하니까 너와 영영 헤어질까 봐 사랑이라고 했던 건 아냐?"

"그건, 찬의 문제예요. 중요한 건 내가 찬의 마음을 받아주지 않아서 찬이 상처 입었다는 거잖아요."

은형이 비딱한 표정을 지었다.

"넌 역시 남 생각이 먼저지. 내가 보기엔 계찬 놈은 남녀 사이엔 연애 감정이 전부라고 생각하는 철부지야. 분명 계찬은 널 좋아하겠지. 하지만 그 감정이 여자로서의 널 좋아하는 건지, 인간으로서의 널 필요로 하는 건지 구별을 못하고 있어. 그저 지는 남자고 넌 여자니까 무턱대고 연애감정이라 치부하는 거지. 어려, 어려."

"아닐 수도 있잖아요. 찬이 정말로 날 좋아하는 거라고……."

은형은 코웃음을 쳤다. 세은은 은형이 찬을 얕보듯 말하니 조바심이 났다. 아닐 수도 있는데, 찬의 감정이 정말로 연애하자는 사랑이라 많이 상심했을 수 있는데, 은형은 찬의 감정을 너무 가볍게 치부했다. 은형이 거실로 나가자 세은도 쫓아나갔다.

"이세은, 넌 남자란 동물을 잘 몰라. 찬이 놈이 한 게 사랑이었다면 한 번쯤은 덤볐어야지. 내가 그 자식보다 월등히 우월한 위치에 놓이긴 했지만 그래도 덤볐어야지."

그건 세은의 감정이 너무 확고했기 때문이다. 찬은 어리석은 아이가 아니었다. 세은이 반박하자 은형은 더욱 기가 막힌다는 듯 웃었다.

"그거야말로 웃긴 노릇이야. 찬이 어리석지 않다고? 현명하다고. 넌 사랑이 머리로 되던?"

세은은 입을 다물었다. 은형은 소파에 길게 누웠다.

"난 계산대로 안 되는 게 사랑이던데. 정말 내 맘대로 죽어도 안 되던 게 사랑이던데. 현명하고 어리석지 않으니 승산없는 게임엔 도전하지 않는다? 그럼 난? 난 가망이 있는 줄 알고 너한테 덤빈 줄 알아? 내가 이렇게 처신하면 넌 이렇게 반응하겠지, 하고 계산한 대로 네가 한 번이라도 반응했었는 줄 알아? 번번이 실패였지. 꼴사납게 울며 사과했어도 넌 내 맘을 조금도 알아줄 생각 안 했어. 그런 난, 어리석고 현명하지 않았던 건가?"

세은은 잠시 멍해졌다. 이 사람도 아팠었나? 내가 생각한 이상으로 힘들었었나? 아무리 구박구박을 해도 끈질기게 따라오기에 사실 그렇게 안 힘든 줄 알았다. 세은은 잠시 자신의 바보스러움에 헛웃음을 지었다. 그럴 리가 없잖은가. 세은은 하나도 안 힘들고, 안 괴로웠던가? 은형이 세은의 마음을 무시하고 내칠 때 내색만 안했다 뿐이지 사실은 얼마나 아프고 힘이 들었었던가.

정말 섬세하고 마음에 와 닿는 노래를 만드는 사람이었다. 가끔은 너무도 섬세한 감수성에 뚝 꺾일까 걱정이던 사람이었다. 그런 사람이 사랑을 거절당하고도 멀쩡하리라 생각했다니. 세은은 스스로가 믿어지지 않았다.

어느새 은형이 코앞에 다가와 있었다. 그의 눈빛은 예전과 달리 냉랭하지 않았다. 그렇다고 기쁨에 넘치지도 않았다. 어딘가 슬프고, 건조했다. 사랑을 한다면서, 찬이 원했던 그 자리에 있으면서, 그는 그렇게 행복해 보이지 않았다. 세은을 당기는 손도 언뜻 강압적으로 느껴졌지만 세은을 부둥켜안는 두 팔엔 절실함이 그득했다.

아아, 이 사람도 알게 되었구나, 사랑이라는 거. 사실은 얼마나 아픈 감정인지를. 얼마나 나를 좀먹고, 얼마나 내 정신을 갉아먹는 작용인지를. 알게 되었구나.

"그놈 일이야. 넌 할 수 있는 만큼 다 했어. 네 말이 아팠다면 아파하겠지. 하지만 그놈 아픈 만큼 너도 아프잖아. 널 너무 자책하지 마."

하지만 그도 곧 알게 되겠지. 나의 정신과 심신과 영혼까지 좀먹는 사랑이, 행복보다 고통과 고난이 더 따르는 사랑이, 사실은 얼마나 사랑스러운 일인지를. 아무것도 해결될 것 없는데도 사랑하는 사람의 한마디면 마음이 다시 촉촉해지고 무릎엔 힘이 실려 다시 일어날 힘을 얻게 된다는 것을. 누구든 할 수 있는 말이라도 사랑하는 사람이 해주면 더욱 깊이 와 닿고, 누구라도 쉽게 줄 수 있는 상처라도 사랑하는 사람이 준다면 깊디깊이 베어 낫기가 참 어려워진다는 것을. 그럼에도 나를 안는 이 품 하나로 다 용서할 수 있다는 것을.

그도 알게 되겠지. 날 그만큼 사랑한다면.

세은은 은형의 허리를 가만히 감쌌다.

"고마워요. 말이라도 그렇게 해주니 힘이 나."

"진심이야. 네가 맘 쓰는 건 어쩔 수 없는 일이지만 그 녀석 때문에 너무 힘들어하지 마. 남의 일은 어디까지나 남의 일이야. 넌 그 선을 그어야 할 필요가 있어."

세은은 피식 웃었다.

"당신한테도?"

"나한테도."

곧 세은의 입가는 허물어졌다.

"하지만 난 당신이 나한테 남 일이라고 선을 그으면 외로울 거예요."

"그래도 해. 넌 필요 이상으로 남을 돌보려고 해. 꼭 남들에게 인정받아야 살 가치를 찾는 사람처럼."

"내가 해준 걸로 그 사람들이 행복해지면 나도 행복해져서 그래요."

"그 정도면 다행이게. 넌 가끔, 아니, 대부분 필요 이상으로 과해."

칭찬받을 일인 줄 알았는데 따끔하게 충고를 들으니 아무리 세은이라도 새쭉해졌다. 세은은 그의 등을 툭 때렸다.

“그럴 시간이 있으면 널 조금이라도 더 돌봐. 대체, 요즘 세상은 자기밖에 몰라서 문제라고 떠들어대는데 너 혼자 시간을 역행하지. 아니, 어느 시대라도 다 자기 실속쯤은 챙겨. 넌 뭐야, 남이 뭐가 그리 좋다고 간이며 쓸개며 다 빼줘. 그래 봐야 등 돌리면 끝인데.”

“그만 해요. 왜 내가 혼나야 하는 거야. 가장 큰 수혜자는 바로 당신이잖아.”

은형이 다시 세은을 조금 떼어냈다.

“착각하는 인간들이 늘어나니까 그러지! 넌 너 자신보다 네가 베푼 것들로 사람들이 널 찾는 게 좋아?”

“그 역시 내 일부예요. 그리고 누가 뭘 착각한다고…….”

“네가 정 남 돌보는 걸 그만두지 못하겠다면 대충 몇 명으로 추리든지! 아니면 눈치를 좀 키워. 찬이 놈 보고도 몰라? 똑같은 놈은 언제든 나올 수 있어. 네가 필요한지, 네가 주는 것들이 필요한지 생각도 못하고 무턱대고 네가 좋다는 놈은 또 나올 수 있단 말이야.”

세은의 눈동자가 불안하게 흔들렸다.

“혹시 당신도 그래요? 그래서 그래? 나보다 내가 해준 것들이 더 좋아서…….”

“미치겠네! 내가 이러니까 화를 내는 거잖아! 넌 너 자신을 좋아하는 인간하고 네가 해준 것들을 좋아하는 인간들하고 구별도 할 줄 모르니까!”

세은은 그에게서 멀어졌다.

“단순하게 말해요. 당신은 필요 이상으로 비꼬는 경향이 있어. 그래서 나 혼자 실컷 고민하게 만들잖아. 이걸까, 저걸까. 이 마음일까, 저 마음일까.”

“젠장! 그래! 넌 곧이곧대로 말해야 알지. 난 이세은이 좋아. 이세은이 뭘 해주는 것도 좋지만 해주지 않아도 좋아, 이세은이 필요해! 알겠어? 내가 너한테 노래를 만들어주는 거, 너랑 만나는 거, 너랑 섹스하는 거, 모두 너한테 뭔가를 받아낼 생각으로 하는 것 같아? 그냥 네가 좋아서 하는 거잖아! 이젠 말하지 않아도 좀 알아라, 이 바보야!”

다시 그가 세은을 부둥켜안았다. 아까보다 훨씬 세게 세은을 꼭 껴안았다. 세은은 숨이 막혔지만 지금은 그래서 다행이었다. 턱을 타고 뚝뚝 떨어지는 눈물을 감출 수 있으니까. 세은은 훌쩍 소리라도 새어나갈까 봐 숨을 죽였다. 은형이 아까보단 훨씬 자연스러운 손길로 세은의 등을 쓸었다.

“알겠어? 몇 십 번을 말해야 알아듣는다면 몇 백 번을 말하겠어. 몇 백 번을 말해도 모르겠다면 몇 천, 몇 만, 죽을 때까지 말할 거야. 널 사랑해, 이세은. 자기 실속도 못 차리고 남 챙기는 것만 하다 죽을 여자야.”

세은은 그의 마지막 말에 풋 웃고 말았다. 고치라네 수정하라네 잔소리는 실컷 해대더니 결국 세은이 못 고칠 거란 걸 아는 모양이다. 그냥 세은이 좋은 모양이다. 세은의 눈물은 더욱 뜨겁게 흘러넘쳤다.

은형의 입술이 내려왔다. 세은은 눈물을 들키게 되었지만 기꺼이 그의 입술을 맞이했다. 입술이 맞닿은 채 은형의 침실에 도착했다. 은형은 집에서 입는 얇은 티셔츠를 벗으며 조그맣게 중얼거렸다.

"이렇게까지 날 미치게 만든 여자는 네가 처음이다."

세은은 속으로 대답했다. 마찬가지예요. 날 이렇게 평생 미치게 만든 사람은 당신뿐이야.

세은은 그날 결국 집에 돌아가지 못했다.

언제까지고 _25

허겁지겁 숨 가쁘게 바빴던 축제 시즌이 끝났다. 6월 말이 되자 대학 축제는 모두 끝나고 학생들은 다시 일상생활로 돌아갔다. EM 활동은 잠시 소강상태를 맞이했다. 하지만 편하게 쉴 수만은 없었다. 8월, 이르면 7월 말부터 시작할 콘서트 계획 때문이었다. 이미 홍보는 시작하고 있었다. 장소와 일정, 콘셉트는 정해졌지만 세부적인 내용은 아직 결정하기 전이라 EM은 거의 매일 회의를 하고 있었다.

이번 콘서트의 콘셉트는 'EM IN EM' 이었다. EM 안의 EM. 지금껏 다섯 장의 앨범을 내며 많은 히트곡을 남겼고, 프로듀스 활동도 활발히 했다. 그렇게 만들어진 EM의 히트곡들과 EM이 만든 곡들을 모두 모아 무대에 올리기로 했다. 다만 EM이 만들어

판매한 곡들의 경우 저작권 문제가 있어 약간의 신경전이 벌어졌다. 곡을 받은 가수들은 EM이 그 노래를 콘서트 무대에서 부르는 걸 꺼려했다. 어쩔 수 없이 가창력과 곡을 소화하는 능력이 비교되기 때문이었다. 힘이 약한 소속사 가수인 경우 마지못해 승낙했지만 아닌 경우는 조건이 맞을 때까지 주판알을 튕기고 있었다. 콘서트에 투입할 예산이 오버되는 가격을 부른 몇몇 곡을 제외하고, EM은 자신들이 만들고 다른 가수가 부른 곡을 부르기로 결정했다.

그리고 이번 콘서트 때는 이례적으로 은형의 미공개 곡을 발표하기로 했다. SOO 사장이야 당연히 똥 씹은 얼굴이 되었지만 미공개 곡 두 개를 포함해 콘서트가 끝나는 즉시 싱글 앨범을 내자는 은형의 제안에 간신히 마음을 풀었다. 미공개 곡 중 하나는 'TO SE' 였다. 세은은 살짝 걱정이었다.

"관계자들은 나일 거라고 생각할 거예요. 그럼 우리 사이가 알려지잖아요."

"네가 시침 떼면 누가 너라고 생각하겠어?"

서로 좋아함을 확인한 지 이제 이 개월 정도, 그동안은 아슬아슬한 외줄타기를 잘해왔다. 세은이 은형 집에서 묵는 일이 잦았지만 아직까진 그들의 관계를 눈치 챈 사람은 없는 듯했다. 일하는 순간은 워낙 바빴기 때문에 딴 짓할 틈이 없기도 했다. 다른 가수들은 모르겠지만 EM은 전국투어 일정부터 장소까지 모두 자기 손을 거치길 바랐기 때문에 특히 더 바빴다.

가장 걱정했던 건 재민이었다. 한데 재민은 근래 다른 일로 정신이 팔린 탓인지 세은과 은형 일에 깊게 관여하지 않았다. 듣기론 유빈과 헤어졌단다. 유빈과는 거의 육 년이 다 된 사이라 세은도 놀라웠다.

재민은 누가 부를 때까지 멍하니 있기가 일쑤였다. 무슨 생각에 골몰하는지 이동하는 중에 피곤할 텐데도 눈도 붙이지 못했다. 세은이 은형을 찔러 좀 알아보라는데 은형은 요지부동이었다. 오히려 잘됐지 않냐고, 제일 주의해야 할 상대가 다른 일에 정신이 팔려 있는데, 세은이 원한 것 아니었냐고. 세은이야 입이 열 개라도 할 말 없었지만 그들 사이를 비밀에 붙이기 위해 재민의 실연을 이용하자니 꺼림칙했다. 은형은 그냥 두라고, 만약 세은이 쓸데없이 간섭했다간 세은이 그렇게 싫어하는 비밀을 까발리겠노라고 으름장을 놓았다.

세은이야 어처구니가 없었다. 나 하나 좋자고 둘의 사이를 비밀에 붙이자는 것도 아니고. 그리고 막말로 세은이 정말 소중하다면 세은의 안전과 꿈을 위해서 알아서 입을 봉해주어야 하는 것 아니냔 말이다. 둘의 사이가 발각되면 기본적으로 이 바닥에서 살아남을 수 없음은 물론이요, 전국 수만 명의 팬들에게 집중 포화를 당하는 건 예사니, 은형과의 관계가 발각되면 세은은 로또 1등 당첨자처럼 어디 멀리 이민이라도 가야 한다.

한숨이 나왔다. 로또 1등 당첨자하고는 비교할 수도 없다. 채은형이 정말 바람둥이라 하루가 멀다 하고 연인을 바꾸지 않는 이상, 일개 팬 중 누가 채은형과 연인이 될 수 있으랴. 어떻게 보면 꿈인지 생신지 믿을 수 없는 행운이었다. 하지만 다르게 보면 그건 채은형도 마찬가지였다. 세은이 이 남자, 저 남자, 마구잡이로 만나도 다니는 여자였다고 해도 언제 채은형이 선택될지 안단 말인가. 아마 다른 남자들 만나느라 채은형에게는 관심도 없었을 수 있다. 하지만 세은은 일생에 한 번 사랑하면 많이 하는 타입이었다. 어쩌면 로또 1등 당첨자 이상의 당첨 운이 좋은 건 은형 쪽인지도 모른다.

여하간 세은은 은형과의 관계는 죽어도 밝히고 싶지 않았다. 은형과의 관계가 발각된다면 여태 사귀고 있든 이미 헤어진 다음이든 구설수에 오르는 건 당연했다. 사귀고 있다면 사귀고 있는 대로 헤어졌다면 헤어진 대로 피해를 입을 것이다. 일, 사생활, 거기에 가족들까지 연관되어 온갖 스캔들에 휘말리고, 세은이 예전에 했던, 세은마저 잊어버린 일까지 구설수에 올라 세은은 얼굴을 들고 다닐 수 없을 것이다.

은형을 팬으로서 쫓아다닌 삼 년간이 차라리 편했다는 생각마저 들었다. 그때는 팬이니까 마음을 밝힐수록 팬들 사이에서는 인정을 받았다. 물론 팬클럽 운영진이란 지위에 오른 덕분이었지만 그 역시 세은의 노력으로 얻은 자리였으니 세은은 당당했다. 지금 역시도 노력이랄까, 어쩌다 보니랄까, 은형의 연인 자리에 올랐는데 감정을 밝히면 밝힐수록 세은은 죽일 년이 되어버릴 것이다. 하다못해 가볍게 툴툴대기만 해도 '이별선언!' 기사가 뜨겠고, 채은형을 연인으로 뒀으면서 감히 불만을 품는다고 은형의 팬들은 득달같이 달려들 것이다. 사랑한다 내색하면 '닭살행각!' 기사가 뜨겠고, 예쁘게 봐주는 사람도 있겠지만 태반은 세은을 시기하고 질투하고 미워하고 욕할 것이다.

대체. 내가 원해서 연인이 된 것도 아닌데 왜 욕은 내가 다 먹고 피해도 내가 다 입어야 하냔 말이다. 이런 생각 자체가 세은 안티를 뭉텅뭉텅 키울 건수라는 건 안다. 물론 은형에게 연인이 생겼다면 팬의 수가 줄 가능성은 있었다. 하지만 은형은 얼굴이나 대중적인 인기로만 먹고 사는 가수가 아니라 실력을 인정받고 탄탄대로를 트고 있는 뮤지션이라 실질적인 큰 손해는 없을 것이다. 혹시 연인이 생겨서 노래가 더욱 절절해졌다는 평을 들을지도 모른다. 그게 은형에게 해가 되는가? 헤어진 다음에 은형이 만든 노래가 자기 심정을 담은 노래라는 기사가 뜨면 오히려 대히트를 치지 않을까. 아무리 생각해도 세은의 막심한 손해였다.

그럼 머리 한쪽 구석에서 소곤거린다.

'네가 원한 것도 아니라며, 그럼 그만두지 그래?'

'채은형 몰라? 내가 얼마나 싫다고 했었는데. 다 실패였어.'

'그래서 잠자코 사귀어준다? 이세은 너 진짜 착하구나.'

회의가 끝난 뒤 은형과 재민이 먼저 돌아가고 세은은 남아 뒷정리를 했다. 회의용 테이블 위에 나뒹구는 쓰레기며 빈 컵을 정리하자니 벌써 저녁 일곱 시가 되어버렸다. 내일은 무대 설치 상황 점검과 리허설을 위해 직접 콘서트장으로 이동할 것이다. 벌써 콘서트가 코앞으로 다가와 있었다. 이틀 뒤면 서울을 기점으로 부산까지 전국순회를 하고 다시 서울로 마침표를 찍는 대망의 전국투어 콘서트가 시작된다. 매달 두 개 지방을 돌아 총 오 개월간 열 개 지역에서 콘서트를 하는 것이다. 엄청난 강행군이었다. 그만큼

막대한 자본과 물력과 인력이 투입되었다. 오늘의 회의를 마지막으로 이제부터는 회의할 틈도 없이 상황이 닥치면 닥치는 대로 해결을 해야 할 것이다. 콘서트 기획에는 처음 참가하는 세은은 사실 잔뜩 긴장해 있었다.

세은은 뒷정리를 마치고 사무실 문을 닫은 뒤 건물을 나섰다. 지하철에 오르니 전화가 울렸다. 은형이었다. 세은은 저도 모르게 주변을 두리번거렸다. 퇴근 시간이라 지하철은 사람으로 그득했다. 세은은 통화음을 최대한 줄이고 목소리를 죽여 전화를 받았다.

[어디야?]

“지하철 안이요. 막 탔어요.”

[그럼 다음 정거장에서 내려. 여기 3번 출구야.]

전화가 끊어졌다. 거의 동시에 문이 열렸다. 세은은 사람들에 밀려 엉겁결에 지하철에서 내렸다. 다시 탈 순 있었지만 세은의 발길은 출구를 향했다. 둘이 몰래 만나는 걸 들키기라도 하면 어쩌려고. 세은은 은형을 탓하며 마음 졸인 채 지상으로 올라갔다.

7월 마지막 주의 뜨거운 열기는 밤이 되어도 식질 않았다. 그 열기 때문인지 해가 져도 세상은 어스름하게 빛났다. 그리고 그 중심에 은형이 서 있었다. 사람들이 고급 승용차 앞에서 캡을 쓴 그를 힐끗거렸지만 은형임을 한눈에 알아본 사람은 없었다. 하지만 세은은 의아했다. 어째서 한 번에 알아보지 못하지? 저렇게 빛이 나는데?

은형은 마치 빛이 집중된 지점에 선 사람처럼 빛을 뿜어내고 있었다. 화려한 사람은 아니다. 무대에서 내려오면 존재감이 부각되는 사람도 아니다. 그럼에도 은형이 눈에 잡힌 순간 세은의 시야엔 아무것도 들어오지 않았다. 세은은 그의 주변에 반짝이며 부스러지는 빛 때문에 조금 눈을 찌푸렸다.

세은이 다가오자 은형은 차에 올랐다. 세은은 황급히 조수석에 탔다.

"누가 보면 어쩌려고요."

"아무도 몰라보던데."

"자기가 스타라는 자각은 있어요?"

"글쎄."

왜 여느 땐 잘난 척만 잘하고 자신감이 그득하면서, 이럴 땐 다 어디에 버려두고 왔냔 말이다. 혹여 누가 은형과 세은을 알아보았을까 봐 세은은 조마조마했다. 은형이 세은의 굳은 꼴을 보더니 픗 웃는다.

"너 진짜 겁먹은 거야?"

"은형 씨, 난 장난이 아니라고요. 소속사 사람들 눈도 무섭지만 당신 팬들 눈이 더 무서워요."

"이봐, 넌 네 위치가 뭐라고 생각하는 거야?"

채은형 연인? 왜, 채은형 연인이면 세금 감면이라도 받나? 세은은 입술을 삐죽였다.

"넌 내 로드 매니저야. 로드 매니저랑 함께 이동도 못해?"

말이야 그럴싸하지만 세은은 샐쭉하게 대답했다.

"조수석에 타는 로드 매니저가 어디 있어요."

"난 내 차를 남이 운전하는 거 싫어해. 재민이도 마찬가지고. 재민이가 라디오 방송하러 갈 때 웬만하면 자기 차로 이동하는 건 알지. 그거 언제 승행이가 모는 거 본 적 있어?"

재민과 승행이 개별적으로 움직일 때면 세은은 사무실에서 기다렸다. 그럼 재민이 항상 승행을 사무실까지 데려다 주었다. 세은은 차에서 내리는 승행을 본 게 아니라서 사무실까지 승행이 운전하고 그 뒤로 재민이 운전해 가는 건 줄 알았다.

"몰랐어?"

"네."

"하여튼 너무 걱정하지 말라고. 세상은 의외로 말 한마디로 무마되는 것들이 많아."

말 한마디로 천 냥 빚 갚는다는 거지. 하지만 백 번 듣는 것보다 한 번 보는 게 낫다는 말도 있거든요. 백 마디로 무마해 봐야 이런 현장 한 번 더 들키면 끝이라고요. 세은은 샐쭉거리는 마음이 풀어지지 않았다.

"나 못 믿어?"

세은은 눈꺼풀 위로 눈을 꾹꾹 눌렀다.

"은형 씨, 나 열아홉 아니에요. 스물아홉이라고요. 은형 씨만 믿고 넘기기엔 나이를 너무 많이 먹었어요."

"그래서 데리러 오면 안 됐다는 거야?"

어차피 오늘 종일 봤는데 저녁에 또 만날 필요가 뭐가 있냐 말이지. 내일은 꼭두새벽부터 일어나서 이동해야 했다. 콘서트가 코앞이라서인지 다들 신경이 잔뜩 예민해져 있었다. 그 틈바구니에서 살아남으려면 세은도 두둑하게 충전을 해야 했다.

세은이 대답하지 않자 은형이 갓길에 차를 세웠다. 은형은 세은 쪽을 쳐다보지 않았다. 어쩐지 화가 난 것 같았다. 세은도 그 때문에 화가 난 건 사실이었다. 데리러 온 사실은 기뻤다. 연인이 데리러 온다는데 싫어하는 여자가 있다면 과연 사랑을 하는 여자일까. 하지만 은형은 너무 무방비했다. 차 안에서 기다린 것도 아니고 퇴근하려는 사람들로 바글바글한 큰길에서 기다리고 있었다. 운이 좋아 은형에게 달라붙는 사람이 없었지 누구 한 사람쯤은 은형을 보고 누구와 닮았다며 신경을 썼을 것이다. 그가 얼마나 기다렸는지 모르지만 사람들이 채은형임을 알아볼 만큼 충분한 시간은 아니었을까 걱정이었다.

은형은 차를 세운 다음에도 줄곧 입을 다물고 있었다. 세은도 굳이 말을 걸고 싶지 않았다. 세은을 데리러 온 건 기특했다. 하지만 그 이상으로 불편했다. 언제 누구 눈에 뜨일지 모른다는 조마조마한 마음으로 그를 만날 때면 스스로의 소심함에 기가 질렸다. 그렇지만 이건 충분히 조심해도 부족한 일이었다. 이 세상은 휴대용 카메라가 너무도 잘 발달되어 '했다더라'는 소문으로 끝나지 않고 증거 사진이 나돌고 만다. 은형은 말 한마디로 쉽게 무마할 수 있다지만 세은은 그렇게 태평하게 생각할 성격이 못 되었다.

가끔은 은형이 현실을 제대로 직시하고 있는지 의문이었다. 아니면 그는 자기 편할 때만 자기 입장을 잊는 버릇이 있던가. 이젠 그에게 둘의 사이를 비밀에 붙이라고 경고하는 것도 지겨웠다.

"은형 씨, 나도 내가 못된 거 알아요. 은형 씨는 우리 관계를 위해서 나한테 맘 쓰는데 난 그렇지 못하니까. 난요, 은형 씨 좋아요. 좋아하지만 은형 씨 때문에 피해를 입은 다음에도 은형 씨를 좋아할 수 있을지 자신이 없어요."

세은은 그가 얼마나 상처 입을지 알 수 있었다. 세은 역시 은형에게서 같은 말을 듣는다면 죽을 만치 가슴이 쓰릴 테니까. 그래도 이렇게까지 말하지 않는다면 은형이 알아들을 것 같지 않았다. 솔직히 세은은 세은 이상으로 조심해야 할 사람이 더욱 무방비하다는 사실에 질리고 있었다.

"나보고 어디까지 양보하란 거지?"

은형의 목소리가 갈라져 있었다. 세은은 순간 내일 일정을 위해서도 은형의 심기를 건드려선 안 되었나 싶은 생각이 들었다. 하지만 이미 엎질러진 물이었다.

"네가 싫다고 해서 사람들 앞에선 우리 사이 내색하지 않았어. 널 만나는 시간도 최소한으로 줄이고, 연락도 안 하고, 최대한 배려했어! 그래도 부족하다는 거야, 지금?"

"은형 씨가 해주었던 것들은 다 고맙게 생각해요. 하지만 이건 나 하나 좋자고 하는 얘기가 아니잖아요. 은형 씨 역시 나랑 사귀는 걸 사람들이 알아서 좋을 게……."

"나까지 끌어들이지 마. 넌 결국 네 걱정인 거잖아."

그래. 내가 왜 비겁하게 마음에도 없는 말을 끌어들였을까. 세은은 얼굴을 아프게 문질렀다.

"그래요. 이건 날 위해서죠. 솔직히 우리 사이가 밝혀진다고 해서 은형 씨에게 나쁠 게 뭔지 모르겠어요. 그 반면에 나에게 돌아올 불이익은 내가 감당하기 힘들 정도예요. 난 은형 씨와의 사이가 밝혀지면 이 자리에 있을 수도 없어요. 이 바닥에서 살아남기도 어려워요. 근데 난 이 일이 정말 좋다고요. 늦게, 어렵사리 발견하게 된 내 일이에요. 난 은형 씨도 은형 씨지만 내 일 역시 소중하게 여기고 있다고요. 게다가 은형 씨와의 사이가 밝혀지면 난 정말 끔찍한 구설수에 오르고 말 거예요. 내 과거까지 들먹여 가며 사람들은 있는 얘기 없는 얘기 다 말할 거라고요. 난 그게 싫어요. 나도 지키고 싶은 비밀이 있고, 보호받고 싶은 사생활이 있어요. 하지만 우리 사이가 밝혀지면 그 모든 게 다 불가능해져요."

싸우자고 하는 얘긴 아니었다. 그가 미처 생각지 못한 부분을 지적하기만 할 셈이었다. 그가 알아들었을까? 그의 안색은 어둡고 딱딱했다. 세은은 한숨만 나왔다.

"내가 왜 널 데리러 왔다가 이런 소리까지 들어야 하는지 모르겠군. 내가 충분히 주의하지 않았다고 생각해? 내가 너 상처 입히고 망가뜨리자고 막 구는 줄 알아? 나도 충분히 주의하고 있어, 네가 싫어하니까! 근데 이 이상 더 뭘 어떻게 하라고! 넌 날 사랑하는 게 맞아? 사랑한다면서 내 마음 하나 이해할 수 없어?"

그의 말대로 그는 최선을 다했다. 사람들과 함께 있을 때면 세은 쪽은 쳐다보지도 않으려고 했고, 최대한 세은을 건드리는 일도 없었다. 사귀기 전과 후의 태도가 달라질까 봐 그가 신경 쓴 걸 잘 알고 있었다. 하지만 무심코 돌아보았을 때 은형과 눈이 마주칠 때나, 세은이 짐을 드는 걸 보고 자연스레 뺏어갈 때나, 대기실에 아무도 없다고 생각하면 느닷없이 끌어당겨 꼭 껴안을 때는 세은도 대책이 없었다. 그럴 때마다 자신을 쳐다보는 일행들의 눈빛에서 '혹시?' 하는 기색을 읽을 수 있었고, 세은은 아무렇지도 않게 그 눈빛들을 튕겨냈다. 하지만 한계가 있었다. 그가 일행들이 없고, 사무실에서 조금 멀어졌다고, 바로 경계를 풀고 대로변에서 세은을 기다린 건 정말 가슴 철렁한 일이었다. 두 사람이 조심해야 할 사람들은 사무실 사람들만이 아니었다. 이 세상의 눈 자체를 조심해야 했다. 세은이 지금 말하고자 하는 건 세상의 눈이었다.

자기를 사랑하냐고? 사랑한다면서 왜 자기 마음 하나 이해하지 못하냐고? 그런 자기는!

"은형 씨, 내 마음을 의심하는 거예요? 그렇다면 은형 씨는요. 정말 날 생각해 주고 날 사랑한다면 내 입장을 헤아려 줄 수 있잖아요. 내가 사실은 얼마나 난처한지……."

"내가 널 사랑하는 게 널 난처하게 한다고?"

"딱히 그런 말이 아니었잖아요. 그저 은형 씨가 가끔씩 부주의할 때마다 내가 얼마나 조마조마해지는지……."

"그게 그 말이잖아! 내가 내 마음을 표현할 때마다 넌 난처했단 거잖아!"

그런 식으로 윽박지른다면 정말 할 말이 없었다. 세은은 서서히 신경질이 났다.

"조금 참을 수도 있잖아요. 우린 열아홉, 스물 먹은 애들이 아니에요. 사랑하는 마음이 있어도 주변 상황을 보면서 자제할 줄 아는 나이예요. 내가 이런 말 하는 자체가 우습다고요."

"그래, 대단한 이세은. 넌 자기 마음, 심지어는 사랑까지도 수위를 조절할 수 있나 보지? 사랑해도 사람들이 보는 앞에선 싫어하는 척할 수 있고, 만지고 싶어도 손 뻗지 않을 수 있고, 보고 싶어도 보지 않을 수 있고? 그래, 알고 있었어. 넌 정말 완벽하게도 날 사랑하지 않는 티를 냈지. 어디 가서 한번 물어보지 그래. 내가 사랑에 빠진 여자 같냐고. 아무도 그렇다고 대답하지 않을걸? 넌 정말 기가 질리도록 완벽했으니까!"

"당연히 조심해야 하는 부분이었어요!"

"그래? 날 사랑하지 않는 건 아니고?"

세은은 아랫입술을 꾹 깨물었다. 어둑어둑 저문 저녁 하늘이 차 안에 길고 짙은 그림자를 드리웠다. 두 사람의 얼굴은 어둠 속에 묻혔다. 은형은 가쁜 숨을 내쉬었다.

"내가 왜 더 널 자극했다고 생각해? 내가 말했지, 넌 너무 완벽하게 나한테 무관심했다고. 그럴 때면 내가 무슨 생각을 하는지 알아? 정말 이 여자가 날 사랑한다던 이세은 맞을까. 사실은 다 내 꿈이 아니었을까. 보고 있어도 네가 여기 있는 게 믿어지지 않는데 넌 나한테 눈길 한 번 주지 않아. 닿아 있어도 네가 꿈인지 생시인지 모르겠는데 넌 내가 닿으면 도망가려고만 해. 너 힘든 거 싫어서 내 딴엔 신경 쓰는 것들을 넌 끔찍하게도 싫어하지. 그럼 난 뭐라고 생각해야 할까? 사실은 이 여자는 날 사랑해, 그 마음을 아니까 나도 넘어가야 해? 아니! 아, 이 여자는 사실 날 사랑하는 게 아니고 내가 하도 밀어붙이니까 받아주는 척하는 거구나, 날 동정해서, 날 처분하려고!"

몸이 부들부들 떨렸다. 그가 제멋대로에 자기 보고 싶은 것만 보는 줄은 알았지만 정말 이렇게 바보인 줄은 몰랐다! 세은은 그의 멱살을 쥐고 싶은 마음을 꾹 억눌렀다.

"내 마음을 믿지 못했기 때문이었다고요?"

"난 너만 보면 어떻게든 좀 더 보고 싶고, 만지고 싶고, 가까이 있고 싶은데 넌 아니니까."

"내가 정말 나만을 위해서 우리 사이를 숨긴다고 생각해요?"

"너도 방금 인정했잖아?"

"이 바보 멍청이!"

세은은 기어이 화를 폭발시켰다.

"바보, 천하의 미련퉁이! 좋아, 자기 멋대로 생각해!"

세은은 차를 박차고 나갔다. 인도를 오가는 사람을 헤집으며 앞으로, 앞으로만 걸었다. 급기야 누군가 세은을 확 잡아챘다.

"무슨 짓이야! 어디 가!"

채은형이었다. 정말 끔찍하고, 밉고, 꼴도 보기 싫은 채은형이었다.

"신경 끄시죠. 나한테 무슨 볼일이 더 남았나요?"

"내 말을 다 인정한단 뜻이야? 왜 반박도 하지 않아!"

"이미 결정난 일에 뭘 더 반박하란 거죠? 내가 무슨 말을 해도 믿을 건가요? 내가 실은 당신을 너무 사랑해서 한 일이라면 당신은 믿을 거예요?"

은형은 말을 잊었다. 세은은 팔을 홱 뿌리쳤다.

"당신은 당신 마음만 중요하죠. 그래, 지금만 있을 뿐이야."

세은이 얼마 멀어지기도 전 다시 은형이 쫓아왔다. 은형은 세은이 저항해도 아랑곳없이 세은을 질질 끌어 으슥한 골목으로 들어갔다. 세은은 그를 뿌리쳤다. 은형은 급기야 세은은 벽에 밀어붙여 옴짝달싹 못하게 가둬두었다. 세은은 씩씩댔다. 너무 분해서 눈물이 툭 떨어졌다. 세은은 눈물을 닦지도 않고 희미한 가로등 불빛에 어스름하게 드러난 그를 노려보기만 했다.

"무슨 말이야."

어둑한 골목엔 다행히 지나다니는 사람이 없었다. 하긴, 누가 지나갔다 해도 두 사람을 막을 순 없었을 것이다.

"왜요? 내 말이 뭐가 중요한데요?"

"무슨 말인지 묻잖아!"

"내가 당신 사랑하는 것도 못 믿잖아! 내 말이 뭐가 더 필요한데!"

"말로는 무슨 말을 못해! 네 행동을 봐, 어떻게든 우리 사이를 숨기려는 건 언젠가 나랑 끝이 난 다음에라도 조용히 넘어가기 위해서가 아니야? 사람들에게 알려지면 네 다음 사람에게도 알려지게 될 테니까, 네 미래에 큰 지장이 있을 테니까 숨기려는 것 아니냐고! 내가 그 장단에 언제까지 고분고분 맞춰줄 거라고 생각해!"

세은은 결국 펑펑 울어버리고 말았다. 세은은 그를 퍽퍽 때리고 밀쳤다. 은형은 위협적인 소리를 내더니 세은의 두 손마저 옭아맸다. 세은은 발길질을 시도했지만 그 역시 막혔다. 세은은 말도 못하고 우는 자기가 너무나 한심했다. 하지만 지금은 도무지 눈물밖에 나지 않았다.

"말해. 내 말이 맞잖아. 넌 결국 나랑 헤어진 다음에 네 안위만 생각한 거잖아."

"아니야!"

이 사람은 어떻게 우리가 헤어진 다음을 생각하고 있을까, 대체 어떻게…….

"우리 사이가 알려지면 대체 뭐가 좋은데?"

세은이 되물었다. 은형은 멈칫했다.

"너도 맘껏 날 사랑하게 되겠지."

세은은 고개를 저었다. 눈물이 주룩주룩 뺨을 타고 흘렀다.

"내가 일을 그만둬야 한대도, 당신한텐 그게 더 중요한 거지……."

"네가 일을 더 소중하게 여기는 탓에 일이 이 지경이 됐다고 생각하지 않아?"

"어떻게 그런 말을 해? 난 정말로 일이 소중해. 내가 항상 말했잖아, 이 일을 얼마나 사랑하는지."

"그럴 때마다 내가 소외감을 느꼈던 건?"

"당신도 당신 일을 하고 있어. 당신 일에 몰두할 때 내가 언제 방해한 적 있었어?"

"그건 다른 문제야. 난 그래도 널 사랑하고 있다는 내색은 해. 하지만 넌 내 집 밖에선 날 아는 척조차 하지 않잖아!"

"내가 왜 그랬는데! 정말 일 때문이었다면 당장 이 일 그만두고 새 자리를 알아봤을 거야!"

세은은 정말로 그가 미웠다. 어떻게 혼자 사랑하는 거라고 생각할 수 있어? 어떻게 날 원망할 수 있어?

"당신이 소중하니까! 이 일도 당신도 놓치고 싶지 않으니까, 당신 곁에 있고 싶으니까 이 일을 계속하는 거잖아! 우리가 따로 만나지 않더라도 이 일을 계속하면 언제고 당당하게 당신 곁에 있을 수 있으니까! 내색하는 게 중요다고? 어떻게? 난 겁이 나 죽겠는데! 당신하고의 사이를 들키면 이 자리에서 내쫓길까 봐 무서운데! 당신하고의 사이를 들키면 얼마 가지 못해 끝장날 것 같아 무서워 죽겠는데!"

'네가 원한 것도 아니라며, 그럼 그만두지 그래?'

'채은형 몰라? 내가 얼마나 싫다고 했었는데. 다 실패였어.'

'그래서 잠자코 사귀어준다? 이세은 너 진짜 착하구나.'

'아니, 혼자서 콧대 높이는 거야. 사실은 무서워, 무서워 죽을 것 같아. 이게 다 꿈이면 어떡해. 이게 내일로 끝나 버릴 꿈이면 어떡해. 난 이 사람이 아니면 안 될 것 같은데 쓸데없는 소문이 돌아서 우리 사이 끝나 버리면 어떡해? 우리 사이 알려져서 우리 사이에 오해가 쌓이고 싸움이 잦아져 그대로 끝나 버리면? 그 감당은 어떡해야 해?'

"내가 바보 같다는 건 알아. 당신은 내게 어떤 것도 약속한 게 없다는 것도 알아. 그래도 난 우리 사이를 지키고 싶었어. 세상에 까발려져서 갈기갈기 난도질당하지 않게, 소중하게 곱게 지키고 싶었어. 그럼 우리 사이는 더 오래갈 수 있을 것 같았으니까. 그러면 안 돼? 드러내 놓고 감정 표현하는 게 그렇게 중요해? 난…… 그래, 알아. 우리 사이가 영원할 수 없다는 거. 그래도 그 끝을 조금이라도 더 미루고 싶었던 건데, 그래선 안 됐던 거야?"

세은은 눈을 감았다. 말하고 싶지 않았다. 정말로 그에게 밝히고 싶지 않았다. 사실은 세은이 겁먹었다는 거, 그와의 관계를 지금도 꿈인 양 느끼고 있다는 거. 얕보이고 싶지 않았다. 지난 삼 년간의 세은처럼 저자세라는 거 그에게 알리고 싶지 않았다. 그와 대등하게 눈높이를 맞추며 만나고 싶었다. 가끔은 콧대도 높이고 튕기기도 하고 밀고 당기기도 해가면서. 처음부터 나약하고 수동적인 마음을 밝히고 싶지 않았다. 그 역시 그들의 관계가 끝맺을 시간을 좀 더 압축하는 일이 될 테니까.

하지만 은형은 언제 어느 때고 세은의 예상대로 행동할 줄 몰랐다. 몇 번이나 잔소리를 하고 주의를 주면 은형이 질려서라도 세은의 말을 따를 줄 알았다. 사람들 앞에선 조심하고 무슨 사이인지 티를 안 낼 줄. 그런데 은형은 오히려 세은의 마음을 믿을 수 없다면서 엇나갔다. 세은의 진짜 마음도 모르면서.

이젠 그를 미워하고 원망하기도 지쳤다. 그가 고집스러운 사람인 줄 알면서 간과한 스스로가 잘못됐단 생각마저 들었다. 이런 사람인 줄 몰랐던 건가, 즉물적이고 눈앞의 것에만 집중하는 사람인 거, 몰랐었나. 사실은 코앞의 관계만 좋으면 그뿐인 사람이라는 거, 세은과의 길고 긴 인연에 대해선 생각하지 않는 사람이라는 거, 다 알고 있지 않았나.

세은은 은형을 밀어냈다. 은형과의 사이가 발각되면 일자리를 잃게 되는 건 자명했다. 그렇다고 아예 이 바닥에서 살아갈 방법이 없는 것도 아니다. 사람은 원하면 구하게 되어 있었다. 세은은

이 일을 간절히 바라기 때문에 어떡해서든 다시 이 일로 돌아올 것이다. 다시 바닥부터 시작해야 한다 해도.

대로변에서 세은을 기다렸다고 잔소리를 해댔는데 그 대로변에서 싸운 건 세은이었다. 이제 두 사람의 사이를 새삼 숨기려 하는 것도 우스웠다. EM의 팬은 정말로 많았다. 팬층도 두터워 길거리를 지나다녔던 사람 중 몇몇은 틀림없이 은형을 알아보았을 것이다. 소문이 퍼지는 건 순식간일 것이다. 손이 빠른 사람이 있었다면 두 사람의 사진이나 동영상을 찍었을 수도 있다. 지금 이 순간도 어디선가 두 사람을 염탐하는 세상의 시선이 있을지도 모른다.

다 끝났다. 이렇게 쉽게 끝날 걸 왜 여태 조심했나 싶었다. 세은은 다시 그를 밀어냈지만 은형은 밀쳐지지 않았다. 이젠 그의 뜻대로 홀가분하게 연애를 할 수 있는데 왜 그는 꿈쩍도 하지 않는지 모르겠다.

"이제 놔요. 내가 하고 싶은 말은 다 했어. 이제 돌아가요."

"대체…… 왜 미리 말하지 않았어."

눈물이 다시 샘솟았다. 그의 목소리는 그 어느 때보다 부드럽고 죄책감에 가득했다. 세은은 다시 뚝 떨어지는 눈물을 외면했다.

"사실은 지금도 말한 거 후회해요. 우리가 다신 안 보게 된다고 해도 말하지 않을 생각이었어."

바보 같게도 이 순간에조차 '이별'이란 단어를 입에 올릴 수가 없었다. 말이 씨가 될까 봐, 이별을 입에 담게 되면 언젠가 그 순간이 꼭 찾아올까 봐. 세은은 겁쟁이가 되어가고 있었다.

"내가 뭘 해도 넌 마지못해 받아줬잖아. 싫어하는 기색이 너무 역력해서 심술이 났어."

그럴 줄 알았다. 그와 이런 사이가 된 지 대략 석 달이 지났다. 그동안 꾹꾹 눌러온 그가 대견하다면 대견했다. 오늘 세은이 먼저 폭발하지 않았다면 그는 심술을 좀 더 부리기만 하고 세은을 몰아세우진 않았을 것이다.

"우리 둘만 있을 땐 안 그랬잖아요. 둘만 있을 땐 못했던 것만큼 당신을 더 사랑하려고 했어요."

"우리 둘만 있는 시간은 끔찍하게도 적었지. 난 그 시간을 조금이라도 더 늘이고 싶었단 말이야."

요즘에는 은형의 집에서 잔 일도 드물었다. 집에서 하도 외박이 잦아 의심을 품었기 때문이다. 혹시 은형하고의 사이를 부모님이 아실까 봐 세은은 바로바로 집으로 돌아갔었다. 그래서 더 그가 초조했었나 보다. 세은은 부모님에게조차 그들의 사이를 비밀에 붙였다고 하면 그에게 상처가 될까 봐 이 핑계, 저 핑계 대며 집에 돌아갔었다. 그 역시 세은의 마음을 오해하기에 충분한 건수였었나 보다.

"하지만 결국 바보는 내 쪽이었군."

은형이 한숨 쉬듯 말했다. 세은은 굳이 대꾸하지 않았다. 그가 세은 맘을 몰라준다고 생각은 했지만 설마 세은의 진심을 의심하는 줄은 몰랐다. 세은 역시도 그를 깊게 헤아리지 못했던 거다. 설마 은형이 세은의 사랑을 불신할 줄은 꿈에도 생각하지 못했다. 은형은 뻔뻔스럽게도 세은이 기억을 잃은 직후에도 여전히 그를 사랑한다고 믿고 있었다. 그랬던 사람이니 지금 와서 세은이 다시금 사랑 고백을 하면 철석같이 믿는 줄로 알았다.

하지만 그도 불안했나 보다. 사랑한다 말하지만 연인으로서 함께 있는 시간은 턱없이 적었고, 세은은 사람들 앞에선 그에 대한 감정을 터럭만큼도 내비치지 않아서. 거기에 적응하는 줄 알았는데 오히려 불안했던 것 같았다. 결국 그도 소심쟁이가 되어갔다. 그 채은형이. 세상에 무서울 것 하나 없고 항상 자기가 제일 잘난 줄 알았던 인간이면서, 세은 일에는 조마조마하게 마음 졸였나 보다.

"내가 당신 사랑하지 않는 걸까 봐 무서웠어요?"

은형은 세은을 살짝 떼어놓더니 티셔츠를 훌떡 올려 세은의 뺨을 벅벅 문질렀다. 아파서 피했지만 말끔히 닦을 때까지 그는 세은을 풀지 않았다. 그는 세은의 손을 꼭 잡고 앞서 걸었다. 세은은 그를 살짝 당겨 다시 한 번 물었다.

"정말 무서웠던 거예요? 내 감정이 사랑이 아닐까 봐?"

"난 그런 말 한 적 없어."

"좋아요. 그럼 나도 내 멋대로 생각할 거야. 내가 이러다 딴 남자한테 도망이라도 갈까 봐 무서웠구나, 채은형 씨는, 하고."

은형은 조수석을 열어 세은을 던지듯 밀어 넣고는 자기는 운전석에 올랐다. 세은은 그의 거친 태도에 툴툴거렸다. 그는 시동을 걸더니 매끄럽게 도로로 진입했다.

"딴 놈이 채갈까 봐, 야."

세은은 자기가 잘못 들은 줄 알았다. 은형은 앞만 노려보고 운전했다. 하지만 곧 슬그머니 손을 당겨 세은의 손을 기어에 올려

놓더니 그 위를 덮었다. 은형은 세은의 손을 묵직하게 쥐었다.

"내가 널 의심하게 하지 마."

"그걸 내 탓이라고 하면……."

"네가 날 의심하게 하지 않을 테니까."

은형은 기어를 바꾸었다. 그의 시선은 얄밉게도 계속 정면만을 향했다.

"난 언제까지고 널 사랑할 거니까."

세은은 툭 떨어진 눈물을 재빨리 훔쳤다. 은형이 세은의 손을 당겨 손바닥에 입술을 눌렀다. 도장을 찍듯, 흔적을 새기듯 뜨겁고 확실하게.

난 역시 바보일 수밖에 없나 봐. 이 사람 약속, 언젠가 거짓말이 되어버릴 텐데……. 지금은 그냥 믿고 싶어. 정말 진짜일 거라고 믿고 싶어. 세은의 뺨으로 또 한 줄기 눈물이 또로록 굴러 내렸다.

'영원히'라고 하지 않아서 고마워요. 언제까지고란 말, 오히려 현실적이라 믿음직해. 끝이 닥치더라도 그때까진 날 사랑한다는 거 믿을 거야. 그리고 내 사랑도.

"나도 언제까지고 은형 씨 사랑할게요."

두 사람의 손이 엉켰다. 세은은 그의 손을 당겨 그와 마찬가지로 그의 손바닥에 입술을 묻었다. 그의 손바닥이 곧 촉촉하게 젖어갔다.

너여야 한다는 거 _26

콘서트가 시작되었다. 대학축제, 시민축제, 공연 요청 등 발로 뛰며 콘서트 홍보에 나섰고, TV에 출연해 공중파로도 간접적으로 홍보도 해놓았다. 거리 곳곳에 포스터며 현수막을 내건 대대적인 홍보에 나선 지 이 개월, 서울에 있을 총 4회의 공연 티켓이 모두 매진되었다.

그 첫 번째 공연 날, 재민은 목이 덜 풀어져 신경이 예민해져 있었다. 여느 때라면 재민이 나서 긴장된 공기를 풀었을 텐데 그런 재민이 날카로우니 대기실 분위기는 살얼음판이었다. 세은은 은형이라도 나서서 재민을 달래길 바랐지만 은형은 은형 나름대로 대기실에 붙어 있을 시간 없이 바빴다. 결국 세은이 재민 곁에 붙었다.

"세은아."

한여름의 콘서트홀 대기실은 찌는 듯 더웠다. 블라인드를 내려 햇빛을 차단해도 빛이 들어오는 부분에 앉아 있으면 슬금슬금 더위가 고개를 쳐들었다. 대기실 에어컨을 빵빵하게 돌릴 수도 없는 게 에어컨을 가동하면 재민의 목이 금세 쉬기 때문이었다.

"내가 한심해 보이지?"

"재민 씨가 왜요."

리허설을 마치고 이제 곧 관객들이 착석할 시간이 다가와 있었다. 세은도 리허설을 구경했는데 재민이 목이 덜 풀어졌다는 걸 눈치 채지 못했다. 실제 몸 상태가 아니라 재민의 심리 상태가 불안정하다고 짐작할 뿐이었다.

"무대를 앞두면 항상 내가 얼마나 불완전한지를 생각해. 내가 얼마나 부족하고 모자란지. 내가 관객들을 만족시킬 수 있을까? 내가 그 사람들 기대치에 부응할 수 있을까?"

세은은 재민의 뒤로 돌아가 딱딱하게 굳은 뒷목이며 어깨를 주물러 주었다. 재민은 가만히 대주었다. 세은은 재민이 보는 것 이상으로 말랐다는 걸 깨달았다. 순간 재민의 치수가 줄었다는 찬미의 말이 생각났다.

"재민 씨, 재민 씨가 몰라서 그러는데 재민 씨는 최고예요. 그건 나도 알고 여기 모인 관객들도 알고 사실은 재민 씨가 제일 잘 알고 있을 거예요. 그렇죠? 사람들의 기대에 부응하겠단 생각 말고 재민 씨가 가진 열정을 모두 쏟아 붓는다는 자세로 임해요. 내가 왜 나이 먹어서도 EM이 좋다고 따라다녔는지 알아요? EM은 항상 내가 기대했던 것 이상의 만족을 줬기 때문이에요. 단 한 번도 날 실망시킨 적 없었어요. 오늘도 마찬가지일 거구요. 난 재민 씨, 은형 씨를 믿어요."

은형이 대기실에 들어왔다. 세은은 반사적으로 손을 떼었다가 재민이 눈치 채지 못하게 다시 재민의 어깨를 주물렀다. 은형이 그들 쪽을 힐끗 보더니 곧 제 할 일을 찾아 했다.

"아직도 은형이 좋아하지."

재민이 지나가듯 물었다. 세은은 가볍게 받아넘기려 했다. 재민은 세은의 손을 잡아 자기 앞으로 끌었다.

"넌 은형이가 아니면 안 되니?"

재민은 진지했다. 아프고 힘들어 보였다. 하지만 세은은 그동안 재민이 아프고 힘들었던 이유가 자기 때문이라는 생각은 들지 않았다. 언젠가 은형이 슬쩍 재민이 세은을 좋아한다는 듯한 뉘앙스를 풍긴 적이 있었다. 세은은 그 일에 대해 깊게 생각하지 않았다. 재민은 세은을 좋아하긴 하지만 여자로서는 아니다. 찬이 때의 일로 세은은 좀 더 주의 깊게 사람들을 대했다. 이 사람이 나에게 어떤 감정을 갖고 있고, 난 그 사람에게 어떤 감정을 품고 있는지. 은형이 자신을 보는 눈빛과 재민의 눈빛은 확연히 달랐다. 재민이 굉장히 능숙하게 자기감정을 숨기는지도 모르겠다. 그렇다 해도 감출 수 없는 게 사랑이라는데 재민에게선 세은을 사랑한다는 느낌을 받지 못했다.

어느 순간 돌아보았을 때 눈이 마주치는 건 은형이었다. 재민은 세은이 어디 있는지 찾지도 않고 세은이 움직일 때마다 바라보지도 않았다. 세은에 대해 크게 궁금해하지도 않았다. 집이 근처라는 말에 크게 반가워한 적은 있어도 재민은 아마 세은의 형제가 어떻게 되는지도 모를 것이다.

은형 역시 세은에 대해 자잘하게 알려고 하지 않았다. 그래도 느낌은 달랐다. 은형은 '세은'이란 인간에 대해 듣기보다 알아나가길 원했다. 직접 곁에 두고 직접 겪고 부딪치면서 세은을 알아가려고 했다. 재민에게는 '남동생이 하나 있어요'라고 말할 거리를 은형에게는 '오늘 동생 녀석이……'라는 말에 녹일 수 있다고 할까. 은형이라는 샘플이 있기 때문에 재민의 감정을 더욱 확실히 비교할 수 있었다. 더불어 찬의 감정도.

"재민 씨는 나여야 해요?"

재민의 눈동자에 놀람이 스쳤다. 이 바보 같은 남자는 세은에게 던진 물음을 한 번도 자기 스스로에게 던진 적 없었나 보다. 세은은 은형을 의식해 손을 빼냈다. 재민의 손이 힘없이 풀렸다.

"재민 씨에게도 있을 거예요. 그 사람이 아니면 안 되는 사람."

재민은 답하지 못했다. 느닷없는 물음에 놀라서 답할 타이밍을 놓쳤다기엔 재민의 표정엔 충격과 놀람이 너무 생생했다. 세은이 아니라는 뜻이다. 재민이 고집을 부려 진심을 외면하고 있는 것이다. 세은은 재민의 어깨를 토닥였다.

대기실엔 이미 은형이 보이지 않았다. 세은은 걱정스런 맘에 은형을 찾으러 나갔다. 대기실을 나가기 무섭게 몸이 홱 틀어졌다. 세은은 깜짝 놀랐다. 은형이 서 있었다. 대기실 복도 너머가 무대라 사람들이 언제 돌아다닐지 모르는 상황이었다. 지금은 우연찮게 복도에 사람이 지나다니지 않았다. 은형은 그래도 아랑곳없이 세은을 끌고 콘서트홀 뒤쪽에 있는 후문으로 나갔다. 방금 전까지도 사람이 있었는지 채 꺼지지 않은 담배꽁초가 희미하게 김을 내뿜고 있었다. 쨍한 햇볕은 많이 수그러들었지만 밖에 나오니 후끈후끈한 열기가 덮쳐 왔다.

은형은 밖에 나오자마자 세은을 돌려 세웠다.

"재민이가 뭐래."

이 사람이 '누가 채갈까 봐' 라느니 '네 성격 때문에 남들이 착각하니까' 라느니 했던 건 다 재민을 의식했던 말이었나 보다. 세은은 참 기가 막혔다. 자기가 뭐라고 찬이며 재민이며 다 좋다고 덤비겠는가. 은형이 자기에게 덤비는 것도 간신히 믿을까 말까인데. 세은을 높게 평해주는 것이니 고맙긴 한데 너무 얼토당토않은 일이라 가소로웠다.

"은형 씨가 아니면 안 되냐고요."

"그래서?"

사실대로 말해줄까, 아니면 뜸을 들일까. 하지만 뜸을 들이자니 콘서트가 코앞이었다. 세은은 은형의 손을 다독였다.

"재민 씨는 나여야 하냐고 했어요. 그랬더니 아무 대답도 못하던데요."

"왜 그렇다고 똑똑히 대답하지 않았어?"

"여자의 허영심인가 보죠. 들어가요, 콘서트 시작 직전이에요. 다들 은형 씨를 찾을……."

은형이 세은을 바짝 당겨 입술을 부딪쳤다. 벌어진 입 사이로 그가 사정없이 밀어닥쳤다. 세은은 순간적으로 숨이 막혔다. 그는 곧바로 떨어졌다.

"네가 말하지 않으면 내가 말해주지."

"으, 은형 씨!"

맙소사! 은형은 정말로 대기실을 향하기 시작했다. 세은은 사람들이 그들을 힐끗거려도 신경 쓰지 못했다. 세은이 은형을 쫓아 허겁지겁 대기실로 들어갔지만 재민은 없었다. 찬미가 은형을 보더니 왜 여기 있냐고 되물었다. 재민은 벌써 무대에 나갔다고. 세은은 깊은 한숨을 내쉬었다.

은형이 세은을 스쳐 가면서 나직하게 중얼거렸다.

"이게 끝이라고 생각하지 마."

정말 잘못했다. 저 인간을 도발하는 게 아니었다. 설마 은형이 질투에 눈이 돌 줄 누가 알았을까.

질투라. 세은은 여러 사람에 둘러싸여 무대를 향하는 그를 보고 픽 웃어버렸다. 재민에게 그들의 사이가 발각되기 직전이라는 걸 알아도 그저 웃음만 나왔다. 새삼새삼 저 사람이 세은에게 얼마나 빠져 있는지 깨닫게 된다. 세은에게는 솔직히 연인이라는 자각이 없었다. 일하는 동안 은형은 그저 세은이 보살펴야 할 연예인일 뿐이었다. 은형과의 개인적인 시간을 가질 때는 거의 드물기도 했고, 쉬는 날 없이 일하느라 데이트다운 데이트도 해본 적 없으니, 연인이라는 실감을 가지라는 게 무리였다.

그래서 은형이 더욱 난리였었나 보다. 세은이 자기를 사랑하지 않는다고, 어쩜 그렇게 무심할 수 있냐고. 세은은 이제야 인정했다. 그를 사랑하고 이 관계가 꾸준히 지속되길 바랐지만 지금까지 그를 연인으로서 본 적은 손에 꼽을 정도였음을. 어디까지나 동경하는 연예인의 연장선상에서 그를 보고 있었음을.

그게 싫었던 거구나, 저 사람은. 내가 자기를 연예인으로 보는 게. 저 사람은 내 앞에선 그냥 한 남자이고 싶나 보다. 세은은 어쩔 수 없이 쿡 웃음이 터졌다. 찬미가 다가왔다.

"뭐 좋은 일 있어, 언니?"

"그냥, 신기해서."

"뭐가?"

"사람 관계가. 아, 실내 방송 나온다. 나도 무대로 가볼게."

"응, 나도 곧 따라갈게."

무대 뒤를 향하니 은형이 서 있었다. 재민은 코러스 팀과 함께였다. 무대 뒤는 어둑해서 눈이 익기까지 시간이 걸렸다. 무대 위가 화려하고 환한 만큼 무대 뒤는 으슥하고 어두웠다. 은형은 세은이 다가오는데도 아는 척도 하지 않았다. 눈치를 보아하니 아직 재민에게 두 사람 이야기를 꺼낸 것 같진 않았다. 세은은 발치에 놓인 전선을 발견하지 못하고 하마터면 고꾸라질 뻔했다. 은형이 반사적으로 손을 뻗어 세은을 잡았다.

"괜찮아? 발밑 좀 잘 보고 다녀."

은형은 반쯤 화가 나고 반쯤 걱정이 가득한 표정이었다. 이렇게 가까워야 표정을 알아볼 수 있을 정도라니. 세은은 충동적으로 그에게 입 맞췄다. 그가 깜짝 놀라 세은을 밀었다. 허둥지둥 주변을 둘러보는 모습을 보니 우스웠다. 세은이 킥 웃자 그가 소리 죽여 성질을 냈다.

"조심하라던 건 너야, 이세은! 이게 무슨 짓……."

"열심히 해요. 응원할게요."

곧 스태프 한 명이 다가왔다. 은형은 애써 침착하게 스태프에게 지시를 전달 받았다. 세은은 그 틈을 타 재민에게 다가갔다. 재민은 코러스 팀과 간단한 대화를 마치고 자기 위치로 돌아오는 중이었다. 세은을 보자 재민은 가볍게 한숨을 내쉬었다.

"아깐 이상한 말 해서 미안. 힘 줘서 고맙고."

"아니에요. 이젠 괜찮아요?"

"뭐, 덕분에."

확실히 한결 후련해진 낯이긴 했다. 도움이 됐다니 오히려 이쪽이 고마웠다.

곧 모두 자리에 착석해 달라는 마지막 안내방송이 흘러나왔다. 이제 시작이다. 은형과 재민은 호흡을 고르고 있었다. 그들이 마이크를 전달 받았다. 시끌시끌했던 무대 뒤편은 한순간에 침묵했다. 관객석의 술렁임도 곧 사그라졌다. 첫 곡의 전주가 시작되었다. 은형과 재민은 그들만의 신호를 교환한 뒤 무대에 올랐다.

귀청이 떨어져 나갈 듯한 환호가 터져 나왔다. 무대 뒤에서는 일단 한숨을 돌렸다. 약속된 위치에 두 사람이 나란히 선 뒤 콘서트가 시작되었다.

팬클럽 운영진은 2회 콘서트를 본다고 했다. 1회 콘서트가 끝난 직후 세은은 EM이 편히 쉴 수 있도록 최대한의 조처를 취한 후 운영진을 만나러 움직였다. 콘서트홀 입구에는 1회 콘서트를 즐기고 돌아간 관객들과 2회 콘서트 입장을 벌써부터 기다리는 무리가 뒤섞여 있었다. 그중에서도 팬클럽석 티켓을 배부하기 위해 마련한 부스에 팬클럽 운영진이 모두 모여 있었다.

다들 세은을 보고 반갑다고 난리도 아니었다. 팬클럽 운영진으로 함께 활동하던 시간엔 최소 한 달에 한 번은 얼굴을 보던 사이였다. 세은이 SI 매니저 보조를 맡으면서부터 약 일 년 반이란 시간 동안 그들이 여유롭게 마주한 건 거의 처음인 것 같았다. 운영진들은 세은을 알아보고 기쁨의 비명을 질렀다. 세은도 그들을 보고 반가워 어쩔 줄을 몰랐다.

다들 여전했다. 시간이 대구에서 올라온 왕언니도, 회장 미정도, 정미도, 동생들도, 다들 좋아 보였다. 막내는 그사이 남자 친구가 생겼다고 하고 간호사인 수진도 결혼할 남자가 생겼다고 했다. 좋은 소식을 주거니 받거니 하는 동안 세은도 좋아 보인다는 말을 몇 번이나 들었다. 미정에게 기억을 알린 사실을 전했으니 다들 세은의 상태를 알 것이다. 지난 삼 년간의 기억을 고스란히 간직하면서 은형 곁에서 일을 하려니 얼마나 힘들까, 하는 눈치였다. 세은은 사실은 그 은형이 요즘 세은 때문에 질투도 하고 세은이 자길 사랑하지 않을까 봐 마음 졸이고 있다는 걸 말하고 싶었다. 누구보다도 이들에게만큼은 은형과의 사이를 밝히고 싶었다. 그들은 틀림없이 진심으로 축하할 것이다. 비밀도 꼭 지켜줄 것이다. 그래도 밝힐 수 없었다. 그들에게 은형과의 사이를 밝힐 때는 결혼식을 코앞에 뒀을 때이거나 아님 헤어지고도 오랜 시간이 지난 다음일 것이다.

팬클럽석 티켓 교부처에 있다 보니 팬클럽 회원들과도 많이 마주쳤다. 세은이 EM의 새 로드 매니저가 됐다는 건 비밀도 아닌 모양인지 EM에게 전해달라며 선물을 한 아름씩 떠맡겼다. 꽃바구니, 과일바구니, 직접 담갔다는 술, 거기에 맞춘 안주, 직접 제작했다는 티셔츠까지, 세은은 팔이 떨어져 나가는 줄 알았다. 다들 EM의 소식은 하나라도 더 듣고 싶어 세은을 붙잡았지만 세은은 다음 콘서트 준비를 핑계로 자리를 피했다.

난처했다. 세은도 팬들의 마음은 이해했다. 가깝게 지냈던 운영진의 한 명이 EM의 새로운 매니저가 됐다고 하니, 그 친했던 시간을 핑계로 EM에 대한 소식을 더욱 끌어내고 싶었을 것이다. 세은과의 친분을 생각해 말해주겠거니 기대할 것이다. 하지만 세은은 예전엔 팬클럽 운영진이었는지 몰라도 지금은 일 관계로 EM 곁에 있는 것이었다. 자신이 무심코 흘린 한마디 때문에 EM의 입장이 난처해질 수 있다는 건 이미 잘 알고 있었다. 자신만 해도 동규나 승행이 슬쩍 지나가는 EM 소식 하나에 얼마나 추리력을 짜내고 운영진들과 얼마나 추측을 해댔는지 모른다. 그러니만큼 세은은 더더욱 조심스러울 수밖에 없었다. 개구리 올챙잇적 생각 못한다고 원망받는다 해도 할 수 없었다. 운영진들과 함께 있을 때는 세은의 입장을 헤아려서인지 EM의 소식을 직접적으로 묻진 않았었다. 일반 팬들은 세은보다 EM이 더 좋기 때문에 세은의 입장을 별로 헤아리지 않는 것이다. 앞으로 콘서트가 진행될수록 팬들과 부딪칠 일이 많을 것이다. 세은은 더더욱 주의해야겠다고 다짐했다.

2회 콘서트 때까지 시간은 이제 한 시간 정도 남았다. 은형이 콘서트 직전까지 물이나 간신히 마신다고 해서 은형을 위해 바나나를 비롯한 과일과 고소한 선식, 엄마에게 미리 부탁한 호박죽을 싸왔다. 엄마는 이 더위에 무슨 호박죽이냐고, 간단하게 사 먹이라고 하셨지만 세은이 무리하게 졸랐다. 엄마는 다른 요리는 몰라도 호박죽만큼은 특허를 내도 좋을 정도로 맛깔나게 쑤었다. 세은이 쑨다고 해도 도통 그 맛이 나지 않았는데 호박 특유의 단맛과 적당하게 풀어진 쌀알이 정말로 입맛을 당겼다. 엄마가 '또 시작이냐?' 고 삐죽거려도 세은은 못 들은 척 엄마를 재촉했다.

대기실에 돌아오니 빈 도시락들이 나뒹굴고 있었다. 은형은 손님들을 만나는 중인지 대기실에 없었다. 세은은 마침 돌아온 다른 스태프와 함께 어수선한 상을 정리했다. 곧 은형이 들어왔다. 세은은 저도 모르게 은형에게 다가갔다. 은형은 함께 있는 스태프 쪽을 힐끗 보더니 세은에게서 멀리 떨어진 구석에 자리를 잡았다. 재민이며 승행이며 콘서트에 초청한 게스트들이 우르르 돌아왔다. GIL도 있었다. 세은은 은형에게 다가갈 건수를 잡지 못했다.

은형은 게스트들과 GIL과 함께 웃고 떠들었다. 세은은 그 세계에서 한 발짝 떨어져 그들을 바라보았다. 이번 콘서트의 게스트로 초빙되기 위해 들어온 섭외도 무궁무진했다. 세은은 콘서트 게스트는 주체하는 쪽에서 초대하는 거라고만 생각했는데 EM 정도 수준이 되면 그 역방향으로의 섭외도 꽤 된다는 걸 처음 알았다. EM 콘서트에 오르면 자신들을 어필할 수 있고 EM의 수준에 어영부영 탑승할 수 있기 때문이란다. 차 실장이 콧방귀를 뀌며 설명했었다. EM의 인지도가 그만큼 상당하단 뜻이었다. 그래서 SOO 측에서는 이번 콘서트의 게스트를 초빙하는데도 심혈을 기울였다. EM의 수준을 유지하기 위해서.

덕분에 세은은 방송국을 오며 가며 흘끗 보기만 했던 대스타와도 인사를 나눌 수 있었고, GIL과도 더더욱 친해질 수 있었다. GIL은 이전 EM의 로드 매니저 때문에 크게 데인 적이 있어서 세은이 로드로 일한다는 말에 가장 반겼던 사람 중 하나였다. 자기 때문에 EM까지 손해를 입혀 미안했는데 그 대체를 세은이 해준다며 오히려 고맙다고 했다. GIL은 신인상을 거머쥐고 2집 앨범도 성공리에 마친 가수답지 않게 여전히 수줍은 소녀 같은 모습을 간직하고 있었다. GIL의 꿈은 아이돌이나 인기가 아니라 뮤지션으로서의 성공이라서인 것 같았다. 순수하게 꿈을 간직하고 꿈을 좇는 사람이라 때가 타지 않았다는 느낌. 그런 GIL은 은형을 정말로 존경하고 있었다. 은형이 있는 곳이면 GIL이 항상 따랐다.

여태껏 한 번도 그런 눈으로 GIL을 본 적이 없었는데 오늘 은형을 보는 눈길이 남다른 것 같았다. 은형에게 밥을 먹었냐고 묻기에 세은도 귀를 쫑긋 세웠는데 은형의 대답은 당연히 'NO'였다. GIL은 걱정이 되어 자기가 직접 싸왔다는 미숫가루를 가져왔다. 주변에 모여 있던 게스트들이 이게 무슨 시추에이션이냐고 놀려댔다. GIL은 은형이 무대를 앞두면 아무것도 못 먹는다는 게 기억났을 뿐이라며 얼굴을 붉혔다. 은형도 웃으며 GIL이 내민 음료를 받았다. 세은의 가슴이 지끈 저려왔다. GIL은 빈 통을 돌려받더니 기쁜 듯 미소 지었다. 이제 고작 스물한 살? GIL은 정말로 예뻤다. 수줍게 웃는 GIL은 여느 탤런트와 비교할 수 없을 정도로 빛나고 있었다.

세은은 어쩐지 보기가 힘들어져 일부러 대기실을 나갔다. 엄마가 쑤어준 호박죽과 선식과 과일이 상하지 않을까, 나라도 먹어야겠다면서도 세은은 무대 뒤를 향했다. 어둑한 무대 뒤에선 승행과 차 실장, 무대감독이 대화를 나누고 있었다. 아무래도 조명이 문제인 것 같았다. 리허설 때도 잘 작동하던 작은 전구가 1회 콘서트 때 희미해지더니 지금은 아예 켜지지 않는다는 것이다. 전선이나 필라멘트 문제인 것 같다며 무대감독이 곧 대체물을 찾아오겠다고 했다.

차 실장과 승행은 한숨을 내쉬었다. 세은은 콘서트를 기획한 업체와 SOO가 자주 충돌하는 걸 알기 때문에 일부러 웃는 얼굴을 했다.

"얘기 끝났으면 뭐라도 좀 드실래요? 차 실장님, 도시락은 드셨어요?"

"뭐 먹혀야 말이지."

"집에서 쒀온 호박죽이 있어요. 과일이랑 선식이랑도 있고요. 가서 드세요."

"그거 은형이용 아니었어? 미운 놈 떡 하나 더 주는 건가?"

세은은 굳이 부인하지 않았다. 은형이 무대를 앞두고 식음을 전폐하는 게 어디 하루이틀 일이었던가. 싫어하는 은형이라 할지라도 세은의 책임하에 있는 연예인이니까 세은이 챙기는 건 당연하다고 생각할 것이다. 세은은 차 실장의 오해를 잘 활용하기로 했다.

"무대 위에서 쓰러지면 뒷감당을 어떻게 해요. 근데 GIL이 먼저 챙기더라고요."

승행은 도시락을 두 개나 먹었다며 빠졌고, 차 실장과 세은만 대기실로 돌아왔다. 세은은 일부러 은형 무리 쪽은 시선도 안 주고 가방에서 보온병과 도시락 통을 꺼냈다. 보온병에는 호박죽이 가득했다.

"내가 먹을 복 하나는 끝장이거든. 와우! 세은 씨, 엄청 맛있다!"

세은은 차 실장이 마실 물까지 대령했다. 도시락 통 뚜껑을 여니 통통하고 새빨간 딸기며 바나나며 잘 썰어놓은 수박이 가득이었다. 미지근하다는 게 단점이었지만 찬 수박을 먹으면 오히려 배탈이 난다는 말에 일부러 대기실에 있는 냉장고에 넣어두지 않았었다.

"과일이 좀 미지근하죠? 그래도 소화에는 더 좋을 것 같아서요."

"으응, 전혀 상관없어. 와, 진짜 맛있다."

바깥에서 친구들을 만나던 재민이 돌아왔다. 재민은 차 실장이 먹는 걸 보더니 은형 무리에 안 끼고 차 실장 곁에 앉았다.

"재민아, 너도 먹어봐. 세은 씨 어머니가 쒀주신 거라는데 진짜 맛있어. 나 호박죽은 먹다 먹다 이렇게 맛있는 거 진짜 처음이야."

재민도 먹더니 깜짝 놀라했다. 괜히 도시락을 먹었다며 자기도 호박죽 있는 줄 알았으면 좀 기다릴 걸 그랬다고 너스레까지 떨어댔다. 세은을 대하는 재민의 태도는 스스럼이 없었다. 콘서트를 끝낸 후라 아직 흥분이 가시지 않아서인지, 아니면 마음의 짐을 던 탓인지 재민은 여느 때 이상으로 활발했다. 무리하는 것처럼 보이지도 않았다. 세은은 기쁜 마음으로 재민의 몫을 덜어주었다.

우연히 은형과 눈이 마주친 건 그때였다. 재민이 먹는 걸 보고 은형 무리가 이쪽을 보고 있었다. 재민은 자기 몫이 준다고 오지 말라고 버럭버럭 소리를 질렀고, 은형의 곁에 있던 사람들은 그게 더 재밌어서 다가왔다. 재민의 장난기가 발동한 걸 보니 반가웠다. 다들 과일이 맛있네, 호박죽이 맛있네, 한 마디씩 거들었다. 은형은 못 이기는 척 다가와 딸기를 하나 먹었다.

"맛있지?"

재민이 싱글벙글 웃었다. 다 안다는 웃음이었다. 은형은 시큰둥한 낯으로 딸기를 오물오물 씹었다.

"물렀네."

"좀, 주면 곱게 받아먹어라."

은형은 귓등으로도 안 듣고 대기실을 나갔다. 세은은 사람들이 우르르 몰린 틈을 타 가방에 남은 보온병을 들고 은형을 따라갔다. 복도든 무대 뒤든 사람으로 버글거렸다. 은형은 아까 세은을 끌고 갔던 콘서트홀 뒷문으로 향하고 있었다. 세은은 탁탁 달려갔다. 은형은 세은을 아는 척도 하지 않았다.

"선식 좀 싸왔어요. 마셔요."

"됐어. 배불러."

GIL이 주었던 미숫가루 때문에? 세은은 그 자리에 우뚝 섰다.

그러게 누가 다른 사람이 챙겨주는 걸 먹으래? 난 자기 주려고 며칠 전부터 엄마를 조르랴, 장을 보랴, 얼마나 바빴는데. 내가 당연히 자기 챙기기란 건 왜 생각 안 하고 남이 주는 걸 덥석 받아먹었는데. 그리고는 왜 또 삐친 거야.

몇 발짝 앞섰던 은형이 돌연 세은에게 돌아섰다. 그는 단걸음에 다가오더니 세은의 품에서 보온병을 낚아챘다. 은형의 표정은 여전히 뾰로통했다.

"이런 건 미리미리 챙기라고."

"미숫가루 마시고 좋다고 웃은 게 언젠데."

"뭐?"

"빈 통은 물로 헹궈다 줘요. 그거 마르면 씻기 귀찮으니까."

세은도 굳이 부드럽게 말대꾸를 할 필요성을 못 느꼈다. 세은은 빈 통을 회수하러 대기실로 쏙 들어갔다.

남은 은형은 순간 멍해졌다. 저 여자 지금 심통 부리는 거야, 나한테? 자기가 잘못한 건 생각도 않고? 기가 찼다. 분명 은형 먹으라고 싸왔을 거면서 은형 앞에서 보란 듯이 차 실장이고 재민이고 남들에게 실컷 퍼다 준 게 누구냔 말이다. 미숫가루가 어쨌다고? 은형이 단맛을 싫어하는 걸 알았는지 설탕을 죄 빼버린 미숫가루를 먹고 죽을 뻔했는데, 그게 뭐?

오늘 게스트의 한 팀이 은형 쪽으로 다가왔다. 실내에선 금연이라 담배를 태우려면 어쩔 수 없이 후문으로 나가야 했다. 두 남자 중 그나마 은형과 친한 쪽이 은형 손에 들린 걸 보더니 뭐냐고 물었다.

"별거 아냐."

"혹시 이것도 아까 그 여자 매니저가 챙겨준 거야? 호박죽 정말 맛있던데. 나도 한입……."

"내 거야."

남자가 보온병 쪽으로 손을 뻗는 걸 은형이 반사적으로 뿌리쳤다. 너무 애 같은 발언에 스스로가 다 민망했다. 다른 남자가 담배를 문 채로 낄낄거렸다.

"그렇게 호박죽이 좋아?"

두 남자는 여전히 낄낄대며 후문으로 나갔다. 은형은 얼굴이 빨게졌다. 뭐냐고, 이세은! 네가 순순히 나한테 호박죽이며, 과일이며, 이 생식까지, 순순히 줬으면 좀 좋았냐고! 이게 다 너 때문이야!

옛날 같았음 누가 먹을세라 동규 시켜서 은형에게 배달했을 세은이었다. 은형은 보온병 뚜껑을 돌려 차가운 생식을 벌컥벌컥 들이켰다. 뭘 탔는지 생식은 참 고소하고 부드러웠다. 은은한 단맛은 꿀인 것 같았다. 단게 들어가서 그런가, 은형은 배싯 웃고 있었다.

세은은 공식적으로 EM의 로드 매니저라서인지 팬이었을 때 은형을 챙기는 거나 지금이나 별 차이가 없었다. 오히려 지금은 직접적으로 나서서 챙길 수 있기 때문에 이전보다 더욱 세밀하게 은형을 챙겨주곤 했다. 문제는 그렇게 챙김을 받는 게 재민에게도 당연히 적용된다는 사실이었다. 은형은 세은이 재민을 세심하게 챙길 때면 가끔 신경질이 났다. 넌 애인인 나보다 재민일 더 챙기는 거 아니냐! 그런 은형을 아는지 모르는지 세은은 승행이며 찬미까지 자기 식구처럼 일일이 돌보았다. 정말 저건 천성이지. 은형은 나중엔 기도 안 찼다.

은형은 빈 병을 들고 화장실에 갔다. 빈 병은 헹궈오라던 잔소리가 생생했다. 다만 팬일 때와 지금의 차이가 있다면 당당하다는 거? 은형 입장에서는 좀 뻣뻣하다고 해야 할까, 예전엔 은형이 받지 않을까 봐 벌벌 떨었던 거 같은데 지금은 안 받으면 말아라, 라는 느낌이었다.

은형은 미간을 찌그러뜨렸다. 뭐야, 역시 소홀히 다뤄지고 있잖아.

예나 지금이나 세은의 태도는 달라진 게 없었다. 그런데도 지금은 세은을 사랑하고 있다. 세은이 주는 것들을 당연하게 받아들이면서도 고마움 역시 느끼고 있다. 세은이 누구에게나 자상하고 다정하다는 걸 알면서도 '나에게만' 이라는 한정이 아니라 불쾌해하고 있다. 옛날과 정반대였다. 은형도 알고 있었다.

달라진 건 세은의 행태가 아니라 세은의 마음과 은형의 마음이었다. 세은이 스스로 자각하는지 모르지만 예전의 세은은 은형을 거의 우상처럼 떠받들었다. 그를 인간이자 한 남자로 보지 않았다. 남자로서 사랑한다면서 여자로서 다가오지 않은 게 그 단적인 예였다. 그를 유혹하려던 적도 없었고 그에게 여자로서 예쁘게 보이려고 꾸미지도 않았다. 그 때문에 세은을 더 피했었다.

그러나 더는 아니었다. 세은은 '그' 를 사랑했다. 음악밖에 모르고 성격은 좀 지랄맞고 한 번 이거다 싶으면 다짜고짜 밀어붙이는

'그'를 똑바로 보고 있었다. 그런데도 곁에 있었다. 그런데도 사랑한다고 했다. 그녀의 눈빛과 그녀의 고백을 보고 들으면서도 그게 사랑이 아니라고는 생각도 할 수 없었다. 그래서 더 빠져들어갔다. 정말 이 여자가 날 온전히 받아들인다는 황홀경에, 그녀가 선보이는 사랑의 방식에. 대체 누가 그녀를 사랑하지 않을 수 있을까.

어제보다 오늘, 오늘보다 지금, 그녀를 더 사랑했다. 언젠가 말할 수 있을까? 이 감정을 오롯이, 있는 그대로, 가감없이. 얼마나 애틋하게 그녀를 그리고 사랑하고 고마워하고 있는지 알려줄 수 있는 날이 올까?

화장실 문이 벌컥 열리더니 재민이 들어왔다. 은형은 움찔 굳었다. 재민은 은형을 알아보고 실실 쪼개며 은형 옆에 섰다.

"세은이가 설거지하기 힘들까 봐 미리 씻어주는 거냐?"

마치 은형과 세은 사이를 아는 것처럼 말한다. 은형은 재민이 혹시 은형의 생각까지 읽었을까 봐 더욱 격하게 반응했다.

"무슨! 그 여자가 잔소리를 해대서 그러지!"

"무슨 잔소리?"

"안에 마르면 씻기 귀찮다고 나보고 헹궈오랜다."

재민은 푸핫 웃더니 은형의 목에 팔을 확 둘렀다.

"야, 채은형! 너 왜 이렇게 귀엽게 노냐?"

"이거 안 치워?"

"마나님이 하라면 하는 거야? 아이고, 배야."

"마나님은 무슨!"

재민은 여전히 키득거렸다. 은형은 재민을 거의 떠밀다시피 떼어내고 화장실을 나가려 했다. 은형은 순간 떠오르는 게 있어서 돌아섰다. 내가 아니면 안 되냐고 물었다지? 재민이 세은에게 물었던 질문을 은형이 대신 답하기로 했다.

"세은이 건들지 마라. 난 이미 경고했어."

"왜? 세은이가 네 거라도 되냐?"

은형의 미소가 의기양양해졌다.

"몰랐냐? 세은인 항상 내 거였어."

은형이 팩하고 돌아섰다. 은형의 기세 때문에 화장실에 들어오려던 스태프 하나가 문에 부딪힐 뻔했다. 재민은 어처구니가 없었다.

"몰랐던 사람은 너 하나였잖아. 좀 낫나 했더니 여전하네. 여전히 애구만, 채은형."

"몰랐냐? 세은인 항상 내 거였어."

은형의 자신감이 부러웠다. 애 같다고 혀를 차고 놀려대지만 사실 은형과 재민의 정신연령은 별 차이 없었다. 잃고 나서야 소중함을 깨닫는다지. 은형과 달리 재민만큼은 함께 있는 사람의 가치를 잘 알아보고 있다고 생각했는데 자신도 눈 삔 병신이었다. 대체 어디에 있는 '함께 있는 사람' 을 보았던 거냐. 왜 남의 떡만 보고 내가 가진 보물을 알아채지 못했던 거냐. 그런 사람 아니었다는 거 잘 알고 있었으면서.

"연애만 하자, 우리."

유빈의 입버릇이었다.

"사랑은 싫어. 질척질척한 건 딱 질색이야. 우리 그냥 연애만 하자."

쿨한 듯, 어른스러운 듯, 유빈은 믿음직한 맏언니라는 평을 듣는 사람이었다. 그래서 재민도 어느 순간부터 잊었던 거다. 유빈의 알맹이를. 실은 여리고 정이 많고 깊은 상처에서 벗어나지 못해 여전히 허덕이는 그녀를. 재민이 유빈의 거죽만 보고 알맹이는 놓치고 있음을 알면서도 유빈은 재민의 곁에 있어주었다. 왜 그 이유를 몰랐단 말인가. 왜 엉뚱한 곳만 보고 있었단 말인가.

"재민 씨는 나여야 해요?"

의외의 물음이었다. 한 번도 생각해 보지 못했었다. 그저 세은이 안타깝고 안쓰럽고 마음이 쓰였다. '나라면 세은일 저렇게 울리지 않아. 나라면 세은일 저렇게 상처 주지 않아' 하고 몇 번을 생각했는지 모른다. 하지만 한 번도 꼭 세은이어야 한다고 생각한 적 없었다.

"재민 씨에게도 있을 거예요. 그 사람이 아니면 안 되는 사람."

세은의 말에 자연히 떠올린 얼굴은 세은이 아니었다.

"이제 그만 하자, 우리. 잘 있어."

마지막까지 특유의 시니컬한 미소를 잊지 않던 그녀. 하지만 돌아선 그녀의 어깨는 충분히 흔들리고 있었다. 그 이유를 알지 못해서, 그 이유를 알고자 하는 자신의 마음을 들여다보지 못해서, 지금까지 헤매고 있었다.

이젠 헤매지 않을 것이다. 아이러니하게도 세은 때문에, 정확히 말하면 자신의 어리석음 때문이었지만, 유빈과 헤어지게 되었는데 이번에도 세은 때문에 자신의 마음에서 눈을 떴다. 유빈과 헤어진 후 마음이 헤매던 이유를, 돌아갈 고향을 잃은 실향민처럼 마음이 붕 떴던 이유를, 술을 마시면 자꾸만 그녀의 얼굴이 아른거렸던 이유를, 술이 아니면 잠이 들 수 없던 이유를.

재민은 대기실로 돌아왔다. 은형과 세은 사이는 어쩐지 서먹했다. 은형은 저쪽 구석에서, 세은은 이쪽에서 각기 다른 사람들과 어울리고 있었다. 하지만 두 사람 사이를 아는 재민이니까 둘이 서먹한 것 같다 하지 두 사람 사이를 모르는 사람이라면 원래 두 사람의 관계라 생각할 것이다. 이 인간들도 그리 쉬운 사랑을 하는 건 아니로군. 그러니 누구에게도 알리지 못한 것이겠지. 두 사람 사이가 알려졌다면 틀림없이 재민 귀에도 들어왔을 것이다. 그랬다면 더 일찍 재민의 감정이 정리가 됐거나 아니면 더 엉켰거나 둘 중 하나였을 것이다.

둘이 서로 사랑하게 됐으면서도 주변에 알리지 않는다는 건 어찌 보면 기특한 노릇이었다. 스타와 매니저의 사랑이다. 정말 두 사람이 행복한 결말을 맺고 싶다면 두 사람의 관계는 최대한 소문이 적어야 하는 게 사실이다. 어떤 연인이든 두 사람의 관계만으로도 힘겨운 난항을 겪기 마련이다. 거기에 주변에서 아는 척 이것저것 참견해 대고 입방아를 찧는다면 둘은 어느 사이엔가 파경을 맞게 될 것이다. 잘 아는 두 사람이라 재민에게까지 최대한 비밀을 지키는 것이다.

잘 알지만 섭섭한 마음도 사실. 그만큼 서로의 관계를 지키고 싶다는 의지는 감안하고라도 가장 가까운 자기에게까지 비밀이라는 건 좀 심했다. 재민은 은형 쪽을 보고 씨익 웃었다.

"세은아, 나 어깨 좀 주물러 줘. 아까 안마 받은 덕에 좀 살 것 같더니 다시 아파진다."

세은은 금세 걱정스레 재민에게 다가왔다. 아니나 다를까, 은형이 이쪽을 노려보고 있었다. 저 자식, 잘하면 눈에서 칼 튀어나오겠다. 오냐, 넌 경고했다 이거지. 하지만 어쩌냐. 세은이가 네 거든 아니든. 지금은 너랑 나의 로드 매니저인데. 이쯤은 기본이지. 나도 일하는 중엔 세은에 대한 소유권이 확실하단 말이다. 재민의 미소는 더욱 엉큼해졌다.

"어어, 그거 시원하다. 더 꾹꾹 주물러 봐."

세은이 겸사겸사 등까지 마사지를 했다. 옷이 얇아 세은의 체온이 고스란히 전해졌다. 살짝 야릇한 기분도 들었지만 재민은 곧 미소로 떨쳤다. 이제 마음도 정했는데 마음이 심란해질 건 뭐란 말이냐. 이 마음의 주인은 따로 있는데.

심란해지는 이유 중 하나는 은형 때문일 것이다. 저 자식은 여태까지 세은과의 관계를 비밀에 붙였으면서도 지금은 폭발하기 일보 직전이었다. 폭발하면 지금까지 비밀에 붙인 게 다 허사로 돌아가는 걸 뻔히 알면서. 재민은 속으로 얼마나 웃었는지 모른다. 재민은 세은의 손을 잡고는 그만 됐다고 중지시켰다. 대신.

"은형이도 좀 주물러 줘. 저 자식 콘서트 때마다 어깨가 결려 죽으려는 놈이거든. 승행이는 너무 힘을 줘서 아프기만 하다고."

은형은 저쪽에서 못 들은 척하고 있었다. 세은도 멈칫거렸다. 재민은 세은의 등을 확 떠밀었다.

"어서. 세은이 넌 우리 매니저잖아?"

세은은 어쩔 수 없다는 듯 은형에게 다가갔다. 세은이 저 바보, 은형이한테 기어이 '괜찮아요?' 하고 묻는다.

"자기가 싫음 어쩔 거야. 2회도 코앞인데 잠자코 받기나 해. 뒷목 잡고 쓰러지지 말고."

순진한 세은은 '혈압 있어요?' 하고 되묻는다. 아마 그 말 때문에 없던 혈압도 생겼을 것이다. 은형은 재민을 노려보다가 '없어!' 하고 쌀쌀맞게 대꾸했다. 세은이 은형의 어깨를 주무르기 시작했다. 은형은 세은이 주무르기 편하게 자세도 고쳐 주었다.

사람들 앞에서 공공연히 스킨십할 기회를 주었는데 제가 뻗대면 얼마나 뻗댄다고. 재민은 속으로 원없이 웃어 젖혔다.

시간이 흐를수록 마음은 _27

EM 팬클럽 카페에 채팅방이 열렸다. 콘서트가 시작되면 누가 시키지 않아도 채팅방은 항상 활성화가 되었다. 예전에는 세은이 먼저 열고 운영자들이 들어가면 팬들이 자동으로 들어왔지만, 요즘은 팬들이 열고 나중에 운영자들이 들어가게 되었다. 일반 팬들은 대부분 운영자들에게는 호의적인 태도를 취했다. 운영자들과 잘 사귀어둬야 EM 소식을 하나라도 더 들을 수 있으리라 생각하기 때문이었다.

한데 요즘은 운영자들 앞에서도 대놓고 싫은 소리를 하는 무리가 생겼다. 이제 갓 대학생이 된 무리는 여름방학을 맞아 EM의 콘서트는 대부분 쫓아다니고 있었다. 그 무리의 우두머리격인 학생은 서울에서 있는 4회 공연을 모두 관람하기도 했다. 그 덕에 운영진들도 김혜경이라는 학생과 안면을 트게 되었다.

혜경은 실명으로 활동하며 닉네임을 쓰는 사람들을 이해 못하겠다고 나섰다. 팬클럽 활동을 하는 이유는 자기의 마음과 자기의 존재를 EM에게 알리기 위해서가 아니냐, 그런데 왜 닉네임을 사용하는지 모르겠다, 익명성 뒤로 어떤 불온한 마음을 품는지 누가 아느냐며 저돌적으로 나왔다. 틀린 말은 아니었지만 너무 거칠고 저돌적인 태도라 이십대 후반 이상인 운영자들은 혜경이 곱게 보이진 않았다.

더군다나 혜경은 콘서트마다 쫓아다니며 EM에게 적극적으로 들이대는 것으로 유명해졌다. 한 번은 재민이 흥겨운 댄스 타임을 갖게 되었을 때 자기 흥에 못 이겨 무대에 내려간 적이 있었다. 그 때 혜경이 달려가 재민을 끌어안았다. 운영진이며, 무대 스태프며, 경호원이며, 기함을 했지만 재민이 혜경을 부드럽게 떼어냈다. 그리곤 오히려 그 기세를 타 사람들을 전부 일으켜 세워 무대의 흥겨운 분위기에 동참하게 했다. 그 리드가 너무 능숙하고 자연스러워 기함했던 사람들도 한시름 덜게 됐지만, 혜경의 존재는 더할 나위 없이 카페에 알려지게 되었다. 당시 콘서트를 본 사람들이 팬 카페에서 혜경의 돌발적인 행동에 대해 불만을 터뜨리기 전, 혜경이 선수를 쳐 그게 자기였다고 밝혔다. 더불어 자기도 했는데 다른 팬들이 못할 게 뭐냐고, 자기가 재민에게 어필한 덕분에 무대는 더욱 흥겨워지지 않았냐고, 오히려 기세 좋게 떠들고 다녔다.

운영진 입장에서는 기가 막혔다. 저 철딱서니 없는 것을 어떻게 가르쳐야 하는지 고심하는데 혜경을 추종하는 무리는 불어나기만 했다. 혜경이 재민에게 뛰어들었던 걸 보았던 팬들은 혜경에게 강한 질투와 시기를 품게 됐고, 그 무대를 보지 않은 사람들은 혜경이 한 말만 보고 혜경처럼 행동하고 싶다며 호의를 품었다. 혜경이란 사람 하나로 팬이 반으로 나뉘게 된 것이다.

그런 혜경이 팬클럽 카페의 채팅방을 열어 현재 카페에 접속하고 있는 사람은 죄 불러 모았다. 자기의 모험담이라면 모험담이랄까, 대학 축제를 쫓아다녔던 것부터 시작해 EM에게 자신을 얼마나 어필했고, EM이 나중에 자기를 어떻게 알아보았는지를 자랑하기 시작했다. 혜경은 그렇지만 아주 바보는 아니었다. 완벽하게 자랑조로 얘기하면 질투만 유발한다는 걸 알기 때문에 자기 추종자들이 있는 곳에선 설렘을 잔뜩 품은 어조로, 이런 이야기를 하면 잘난 척이라고 생각하겠지만 다들 나처럼 했으면 좋겠단 생각으로 말하는 건데, 라며 자기의 노하우를 공개했다. 그럼 추종자들은 부럽다, 좋겠다, 나도 해보겠다며 호응해 주고, 거기에 호응하지 못하는 사람은 왕따가 되는 시스템이 구축되었다.

거기까지였다면 덜 골치였을 것이다. 문제는 혜경의 가장 막강한 적이 세은이라는 데 있었다. 왜인지 모르지만 혜경은 세은에게 강한 적개심을 품고 있었다.

김혜경〉〉자기도 팬이었다면 알 것 아니에요. 우리가 EM을 얼마나 사랑하고, 혹시 어디 아프기라도 하면 어떡하나 걱정한다는 걸. 요즘 EM 괜찮냐고 물으면 아프진 않다, 다 건강하다, 정도는 대꾸할 수도 있잖아요. 근데 이세은님은 한 번도 제대로 대꾸한 적이 없어요. 다음 스케줄이 뭔지 물어도 대답해 줄 수 있는 거잖아요. 어차피 팬클럽 카페 스케줄표에 올라올 텐데. 근데 이세은님은 카페를 통해 공지하겠다고만 해요. 카페 공지가 늦는다고 대꾸하면 얼마나 싫은 티를 내는데요. 내가 이세은님을 원망한다고 생각했을까요? 아뇨, 나도 이세은님이 얼마나 바쁜지 알아요. 요즘 EM이 얼마나 활발히 활동했는지 아니까요. 그러니 함께 움직이는 이세은님도 엄연히 '로드 매니저'니까 정말 바쁘겠죠. 안 바쁘다면 말도 안 되고요. 그냥 확정되면 바로바로 올려달라는 것뿐인데 스케줄표는 일주일 단위로 업데이트가 되잖아요. 뜬금없이 나타난 스케줄을 보고 갈 수 있는데도 놓친 게 몇 갠데요. 그걸 이세은님이 보상할 건 아니잖아요. 그러니까 직접 만나는 동안 갑자기 확정된 거라도 좋으니, 확정된 스케줄을 미리 알려달라는 게 그렇게 잘못된 건가요? 내 눈에는 이세은님이 자기 입장을 이용해 우리와 EM 사이를 벌려놓으려는 것으로밖에 안 보여요. 왜 그렇게 할까요? EM을 사랑했던 팬이었으니까요. 드디어 EM을 독점할 수 있게 된 거잖아요. 왜 이제야 독점하게 된 EM을 우리랑 나누려고 하겠어요? 그런 이세은님이 정말 로드 매니저의 자격이 있을까요? 듣자하니 예전에 '은묘'라는 이름으로 하루에 몇 통씩 러브레터를 올렸다고 하는데 거의 스토커 수준이었다더라고요. 사실은 EM도 이세은님의 글을 달갑지 않게 여겼다고 하고요. 이건 믿음직한 정보원에게서 들은 소식이에요. EM도 지금 분명 이세은님이 곁에 있는 걸 기꺼워하진 않을 거예요. 사실은 힘들지도 몰라요. 그런데도 왜 이세은님은 EM의 로드 매니저를 그만두지 않을까요? 하긴, 저라도 지금 자리를 놓치지 않을 것 같군요. 어떻게 얻은 자리인데요, 어떻게 줄여놓은 EM과의 거리인데요. 그 자리를 쉽게 놓으려고 할까요? 이런 사람이 EM의 로드 매니저라니, 우리 EM 오빠들을 믿고 맡겨도 좋을지 안심이 되지 않아요.

채팅방에서 혜경의 연설이 며칠 연속 계속됐다. 뒤늦게 알게 된 운영진은 모두 오해이며, 세은은 정식으로 SOO의 실장에게 스카우트되었음을 알렸지만 오히려 역효과였다. 세은이 이전에 운영진이었고, 지금 운영진들과 함께했음을 안 팬들이 편을 들어주는 것 아니냐며 운영진의 말을 불신한 것이다.

콘서트는 이제 중반에 접어들어 네댓 개 도시에서의 공연을 앞두고 있는데 팬들 사이의 분위기는 점점 험악해지고 있었다.

지방에서 콘서트를 하면 호텔에 투숙하곤 했다. EM은 각각 독실을 받고 세은은 찬미와 함께 방을 쓰게 됐다. 콘서트가 있을 곳은 경주실내체육관으로 음향 시설에 대해 은형이 한참을 투덜거렸지만 SOO 사장의 주장에 따라 장소는 변경되지 않았다. 수용인원이 여느 공연장의 몇 배에 달했기 때문이다. 은형은 대신 최대한 음향기기에 신경을 썼더랬다. 한 회당 많게는 육만 원 이상의 돈을 들이며 오는 관객에게 최대한의 성의로 보답해야 하지 않겠느냐고. 덕분에 콘서트 때마다 음향기기에 들어가는 지출을 어떻게든 줄여보려는 사장과 절대 양보하지 않는 은형 간의 줄다리기가 계속되었다.

세은이 보기엔 사장이 이길 싸움이 아닌데 계속 은형의 신경을 건드렸다. 저러다 은형이 터지면 그 뒷수습은 누가 하라고. 안 그래도 사장하고 싸운 다음에 재민이 세은을 불러대서 세은도 죽을 맛이었다.

재민은 세은과 은형의 관계를 알아챈 이후 세은에게 은형을 전폭적으로 맡겼다. 은형이 사장하고 한판 붙어서 씩씩대는 날이면 한밤중에 세은을 살짝 불러 은형 방에 던져 넣었다. 보통은 지방 콘서트 당일에 자주 부딪치기 때문에 은형은 혼자 호텔 방에 박혀 성질을 부리고 있기 일쑤였다. 그리곤 재민이 아침에 직접 혼자와 세은을 데리고 갔다. 세은은 재민이 데리러 올 때까지 은형의 방에서 꼼짝도 하지 못했다. 혹여 밖에 나갔다가 공연 팀의 누군가와 마주칠까 봐서였다. 찬미는 잘 때만큼은 누가 업어가도 모를 정도로 푹 잠들기 때문에 세은이 사라졌다가 돌아오는 걸 전혀 몰랐다. 재민은 찬미의 수면 습관을 알고 더더욱 세은을 은형 방에 밀어 넣는 것이다.

오늘도 마찬가지였다. 사장은 점점 집요하게 음향기기의 일부를 빼라고 강요했다. 일반인은 그 기기의 유무 여부를 구별하지 못한다고. 참다 참다 못한 은형이 파락 성질을 냈다.

“내 귀엔 들리니까 내버려 둬요! 그거 치우면 나 공연 안 해!”

이쯤 되면 다들 사장을 탓했다. 은형의 성질을 알면서 건드리냐고. 세은은 사실 은형이 어리광쟁이에 마냥 애 같고 독선적이라고 생각했다. 하지만 세은이 처음 차 실장에게 로드 매니저 자리로 스카우트 받았을 때 개인감정이 어떻고, 프로의식이 어떻고 했던 것처럼, 은형은 지독할 정도로 프로의식을 중시했다. 웬만큼 부딪치는 사람이 아니고선 폭발하는 성미를 드러내지도 않았고, 손익은 철저하게 따졌으며, 자신의 뮤지션으로서의 자존심에 흠이 갈 만한 행동은 조금도 하지 않았다. 저런 인간이라 지금껏 스캔들 한 번 없었고, 3집 이후로 지금까지 롱런할 수 있었나 보다 싶을 정도였다. 자기 관리는 죽도록 허술했지만 뮤지션으로서의 관리는 질릴 만큼 완벽했다.

자기 끼니는 수시로 거르면서 음향기기에 조금만 이상이 있다고 하면, 자기가 엔지니어도 아니면서 당장 기기 쪽에 달려갔다. 컨트롤 조작에 미스가 있으면 대뜸 지적해 나서고, 같은 실수가 두 번 이상 반복되면 본부실로 뛰어올라 갔다. 음향 감독하고는 거의 종일 붙어살고, 무대 감독에게는 매 콘서트가 시작되기 직전까지 이전에 있었던 미스가 보완되었는지 검토하고, 틈틈이 보컬 트레이닝을 계속했다. 저렇게 목을 단련하다간 오히려 상하지 않나 싶었지만 재민이며 은형이며 모두 이런 생활에 이골이 났는지 트레이닝을 할수록 오히려 실력이 늘었단 느낌이 들었다. 저렇게 계속 신경을 예민하게 곤두세웠다간 뚝 분질러지고 말겠다고 전전긍긍이었는데 은형은 예삿일처럼 해치웠다.

은형의 손이 미치면 미칠수록 공연은 완벽해져 갔다. 은형은 거의 잠도 자지 않고 뒤풀이도 간략하게 해치운 뒤 콘서트 총기획자를 붙잡아 밤늦도록 회의를 했다. 매번 장소가 다르고 매번 관객이 다르기 때문에 조금이라도 소홀했다간 문제가 확 불거지기 일쑤라, 은형이 신경을 곤두세우는 걸 이해할 순 있었다. 하지만 매니저로서, 그리고 연인으로서 세은은 정말로 은형이 걱정이었다.

오늘도 방에 콕 처박힌 은형을 위해 재민이 세은의 등을 떠밀었다. 이젠 세은도 반은 체념하며 재민이 만들어준 기회를 꼭 붙잡았다. 사실은 재민이 정말로 고마웠다. 성질이 있는 대로 난 은형은 어금니를 드러낸 맹수 같아 실제 식은땀이 나지만, 이렇게가 아니면 단둘이 있을 기회는 전무했다.

오늘은 문이 열리기 무섭게 은형이 세은을 확 끌어안았다. 은형이 재민에게 살짝 고개를 끄덕이곤 문을 쿵 닫았다. 세은의 심장이 약속이라도 한 듯 가쁘게 달음박질했다. 그는 홧김에 샤워를 했는지 향긋한 비누 향기가 풍겼다. 세은은 문이 닫히는 소리를 확인하고 은형의 허리에 팔을 감았다. 두 사람의 가슴이 맞닿고 서로의 체온에 더더욱 밀착되었다. 여름도 벌써 훌쩍 지나 가을에 접어들었다. 가을의 경주는 참으로 아름답고 눈부셨지만 세은은 경주의 가을을 깊이 기억하지 못할 것이다. 세은에게는 오직 채은형밖에 보이지 않았으니까.

은형이 세은의 등을 보듬었다. 그의 입에서 깊은 안도의 한숨이 새어나왔다. 세은은 더욱 그를 꼭 끌어안았다.

“너무 속상해하지 말아요. 사장님 성격이 질기다는 거 은형 씨도 알잖아요.”

“너무 예민해져 있었어. 그런 바보 같은 대꾸를 할 생각이 아니었다고.”

자기가 유치했다는 건 아는 모양이다. 세은은 쿡 웃었다.

“하지만 은형 씨도 정말 많이 참았잖아요. 지금껏 얼마나 잘 참았는데요. 남은 콘서트 기간 동안 계속 그 잔소리를 해댄다면 대체 누가 참겠어요."

"그래도 치졸했지? 애도 아니고."

"은형 씨 각오는 충분히 잘 전달됐어요."

은형이 드디어 피식 웃었다. 은형의 입술이 자연스레 내려왔다. 세은의 뺨이 발그스름하게 달아올랐다. 은형은 세은의 뺨을 더듬어 입술까지 짤막한 순례를 했다. 세은의 호흡이 달떴다. 손이 바르륵 떨려 그를 잡는 게 전부였다. 은형이 가까스로 입술을 떼었다.

"재민이가 언제 온데?"

"한 시간쯤 후에……. 경은이가 우리 방에서 함께 자요."

콘서트 때문에 찬미가 새로운 조수를 뽑았다. 찬미보다 한 살 아래의 푸릇푸릇하고 밝은 아가씨였는데 눈치없이 수다스러운 걸 빼면 함께 일하기엔 참 좋은 사람이었다. 다만 여느 때는 다른 스태프들과 함께 콘서트 당일에 지방으로 내려왔는데, 그게 너무 피곤하다며 이번부턴 EM과 함께 움직이기로 했다. 지방 콘서트 때면 백댄서팀, 밴드팀, 코러스팀 등의 공연팀은 당일에 내려오고, 무대담당팀은 하루 전에 내려와 거의 밤새도록 무대를 세팅하곤 했다. 찬미를 보조하는 경은은 공연팀과 함께 당일에 내려왔었다.

경은은 경주가 처음이라며 여태 찬미를 붙잡고 수다에 빠져 있었다. 찬미는 피곤해 죽을 지경인 게 눈에 선한데 경은은 거기까지 헤아리질 못했다. 세은이 재민이 불러서 잠깐 나가봐야 한다고 했을 때 찬미가 얼마나 원망의 눈초리를 보냈던지. 세은은 한 시간이나 붙잡혀야 할 찬미를 생각해서라도 사실은 지금 당장 돌아가야 했다.

하지만 어떻게 이 품을 벗어날 수 있을까…….

은형은 언제 화가 났냐는 듯 세심하고 부드러운 손길로 세은의 옷가지를 하나하나 벗겼다. 세은은 이젠 이골이 날 법도 한데 여전히 환한 불빛 아래서 알몸이 될 때면 몸이 붉게 물들었다. 아니, 환한 불빛 때문이 아니다. 세은을 속속들이, 속눈썹 한 올까지 올올이 훑는 은형의 시선 때문이다. 은형의 시선이 몸에 닿을 때면 숨이 가빠왔다. 심장이 조여 얼굴에 피가 확 몰렸다. 세은은 오늘따라 더욱 부끄러워 은형의 눈을 양손으로 가렸다.

은형이 쿡 웃었다.

"넌 이상해."

"나도 알아요."

서로 몸을 섞은 지 반년이 다 되어간다. 그런데도 여전히 그의 앞에선 알몸인 게 부끄럽다니, 그가 이상하게 여길 만하다. 세은은 이전에도 연애 경험은 있었다. 풋풋하고 미숙했던 첫사랑이지만 일 년 정도는 사귀었다. 육체관계도 있었다. 쾌락보다는 서로의 성욕을 해소하기 위한 관계에 가까웠다. 세은은 그 사람 앞에선 초반을 제외하곤 벗은 몸을 부끄러워하지 않았었다.

그렇지만 이 사람 앞에선 여전히 부끄러웠다. 다 그의 시선 때문이다. 매번 보는 몸이면서 항상 처음 보는 사람처럼 뻔뻔하게, 야릇하게 훑어보기 때문이다. 그럴 때면 그가 직접 닿을 때 이상으로 세은은 흥분해 버리고 만다. 허리가 반사적으로 뒤틀리면 세은의 신호를 알아본 은형의 눈빛이 더욱 짙어진다. 세은의 반응을 눈으로 흡수하는 듯해 세은은 정말이지 그에게 아무것도 보이고 싶지 않았다.

은형은 세은이 눈을 가리거나 말거나, 오히려 눈이 안 보인다는 핑계로 세은을 더듬거렸다. 세은은 눈자위까지 빨갛게 물들이며 손을 떼었다. 은형의 미소는 능글맞았다.

"왜, 새로운 플레이를 원하는 거 아니었어?"

아닌 걸 뻔히 알면서. 세은은 일부러 그의 품을 파고들어 그의 시선에서 빗겨났다. 요령 좋은 은형은 세은의 속을 훤히 꿰뚫었으면서 모른 척 세은의 등허리와 엉덩이를 쓰다듬었다. 두 사람의 다리가 얽혔다. 그의 손은 뜨거워 살을 녹이고 심장에 닿을 것 같았다. 세은이 살짝 휘청였다. 은형은 세은을 침대에 눕혔다.

"세은아……."

세은의 귓전이 사르륵 떨렸다. 은형의 숨결이 귓불에 닿고 그의 숨을 뱉는 입술이 목덜미에 깊숙이 파묻혔다. 세은은 내뱉는 것도 들이쉬는 것도 아닌 비음을 내뿜었다. 두 사람의 알몸이 서로에게 깊이 얽혀갔다.

은형은 세은의 기다란 머리채를 풀러 손가락에 얽었다. 은형은 세은의 길고 가느다란 머리채를 좋아했다. 일부러 기른 건 아닌데 그가 좋아하는 걸 보니 자를 수가 없었다. 매일 머리를 감는 것도, 말리는 것도 고역이라 사실 세은은 뭉텅 잘라 버리고 싶었다.

"긴 머리 여자가 좋아요?"

"아니. 귀신같아서 싫어."

의외의 대답이었다. 귀신같다니, 지금 세은의 머리카락 길이라면 충분히 귀신같을 것이다. 그럼 이 기회에 자를까, 싫다면서 틈만 나면 세은의 머리카락을 갖고 노는 건 무슨 심보인가, 세은이 의아해하는데 은형이 세은의 머리채를 한 손에 그득 잡아 향을 맡았다.

"네 머리카락은 꽃 같아."

은형은 정말로 눈을 감고 깊이 숨을 들이마셨다. 세은은 시선을 어디에 둬야 할지 몰랐다.

"아스라한 향이 나. 이 향기 때문에 네가 여기 있었다는 걸 알 수 있어. 이 향기 끝에 이세은이 있겠구나, 알 수 있어."

채은형에 대해 또 하나 알게 된 것, 그는 정말로 정말로 아무 생각 없이 느끼한 말을 내뱉는다! 정확히는 느끼한 말은 아니다. 한번은 작사도 해서 그런지 참 극적인 말을 잘 지어낸다고 했더니 은형이 살짝 화를 냈었다.

"내 노래는 항상 진심을 담아 만들어. 지금도 마찬가지야. 그러니까 내 말을 믿어."

정색을 하고 화를 내는데 알겠다고 밖엔 대꾸할 수 없었다. 그 뒤로도 몇 번 비슷한 말을 하기에 지켜봤는데 알고 보니 타고난 천성이었다. 이 남자 감수성이 이런 거다. 머리카락을 꽃 같다고 말할 수 있고, 하는 말마다 유행가 가사 같은 건, 일종의 직업병이자 이 남자의 천성인 것이다. 세은은 적응하는 수밖에 없었다.

아니, 사실은 적응해 준다 어쩐다 하지만, 정말은 가슴이 떨려 눈을 들 수가 없었다. 이 향기 끝에 내가 있다니, 세은은 정말 낯 뜨겁고 심장이 간질간질해서 어찌할 바를 몰랐다.

"자르지 마."

바보 같지만, 세은은 평생토록 머리를 자르지 않을 결심을 했다. 이게 유치한 사랑놀음인가, 난 점점 이 사람에게 빠지고 있는 건가, 연애 초반엔 헤어진 다음이 어쩌고 이 사람을 연예인으로 본다고 저쩌고 말도 많고 생각도 많았던 것 같은데, 지금은 기억에 남는 게 없었다. 그저 그가 좋았다. 그가 너무나 좋았다. 세은은 그를 꼭 껴안았다. 은형이 기쁘게 세은을 품었다. 세은은 단지 자신이 안은 사람이 나 역시 안아준다는 사실에 마음 가득 기쁨이 차 올랐다.

문득 문 밖에서 인기척이 났다. 재민의 목소리가 불분명하게 들렸다. 세은은 깜짝 놀랐다. 벌써 한 시간이 지난 것이다. 세은은 허둥지둥 옷을 챙겨 입었다. 은형은 천천히 일어나 세은이 부랴부랴 옷을 입는 걸 지켜보았다.

세은은 재민이 기다린단 생각에 정신이 없었다. 갑자기 찬미 걱정이며, 경은 생각이며 현실이 밀어닥쳤다. 재민이 막아줄 때 얼른 방에 돌아가야 하는데.

"세은아."

세은은 문을 열고 나가려다 은형에게 가로막혔다. 몸을 돌리니 은형이 바로 코앞에 있었다. 세은은 숨을 죽였다. 그의 얼굴엔 짙은 그림자가 져 눈빛을 읽을 수가 없었다.

그는 잠시 머뭇거렸다. 그사이 바깥에서 재민이 문을 콩콩 두드렸다.

"어서 나와."

세은은 은형과 마주한 순간 다시 세상을 잊었다. 재민의 목소리가 아득히 먼 곳에서 들려오는 것 같았다. 은형이 입술을 내렸다. 두 사람의 살짝 부어오른 입술이 맞닿았다. 깊고 달콤하고 농밀한 키스가 이어졌다. 다시 한 번 문이 쿵쿵 울렸다. 세은은 천천히 눈을 떴다.

"언제까지고 이럴 순 없어."

세은의 마음이 지끈 저려왔다. 알아요, 나도 알아.

세은은 문을 열고 바깥세상으로 나왔다. 재민은 은형에게 아는 척도 못하고 세은을 잡아 허둥지둥 엘리베이터 앞으로 나왔다. 거의 동시에 복도에서 다른 투숙객들이 웅성거리며 나오고 있었다. 재민이 갑자기 내일 콘서트가 어쩌고저쩌고 말을 걸었다. 일정에 대한 얘기였다. 투숙객들은 재민을 보고 살짝 흥분했다. 자기들도 EM 콘서트를 보러 온 팬이라며. 재민은 능숙하게 그들에게 인사를 받고 그들 모르게 세은을 툭 쳤다. 그러자 세은은 반쯤 나갔던 제정신이 돌아와 투숙객들에게 사무적인 표정을 지었다.

"죄송합니다. 지금 재민 씨가 쉬셔야 해서요."

세은은 투숙객들을 먼저 엘리베이터에 태우고 다음 엘리베이터를 기다렸다. 투숙객들은 세은을 보고 수군거렸지만 재민의 애인이란 착각은 하지 않을 것이다. 재민은 투숙객들이 사라진 다음에 길게 한숨을 내쉬었다.

"바로 맞은편 방 사람들이었어. 방 안에서 자기들끼리 야식 먹으러 가자고 어찌나 시끄럽게 굴던지. 복도에 있는데도 그 소리가 다 들리는 거야. 차라리 내가 은형이 방에 들어가는 게 낫겠다 싶었는데 너희가 도통 문을 열어줘야 말이지. 저 사람들은 곧 나올 것 같지, 문은 열릴 기미가 없지, 이러다가 운 나쁘게 너랑 은형이 나오면 대체 뭐라고 해야 하나 얼마나 진땀을 뺐는지."

"미안해요, 재민 씨."

다른 쪽 엘리베이터가 도착했다. 재민의 방은 은형의 방 위층이라 두 사람은 엘리베이터에 올랐다.

"재민 씨한텐 항상 신세만 져요."

"상부상조하는 거지. 은형이 삐친 건 좀 풀렸어?"

재민은 서글서글하게 웃었다. 세은은 희미하게 마주 웃었다. 엘리베이터는 금세 위층에 도착했다. 재민은 내리기 직전 다 안다는 듯 세은의 어깨를 다독였다.

"쉽지 않다는 건 알고 시작한 거잖아. 힘내."

"고마워요."

"잘 자. 내일 보자."

세은은 자기가 묵는 층의 버튼을 꾹 눌렀다. 많이 피곤했다. 은형의 온기는 여전히 심장을 맴도는데 어쩐지 한기가 돌았다.

'언제까지고 이럴 순 없어.'

안다. 세은도 점점 한계에 달하고 있다는 걸 깨닫고 있었다. 이주마다의 콘서트라는 강행군으로 은형과는 일터 외에는 거의 마주치지 못했다. 연락을 주고받아도 그 잠시뿐, 곧 서로의 일에 매달려야 했다. 여태 그렇게 잘살아왔다. 세은은 앞으로도 이런 생활을 계속할 자신이 있었다. 게다가 지금은 눈앞에서 코를 베어가도 모를 만치 바쁘지만 이 생활도 언젠가는 끝이 오니까, 그때가 되면 은형과 느긋하게 시간을 보낼 수 있으리란 기대도 있었다.

하지만 둘의 관계를 숨긴다면 둘이 느긋하게 만날 시간은 거의 없을 것이다. 차라리 떳떳하게 밝힌다면 공공연하게 손 잡고 돌아다닐 수나 있지, 재민 외의 사람에게는 철저히 숨기고 있으니 일을 핑계 대고 만날 수도 없었다. 사람들은 은형이 여전히 세은을 싫어하고, 세은도 은형에게 철저히 질렸다고 생각하고 있으니까. 아직도 두 사람의 예전 사이를 아는 사람들은 웬만해선 둘 사이를 떼어놓으려고 했다. 은형이 콘서트 때문에 안 그래도 날카로워 있는데 괜히 세은을 갖다 붙여서 더 섬뜩하게 날이 서면 어쩌냐고, 그 감당은 아무도 못한다고. 승행은 은형에게서 직접적으로 세은을 좋아한단 말을 들어서 둘이 거리를 두는 걸 의아하게 여기는 것 같았다. 그래도 세은이 은형에게 아무 감정 없다는 말을 믿어서인지, 승행이 봐도 은형이 세은에게 너무 지독하게 대해 이제와 좋아한다고 해도 만회가 안 된다고 생각해서인지, 특별이 세은과 은형 사이를 주시하진 않았다. 그 반면 밴드팀은 마치 이전에 무슨 경험이 있던 사람들처럼 세은과 은형 사이를 떼어놓았다. 세은이야 GIL의 콘서트 밤에 있었던 일을 알 턱이 없었다.

그러니 일을 핑계 대고 둘만 만날 수도 없었다. 솔직히 로드 매니저와 연예인이 일 관계로 둘만 만나는 일이 드물기도 했다.

이렇게도 저렇게도 답이 나오지 않았다. 연애 초반에 함께 있자고 조르는 은형보고 철이 덜 들었다며 혀를 찼었다. 세은 입장을 이해한다면 오히려 자주 못 만나는 걸 반겨줘야 하지 않겠느냐고.

하지만 지금은 세은이 힘들었다. 지금도 한 걸음 한 걸음 떼는 걸음이 은형에게 향하는 걸음이길 바라는데, 사실은 은형과 정반대의 길을 걷고 있지 않은가. 사실은 서로를 보듬으며 온 밤을 함께하길 바랐고, 세은이 원할 땐 언제든 은형의 눈빛을 마주하길 바랐고, 언제든 손을 얽길 바랐고, 언제든 떳떳하게 그의 이름을 부를 수 있게 되길 바랐다.

하루가 지날수록, 시간이 흐를수록, 초침이 또각또각 떨어질수록, 세은은 그를 사랑했다. 너무나 사랑해서 항상 함께하고 싶었다. 항상 당당하게 이 사람이 내 연인이라고, 내 사랑이라고 밝히고 싶었다. 항상 그의 곁에서, 그는 세은의 곁에서, 주위의 인정을 받으며 예쁜 사랑을 키우고 싶었다.

아니 정말은, 그를 원없이 사랑하길 바랐다. 사람들 눈치 보며 그를 챙기고 그에게 마음없는 척하고, 그에게 마음에도 없이 떽떽거리기가 지쳤다. 그에겐 더 고운 말을 하고 싶고, 더욱 정성을 들이고 싶고, 더욱 사랑하고 싶은데, 정반대되는 행동만 해야 하는 나날에 서서히 지쳐 가고 있었다.

그건 은형도 마찬가지일 것이다. '언제까지고 이럴 순 없어' 라는 건 그도 서서히 한계에 근접했다는 뜻일 것이다. 세은은 힘들었다. 스스로가 건 제약에 옴짝달싹 못하게 얽매이고 있었다. 스스로가 건 족쇄에 한없이 음울하고 깊은 바다 속으로 침잠하고 있었다.

콘서트 시작 직전, 세은은 종종거리며 콘서트장과 대기실을 오가고 있었다. 차에서 미처 갖고 내리지 못한 짐을 가지러 밖에 다녀오는데 이십대 초반의 앳된 여자들이 세은에게 다가왔다. 세은을 향해 곧장 다가오고 있어 세은이 로드 매니저인 걸 아는 팬이라고 짐작되었다. 세은은 무의식적으로 사무적인 표정을 지었다.

"이세은 씨!"

세은은 살짝 놀랐다. 다가오는 사람들을 가까이서 보니 이미 안면이 있는 학생들이었다. 콘서트 때도 돌발 행동을 해서 EM 관계자들 사이에서는 요주의 인물로 찍어놓은 학생도 있었다. 세은은 우선 인사는 건넸지만 언니나, 로드 매니저도 아니고 대뜸 이름으로 불러와서 당황스러웠다.

"EM 오빠들에게 선물 좀 전해주세요."

또랑또랑하게 생긴 혜경이란 학생이 백화점 쇼핑백을 내밀었다. EM의 무대라면 어느 순간부터 쫓아다니기 시작한 뒤로 너무 적극적인 대시를 해대서 세은과 EM 관계자들은 혜경의 이름을 외우고 있었다. 다른 일행들도 조그맣거나 커다란 짐을 건넸다. 세은은 EM 대신 고맙다며 선물을 받았다. 선물 보따리를 흘리지 않게 정리하는 사이 혜경이 지나가듯 한마디 했다.

"잘 전해질까 모르겠네."

세은은 신경이 곤두섰다. 들으라고 한 말인가? 세은은 그래도 어디까지나 웃는 낯을 유지했다.

"꼭 잘 전달할게요. 걱정하지 마요."

"정말이에요?"

세은이 꼭 선물을 떼먹었다는 식이었다. 이걸 어떻게 대해야 하나, 아직 어린 학생들이니까 직접 전해주고 싶은 마음이 강해서 시비조로 나오는 건가, 세은은 그들 입장을 좀 더 헤아리기로 했다.

"그럼요."

세은도 처음 EM을 따라다니기 시작했을 때 선물을 핑계 삼아 가까이서 얼굴이라도 한 번 보길 바랐었다. 선물을 주면 말이라도 몇 마디 나눌 수 있으니까, 그 기대로 선물을 준비한 적도 있었다. 그걸 로드 매니저랍시고 차단했으니 세은이 곱게 보이진 않을 것이다. 그래도 세은은 좀 더 잔머리를 굴려서 당시 매니저였던 동규에게 싫은 소리를 하진 않았었다. EM 주변 사람들에게 좋게 보여야 EM에게도 좋은 인상을 남기리란 계산 때문이었다. 하지만 요즘 어린 학생들은 세은과 생각하는 바가 다른 듯했다.

"아, 그리고 이건 매번 이세은 씨한테 신세를 져서요."

혜경이 새삼스레 친근하게 웃으면서 주스를 권했다. 오렌지주스를 어느새 뚜껑까지 따 병만 내밀었다. 세은은 이미 두 손에 한 짐이 가득이라 주스 병을 들고 다니기가 힘들었다.

"고맙지만 이게 제 일인데요."

"에이, 저희도 이세은 씨한테 점수 좀 따야죠. 여기서 쭉 마시고 가심 되잖아요."

주스는 미지근했다. 세은을 주려고 미리 사놨거나 아니면 누군가 마시려고 샀던 걸 겸사겸사 주는 것 같았다. 마다하자니 또 흰 눈으로 볼 것 같아 세은은 그 자리에서 주스를 쭉 비웠다.

"EM 오빠들한테 오늘 공연 기대한다고 전해주세요."

"그럴게요. 공연 재밌게 보세요."

세은은 빈 병을 치우겠다는 팬들에게 도로 병을 건네고 콘서트장으로 들어갔다. 대기실에는 EM에게 주기 위한 선물이 이미 하나 가득이었다. 승행도 잔뜩 받아온 것이다. 세은은 그 틈에 혜경 일행이 준 선물을 내려놓았다.

찬미와 경은이 EM의 분장을 해주고 옷을 챙기는 것을 세은도 거들었다. 승행과 차 실장의 심부름으로 정신 차릴 틈도 없이 뛰어다니는 사이 콘서트가 시작되었다. 세은은 콘서트가 시작될 때면 처음처럼 떨리는 마음으로 무대 뒤를 지키고 있었다. EM이 무대에 오른 이후부턴 세은이 할 일은 많지 않았다. 예전에 찬미를 도왔던 경험을 살려 경은과 함께 찬미를 보조하는 정도? 그리고는 콘서트가 성황리에 끝나도록 기도하는 게 전부였다.

한데 오늘은 EM이 무대에 오르고 열화와 같은 환호성을 받는 걸 보니 마음이 놓였는지 살짝 졸음이 왔다. 전날, 경은이 잠자리가 바뀌어서 잠을 이루지 못해 뒤척거리는 동안 세은도 새삼 남의 기척에 잠이 오지 않아 함께 뒤척거렸다. 경은은 세은이 뒤척거리는 걸 보았는지 말을 걸었고 둘은 새벽이 다 될 때까지 이런저런 얘기를 하며 밤을 지새웠다. 그 여파인지 지금 자리를 잡고 앉으면 바로 잠들 수 있을 것 같았다.

그래도 은형의 무대인데 어떻게 잠들 수 있겠는가. 지금은 1회 콘서트일 뿐이다. 2회까지 모든 스태프가 동원되어 무대가 원활하게 굴러가도록 협력해야 했다. 세은이 딱히 맡은 일이 없더라도 무대에서는 순간순간 무슨 일이 벌어질지 모르기 때문에 항상 대기해야 했다.

전날 밤을 새더라도 다음날 이렇게까지 피곤하진 않은데 오늘따라 유독 졸음이 몰려왔다. 하긴, 요즘 밤잠을 거의 설치긴 했다. 은형과 함께할 때도 잠들기가 아쉬워 은형은 재우고 자기는 은형의 잠든 얼굴을 눈으로 더듬었다. 혼자 보내는 밤에도 은형 생각을 하느라 늦게까지 잠을 이루지 못했다. 그와의 관계에 대한 고민과 스트레스가 일보다 더 힘들었다. 대체 어떻게 이 난관을 해결해야 하나 머리를 쥐어짜다 가까스로 잠들기가 일쑤였다.

팽팽히 당겨진 연줄이 한순간에 툭 끊기듯, 지금 세은의 상태가 그런 모양이었다. 딱히 긴장을 푼 것도 아닌데 전날 거의 한잠도 못 잤단 사실 때문에 유독 졸린 것 같았다. 세은은 허벅지를 꼬집으며 눈을 부릅떴다.

"세은 씨, 세은 씨?"

세은은 무의식중에 뒤척였다. 어디서 들어본 듯한 목소리가 계속 들려오는데 머리가 멍해서 누구 목소리인지도 모르겠다. 그저 시끄러워서 세은은 반사적으로 몸을 틀었다.

"뭐 하자는 거야, 지금? 대체 왜 여기서 자는 거야?"

"세, 세은 누나가 긴장이 좀 풀렸나 봐요. 제가 데리고 갈 게요."

"여태 한 번도 이런 적 없더니 왜 오늘 갑자기 이래?"

한 여자와 한 남자의 목소리였다. 하지만 세은은 눈을 뜰 수가 없었다. 곧 세은은 도로 깊은 잠에 빠져들었다.

세은이 정신을 차렸을 때는 깜깜한 한밤중이었다. 몸이 가볍게 흔들리고 있었다. 퍼뜩 놀라 사위를 돌아보니 차 안이었다. 세은은 소스라치게 놀랐다. 시간은 벌써 열한 시 사십구 분으로 차 안의 전자시계가 선명한 형광 빛으로 알려주고 있었다. 운전은 승행이 하고 있었고 차 안은 조용했다.

"세상에……."

"깼어?"

승행의 목소리에도 살짝 날이 서 있었다. 세은은 주섬주섬 머리카락을 추슬렀다.

"이게 어떻게 된 일이야? 콘서트는?"

"잘 끝났어."

"나 여태 잔 거야?"

승행은 대답하지 않았다. 뒤에서 찬미가 조금 찬 목소리로 대꾸했다.

"그러게 내가 일찍 자라고 했잖아. 괜히 언니 때문에 경은이가 차 실장한테 깨졌다고."

"아, 전 괜찮아요……."

경은의 목소리가 기어들어 갔다. 세은은 얼굴을 벅벅 문질렀다. 차마 뒷좌석을 돌아볼 용기가 나지 않았다. 그렇지만 경은에겐 사과해야 했다.

"경은아, 미안해. 나 때문에……."

경은은 거의 다 죽어가는 목소리로 애써 괜찮다고 대꾸했다. 차 실장은 세은이 자는 걸 보고 찬미와 경은을 추궁했고, 경은이 차 실장의 기에 눌려 전날 밤 경은과 거의 밤을 샜다는 걸 이실직고

한 모양이었다. 경은의 잘못이 아닌데 괜히 애꿎은 그녀만 혼나고 말았다.

“정말은 언니가 어디 아픈 줄 알았어. 여느 때는 나보다 늦게 자도 나보다 먼저 일어났잖아. 잠귀도 밝은 편이고. 나랑 경은이랑 승행 오빠랑 번갈아가면서 언니를 얼마나 깨웠는데. 나중엔 정말 아픈 거 아닌가 걱정이 다 되더라.”

“아픈 건 아닌데…….”

“어쨌든 우리야 별 상관 없는데 차 실장이 단단히 독이 올랐어. 안 그래도 콘서트 시작한 이후부터 차 실장 예민해진 거 알잖아. 오빠들이 콘서트를 진행하고 있는데 로드 매니저란 사람이 세상 모르고 자고 있다고 얼마나 싫어하던지. 호텔 돌아가면 차 실장한테 싹싹 빌어.”

“정말 미안해, 다들. 내가 정말 왜 그랬지…….”

보다 못한 재민이 나섰다.

“피곤하니까 그럴 수도 있지. 세은이가 지금까지 실수한 것도 없고 이번만 그런 건데 좀 봐줘라.”

“미안해요, 재민 씨. 정말로 미안해요.”

은형은 세은 쪽을 보지도 않았다. 세은은 어쩐지 울고 싶어졌다.

호텔에 도착해서 EM은 간소한 뒤풀이를 위해 호텔 앞 주점에 모이기로 했다. 공연팀 대부분은 서울로 올라갔고, 밴드팀과 SOO의 스태프들이 모여 오늘의 성공을 자축하기로 했다.

세은은 승행을 도와 EM의 짐을 추스르고 차 실장의 방에 갔다.

차 실장은 세은을 보더니 담배만 뻑뻑 피워댔다.

“세은 씨, 일이 힘들지?”

“정말 죄송해요, 실장님. 저도 왜 그랬는지……. 정말 반성하고 있습니다.”

“이전엔 세은 씨가 이런 적이 없었으니까 이번만은 넘어갈 거야. 하지만 같은 일이 또 반복되면 내가 어떻게 폭발할지 몰라. 혹시 전날 술 마셨어?”

그런 오해를 받아도 할 말이 없었다. 하지만 세은은 뒤풀이 때도 예의상 한 잔만 받을 뿐 그 이상은 거의 입에 대지 않았다. 그건 뒤풀이에는 거의 함께 참석하는 차 실장도 아는 사실이었다. 그런데도 묻고 넘어간다. 다 세은이 자초한 일이었다.

“전혀요. 잠이 안 와서 경은일 붙잡고 얘기만 했어요.”

“경은이도 그러더군. 그럼 신경안정제나 수면제 복용해?”

“아니요! 감기약도 피하고 있어요.”

“근데 무슨 약 먹은 사람처럼 자고 있었어. 공연 스태프들은 세은 씨 자는 거 다 봤다고. 우리가 얼마나 무책임해 보일지 생각해 봤어? 그래서 경은이란 애도 따끔하게 혼낸 거야. 세은 씨는 이 정도만 말해도 알아듣겠지.”

다들 숨도 못 돌리고 바쁘게 뛰어다니는데 EM의 로드 매니저란 사람은 정신 못 차리고 자고 있었다면, 다들 세은도 세은이지만 SOO 소속사 측을 얼마나 우습게보겠는가. 아이의 행동이 불성실하면 아이 부모를 탓하는 것과 같은 이치였다. 차 실장은 그런 측면에서 SOO의 스태프들이 더더욱 긴장하길 바랐던 것이다. 세은도 차 실장의 그런 기미를 예전에 파악하고 피곤해도 내색 않고 일에 더욱 매진했었다.

한데 이렇게 어처구니없는 실수를 저지를 줄은. 차 실장이 은형과의 관계로 이미 세은을 경계하고 있다는 걸 충분히 잘 알지 않았던가. 세은은 다시 한 번 깊이 사과했다. 차 실장은 마지막엔 그나마 표정을 풀고는 뒤풀이 장소에서 보자고 했다.

세은이 방에 돌아가려는데 엘리베이터 앞에서 은형과 마주쳤다. 복도와 엘리베이터 앞엔 밤늦은 시간이라서인지 사람이 아무도 없었다. 일행들이 언제 나올지 몰라 내심 마음을 졸였지만 엘리베이터에 탑승할 때까지 아무와도 부딪치지 않았다.

세은은 은형 쪽을 쳐다보지도 못했다. 은형이 열심히 일하는데 자긴 퍼져 자고 있었다고 생각하니 기가 막혔다. 아무리 은형이 연인이라 세은을 좀 더 이해하려 노력한다 해도 오늘 일은 은형 역시 기가 막힐 것이다. 세은은 좀 더 벽에 밀착했다.

"이리 와."

세은은 바닥만 쳐다보았다.

"미안해요."

"사과 안 해도 돼. 그냥 이리 와."

세은은 쭈뼛거리며 그에게 다가가지 못했다. 결국 은형이 세은을 홱 잡아당겼다. 세은은 코에 부딪친 그의 온기에 눈물이 핑글 돌았다.

"내가 왜 그랬는지 모르겠……."

"잘못한 거 없어. 사과하지 마."

"하지만 나 너무 무책임했어요……."

"그럼 나도 마찬가지야. 네가 그렇게 피곤한 줄 정말 몰랐어."

세은의 뺨이 촉촉하게 젖어갔다. 세은은 처음으로 그를 올려다보았다. 은형은 여느 때보다 자상하고 따뜻하게 세은을 바라보고 있었다. 눈물이 더욱 샘솟았다.

"너도 힘들 거란 생각은 했는데. 왜 말하지 않았어. 난 네가 아무 말도 안 해서 견딜 만한가 보다 했어."

세은은 힘껏 도리질 쳤다.

"난 정말 괜찮았어요. 오늘은 그냥 이상하게, 그냥 나도 모르게 잠자고 있었어요."

"네 피로가 극에 달했단 뜻이야. 남들 돌보는 것처럼 널 돌보라고 할 게 아니라 내가 널 더 돌봤어야 했는데. 미안해."

"은형 씨가 왜 미안해……."

세은은 결국 엉엉 울어버렸다. 엘리베이터가 일층에 멈췄다. 은형은 몸을 살짝 돌려 바깥에선 세은이 안 보이게 가렸다. 그는 얼른 닫힘 버튼을 누르고 꼭대기 층을 눌렀다. 야심한 시각이라 오가는 사람이 없는 게 정말 다행이었다.

세은은 서럽고 미안하고 고마워서 눈물을 그치질 못했다. 은형은 세은의 머리카락을, 등을, 어깨를 부드럽게 쓸어주었다. 세은은 곧 지금 현실을 떠올리고 허둥지둥 은형의 품을 벗어났다.

"누, 누가 봤음 어떡하죠?"

"너한테 피해는 안 갈 거야."

세은은 그마저도 미안했다. 지금은 은형에게 피해가 갈까 봐 반사적으로 내뱉은 말이었는데 여느 때 세은이 자기에게 피해가 된다고 윽박질러서, 은형은 세은을 먼저 안심시키려고 했다.

"아니, 은형 씨한테 피해가 갈까 봐 그랬어요. 나랑 같이 있는 거 사람들이 알면 은형 씨 이미지가 나빠지잖아요."

"여느 땐 자기 걱정도 잘하더니, 이럴 땐 내 걱정을 해?"

"미안해요."

"미안하라고 한 소린 아니었어. 내가 그랬잖아. 너 스스로를 먼저 돌보라고. 내가 한 말을 넌 착실히 지켰던 거지."

그런 거 아니었는데, 그저 세은은 이기적이었던 것뿐인데. 매니저 자리가 자기의 천직이라고 생각했던 믿음이 다소 흔들렸다. 천직이라면서, 이 일을 즐기고 있다면서, EM의 콘서트 도중에 쿨쿨 자버리고, 은형에게 스캔들거리를 만들고 있다. 매니저로서의 자각이 있는 것인가 새삼 의심이 들었다.

"아무튼 이 상태를 지속할 수 없다는 건 너도 인정하지?"

세은은 고개를 끄덕였다. 꼭대기 층에 향했던 엘리베이터는 다시 일층으로 내려가고 있었다. 은형이 손을 내밀었다. 세은은 그 손을 꼭 잡았다. 은형은 말없이 세은을 꼭 끌어안았다. 그 가슴이 너무 따뜻해서, 너무 소중해서, 세은은 다시 눈물이 핑글 돌았다.

"사랑해요."

마음에서부터 샘솟는 말을 억누를 수가 없었다. 은형의 입술이 내려왔다. 그는 어쩐지 웃고 있는 것 같았다.

"알아."

알아요, 정말? 나 처음보다, 그 어느 때보다 당신을 사랑해요.

이대로 당신을 잃는다면 대체 어떻게 살까 싶을 정도로. 당신이 자꾸자꾸 좋아져요. 비탈길에서 굴러 떨어지는 바위 같아. 그 끝에 낭떠러지가 있다고 해도 멈출 수가 없어요.

무서운데 멈출 수가 없어요. 멈춰지지가 않아. 당신을 너무 사랑해서, 너무너무 사랑해서…….

사랑해요, 은형 씨. 정말로 사랑해요.

엘리베이터가 가볍게 쿵 가라앉았다. 세은은 누가 볼세라 그에게서 냉큼 떨어졌다. 그의 눈빛에 아쉬움과 허전함이 스쳐 갔다. 하지만 로비에서 엘리베이터를 보고 누군가 은형을 부르자 그의 눈빛은 씻은 듯 사라졌다.

은형이 앞장서고 세은은 천천히 그 뒤를 따랐다. SOO의 스태프들의 눈초리가 곱지 않았지만 세은은 꿋꿋하게 뒤풀이 자리를 지켰다. 차 안에서는 날카롭게 떽떽거렸던 찬미도 그새 풀어졌는지 세은 곁에 붙어 늦은 저녁을 함께했다.

세은은 가끔 아무도 눈치 못 채게 은형 쪽을 바라보았다. 멋진 사람, 음악에 있어선 진정 프로인 사람, 음악을 정말로 사랑하는 사람이었다. 그들 사이에 대해 어떤 결론을 낸다 해도 세은은 그에게서 음악을 빼앗진 못할 것이다. 세은의 가슴이 지끈 저려왔다. 그럼 난?

왁자한 술자리 속에서 세은의 마음은 점점 차갑게 식어갔다.

소곤소곤 _28

〈잘 잤어? 오늘 날씨 좋다. 요즘 실수투성이야. 오늘은 분발! 좋은 하루!〉

"세은 언니 애인 생겼어?"

찬미가 따끈한 녹차를 내밀었다. 세은은 도둑이 제 발 저린다고 깜짝 놀라 찻물을 손등에 흘렸다.

"내가 왜?"

"요즘 핸드폰만 붙잡고 살잖아."

은형 때문이 아니었다. 세은은 바짝 조였던 긴장을 살짝 늦췄다.

"친구 맘 좀 풀어주느라고."

"되게 오래가네. 웬만해선 좀 풀어주지."

"내가 잘못한 거니까."

"근데 정말 애인 없어?"

세은은 말없이 녹차를 홀짝였다. 지금은 대전이었다. 오 개월 여정의 콘서트도 점점 막바지에 이르고 있었다. 계절은 이미 가을색이 완연했다. 바깥에서 따뜻한 햇살을 쪼이던 세은은 찬미가 나오지 않았다면 무릎 담요라도 가지러 들어갈 참이었다. 햇살은 따스했지만 가만히 앉아 있자니 점점 몸이 식어서였다. 지금은 막 점심을 먹고 리허설을 시작하려던 참이었다. 찬미가 나온 걸 봐선 세은도 당장 움직일 일이 없는 것 같았다.

"언니가 점점 예뻐진단 말이지. 사랑을 하는 여자의 오로라가 막 풍겨 나와."

"재밌는 말을 하네. 그러는 넌? 승행이랑 심상찮던데."

"에비. 난 키 큰 남자 싫어. 언니한테 말 안 했던가?"

승행은 거의 190㎝에 육박했다. 찬미가 키 큰 남자가 싫다면 그 일 순위는 당연히 승행이 될 것이다. 세은이 보기엔 승행은 이번 콘서트 기간 동안 찬미에게 어떤 마음을 품게 된 것 같았다. 세은이야 찬미나 승행 모두 좋아하는 사람들이니 서로 잘됐으면 좋겠지만 찬미를 보니 승행은 정말 아닌 것 같았다.

"그리고 난 그 나물에 그 밥이 싫어. 몇 날 며칠이든 붙어 있다고 정 들어서 사귄다니, 그건 왠지 아닌 것 같아."

"그 사람을 쭉 지켜봐 왔으니까 안심이 되는 거겠지. 이 사람이면 맘 줘도 되겠구나 하고."

"그러니까 그게 싫어. 난 그 사람이 아니어도 되는데 함께 있었다는 이유만으로 정 들고 사랑이 싹트고 한다는 게. 가까이에 있어서 사랑에 빠졌다는 건 어쩐지 비겁해."

손쉽게 사랑에 넣는 것 같아 싫다는 말이겠지, 그게 진짜 사랑일까 의심이 된다는 뜻이겠고. 하지만 그렇게 사랑에 빠지면 안 되니? 그것도 사랑이잖아.

그렇지만 세은은 반박할 수 없었다. 가까이에 있어서 사랑에 빠진다는 게 비겁하다는 말이 자꾸만 마음에 걸렸다. 그때 승행이 세은을 찾아다녔다. 세은은 승행의 목소리를 확인하고 후닥닥 콘서트홀로 돌아갔다.

오늘 대전에서의 콘서트 이후 성남, 일산을 거쳐 다시 서울에서의 앙코르 콘서트까지 치르면 이번 5집 앨범 콘서트의 막이 내린다. 이제 딱 두 달 남은 것이다. 세은은 경주에서의 어처구니없는 실수를 만회하려 평소 이상으로 빠릿하게 긴장해 있었다. 하지만 그럼에도 불구하고 저번 콘서트가 끝나기 무섭게 커다란 실수를 저지른 걸 발견했다.

재민이 오랜만에 팬카페에 접속하다 세은을 잠깐 불렀다. 대전 콘서트를 앞두고 일행들은 사무실에 모여 간단하게 회의를 했다. 수도권에 점차 가까워질수록 이전에 서울에서 콘서트를 관람했던 관객들이 다시 올 수 있기 때문에 순서라든지, 무대 분위기를 조금 바꾸자는 EM의 제안이 나와서였다. 프로그램을 새로 짜는 건 힘들겠지만 MC 부분을 색다르게 고친다든지, EM의 출연을 관객석에서 한다든지 등의 깜짝 이벤트도 넣자고 했다. EM이 스스로

낸 의견이라 간단한 회의를 거쳐 무대 분위기를 좀 더 아기자기하게 바꾸고, EM이 관객석에서 출연하는 의견이 채택되었다. 그사이 재민이 팬카페에서 뭔가 더 의견이 없나 찾아보았던 것이다.

"팬들한테 받은 선물들 다 우리한테 줬지?"

세은은 재민에게 새삼 뭘 묻냐고 되물었다. 재민은 고개를 갸웃했다.

"그럼 이동하다 어디 떨어뜨렸나 보다. 누가 울릉도산 반건조 오징어를 보냈다는데 받은 기억이 없어서. 나보고 술안주 삼아 먹으라고 보냈었대."

하지만 세은은 반건조 오징어를 받은 기억은 없었다. 아무리 반건조 상태라고 해도 오징어 특유의 냄새가 안 날 리 없다. 보통 먹을거리를 선물하는 팬들의 경우 어떻게 먹으라는 둥, 언제 먹으라는 둥, 내용물이 뭐니까 흘리지 않게 조심하라는 둥, 미리 내용물을 말해준다. 전에는 어느 나이 지긋한 팬이 직접 담근 간장게장을 준 적이 있었다. 스티로폼으로까지 완벽하게 포장을 해놓아 뜯기 전까지 내용물을 몰랐는데, 팬이 직접 간장게장이니까 깨지거나 세지 않게 조심하라고 말해주었었다. 그런 식으로 음식물은 내용물을 말해주기 때문에 세은도 후딱후딱 EM에게 건네주곤 했다. 게다가 팬들이 어떤 마음으로 선물을 보냈는지 충분히 잘 아는 세은이라 뭐 하나라도 빠뜨릴세라 팬들의 메시지까지 꼬박꼬박 전달했었다.

문제는 얼마 지나지 않아 일어났다. 오징어를 보냈던 팬이 다시 글을 올린 것이다. 분명 EM의 여자 매니저를 통해 보냈던 선물과 쇼핑백이 콘서트가 끝나고 나와 보니 홀 바깥을 나뒹굴고 있더란다. 자기 것만이 아니었다고 했다. 자기 일행이 보냈던 십자수 쿠션 역시도 사람들 발에 채여 까맣게 흙투성이가 되어 있더라는 것이다. 처음에는 화가 나서 EM의 여자 매니저를 쫓아가고 싶었지만 여자 매니저가 얼마나 바쁘게 뛰어다니는지 잘 알기 때문에 참았단다. 하지만 그냥 참고 넘어가자니 선물을 준비했던 정성과 시간이 억울하고 자기와 같은 일을 다른 팬들은 겪지 않길 바라기 때문에 글을 올렸다는 것이다. EM의 여자 매니저가 바쁘게 오갈 땐 되도록 선물을 건네지 말고 운영진을 통해서나 아니면 EM의 남자 매니저 쪽에게 부탁하라고.

당장 차 실장에게서 호출이 왔다. 세은은 입도 벙끗할 수 없었다. 차 실장의 요지는 간단했다. 앞으론 팬들의 선물을 제일로 챙기라고. 같은 팬이었던 때를 생각해 보라고. 팬들이 세은을 보고 참았겠느냐, EM을 보고 참은 것이다, 자꾸 EM에게 민폐를 끼치는 모습이 보인다, 내가 몇 번이나 더 기회를 줄지 모른다, 안 그러던 사람이 왜 자꾸 실수를 저지르는지 모르겠다, 등등. 결국은 이 다음번엔 참지 못할 거란 경고였다. 그도 그럴 것이 오징어와 쿠션이 전달되지 않았다는 글이 오르자 EM에게 무슨 잘못이 있느냐, 여자 매니저가 제대로 챙기지 못한 죄 아니냐, 우리가 줬던 선물들은 잘 전달되었는지 의심스럽다, 그런 사람을 데리고 다니기 때문에 EM의 얼굴에 먹칠을 하는 건 아니냐는 등의 반응이 이어졌다. 압도적으로 팬들은 글쓴이의 편이었고 실명이 공개되는 게시판이었기 때문에 심한 내용은 최대한 자제되었지만, 익명 게시판에는 명백히 이번 일을 노리고 세은의 악담을 하는 글이 올라왔다.

승행이 부랴부랴 대신 사과 글을 올리고 세은도 심려를 끼쳐 죄송하다는 글을 달았다. 선물을 받은 기억이 없다고 하면 일이 더욱 커질 것이기 때문에 사과 글만 올렸다. 운영진들 역시 어디까지나 팬들 입장에서 세은에게 좀 더 조심해 달라고 덧글을 달았다. 그 직후 운영자 미정에게서 전화가 왔다.

[정말 선물을 다 못 챙겼던 거야?]

반신반의하는 어투였다. 세은은 팬클럽 운영자라 팬들의 입장을 대변해야 하는 미정의 입장을 이해하면서도 마음이 쓰렸다.

"바쁘다는 핑계 대기도 민망하네요. 자꾸 얘기 나오게 해서 미안해요, 언니."

[사실은 네가 선물을 못 받았던 건 아닌가 하는 생각도 했어.]

사실대로 밝히고 싶었다. 하지만 사실대로 밝히는 건 새삼 문제를 크게 확대시키기만 할 것이다. 세은은 이번 일은 조용히 묻고 싶었다. 그리고 확실히 못 받았는지에 대한 기억도 없었다. 반건조 오징어를 완벽하게 밀폐했다면 세은이 냄새를 맡았을 리 없고, 십자수 쿠션을 포장했다면 그게 십자수 쿠션인지 다른 선물인지 알아봤을 리가 없었다. 어쨌든 팬의 마음이 상한 건 사실이고 그들이 콕 집어 여자 매니저 운운한 걸 보면 세은에게 확실히 넘겼다는 것도 사실일 것이다. 그럼 잘못한 건 전적으로 세은이었다. 세은은 기억이 나지 않는다는 변명조차 비겁하게 느껴져 입을 꾹 다물었다.

"미안해요."

때마침 세은을 찾는 사람이 있어 세은은 허둥지둥 전화를 끊었다. 다시 전화하겠다는 말을 하긴 했지만 세은은 지금껏 미정에게 다시 전화를 걸지 못하고 있었다. 미정은 대전 콘서트에 온다고 했었다. 팬클럽석 티켓을 배부하기 위해서였다. 자꾸 자기 때문에 말이 나오는 것 같아서 미정에게 미안했다. 세은이 문제를 일으키지 않아도 팬클럽의 원활한 운영만으로도 충분히 골치가 아플 것이다.

찬미가 세은보고 핸드폰을 붙잡고 산다는 건 세은이 틈이 날 때마다 찬이에게 연락을 해서였다. 전화를 하면 통화가 안 될 때가 더 많아 웬만해선 문자 메시지를 보냈다. 요즘엔 어떻게 지내는지, 날이 추워졌는데 감기에 걸리진 않았는지, TV에서 오늘 봤는데 더 말라 보였다든지 등등. 최근에는 세은의 근황을 보낼 때가 더 많았다. 찬에게서는 당연하다면 당연하달까 답장은 한 번도 오지 않았다. 하지만 번호가 바뀌었거나, 이런 짓은 그만 하라는 연락이 오지 않았기 때문에 세은은 거의 매일 빠짐없이 문자로 연락했다.

콘서트홀에 돌아와 승행과 함께 움직일 때였다. 한 무리의 팬들이 승행과 세은을 알아보고 다가왔다. 이미 낯이 익은 팬들이었다. 승행이 바로 전 콘서트 때 팬들의 선물이 전달되지 않은 사건을 떠올려서인지 더욱 붙임성 좋게 인사를 건넸다. 팬들은 이쪽에서 먼저 인사를 하자 살짝 들뜬 기색이었다. 그들은 이번에도 선물을 한 아름 맡겼다.

"은형 오빠가 좋아할지 모르겠어요."

한 팬이 넘긴 건 커다란 곰 인형이었다. 거의 사람만한 크기라 승행 혼자 인형을 들 수가 없었다. 세은이 당연히 나섰지만 팬은 선뜻 선물을 내밀지 못했다. 세은의 마음이 쿡 쑤셔왔다. 세은은 애써 더욱 웃었다.

"이번엔 놓치지 않고 꼭 전달할게요. 이렇게 커다란 녀석이면 잃어버리기가 더 어렵겠어요."

이제 갓 스무 살이 됐을까 싶은 소녀는 멈칫멈칫 인형을 넘겼다. 하얀 인형의 목에는 사랑스러운 핑크빛 리본이 묶여 있었다. 세은은 고마움을 담아 더 활짝 웃었다.

승행과 대기실로 돌아가는 즉시 세은은 은형을 찾았다. 은형은 막 대기실로 들어오는 참이었다. 세은은 대뜸 인형을 내밀었다. 은형은 인형의 까만 코를 툭 쳤다.

"내 거야?"

"네. 잃어버리시면 안 돼요."

은형도 세은의 실수를 잘 알고 있었다. 은형은 그 일에 대해 세은을 몰아세우지도, 추궁하지도 않았다. 은형이 세은을 믿는 것인지 관심이 없는 것인지 모르겠다. 다만 그날 밤 은형이 집까지 찾아왔다. 그냥 세은이 보고 싶었단다. 세은은 누가 볼세라 으슥한 골목에 숨었다. 은형은 말없이 세은을 껴안았다. 세은은 그전까지 잘 참고 있었다가 은형의 친숙한 품이 뺨에 닿자마자 훌쩍훌쩍 눈물을 흘렸다. 은형은 그저 안고 있었다. 세은은 거짓말처럼 눈물이 샘솟아 펑펑 울어버렸다. 세은이 다 울 때까지 은형은 가만히 안아주었다.

그 이후 은형은 세은의 실수에 대해 입도 벙끗하지 않았다. 세은도 그런 은형 앞에서 주절주절 변명을 늘어놓을 수 없었다. 변명은 자기 합리화로만 보일 뿐이다. 실수를 만회하려면 입을 놀릴 게 아니라 직접 움직여야 한다. 이번 일들은 좀 더 분발하라는 경고로 삼을 것이다. 은형과 각별한 사이가 됐다고 어느새 마음이 해이해진 모양이다. 재민이 둘 사이를 눈감아준다고 마음 놓고 있었던 모양이다. 은형 곁에 있을 수 있는 건 어디까지나 매니저이기 때문이다. 이 자리를 지키려면 이전보다 더욱 빠릿하게 정신을 차려야 한다. 전화위복으로 삼자, 마음의 각성의 계기로 삼자, 용기를 내자, 은형에게 일이 얼마나 소중한지 역설했던 만큼 발로 뛰자. 세은은 은형에게, 세상 사람들에게 똑바로 잘살고 있음을 보이고 싶었다.

은형은 인형을 보더니 픽 웃어버렸다. 은형은 불현듯 핸드폰을 꺼내더니 세은에게 내밀었다.

"찍어줘."

은형은 어디선가 재민까지 불러와 인형을 사이에 두고 방긋 웃었다. 세은은 핸드폰 카메라로 두 사람과 한 마리를 찍었다. 재민도 무슨 생각을 했던지 오늘 팬들이 주었던 선물을 한자리에 모아 그 앞에 서서 셀카를 찍었다. 팬들이 준 선물이 배경으로 깔렸다. 은형은 그 핸드폰을 세은에게 휙 던졌다.

"책임지고 올려. 난 확실히 받았어."

세은은 핸드폰을 꼭 쥐었다. 바보, 세은은 코끝이 시큰해져 황급히 고개를 숙였다. 은형의 온기가 남은 기기는 세은의 가슴을 따뜻하게 해주었다.

콘서트가 시작되기 직전 미정이 세은을 따로 불렀다. 미정은 세은을 보더니 그저 미안하다고 했다. 세은은 다시 코가 시큰해져서 냉큼 손을 저었다.

"언니가 미안할 게 뭐가 있어요."

"곧바로 믿지 못해서 미안해. 난 너도 사람이니까 그런 실수를 저지를 수도 있다고 생각했었어. 근데 숙희 언니가 네가 그럴 애냐고 하시더라. 숙희 언니는 처음부터 널 믿었어. 꼼꼼하고 세심한 네가 다른 것도 아니고 팬들 선물을 놓칠 리 있겠냐고, 다른 건 몰라도 팬들 선물부터 제일 먼저 챙길 애 아니냐고. 나야 콘서트 때문에 뛰어다니면 잃어버릴 수도 있겠다 생각했는데, 너 전에 그랬잖아, 팬들 선물은 제일 먼저 차에 실어놓는다고."

대구에 사는 숙희는 운영진 중 가장 나이 많은 맏언니였다. 가장 속 깊이 운영진 동생들을 챙겨주던 언니였다. 그 언니가 제일 먼저 세은을 믿어주었다고 하니 저도 모르게 울컥 감정이 치밀었다. 세은은 눈물을 보이지 않으려고 숨을 깊이 들이마셨다.

"하지만 언니 말도 맞아요. 콘서트 때는 들고 다니는 펜도 만날 잃어버리고, 뭐 하나씩 놓쳐서 뛰어다니는데요. 아무리 제가 정신 챙기고 팬들 선물을 챙겼더라도 잃어버리는 게 있을 수 있어요."

"예전엔 한 번도 없던 일이었잖아. 그래서 말인데, 너 요즘 별일 없니?"

특별히 별일이랄 건 없었다. EM의 근황도 아니고 세은에게 별일없는지 묻는 게 오히려 의아했다.

"없다면 다행이고. 혹시 김혜경이라는 애 기억해?"

"네. 무대에서 몇 번 튀는 행동을 했었잖아요. 우리 쪽에서 안 그래도 신경 쓰고 있었는데."

"그 애가 이상하게 널 경계해. 승행 씨한테도 안 그러는데 유독 너한테만 그러더라고."

"아마 제가 EM 팬이라서겠죠. 제가 일반 팬이었대도 팬 중에

EM 매니저가 된 사람이 있다고 하면 똑같이 미워할 거예요."

"음, 그렇지만 혜경이란 앤 좀 조심해. 애가 돌발적인 데가 있어서 카페에서도 애먹이고 있거든."

일반 팬들이 운영진 마음대로 굴어주면 좀 좋겠는가, 하지만 꼭 눈에 띄려고 운영진이 세운 규칙을 어기거나 과격하게 EM에게 달라붙는 팬들이 나왔다. 세은도 운영진이었을 때 당시 운영진에 반발해 따로 카페를 만들자는 움직임이 있어서 얼마나 힘들었는지 모른다. 지금은 모두 추억이 되었다. 그때 따로 카페를 만들겠다던 팬들은 지금 어디서 뭘 하는지 소식조차 들을 수 없었다. 지금 혜경이란 팬도 난리를 피울지 몰라도 시간이 지나면 차츰차츰 잠잠해질 것이다. 눈에 띄려고 아등바등 난리였던 사람들의 대부분이 얼마 지나지 않아 제풀에 지쳐 스러졌었다.

"안 그래도 무대에서 내려가지 않으려던 전적이 있어서 우리 측에서도 조심하고 있어요. 걱정하지 말아요, 언니."

미정은 미진한 표정이었지만 더 말하면 잔소리라 생각했는지 고개만 끄덕였다.

미정을 돌려보내고 세은은 다시 콘서트홀에 돌아가려 했다. 그러다 미정의 속을 썩이는 혜경과 정면으로 맞닥뜨렸다. 세은은 승행이 팬들과 마주쳤을 때 했던 대처법을 떠올리곤 힘껏 미소를 지었다.

"오늘도 와줬네요. 공연 재미있게 보고 가요."

혜경은 세은을 머리끝부터 발끝까지 슥 훑더니 냉소적으로 웃었다.

"눈 제대로 박히고 팔다리 제대로 붙어 있네요. 나간 건 정신인가?"

세은은 미처 대비하지 못했던 공격에 잠시 멍해졌다. 곧 제정신을 차리긴 했지만 EM의 로드 매니저이기 때문에 그저 웃을 수밖에 없었다.

"선물 때문이라면 이제 걱정하지 말아요. 사무실 측에서도 앞으로 팬들 선물을 제일로 챙기라고 했거든요."

"사람이 바뀌지 않는 이상 불가능하지 않겠어요? 지금 당장 정신을 차린다고 앞으로도 차릴 거란 보장이 어디 있는데요?"

세은을 훈계하거나 따끔하게 충고하자는 얘기였다면 마음이 쓰리더라도 세은도 알겠다며 넘어갔을 것이다. 하나, 이 혜경이란 아가씨는 대놓고 시비를 걸고 있었다. 주변엔 점점 팬들이 모이고 있었다. 세은은 혜경에게 맞설 수가 없었다. 세은은 우선 이 자리를 모면하려고 했다.

"화가 난 건 이해해요. 나도 많이 반성하고 있고요. 이제 곧 콘서트가 시작할 테니까……."

"그래도 그만두겠단 말은 안 하네요. EM에게 얼마나 큰 민폐를 끼쳤는지도 모르고."

혜경은 세은을 봐주지 않았다. 세은의 속이 쿡쿡 쑤셔왔다.

"내가 밉고 원망스러운 건 당연해요. 나도 속이 상하니까요. 하지만 실수 한 번에 도망가는 게 더 무책임한 것 아닌가요?"

"기가 막혀. 자기 합리화가 엄청 철저하네요. 하긴, 나라도 EM 곁에 있으면 온갖 착한 척은 다 할 거예요."

미정이 혜경을 각별히 조심하라던 경고가 떠올랐다. 혜경의 경계는 세은이 상상한 이상이었다. 작정을 하고 말을 비비 꼬고 덤벼든다. 혜경은 사람들 눈은 아예 신경도 쓰지 않았다. 하긴, 팬들에게 둘러싸인 상황에서 더 유리한 건 혜경이기도 했다. 하지만 대화 내용을 듣는다면 대체 누가 혜경 편을 들까 싶었다.

"EM을 노리고 매니저도 시작한 거라면서요. 사실은 팬들이 준 선물도, 오빠들이 좋아하니까 질투해서 버렸던 거 아니에요?"

세은을 알아보고 혜경 역시 알아본 팬들이 어느덧 주위에서 귀를 쫑긋 세우고 있었다. 혜경의 말이 끝나기 무섭게 사람들이 쑥덕거렸다. 세은은 여기서 혜경의 말을 받아주고 있었다는 것 자체가 바보짓이었음을 깨달았다. 그렇다고 이대로 물러날 수도 없었다.

"내가 선물 버린 걸 본 적 있나요?"

매니저로서의 위치를 망각한 건 아니다. 하지만 이대로 당하기만 하다간 세은이 정말 개인적인 감정으로 팬들을 질투해 선물을 버린 파렴치한이 되어버릴 것이다.

세은의 반박이 놀라웠던지 혜경이 멈칫했다. 세은은 혜경의 멈칫거림에 순간적으로 깨달았다. 이 혜경이란 사람은 참 머리가 좋은 사람이다. 세은이 매니저로서의 입장 때문에라도 사람들 앞에서 자기에게 반박하지 못하리라 계산하고 있었던 것이다. 그리고 세은을 정말로 아무 능력 없이 오직 EM을 좋아하는 마음으로 매니저를 하고 있는 사람으로 보고 있었다. 공격당하면 대꾸할 줄도 모르고 질질 짤 줄만 알았던 모양이다. 세은을 무척 무능력하고 약한 사람으로 본 것 같았다.

하지만 이 바닥이 그리 만만한 바닥이 아니었다. 자신의 행실이 잘못되면 자기보다 EM의 얼굴에 먹칠을 하기 때문에 참았던 것뿐이다. 세은은 SI와 함께 다니며 자신감이 없으면 쓰레기라는 이 바닥 생리를 깨달았고, JA와 함께 일하며 온갖 악담과 질시를 견디는 법을 배웠다. 세은은 겉보기에 수수하고 얌전할지 몰라도 멍청하게 당하는 것만이 능사가 아니라는 건 확실히 깨닫고 있었다.

"마치 내가 버린 걸 본 적 있는 것처럼 말하는데요. 난 버린 적 없어요. 하긴, 만약 내가 팬들이 준 선물을 버리는 장면을 보았다면 이렇게 나설 게 아니라 진작 온라인상으로 난리를 쳤겠죠."

세은은 혜경이 대꾸할 틈을 주지 않고 마무리를 지었다.

"하지만 이전에도 앞으로도, 내가 팬들의 선물을 버리는 장면은 볼 수 없을 거예요. 선물은 꼬박꼬박 EM에게 전달될 테니까요. 그리고 난 팬들이 준 선물을 버린다는 상상도 못해봤는데 혜경 씨는 그런 면에 있어선 상상력이 뛰어나네요. 혜경 씨도 팬이니까 앞으로도 그런 불상사가 절대 일어나지 않게 빌어주세요. 오늘 콘서트 재밌게 보고요."

세은은 사람들을 헤치고 그 자리를 빠져나갔다. 뒤에서 혜경이라 짐작되는 사람의 신경질적인 비명이 튀어나왔다. 세은은 혹시 매니저로서 EM 얼굴에 먹칠을 할 만한 말을 하지 않았는지 되짚어봤다. 없겠지? 세은은 오랜만에 후련하게 웃으며 콘서트홀에 돌아갔다.

그날 밤, 카페에는 작은 소란이 일었다. EM은 콘서트 중엔 카페에 흔적을 남기지 않기로 유명했는데 그날따라 EM이 팬들에게 받은 선물과 함께 찍은 사진을 올린 것이다. 은형은, 인형놀이 하기엔 내 나이가 너무 먹은 것 같지만 사실 난 귀여운 것들을 정말 좋아한다고 덧글을 달았다. 재민은 사실 먹을 것을 받을 때 제일 행복하다며, 이전에 반건조 오징어를 못 받아서 얼마나 서운했는지 모르겠다고 했다. 지금도 늦지 않았으니 다시 보내주면 다리 한 쪽 은형이한테 주지 않고 자기가 다 먹겠다는 너스레도 떨었다. 그 사진과 덧글이 올라온 주에 카페 접속자수는 카페 생성 후 최고치를 달성했다.

EM이 매니저가 벌인 실수를 무마하려고 사진을 올렸다는 건 다들 알고 있었다. 하지만 그만큼 EM도 미안해하고 있고, 팬들의 선물은 항상 감사하고 있다는 사실을 알게 되었다. 팬들의 마음은 EM에게는 참으로 관대해서 세은 때문에 토라졌던 팬들까지도 EM에게 새삼 열광하게 되었다.

그리고 그 후에 있던 성남 콘서트에선 EM의 차량 하나만으로는 선물을 다 나를 수 없는 진귀한 사태까지 벌어졌다. 재민이 소원하던 반건조 오징어도 이번에는 재깍 배달되었다. 세은은 그날 은형에게만 몰래 고맙다고 소곤거렸다. 은형은 시침을 뚝 뗐지만 입가에는 빙그레 미소가 걸려 있었다.

"뭐가 어떻게 된 거야? 왜 오빠들이 그 여자 편을 드는 거지?"

"어쨌든 로드 매니저잖아. 오빠들 이름에 흠집을 내면 막아야지."

"혜경이 넌 분하지도 않아? 왜 가만히 있어?"

급하게 소집된 자리에서 혜경은 팬들의 불만을 말없이 듣고만 있었다. 혜경을 따라 세은을 경계하고, 세은이 매니저 자리에서 물러나길 바라는 팬들의 모임이었다.

"내가 그 여자를 너무 만만히 봤어. 이 정도쯤 사건을 일으키면 알아서 물러날 줄 알았더니. 하긴, 그렇게 독하니까 오빠들 로드 매니저까지 됐겠지."

"그럼 어떻게 해. 난 이제 그 여자 얼굴만 봐도 구역질이 나. 대체 무슨 수를 써서 오빠들 매니저가 된 거지? 은형 오빠는 어떡해. 그 여자 보기만 해도 싫을 텐데 계속 곁에 있잖아."

"그래. 우린 은형 오빠를 위해서도 그 여자를 쫓아내야 해. 전에 누가 오빠들 스타일리스트 보조랑 안다고 하지 않았나?"

"우리 사촌 언니야. 전에 수면제 때 따끔하게 한 방 먹였다고 생각했는데. 소속사 실장인지 사장인지가 불러서 막 혼내켰대."

"선물 사건으로도 안 떨어지잖아. 그 언니가 또 뭐라고 안 해? 소소한 거라도 좋아."

"자기가 뭐라고 은형 오빠 식사는 자기가 꼬박꼬박 챙긴데. 은형 오빠도 다른 사람이 준비한 걸 받긴 하는데 대부분 그 여자가 주는 음식만 먹나 봐. 우리 언니가 그게 수상해서 스타일리스트 언니를 찔러봤는데, 그 여자만 은형 오빠 입맛을 맞췄다나 봐. 혹시 은형 오빠도 그 여자가 하도 해다 바치니까 점점 마음이 기우는 거 아닐까?"

"그럴 리가 있어? 그랬으면 그 여자가 목숨 걸고 쫓아다녔을 때 진작 마음이 돌아섰겠지. 그리고 그 바닥에도 은형 오빠가 그 여자 싫어하는 거 소문이 파다해. 두 사람만 한자리에 잘 두지도 못하게 한다잖아. 은형 오빠가 하도 신경질을 내서."

"그런데도 자르지 않고 있다니. 소속사는 대체 뭐 하는 거야?"

"지금 소속사를 탓할 때가 아니잖아. 소속사 측에서는 당장 사람이 급해서 그 여자를 데려다 쓴 거랬잖아."

혜경이 대화가 엇나가려는 걸 바로잡았다.

"아, 혜경이네 오빠도 로드 매니저를 하지. 지금은 누구랑 일해?"

"PK라는 신인이랑 일해. 만약 그렇게 급하게 사람을 구해야 하는 처지인 줄 알았으면 내가 우리 오빠를 추천해 봤을 거야. 우리 오빠가 그 여자보다 경력이 더 높단 말이야."

"혜경이네 오빠가 EM 오빠들 로드 매니저를 하면 진짜 좋겠다. 스케줄도 알아다 주고, 대기실에도 들여보내 주고."

"그뿐이게? 가끔 EM 오빠들이랑 밥도 먹을 수 있을걸? 물론 자주는 안 되겠지만. 콘서트장에도 공짜로 들여보내 주고."

"아아, 생각만 해도 너무 좋다."

"그러려면 그 여자를 꼭 내쫓아야 해."

혜경 또래의 여자애들이 순식간에 침묵에 잠겼다. 곧 혜경이 천천히 입을 열었다.

"이런 방법은 어떨까?"

마지막 콘서트 _29

"정말 괜찮을까?"

한 소녀의 불안한 목소리에 좀 더 앙칼진 목소리가 대꾸했다.

"그 여자가 오빠들 곁에 있어서 토 나온다던 건 너였어."

"하지만 이건……."

"이 정도는 해야 그 여자가 잘릴 거 아냐. 그리고 우리 모두 공범이야. 여기서 빠져나간다는 건 불가능해."

"나, 난 무서워."

"다 오빠들을 위해서야. 넌 오빠들에 대한 사랑이 그것밖에 안 되니?"

"아, 아니야!"

"우리가 한 짓인 줄 누가 알겠어. 들킬 걱정도 없으니까 너무 걱정하지 마. 그럼 가자."

"은형 오빠, 이거요."

은형은 리허설을 끝내고 잠시 숨을 고르는 중이었다. 경은이 다가와 은빛 도는 보온병을 내밀었다.

"세은 언니가 대신 주라고 해서요."

세은은 팬들에게 받은 선물을 차에 옮기러 나간 다음이었다. 은형은 고개를 주억거리곤 보온병을 받았다. 오늘은 따뜻하고 묽은 수프였다. 콘서트가 회를 거듭할수록 은형이 씹어 삼키는 것들을 먹으면 체하는 걸 알고 수프를 준비한 모양이었다. 따끈한 빵을 찍어먹으면 맛있겠다며 한 컵을 따라 호호 불어 먹었다. 인스턴트인지 익숙한 맛 끝에 조금 혀에 걸리는 맛이 남았다. 세은답지 않게 수프 맛을 내는데 실수한 모양이다. 하긴, 콘서트 막바지에 이를수록 피곤에 지치는 건 EM만이 아니었다. 함께한 스태프들도 나날이 시들시들해지는 게 보였다. 게다가 세은은 여러 사건이 겹쳐 일어나는 바람에 요즘 들어 더욱 피로해 보였다. 어쩌다 한두 번 정도는 은형의 입맛을 못 맞출 수도 있는 노릇이다. 이거 애정이 식은 거 아니냐며 은형은 속으로 피식 웃었다.

"뭐 먹냐?"

재민이 대기실에 들어왔다. 은형이 먹는 걸 보더니 또 탐을 낸다. 당연히 세은이 준 것인 줄 알면서 항상 흘긋거리기 일쑤였다. 은형은 세은이 준 걸 다른 사람과 나눠먹은 적이 없었다. 세은이 넉넉히 싸들고 와 다른 사람에게 나누어주는 것을 제외하곤. 은형은 재민이 먹고 싶어하는 눈치에도 아랑곳없이 수프를 쭉 비웠다. 양이 적당히 적었다. 은형은 뜨끈한 수프가 들어가자 속이 든든해져 왔다. 절로 흐뭇한 미소가 피어올랐다. 재민이 그걸 보더니 어깨를 툭 떠민다.

"어쨌든 끝이네."

오늘이 벌써 서울 앙코르 콘서트 날이었다. 성남까지의 공연을 잘 마치고 드디어 서울로 입성했다. 여름에 시작한 콘서트는 어느덧 계절을 훌쩍 넘어 겨울로 치닫고 있었다. 오늘이 끝이란 생각만으로도 떨리고 한편으로는 아쉬웠다. 매 회 최선을 다했다고 여겼는데 돌아보면 모자란 구석이 꼭 있었다. 다음 회에는 메우리라 다짐하지만 인간이 하는 일엔 한계가 있는 모양인지 언제나 100% 성에 차진 않았다. 하지만 그의 공연을 모니터 해주는 어느 한 사람은 매회 매회, 똑같은 공연을 몇 십 번은 봤으면서도, 항상 최고라며 감동한다. 그 한 사람이 있어 이번 콘서트는 더욱 힘을 낼 수 있었던 것 같다.

언제나 곁에 있어줬던 사람인데. 돌이켜 보면 3집 콘서트 때부터 거의 항상 함께였다. 세은은 정말 열정적인 팬이었다. 거의 모든 콘서트는 참여했고, EM이 가는 곳이면 어디든 따라왔다. 그때는 시간 많고 돈은 남아돈다며 세은을 비웃었었다. 그렇게 날 따라다닐 시간 있으면 취직 준비나 하라고 속으로 비아냥거렸다. 몇 년의 시간이 흐른 지금, 이렇게 세은의 존재만으로 힘을 얻게 될 줄은 꿈에도 몰랐다.

설마 세은이 없다고 마음 한구석이 뻥 뚫릴 줄, 세은이 보이지 않는다고 세은의 소식을 궁금해할 줄, 세은이 보고 싶다고 무작정 세은의 집까지 찾아갈 줄 누가 알았을까. 지금은 도무지 세은이 없는 생활을 꿈꿀 수 없게 되었다고, 오 년 전의 자기에게 말했다면 은형은 엄청나게 비웃었을 것이다. 하늘이 무너지고 땅이 꺼지면 한번 가능하겠다고 마음껏 조롱했을 것이다.

사람 일은 정말 알다가도 모를 일이고, 어떻게 꼬이고 엮이고 풀릴지 아무도 모를 일이다. 지금은 정말이지 세은이 사라진다면 숨을 쉬고, 무언가를 섭취하고, 잠을 잘 수 있을까 싶었다. 숨 쉬는 것도 잊고, 먹는 것도 잊고, 자는 것도 잊고, 그냥 세은을 찾아다니지 않을까. 세은이 사라진 구멍을 메우려 안간힘을 다 쓰다 죽어버리진 않을까. 정말 음악만 남은 쓰레기가 되진 않을까. 음악 외에는 하등 값어치가 없는.

그렇기 때문에 세은이 도망가지 말라고, 세은의 마음이 바뀌지 말라고, 세은이 원하는 대로 관계를 숨기고 최대한 연락도 안 하면서 지내고 있다. 하지만 그것도 이젠 끝이다. 세은이 원하는 대로 관계는 계속 숨기겠지만 다음 앨범이 나올 때까진 마음껏 사랑할 수 있을 것이다. 이젠 데이트도 좀 하고, 여행도 함께 다니고, 밥도 마음 놓고 같이 먹고, 작업할 때든 쉴 때든 언제든 함께 있을 것이다.

생각만으로도 너무 행복했다. 세은아, 너도 마찬가지야? 콘서트가 끝나면 사실 죽을 만큼 아쉬운데 난 빨리 콘서트가 끝났으면 좋겠어. 널 맘껏 끌어안고 3박 4일은 잘 거다. 자다 깨도 네가 있고, 잠들어도 네가 있고, 다시 깨어나도 네가 있었음 좋겠다. 그럼 얼마나 행복할까, 응?

"이제 끝이지."

재민이 은형의 어조에 쿡 웃었다.

"왜?"

"끝나서 행복한 거 같다?"

"넌 싫어?"

"나도 이 고생 끝난다니까 좋지. 근데 좋아봐야 고작 일주일 가나? 또 무대에 설 일 없나 근질근질하는 거 마찬가지잖아."

"이번엔 아닐걸."

재민이 곧 어처구니없다는 듯이 웃었다. 재민은 은형의 등을 철썩 후려쳤다.

"에라이, 이 자식아. 연애 한두 번 해보냐? 그렇게 좋아?"

"그래, 좋다."

"아이고야. 채은형 이제 갈 때가 됐네."

은형도 삐죽삐죽 웃었다.

세은이 돌아오면 수프 맛 가지고 좀 놀려줄 생각이었는데 세은은 여직 안 돌아오고 있었다. 곧 리허설이 끝이 나고 본 무대가 시작되었다. 은형은 찬미에게서 메이크업 수정을 받고 옷을 여민 뒤 마지막 무대에 올랐다.

일이 터진 건 연속으로 세 곡을 부른 뒤 각자의 간략한 소개를 한 다음이었다. 곧 재민의 솔로 무대가 시작되어 은형은 무대 뒤로 물러났다. 한데 긴장이 풀려서인지, 무대 뒤로 돌아오자마자 은형의 무릎이 꺾였다.

"은형 씨!"

스태프들이 뛰어왔다. 은형은 자긴 괜찮다며 그들이 부축하는 걸 만류했다. 하지만 대기실로 가는 동안 다시 한 번 휘청였다. 은형은 손을 들어 올렸다. 마이크를 쥐고 있는데 아무 감각이 없었다. 손에 석고붕대를 둘렀거나 마치 남의 팔을 꿰어 붙인 것 같았다. 손끝부터 무감각해 왔다. 한 스태프가 마이크를 받아갔다. 무게감이 사라졌는데도 아무 감각도 남지 않았다.

은형이 비틀거리는 걸 보았는지 차 실장과 승행이 부리나케 뛰어왔다. 은형은 무의식중에 승행을 보고 물었다.

"세은인?"

승행은 곧 대답하지 않았다. 은형은 먹먹한 시선을 들었다. 승행은 차 실장을 흘끗 바라보았다.

"세은 누나도 오겠죠. 형 갑자기 왜 이래요?"

"모르겠어. 자꾸 눈이 감기네……."

"은형아, 너 아까까진 안 그랬잖아. 왜 그래, 뭐 잘못 먹었니?"

"먹은 건 아무것도……. 아, 세은이가 준 수프를 먹긴 했는데……."

"세은 씨 어디 있다고?"

"아까 팬들한테 붙잡혀서 제가 먼저 들어왔어요. 이제 들어왔을 텐데, 핸드폰으로 연락…… 아, 저기 오네요."

은형은 반쯤 멍멍한 상태라 머리가 빠르게 돌아가지 않았다. 승행의 말대로 세은이 다가왔다. 은형은 마치 취한 사람처럼 멍하게 세은을 불렀다.

"세은아……."

세은의 표정에 덜컥 겁이 스몄다. 세은은 허겁지겁 다가왔다. 세은의 표정이 너무 놀라고 겁이 잔뜩 질려 보여 은형은 반사적으로 웃었다.

"너 표정이 왜 그래……."

"은형 씨, 괜찮아요? 어디 아파요?"

"아니, 괜찮아. 그냥, 좀……."

사람들 앞인데, 세은이가 싫어할 텐데, 그런 생각을 하면서도 은형은 손을 뻗었다. 세은은 주저주저하다 결국 은형의 손을 잡았다. 은형은 피식 웃었다. 너 다 들키면 끝장이라고 난리 난리 치더니 그래도 내가 더 좋은 거지? 아, 생각은 이렇게 정상적으로 할 수 있는데 왜 자꾸 눈이 감기지.

"세은 씨, 은형이가 갑자기 왜 이러는지 알아? 리허설 때만 해도 멀쩡하던 애가!"

"저도 잘 모르겠어요."

"은형이 오늘 종일 굶다가 세은 씨가 준 수프를 먹었다는데 거기에 무슨 문제 있던 거 아냐? 상했다거나."

"상했다면 화장실로 달려갔겠죠. 형은 무슨 약 먹은 사람처럼 축 늘어져 있잖아요."

승행이 대신 대꾸했다. 은형은 정말 건전지가 나간 인형처럼 승행에게 기대 간신히 서 있었다. 승행이 팔을 푼다면 이대로 바닥에 고꾸라질 것 같았다.

"약 먹은 것처럼? 세은 씨, 그 수프 좀 가져와."

"우선 대기실로 옮기고요!"

세은은 버럭 소리쳤다. 지금 수프가 문제인가? 은형이 쓰러져 있지 않은가. 승행이 은형을 업는 걸 돕고 세은은 황급히 대기실 문을 열었다. 승행이 긴 의자에 은형을 눕혔다. 세은은 찬물을 떠와 승행에게 내밀곤 차 실장이 말했던 보온병을 찾아 헤맸다.

세은은 바닥을 뒹구는 보온병을 찾아 조금 맛을 보았다. 다 식어서 딱히 무슨 맛인지 형용할 순 없었지만 이상하게 혀끝에 껄끄러운 맛이 남았다. 어느새 차 실장이 다가와 세은에게서 보온병을 낚아챘다. 실장 역시 수프 맛을 보더니 고개만 갸웃했다.

"수프에 뭔가 이상이 있었던 것 같지도 않은데. 아니면 은형이 마시는 물에 뭐 이상이 있었던 건가? 맙소사, 마지막 콘서트에 이게 무슨 날벼락이야!"

세은은 차 실장 말에 귀 기울이지 않았다. 지금은 어쨌든 은형을 돌보는 게 최우선이었다. 이제 재민의 차례가 끝나고 은형이 나갈 차례가 돌아온다. 그전까진 무슨 일이 있어도 은형을 무대에 세워야 했다. 관객들을 위해서, SOO 소속사와 EM을 위해서, 무엇보다 은형 자신을 위해서. 일이 어찌 되었든 마지막 콘서트를 망쳤다는 걸 알면 은형은 두고두고 후회를 할 것이다. 자기 관리가 철저하지 못했다는 둥 스스로를 질책할 것이다. 그래선 안 되었다. 왜 이런 일이 벌어졌는지는 차후 문제였다.

세은은 수건을 차가운 물에 적셔 은형의 얼굴을 닦았다. 승행이 찬물을 먹이려 했지만 은형은 거의 못 먹고 있었다. 찬 수건 덕분인지 은형이 가물가물 눈을 떴다. 차 실장은 그제야 제정신으로 돌아와 은형이 정신 차릴 때까지 무대를 지키기 위해 부랴부랴 콘서트 총기획자에게 달려갔다. 승행도 차 실장 뒤를 따랐다.

"정신이 좀 나요?"

"내가?"

아직 제정신으로 돌아온 건 아닌가 보다. 그 짧은 시간에 잠이 들어 시간 감각이 없는 것이다. 여느 때의 은형이었다면 대번에 콘서트부터 물었을 것이다.

"갑자기 왜 이러는지 모르겠어요? 리허설 할 때도 이렇진 않았잖아요."

"몰라."

"혹시 약 먹었어요? 감기약이라든가?"

은형은 대답이 없었다. 다시 깜박 잠이 든 것이다. 세은은 은형을 살짝 흔들었다.

"은형 씨, 제발 정신 차려요. 자면 안 돼요. 콘서트가 아직 남아 있어요!"

"콘서트……."

은형은 가물가물한 눈에 억지로 힘을 주었다. 무슨 말을 해도 귓등으로 듣던 그가 콘서트란 말에 제정신을 차리려 기를 썼다. 은형이 자리에서 일어나려 했지만 곧 힘이 없어 풀썩 쓰러졌다.

"젠장……!"

이렇게 기운없는 그는 처음이었다. 정말 병든 닭처럼 힘이 하나도 없이 골골대고 있었다. 대체 이게 무슨 난리란 말인가. 세은은 차가운 수건을 그의 옷자락 안에 휙 던져 넣었다. 은형이 차가움을 못 이겨 화다닥 일어났다. 세은은 은형의 뺨을 찰싹 때렸다. 은형의 눈에 한순간 초점이 돌아왔다.

"아파."

은형이 인상을 찌푸렸다. 세은은 눈물이 날 것 같았다.

"내가 왜 이러는 거야? 지금 차례가 어떻게 돼?"

세은은 어느새 툭 떨어진 눈물을 재빨리 훔쳤다.

"이제 재민 씨 노래가 막 끝났어요. 곧 나가야 해요."

"젠장. 내 몸이 왜 이래……. 왜 이러는 거야……."

"일어날 수 있어요? 무대에 설 수 있겠어요?"

은형의 목소리가 차츰 잠겨갔다. 세은은 어쩔 수 없이 눈물이 툭툭 떨어졌다. 은형은 일어서려 했다. 일어나 자기 발로 무대에 서려 했다. 하지만 무언가가 그의 사지에서 힘을 빼앗고 그의 정신을 흐트러뜨렸다. 그는 너무 힘들어 보였다. 자리에서 일어났지만 금세 휘청거려 쓰러질 것 같았다. 세은은 힘껏 그를 부축했다.

곧 승행이 뛰어왔다. 무대 뒤에서 구경하고 있던 찬미도 뛰어왔다. 경은은 사촌동생이 왔다며 관객석에 내려가 있었다. 두 사람도 세은을 도와 은형이 거동하는 걸 도왔다.

"재민 형이 MC를 좀 길게 한다고 했어요. 형, 정말 괜찮아요? 이번 노래만 부르면 게스트들을 내보낼 거예요. 그사이에 조금이라도 쉴 수 있어요."

"난 괜찮아."

한 스태프가 마이크를 건넸다. 은형은 부들부들 떨리는 손으로 마이크를 쥐었다. 다리는 풀어지고 초점은 여전히 흐릿하지만 그는 혼자 서 있었다. 세은은 그의 뒷모습에 눈물이 주룩주룩 흘러내렸다.

'힘내요, 은형 씨, 제발 힘내요.'

은형의 모습이 비치자 재민이 슬슬 멘트를 마무리했다. 은형이 천천히 재민에게 다가갔다. 목이 긴 스툴 두 개가 황급히 무대에 투입되었다. 사실 지금이 아니라 공연 중반 즈음에 사용할 세트였다. 그래도 세은은 한숨을 돌렸다. 은형은 무대 위에 오르니 언뜻 정상적으로 보였다. 은형은 재민이 쓴 선글라스를 빼앗아 썼다. 풀린 눈빛을 가리기 위해서인 것 같았다. 재민이 은형은 원하는 건 다 가져야 직성이 풀리는 어린애라며 너스레를 떨었다.

"제가 지금 가장 갖고 싶은 건 여러분의 사랑이에요."

은형이 은형답지 않게 어리광을 부렸다. 관객석에서 엄청난 호응이 터져 나왔다. 동시에 전주가 흘러나오고 은형이 살짝 비틀거렸다. 세은은 급하게 숨을 들이켰다. 하지만 은형은 마치 리듬을 맞추는 것처럼 능숙하게 넘기더니 자기 파트를 부르기 시작했다. 어느 때보다 두텁고 쉰 목소리였다. 원래 은형의 목소리가 아니었다. 하나, 지금 노래 부르기 어려운 상황임을 감안하면 은형의 목소리는 그 어느 때보다 절박하고 애절했다. 힘을 정말로 쥐어짠다는 느낌이었다. 은형의 파트가 끝나자 관객석에서 저도 모르게 박수가 터져 나왔다.

"세은 씨."

차 실장이었다. 우선 은형이 노래 부를 수 있다는 걸 확인했다.

이젠 남은 문제를 해결해야 할 때였다.

"잠깐 나 좀 봐."

두 사람은 대기실로 돌아갔다. 서울 콘서트장은 대기실이 세 개가 나란히 있어 EM은 대기실 하나를 온전히 쓰고 있었다. 찬미와 승행이 무대 뒤에 있어 대기실엔 두 사람뿐이었다.

"뭐부터 물어봐야 하지. 아니, 내가 짐작한 게 맞아?"

차 실장이 무엇을 말하는지 잘 알았다. 은형의 수프에 무슨 장난질을 했냐는 것 이상의, 은형과의 사이를 묻는 것이다. 은형이 반쯤 정신을 잃었을 때 무의식적으로 세은에게 한 행동을 보았다면 누구든 의심하고 말 것이다. 은형은 아무런 스스럼없이 세은을 부르고 세은에게 손을 내밀었다. 사람이 취중일 때 가장 솔직하다고 하던가, 은형 역시 정신이 반쯤 나가니 무의식중에 솔직한 마음이 드러났다. 차 실장에게는 은형이 왜 이 상태가 되었느냐도 문제지만 세은과의 사이가 더 걱정이었던 것이다.

세은은 이제 거짓말로 무마하는 것이 불가능함을 깨달았다. 은형이 내민 손을 잡았을 때부터 이미 각오한 바였다.

"네."

미안하다고 사과하고 싶지 않았다. 일이 이렇게 될 줄 몰랐고, 차 실장에게 걱정하지 말라던 말이 거짓말이 된 것은 사실이라 사과할 수도 있었다. 하지만 은형과의 사이를 남에게 사과하고 싶진 않았다. 사랑해서 만난 거니까, 사랑해서 사랑을 했던 거니까, 그 점을 사과하고 싶지 않았다.

차 실장이 길게 한숨을 내쉬었다. 다시 한 번 환호성이 터져 나왔다. 이제 1절이 끝난 모양이다. 차 실장은 초조하게 담배를 물더니 불도 붙이지 못하고 곧 담배를 뱉어냈다.

"하루이틀 된 사이가 아닌 것 같던데."

세은은 입이 열 개라도 할 말이 없었다. 차 실장도 세은의 침묵 속 긍정을 파악했던지 다시 한 번 긴 한숨을 내쉬었다. 차 실장은 관자놀이를 꾹꾹 눌렀다.

"우선 이번 콘서트는 무사히 끝내고. 그 다음에 얘기하지."

차 실장은 대기실 문을 열기 직전 어쩔 수 없이 세은을 야멸치게 노려보았다.

"정말 실망이야. 난 세은 씨를 믿었는데."

세은이 미처 답하기도 전 차 실장은 무대로 돌아갔다. 세은은 자리에 털썩 주저앉았다. 이제 다 끝인가? 아니, 아직이다. 아직 이번 콘서트가 남아 있었다. 은형에게 후회가 남지 않을 콘서트를 선사하려면 지금 어떻게든 은형을 일으켜야 한다. 게스트가 한꺼번에 나간대도 그 시간은 이십여 분 남짓, 아직 EM이 만든 곡을 부르는 순서며, 신곡 발표며, 깜짝 이벤트며, 많은 순서가 남아 있었다. 세은은 눈물이 솟는 눈두덩을 꾹 눌렀다. 세은은 곧 냉장고에 가 얼음을 전부 다 꺼내 들었다.

은형은 겨드랑이에서 섬뜩한 기운이 나오자 다시금 정신을 차렸다. 세은이 급조해서 만들어준 얼음주머니를 크로스백처럼 몸에 둘렀다. 그 위에 좀 벙벙한 재킷을 입으니 얼음주머니가 거의 보이지 않았다. 등에서 슬슬 녹아내린 얼음덩어리들이 겨드랑이

쪽으로 내려온 것이다. 보기에는 정말 민망했지만 정신을 차리기엔 더없이 좋았다. 사실 이젠 정신을 제대로 차리는 것보다 감기에 걸릴까 봐 더 걱정이었다.

게스트들의 공연 동안 찬물을 세 컵은 마시고 얼음주머니를 차고 잠을 깨려고 별별 수단을 다 썼다. 억지로 손도 따고, 추운 바깥에 나가 덜덜 떨기도 했다. 그러니 어느 정도 사지에 힘이 돌아왔다. 따뜻한 무대로 돌아오면 다시 졸음이 밀려왔지만 얼음주머니 덕에 어느 정도 견딜 수 있었다.

이제 슬슬 공연도 후반부에 접어들었다. 앙코르 곡까지 총 다섯 곡을 부르면 5집 앨범 콘서트는 영원히 끝이다. 이번 곡은 'TO SE', 그가 세은을 위해 만든 노래였다. 재민과 나눠 부른다는 건 맘에 들지 않았지만 지금 상태로는 오히려 다행이었다.

『사랑이 무언지 몰랐죠. 사랑이 무언지 알려준 사람도 없었어요. 그런 내게 사랑을 베푼 사람이 있었어요. 참 작고 작은 사람인데, 그 사람의 사랑은 사랑을 모르던 삭막한 내 마음에 커다란 사랑을 심어놓았어요. 바보였던 난 그게 사랑인 줄 몰라 무겁고 힘들다며 외면했죠. 그 사람이 떠났어요. 아니요, 내가 보냈어요. 난 참 바보였죠. 보낸 다음에야 사랑을 알아버렸으니까. 많이 힘들었어요. 많이도 보고 싶었어요. 그래도 어디서도 그 사람 찾을 수 없었어요. 이별이란, 헤어짐이란 이런 거였어요. 이제 다시 그 사람 소식도, 음성도, 그림자조차 접할 수 없는 것. 어디서 잘살아가는지, 아프진 않은지 걱정도 할 수 없는 것. 난 바보였죠. 그 사람을 보낸 다음에야 사랑이 무언지, 가슴에 사무친 사랑이 무언지 알게

되었어요. 다시 돌아와 준 그 사람에게 내가 해줄 수 있는 건 아무것도 없어요. 난 아직 부족하고 바보이니까요. 하지만 이런 나라도 할 수 있는 게 하나 있어요. 그 사람을 사랑하는 것. 사랑이 무언지 모른 시절 내게 주었던 사랑만큼, 그보다 많이, 그 사람을 사랑하는 것. 부족하고 바보인 나예요. 미안하단 말도 이젠 할 수가 없죠. 그래서 약속할게요. 미안한 만큼, 그대 돌아오는 길이 힘들었던 만큼, 나 그대 사랑하겠노라고. 사랑해요, 나의 사람. 항상항상 그대 하나뿐이었습니다.』

은형의 시선은 절로 무대 뒤, 세은에게 향했다. 세은이 그곳에 서 있었다. 언제나처럼 희미한 미소를 머금고 그곳에 서 있었다. 마음이 차분히 가라앉았다. 처음 이 노래를 만들고 세은에게 불러 주었던 때가 떠올랐다. 세은은 그때 참 많이도 울었었다. 그도 실은 울고 싶었다. 그의 마음을 알아주는 것 같아서, 세은이 정말로 돌아왔다는 증거가 될 것 같아서, 그가 사실 세은에게 얼마나 고마워하는지 세은이 이제 알게 되어서.

아마도 정신을 놓게 하던 그 기운 때문이었을 것이다. 여느 때는 재민의 코멘트를 듣고 맞장구만 치던 은형이었는데 오늘은 먼저 말문을 열었다.

『이제 곧 크리스마스네요. 다들 계획은 있나요?』

있다, 없다 등의 답변이 동시에 터져 나왔다. 은형은 비실비실 웃었다.

『나는 있게요, 없게요?』

거의 '없어요' 라는 대답이 대다수였다. 재민이 우리 팬들은 우릴 너무 잘 안다고 얼버무리려 했다. 그러나 은형은 재민의 사인을 무시했다.

『실은 없어요. 근데 만들려고요.』

"나랑요?"

맨 앞줄에 앉은 누군가가 크게 외쳤다. 그 소리가 꽤 컸던지 관객석 뒤쪽에서도 웃음소리가 터졌다.

『아깝지만 다음 기회로 미룰게요. 올 크리스마스엔 함께 보내고 싶은 사람이 따로 있어서요.』

누구냐고 사람들이 일제히 수군거렸다. 은형은 눈을 감고 흥얼거렸다.

『사랑해요, 나의 사람. 항상 그대 하나뿐이었습니다.』

꺄악, 비명에서부터 여러 가지 탄성이 일제히 쏟아졌다. 재민은 이제 손을 놓았다. 무대 뒤 역시 난리였다. 은형을 향해 차 실장이며 승행이 열심히 자르라는 신호를 보냈지만 은형은 대놓고 무시했다.

『여러분, 사랑이란 건 좋은 거예요. 정말로, 참 좋더라고요. 그러니까 여러분도 많이 사랑하세요.』

은형이 휙 신호를 보냈다. 그러자 기다렸다는 듯 다음 곡의 전주가 흘러나왔다. EM의 흥겨운 곡과 유행했던 댄스곡을 리믹스한 곡으로 이번 콘서트의 엔딩 곡이었다. 백댄서들이 일제히 뛰어나오고 잠깐 동안 댄스 타임이 이어졌다. EM은 의상을 갈아입기 위해 무대 뒤로 물러났다.

은형이 무대 뒤에 돌아오자 차 실장이 대뜸 붙잡았다.

"자꾸 사람 놀래킬 거야? 이것도 약 기운이니?"

"가벼운 여흥이에요. 재밌었잖아요."

"하나도 안 재밌었어. 너 애인 있는 거 공개하고 싶어서 그래?"

은형은 저도 모르게 세은 쪽을 돌아보았다. 세은은 이미 그 자리에 없었다. 주위를 두리번거려도 세은을 찾을 순 없었다.

"옷 갈아입기도 촉박해요. 혼내는 건 나중으로 해요."

재민이 나섰다. 은형은 재민과 승행의 부축을 받아 대기실로 돌아왔다. 초반보다는 많이 나아졌지만 솔직히 딱 쓰러져 죽도록 자고 싶은 심정이었다.

"대체 이게 뭐냐. 나 뭘 먹은 거지?"

"뽕했냐, 대마초냐. 하여간에 볼만하다."

"은형 오빠, 애인 있어요?"

경은이 눈치없이 나섰다. 찬미가 냉큼 눈짓을 했지만 경은은 호기심을 숨기지 않았다. 은형은 승행의 도움으로 옷을 갈아입었다. 무대로 돌아갈 때까지 약 오 분의 여유는 있었다.

"내 사촌동생이 오빠 팬인데. 애인 있는 거 알면 한참 울겠다."

"쓸데없는 소리 마. 초록색 트레이닝 복 챙겼어?"

찬미가 딱 잘라도 경은의 수다는 계속 이어졌다.

"아까는 은형 오빠가 뭐 먹는지 궁금하대서 직접 보여주기도 했다니까요? 사람 먹는 게 다 거기서 거기지. 친구랑 한참 구경한 다음에 돌려주더라고요. 은형 오빠가 화장실 간다고 하면 놀라서 쓰러질 애예요, 걔가."

"은형이가 먹은 거? 아까 수프 말이야?"

"네. 척 보기에도 인스턴트 수프구만. 그게 뭐 신기하다고 한참을 보던지. 아차, 이거 말하지 말랬지, 참."

재민과 승행이 눈빛을 교환했다.

"그게 뭐라고 말하지 말래?"

"그러게 말이에요. 별것도 아니구만 말하지 말라고 몇 번이나 신신당부를 하던지. 근데 말해 버렸네."

경은이 헤헤 웃었다. 재민은 승행이 거의 옷을 입혀주고 있는 은형을 붙잡았다.

"너 오늘 세은이가 준 수프만 먹었냐? 다른 건, 도시락도 안 먹었고?"

"형 안 먹었어요. 도시락 냄새만 맡아도 싫다고 해서 대기실엔 하나도 안 들여놨어요."

승행이 대꾸했다. 은형도 이맛살을 찌푸리더니 고개를 끄덕였다.

"팬들이 준 과자나 음료 같은 건?"

"안 먹었어."

재민도 실은 알고 있는 사실이었다. 은형은 세은이 준비한 먹을거리나 음료가 아니면 입에 대지도 않았다. 찬물을 마셨다간 바로 배탈이 나서 화장실을 들락거리는 통에 나중엔 세은이 물을 미지근하게 데워 은형에게 먹이곤 했다. 베지밀도 데운 걸로만 주고, 이온음료는 냉장고에 넣어두지 않은 것만 마시게 했다. 탄산음료는 애초에 못 먹어서 세은은 은형 전용 이온음료 통을 들고 다니기도 했다. 사실상 은형의 에너지 공급원은 세은이 도맡았다 해도 과언이 아니었다.

하지만 지금껏 세은이 뭔가를 먹여서 은형이 탈이 난 적은 한 번도 없었다. 그런데 하필, 경은이 팬들에게 은형의 먹을거리를 보여준 날, 탈이 난 것이다. 재민은 설마하면서도 만에 하나란 생각을 품었다.

"경은아, 사촌동생 좀 불러봐."

"엑? 정말 그래도 돼요? 내 백으론 대기실에 못 들여보낸다고 기대하지 말랬었는데."

"괜찮아. 친구들도 다같이 들어오라고 그래. 오늘 콘서트 마지막 날이니까 대출혈 서비스를 해주지."

"정말요? 와와, 오늘 내 동생 복 터진 날이네. 꼭 부를게요. 아마 날아서 올걸요?"

경은이 재빨리 핸드폰을 꺼냈다. 답장이 바로 오진 않았지만 당연히 대기실에 오리라 믿었다. 승행이 살짝 재민에게 다가갔다.

"그러고 보면 세은 누나가 갑자기 잠들었을 때랑 지금 은형 형 증상이랑 비슷해요. 나중에 물어보니까 감기약 같은 걸 먹은 것도 아니랬어요. 하지만 세은 누나가 무책임하게 잠을 잘 사람이 아니잖아요."

"나도 그땐 이상하다고 생각했지. 여하간 경은이 사촌동생이 온다면 뭔가 좀 잡히겠지. 근데 마음이 좀 그렇다. 내가 잘못 생각한 거였음 싶네."

승행이 재민을 다독였다.

"형, 힘내요."

"참 세은인? 어디 간 거야?"

"대기실엔 안 왔는데요?"

찬미가 대꾸했다. 때맞춰 세은이 돌아왔다. 어딜 다녀왔는지 숨이 턱까지 찼다. 세은은 은형에게 다가가 옷을 휙 올리더니 옆구리 쪽에 파스 비슷한 것을 턱턱 붙였다.

"그게 뭐야?"

"이 옷으로 갈아입으면 얼음주머니를 댈 순 없을 것 같아서 아이스팩 좀 사 왔어요. 시원해요?"

세은이 싱긋 웃자 은형이 인상을 구겼다.

"이거 뭐야. 얼음보다 더 찬 것 같아."

"여름에 이 녀석 신세 많이 졌잖아요. 기억 안 나요?"

"감기 걸렸을 때? 이거 이마에 붙이는 거 아냐?"

"이마에 붙이고 무대에 나갈 순 없잖아요. 효과가 좀 있어야 할텐데."

"이거 뼛속까지 시리는데."

"그거 다행이네요. 비싼 값 하겠어요."

"이거 비싸?"

"그럼요. 많이 비싸죠."

"나중에 청구해. 차 실장님한테 말해서."

"무대에 안 나가요? 시간 맞추느라 죽을 뻔했는데."

"아, 벌써?"

재민이 이미 문 앞에서 기다리고 있었다. 은형은 세은을 물끄러미 보다가 싱긋 웃었다.

"크리스마스 날 비워둬."

세은에게만 들릴 걸 생각했던가? 은형과 재민이 나간 뒤 찬미가 다가왔다. 세은은 미안한 듯 웃어 보였다.

"내가 언니 연애한다고 했지?"

"뭐가요, 뭐가요? 우리 크리스마스에도 스케줄 있어요?"

경은이 이번에도 눈치없이 끼어들었다. 이럴 땐 경은이 눈치없는 게 정말로 다행이었다. 찬미는 기가 차서 웃지도 못하고 세은만 비싯 웃었다. 찬미는 결국 경은에게 짐 정리나 하라고 팩 쏘아붙였다. 경은은 자기가 뭘 잘못한지도 모르고선 투덜투덜 대며 짐 정리를 시작했다. 찬미는 세은의 어깨를 다독였다.

"힘들었겠네. 난 그것도 모르고 가까이 있는 인간이랑 사랑에 빠지는 게 비겁하네 치사하네 그랬잖아."

"아니야. 숨긴 내가 잘못이지. 그래도 이제 다 들통나서 속은 시원하다."

"그럼 TO SE도 언니 노래 맞았던 거야? 혹시나 혹시나 하면서도 설마 언닌 아니겠지 했는데. 감쪽같이 속았어. 내 눈치도 한물갔다."

세은은 그저 웃어 넘겼다. 찬미도 경은 때문인지 더 물어보진 않았다. 지금 말도 경은에게 들릴까 봐 소리 죽여 건넨 말이었다. 세은은 찬미의 손을 다독이곤 경은을 도우러 움직였다. 경은은 세은이 도와준다고 하니 반색을 하며 어디에 뭘 넣으라고 지시했다. 찬미는 세은 보고 하지 말라고 했지만 세은은 하고 싶다고 나섰다.

"이제 마지막이잖아. 유종의 미는 거두고 싶어."

찬미도 새삼 마지막 콘서트라는데 감회에 젖는 듯했다. 세은은 돌연 찬미를 꼭 끌어안았다.

"그동안 수고 많았어, 찬미야. 나 때문에 고생도 많았을 텐데 많이 도와줘서 정말 고마워."

"언니도 참."

찬미는 눈시울이 붉어지는 걸 숨기려고 허둥지둥 떨어졌다. 찬미는 경은이 짐을 대강대강 꾸리자 잔소리를 시작했다. 세은은 경은이 투덜투덜 대면서도 찬미의 잔소리엔 찍소리도 못하는 걸 보고 그저 웃어버렸다.

그렇게 콘서트가 끝나가고 있었다. 마지막 곡이 끝나기 무섭게 앙코르 요청이 쏟아졌고, EM은 그대로 앙코르곡까지 모두 소화했다. 세은은 무대 뒤에서 콘서트가 끝나가는 걸 끝까지 지켜보았다. 공연이 모두 끝이 나고 EM이 무대 뒤로 퇴장했다. 백댄서들과 얼마나 뛰었던지 땀범벅이었다. 세은은 은형과 재민에게 각각 수건을 내밀었다. 은형은 이제 약 기운이 거의 다 가셨던지 눈빛이 초롱초롱했다. 이번 콘서트로 유종의 미를 거두겠다는 정신력 덕분일 것이다.

"수고 많았어요. 정말 최고였어요. 정말 멋있었어요."

은형은 흥분에 겨워 세은을 와락 껴안았다. 세은은 주변 사람들 눈은 아랑곳없이 은형을 마주 껴안았다. 재민이 은형을 떼어내고 자기도 세은을 덥석 껴안았다. 은형이 뭐라뭐라 투덜댔지만 곧 스태프들과 인사를 나누느라 정신이 없었다. 재민이 세은을 살짝 밀어냈다.

"괜찮아?"

"그럼요."

세은은 웃었다. 콘서트가 무사히 끝났으니 세은의 임무도 이걸로 끝이다. 재민도 곧 스태프들과 인사를 나누었다. 세은은 한 걸음 물러나 무대를 돌아보았다. 장막이 내려오고 벌써 무대를 해체하는 작업이 시작되었다. 장막 건너편에선 사람들이 웅성웅성 돌아가는 소리가 들렸다.

무대 뒤의 어두움, 조명이 모두 꺼진 무대의 공허감, 무대에 EM이 섰을 때의 존재감과 EM을 향해 쏟아지던 엄청난 열기, 모두 기억할 것이다. 이 내음도, 이 소란스러움도, 바쁘게 뛰어다녔던 나날들도, 정말로 힘들었지만 충실하던 하루하루들을, 그리고 가장 사랑하는 사람 곁에서 도움이 되었던 그 시간들을, 세은은 언제까지고 기억할 것이다.

저도 모르게 따뜻한 물줄기가 뺨 위에 번져 갔다. 세은은 잠시 눈을 감았다.

나 때문 _30

이제 막 이십대가 된 소녀들 넷이 대기실 입구 근처를 서성거렸다. 그중 한 명은 은형과 재민도 익히 잘 아는 학생이었다. 혜경이라고 했던가, 한 번은 무대에 무작정 올라와 내려가려 하지 않아 기억하고 있었다. 재민은 조금 오싹해졌다. 아니라고 생각하면서도 자꾸만 의심이 갔다.

경은이 소녀들을 데리고 대기실로 들어왔다. 대기실엔 이미 한차례 소란이 가라앉고 차 실장과 승행, 찬미와 경은, EM과 세은이 모여 있었다. 이런 소문은 최대한 적게 나가는 게 최선이라 생각해 관계자 외의 사람은 하나도 부르지 않았다. 결국 이 소녀들도 관계자란 뜻이었다.

소녀들은 하나같이 앳된 모습에 뺨에는 아직 젖살도 빠지지 않았다. 어떤 기대감 때문인지 콘서트의 여운인지 뺨은 발그레하고 눈은 반짝였다. 저렇게 순진하고 아기 같은 모습인데 설마 그런 장난질을 쳤을까 싶어 재민은 가슴이 갑갑해졌다. 이런 일은 남의, 특히 십대들이 쫓아다니는 아이돌계에서나 있을 법한 일이라서 더더욱 믿기지 않았다. 하지만 일은 확실히 벌어졌고, 은형은 하마터면 약 기운에 취해 콘서트를 망칠 뻔했다. 그 결과와 책임에 대해 그들은 한 번이라도 생각한 적 있을까?

"어서 와. 경은이 사촌동생이라고?"

재민은 특유의 미소를 지으며 먼저 다가갔다. 소녀들은 재민의 실물을 보자 더욱 어쩔 줄 몰라 했다. 기다란 생머리를 가슴 앞으로 끌어내리기에 여념이 없던 소녀가 열심히 고개를 끄덕였다.

"서, 서경미예요. 재민 오빠, 정말 잘생겼어요!"

소녀가 느닷없이 외쳤다. 경미란 소녀의 외침에 뒤에 있던 소녀들도 덩달아 오늘 정말 멋있었다고, 기절할 뻔했다고 난리를 쳤다. 각자 사인해 달라고 내미는 수첩도 천차만별이었다. 어떤 소녀는 사인 받을 곳이 없었는지 티켓을 내밀었다. 재민은 억지로 미소를 유지하며 사인을 했다. 소녀들은 손 잡아보자고, 안아보자고 난리였다. 처음 대기실에 들어왔을 때 어쩔 줄 몰라 가방 끈을 질끈 쥐고 있던 모습과는 상반되는 모습이었다.

혜경은 당당하게 수첩을 내밀었다.

"저 아시죠?"

"혜경이었지?"

재민은 다른 소녀들에게는 이름을 물어본 다음에 사인을 했지만 혜경의 것은 알아서 '혜경에게' 라며 사인을 했다. 혜경이란 학생의 눈에 가득한 자부심과 기쁨을 또렷이 읽을 수 있었다. 재민은 한숨만 나왔다.

"저기, 은형 오빠는……."

경미가 먼저 물고를 터주었다. 재민은 찬 수건으로 눈을 식히고 있는 은형을 흘끗 돌아보았다.

"오늘 상태가 안 좋아서 사인해 줄 기력이나 남았나 몰라."

"전혀 몰랐어요! 정말 멋있었어요!"

소녀들이 다시 일제히 외쳤다. 혜경만 잠잠했다. 재민은 혜경을 잠시 훑고는 자조적으로 고개를 저었다.

"아니야. 나 실은 오늘 콘서트가 어땠는지 물으려고 너희를 부르란 거였어. 오늘 콘서트 괜찮았어? 은형이가 리허설 끝나자마자 갑자기 기절하는 바람에 우린 오늘 콘서트를 취소하려고 했어."

"정말요? 왜요? 은형 오빠 어디 아파요?"

"뭘 잘못 먹은 건 아니에요?"

혜경이 처음으로 나섰다. 재민은 소녀들이 입구에서 서성일 때 이미 경은을 통해 사촌동생과 함께 찾아왔다는 소녀를 확인해 두었다. 그게 혜경인 걸 알았을 땐 정말로 간담이 서늘했다. 혜경이라면 어떤 돌출 행동을 한다 해도 놀랍지 않았기 때문이다. 예전에 어느 콘서트 땐 무대에 내려간 재민을 부둥켜안은 적도 있었다. 마침 댄스 타임이라 적당히 얼버무렸지만 그땐 정말 심장이 튀어나오는 줄 알았다. 가끔 공연이 끝난 뒤 극성맞은 팬들에게 붙잡혀 이동할 시간을 빼앗긴 적은 있어도 콘서트 도중에 달려든 사람은 없었다. 그 사람 하나로 콘서트를 망칠 수 있다. EM의 팬들은 그 정도의 지각은 있다고 믿고 있었다. 혜경은 그런 재민의 믿음을 여지없이 깨버렸고 EM의 팬들의 성숙도를 의심하게 만들었다. 그럼에도 혜경은 자기가 한 짓이 EM에게 어떤 영향을 끼쳤는지는 잘 모르는 것 같았다. 카페에 올린 글 중에서 재민에게 달려들었던 것을 자랑스레 여기는 글을 보았을 땐 정말로 정나미가 뚝 떨어졌다. 혜경은 항상 팬클럽석 티켓을 구매하곤 했는데 SOO의 차 실장의 입김으로 혜경의 자리는 언제나 가장 안쪽이 되었다. 앞으로도, 옆으로도 쉽게 튀어나올 수 없는.

"그러게 말이야. 콘서트 직전엔 워낙 예민해져서 별다른 것도 못 먹는 놈이라 우리 로드 매니저가 각별히 챙기고 있는데도 저 난리네."

혜경이 마치 정말 걱정 된다는 듯 껴들었다.

"혹시 그 로드 매니저가 가져다준 음식이 상했던 건 아니에요?"

"그랬나?"

혜경은 재민의 대꾸에 힘을 얻었는지 거 보라는 듯 세은을 노려보았다.

"보온병에 담겼다고 항상 멀쩡하란 법 없잖아요."

재민의 눈이 번뜩였다.

"그렇지. 그런데 보온병에 담긴 건 어떻게 알았어? 내가 말했었나?"

순간 경미의 얼굴은 하얗게 질렸고, 잘만 떠들어대던 혜경의 입도 얼어붙었다. 하지만 혜경은 애써 태연한 기색을 내비쳤다.

"찍어본 거였어요. 오빠들 로드 매니저는 팬일 때부터 오빠들 잘 챙기기로 유명했잖아요."

"하긴, 그렇지."

"은형 오빠가 먹은 건 로드 매니저가 준 음식밖에 없어요? 그럼 오빠가 갑자기 쓰러진 것도 그 음식 때문인 거 아니에요?"

혜경이 대기실 저편에서 굳어 있는 세은을 지목했다. 재민은 혜경의 말에 맞장구를 쳤다.

"그럴 가능성이 높지. 나도 한입 먹으려던 거 자기 혼자 꾸역꾸역 먹었으니. 은형이가 먹었던 것 중에 내가 못 먹은 건 그거 하나니까."

"그럼 로드 매니저한테 책임이 있겠네요. 은형 오빠가 기절까지 한 걸 보면 그냥 음식이 상한 게 아니라 음식에 이상한 약이라도 탄 게 아닐까요?"

"아, 그럴 수도 있구나. 왜 그 생각을 못했지?"

혜경은 극적으로 한숨을 내쉬었다.

"어떻게 저런 사람이 오빠들 곁에 있는지 정말 모르겠어요. 우리도 다 알아요. 저 여자가 원래는 은형 오빠 스토커였다면서요. 그 기질이 어디 가겠어요? 마지막 콘서트를 노려서 무슨 짓을 하려던 게 아닐까요? 오빠, 우리들은 정말 불안해요. 저 여자 때문에 오빠들이 언제 어디서 무슨 일을 당할지 모르잖아요. 툭하면 우리가 준 선물 전달하는 거 잊어버리고, 툭하면 잠이나 퍼자고, 이번엔 은형 오빠 먹을 것에까지 이상한 짓거리를 하고. 불안하지 않아요? 전 그 생각만 하면 오빠들 걱정에 잠도 오지 않아요."

재민은 땀이 다 식은 탓으로 돌리기엔 너무 섬뜩한 한기가 치밀어왔다. 동시에 기가 막혀왔다.

"다른 사람 쓰면 안 돼요? 혜경이네 오빠도 로드 매니저래요. 지금 PK랑 일하고 있……."

"야!"

혜경이 경미의 말을 툭 잘랐다. 경미는 자기가 뭘 잘못한 건지도 모르고 깜짝 놀라 물러났다. 혜경은 득의양양하게 세은을 쏘아보고 있었다. 재민은 더는 참을 수 없어 손뼉을 짝 쳤다. 혜경과 소녀들이 최면에서 풀린 것처럼 눈을 깜박였다.

"세은이가 잠이나 퍼잔다는 건 어떻게 알았지?"

"우, 우리 사이에선 유명해요."

"은형이가 먹을 음식이 보온병에 담겼다는 건 어떻게 알고? 은형이가 뭘 먹었는지 어찌 알고 보온병 이야기를 꺼냈지?"

"그, 그거야 따뜻한 음식을 주려면……."

"보통 보온병에 음식을 담나? 음료나 수프 정도 얘기가 나와야 보온병이 떠오르지 않을까?"

"그냥, 그냥 나온 얘기였어요. 음식을 따뜻한 곳에 담아 옮기려면 필요한 도구 중 하나니까……."

재민은 이제 정말 참기가 어려웠다.

"그럼 경은이한텐 왜 오늘 너희가 보온병을 봤다는 얘기를 비밀에 붙이라고 한 거지? 보온병을 봤고, 그 안에 수프가 담긴 것도 보았으면서 왜 끝까지 발뺌을 하는 거야?"

혜경 역시 새하얗게 질려 경은을 노려보았다. 경은은 어쩔 줄을 몰라 손을 내저었다.

"그게, 딱히 말하려던 건 아니고, 어쩌다 보니까……. 미안."

"입 싼 년."

혜경이 차갑게 내뱉었다. 지금까지 EM을 걱정하던 모습이 씻은 듯 사라졌다.

"뭐, 뭐?"

경은이 발끈해서 나섰다. 찬미와 승행이 억지로 경은을 막았다. 재민이 뭐라 대꾸하기도 전에 은형이 다가왔다. 여전히 정신을 못 차리는 모습이지만 확실히 세 시간 전보단 나았다.

은형은 혜경 앞에 섰다. 혜경은 표독스런 눈으로 은형을 노려보았다.

"오빠 때문이잖아요. 오빠가 저 여자 싫어해서 우리가 없애주려던 거잖아요! 우리가 우리 좋자고 한 줄 알아요? 다 오빠를 위해서였어요, 오빠만을 위해서였다고요!"

"세은이한테 약 먹인 것도 너야?"

"몰라요."

은형은 혜경이 들고 있던 수첩을 빼앗아 바닥에 내동댕이쳤다. 철썩, 거칠고 날카로운 소리에 사람들이 움찔했다. 소녀들이 까악 비명을 질렀다. 혜경 역시 움찔했지만 아랫입술을 질끈 깨물고 대답하길 거부했다.

"팬들 선물을 버렸다고 덤터기 씌운 것도 너야?"

"몰라요!"

은형은 결국 손을 치켜들었다. 재민이나 누가 말릴 틈도 없었다. 은형의 손이 엄청난 소리를 내며 떨어졌다.

"은형아!"

은형은 제 힘을 주체하지 못하고 비틀거렸다. 재민이 반사적으로 은형을 붙잡았다. 은형이 재민을 밀쳤다.

"놔."

"뭐 하는 짓이야?"

"은형 씨!"

"이세은, 오지 마!"

은형의 오른쪽 뺨이 벌겋게 부었다. 은형은 자기 손으로 자기 뺨을 쳐 내린 것이다. 혜경의 눈이 동그랗게 커지며 부들부들 떨었다.

"무, 무슨……."

"나 때문이라며. 결국은 다 나 때문인 거잖아. 근데 내가 널 벌할 자격이 있겠어? 다 내가 잘못한 건데?"

은형은 다시 손을 번쩍 들어 또다시 자기 뺨을 후려쳤다. 자기가 자기를 때리는 거라 우습게 여길 수도 있겠지만 은형의 뺨에서 터지는 파열음은 둔탁했고 육중했다. 두 번 정도 때렸을 뿐인데 광대뼈가 벌써 시뻘겋게 달아올랐다.

"나 때문이라고 했지, 날 위해서라고 했지. 날 위해서 오늘 콘서트를 취소시키려고 했어? 오늘 콘서트가 취소되면 관객들의 항의며 물게 될 위약금 정도야 아무것도 아니겠지. 특히 팬들이 우리에게 가질 실망과 약속을 지키지 못했다는 불명예 정도야 아주 우스울 거야.”

“우, 우린 오빠들에게 실망하지 않아요. 오빠들에게 실망한다면 그건 진정한 팬이 아니에요.”

은형은 말없이 또 한 번 자기 뺨을 후려쳤다. 혜경이 결국 참지 못하고 고개를 돌렸다. 소녀들은 이미 훌쩍거리고 있었다. 경미가 혜경의 팔을 잡고 늘어졌다. 혜경은 경미를 밀쳐 냈지만 경미는 떨어지지 않았다.

“그, 그만 하자, 혜경아. 그냥 미안하다고 하고…….”

“너희가 왜 미안한데? 잘못은 내가 했잖아. 내가 태어나고 음악을 하고 무대에 선 게 잘못이잖아. 내가 너희 눈앞에 나타난 것 자체가 잘못이잖아!”

“자, 잘못했어요. 우린 그냥 저 여자만 해고시키려고 그런 것뿐이에요. 오빠한테 이상한 짓 하려던 생각은 없었어요. 까악!”

하지만 이미 늦었다. 은형은 또다시 자기 뺨을 후려쳤다. 갈수록 강도가 세어졌다. 세은이 참지 못하고 달려왔다.

“은형 씨! 은형 씨, 제발요, 제발 그만 해요!”

“놔. 내가 무슨 방법이 있겠어? 이대로 널 자르고 저것들이 바라는 대로 한다고 해서 만족하겠어? 내가 존재하니까 또다시 날 위해서라며 죄를 저지를 것 아냐? 그럼 내가 사라져야지.”

은형은 세은을 밀쳤다. 그는 직접 문을 열었다.

“나가. 오늘부로 난 은퇴할 거야. 내가 무슨 잘못을 저질러도 너희는 내 팬이라지. 그럼 내가 죽거나 은퇴해야 너희한테서 해방되겠군. 너희에게 그런 짐을 짊어지게 할 순 없지. 나가, 당장.”

"거, 거짓말이죠, 오빠가 은퇴를 할 리가……."

"넌 팬이라면서 채은형 성격도 몰라? 저 자식이 언제 거짓말하는 거 봤어?"

재민이 중얼거렸다. 혜경은 홱 돌아섰다. 혜경의 눈도 어느덧 뻘겋게 충혈되어 있었다. 혜경은 재민의 옷깃을 부여잡았다.

"거짓말이에요. 말도 안 돼요. 우, 우린 그저 저 여자만 쫓아내려던 거였어요. 왜 오빠들이 은퇴를 해요? 이건 거짓말이야!"

재민은 혜경의 손을 매몰차게 뿌리쳤다. 그는 그대로 차 실장에게 다가갔다.

"뭐, 이렇게 됐네요. 그동안 신세 많이 졌어요."

"뭐? 무슨 소리야, 이건 그냥 연극인 거……. 설마 너희 진심이야?"

"저 자식이 입 밖으로 내뱉은 거 언제 번복하는 거 봤어요?"

"채은형, 채은형! 저 계집애들 처분은 내가 한다고 했지! 그냥 경찰 부르면 될 일 가지고 이게 무슨 난리야! 저것들 콩밥 좀 먹이면 정신 차릴 걸 왜 네가 은퇴를 해!"

그 뒤는 아수라장이었다. 차 실장은 뒤늦게 은형에게 달려가 황급히 대기실 문을 닫고 은퇴 선언을 번복하라고 했다. 은형이 들은 척도 않자 차 실장은 히스테리를 부렸다. 소녀들은 이미 한쪽 구석에서 엉엉 울고 있었다.

"이승행, 경찰 불러, 당장!"

"예, 예!"

"즈, 증거가 없잖아요! 우리가 했다는 증거가 어디 있어요!"

혜경이 발작적으로 외쳤다. 하지만 혜경은 이미 차 실장의 상대가 아니었다. 차 실장은 눈자위가 시뻘게져선 혜경의 코앞에 다가갔다. 혜경이 주춤주춤 물러섰다.

"넌 뇌를 팔아먹었니? 네가 보온병을 가져간 걸 본 증인에 그 보온병은 아직까지 남아 있는데, 증거가 없다고?"

"난 구경만 했어요! 다 저 여자가 한 짓……!"

혜경이 세은을 가리키자 차 실장이 기어이 소리를 질렀다.

"이세은이 그딴 짓을 할 것 같아! 넌 진짜 지진아니?"

"왜, 왜 그렇게까지 저 여자를……."

"이세은이 일을 저질렀다면 이미 삼 년도 전에 저질렀지! 그리고 지금껏 누구보다 책임있게 일해온 사람이야! 감히 누굴 건드려!"

한쪽 구석에선 경미와 그 친구들이 아예 대성통곡을 하고 있었다.

"다 혜경이가 시켜서 한 거예요! 세은 언니한테 수면제를 먹인 것도, 선물을 버린 것도, 오늘도, 다 혜경이가 시켰어요! 우린 아무 잘못 없어요. 다 혜경이가 시킨 거예요!"

혜경은 곧 쓰러질 것처럼 보였다. 혜경이 곧 정신을 차리더니 사납게 비명을 질렀다.

"너희들이 하자고 한 거잖아! 서경미 너, 이세은만 보면 토 나온다고 했어, 안 했어!"

"안 했어! 다 네가 주동한 거잖아! 저, 정말로 전 잘못한 거 하나도 없어요."

혜경이 주룩 미끄러졌다. 혜경은 잠시 허망한 표정을 짓다가 곧 눈물을 주룩주룩 흘렸다.

"말도 안 돼. 이게 뭐야, 이게……."

재민이 혜경 앞에 쪼그려 앉았다.

"우린 세은일 믿고 은형일 맡긴 거야. 세은이가 약을 탈 사람이 아니란 것도 알고, 일을 장난으로 처리하는 사람이 아니란 것도 알고 있어. 갑자기 음식물에 약을 타 먹였다면 바로 세은이 짓이라고 확신할 줄 안 거야? 미안하지만 우리 중 아무도 세은일 의심하지 않았어."

"저 여잘 싫어한다고 했잖아요. 별것도 아니면서 오빠 곁에 있다고 거드름 부리는 저 여자가 정말 미웠어요. 오빠들도 미워하고, 우리도 미워하는데 저 여잘 곁에 둘 이유가 없잖아요."

혜경은 근본적인 오류를 저질렀다. 재민은 슬쩍 몸을 치워 은형과 세은을 보여주었다.

"저거 보여?"

은형은 어느새 바닥에 주저앉아 숨을 가다듬고 있었다. 세은이 곁에서 퉁퉁 부은 은형의 뺨을 보고 눈물을 뚝뚝 흘렸다. 은형은 세은을 와락 끌어 가슴에 안았다. 세은은 벗어나려고 저항을 하다 곧 아이처럼 엉엉 울어버렸다. 은형이 길고 긴 한숨을 내쉬었다.

"저 자식이 지랄할 땐 아무도 못 말려. 그야말로 미쳐 버리는 거지."

하지만 지금 은형은 무척 안정되어 보였다. 오히려 세은이 자꾸만 오열했다. 이젠 은형이 나서서 세은의 눈물을 닦아주고 어르며 세은의 눈물을 그치려고 했다. 재민은 혜경을 돌아보았다. 혜경은 입을 꾹 다물고 눈물을 주룩주룩 흘리고 있었다.

“저 자식이 미쳐 날뛸 때 말릴 수 있는 건 세은이 하나야. 너라면 말릴 수 있을 것 같아?”

자기 뺨을 빨갛게 부어오르도록 후려치던 은형이 떠올랐다. 아무도 건들지 못했지만 세은만이 나서 은형의 팔을 막았다. 은형이 곧 세은을 밀쳤지만 세은은 끝까지 은형을 막아섰다. 은형과 20년 지기 친구라던 재민조차 손 놓고 있었는데 세은만이 은형을 말렸다. 그리곤 결국 은형의 분노가 삭아들었다. 혜경은 믿고 싶지 않았다. 눈앞의 광경도, 보았던 광경들도 모두 거짓말이라 여기고 싶었다.

단 하나 확실한 건 까딱 잘못했다간 감옥에 가게 될 거란 사실이었다. 세은이 은형을 막아서던 모습이 끈질기게 떠올랐지만 혜경은 격하게 고개를 내저었다. EM을 좋아했지만 고작 EM 때문에 인생을 망칠 순 없었다. 혜경은 미친 듯이 주위를 둘러보았다. 경은과 한 여자가 소녀들 곁에서 그만 울라고 다그치고 있었다. 재민은 혜경에게 비명처럼 고함을 쳤던 여자를 말리고 있었다. 매니저인 승행은 핸드폰으로 통화를 하려는 듯한 모습이었다. 지금이다, 지금이 아니면 안 된다. 혜경은 도망쳤다. 사람들이 혜경의 낌새를 눈치 챘을 땐 혜경이 이미 대기실 문을 활짝 연 다음이었다. 혜경의 시야에 언뜻 엉엉 울고 있는 세은과 그런 세은을 다독이는 은형이 들어왔다. 혜경은 이를 악물었다. EM 따위 이젠 질색이었다. 대번에 날 배신한 친구 따위도 필요없다. 다신 상종하지 않을 것이다, 애들도, 세은도, EM도, 모두 다!

혜경이 도망치는데도 아무도 따라가지 않았다. 승행은 그사이 소녀들에게 가 은형에게 먹인 약을 받아냈다. 일종의 신경안정제였는데 모두 다섯 알이나 풀어 수프에 탔다고 했다. 승행은 수프에서 이 약 성분이 검출되면 소녀들 전부를 기소할 수 있다고 덤덤하게 대꾸했다. 소녀들은 울며불며 매달렸다. 차 실장이 다가갔다.

"만약 너희가 다시 이런 짓거리를 한다면 오늘 일까지 합쳐서 고소할 거야. 그리고 비슷한 일이 벌어진다면 제일 먼저 너희들을 용의 선상에 올릴 거야. 알겠어? 지금 나간 혜경이란 애한테도 똑똑히 전해."

재민도 거들었다.

"은형이가 은퇴 안 한다면 그건 다 세은이 덕분이다. 다시 한 번 세은이나 우릴 건드렸다간 EM은 영영 못 본다고 생각해. 너희가 우릴 쫓아다니는 건 고마운데 그 이상의 일을 한다면 은형이가 언제든 은퇴할 수 있다는 걸 기억해라. 왜 은퇴하냐고 물으면 너희 덕분이라고 친절히 공표하겠어. 그럼 다른 팬들이 너희를 어떻게 대할지 한번 상상해 봐."

오늘 일로 EM이 어떤 손해를 입게 될지는 상상하지 못해도 다른 팬들에게 자신들이 어떤 짓을 당할지는 잘 상상이 된 모양이었다. 차 실장은 승행을 시켜 소녀들을 내보내게 했다. 그리곤 경은에게도 엄중하게 경고했다.

"너 입 가벼운 덕을 봤지만 오늘 일어난 일 중 하나라도 바깥에 소문이 퍼지면 네 사촌동생 감방 가는 줄 알아. 알았어?"

경은도 사색이 되어 고개를 끄덕였다. 과연 약발이 얼마만큼 갈지가 의문이었지만 차 실장은 빈말하는 사람이 아니라는 걸 경은도 잘 알 터였다. 차 실장은 EM을 은퇴시키느니 죄를 저지른 소녀들을 가볍게 경찰에 넘길 사람이었다. 경은이 입이 가벼운지는 몰라도 바보는 아니었다.

경은까지 모두 돌려보내고 나니 대기실이 조용해졌다. 은형은 어느샌가 곯아떨어져 있었다. 세은의 품에서였다. 드디어 자도 된다고 여겼던지 정말 세상모르고 잠들어 있었다. 일반 수면제였다면 초반에 들뜬 모습을 보이지도 않고 바로 잠이 들었을 텐데, 신경안정제라서 은형의 신경 어느 부분을 느슨하게 풀었나 보다. 약 기운에 취해 세은을 찾고, 세은을 스스럼없이 대했던 걸 보면.

차 실장은 승행에게서 약을 받아 자기가 직접 챙겼다. 세은이 은형에게 주었던 보온병도 역시 챙겼다. 차 실장은 반 아수라장이 된 대기실을 죽 훑곤 한숨을 내쉬었다. 차 실장은 세은과 은형에게 다가갔다. 세은은 눈가가 빨갛게 물든 채였다.

"괜찮아?"

"은형 씬 이제 괜찮을 거예요."

"아니, 세은 씨 말이야."

세은은 묵묵히 고개를 끄덕였다.

"세은 씨 짓이 아니라고 믿었다는 건 정말이야. 우리 중 누구도 세은 씰 의심한 사람 없어. 우리가 같이한 시간이 얼마인데."

"네. 고맙습니다."

"은형이와의 일은…… 천천히 생각해 보자."

세은은 고개를 털었다.

"아니요. 이미 각오를 했어요. 제가 일을……."

"일이 싫고 힘들어서 그만두고 싶다면 안 말릴게. 하지만, 그래, 나도 좀 더 생각할 시간을 줘. 처음부터 무리라는 거 알고 있었는데. 나도 세은 씰 은형이 곁에 붙인 책임이 있잖아. 그러니까 좀 더 천천히 생각해 보자."

"죄송해요, 실장님."

차 실장이 처음으로 빙긋 웃었다.

"그럼 마지막으로 은형이 좀 부탁할게. 이게 웬 난리굿인가 싶지만 할 건 해야지. 재민이랑 두 사람도 쫑파티 갈 준비해. 승행이는 그전에 은형이 좀 차에다 데려다 주고."

승행이 은형을 업고 세은과 함께 사라졌다. 재민이 슬쩍 차 실장 곁에 다가왔다.

"의외네요. 이번 일도 세은이 때문에 생긴 일이라고 당장 자를 줄 알았더니."

"맘이야 굴뚝같지. 근데 세은 씨 없다고 이런 일이 또 안 생기겠어? 너희 유명세에 비해서 그동안 너무 잠잠했던 거지."

"웬일로 세은이 편을 들어요?"

차 실장은 안경을 벗어 눈을 벅벅 비볐다.

"세은 씨 잘랐다가 채은형이 진짜 은퇴해 버릴까 봐 그런다, 왜."

"역시 우리의 차 실장님."

"젠장, 너희는 무슨 일을 이따위로 처리해? 그냥 경찰 부르잘 때 좀 곱게 따르면 안 됐니?"

"경찰 불러서 저 애들 콩밥 먹이면 실장님 맘은 편하겠어요? 물론 콩밥 먹기 전에 보석금으로 풀려나겠지만. 그 정도로는 저 애들이 반성할 것 같지 않았단 말이죠."

"그렇다고 은퇴하겠다고 해! 자해하면서까지! 오히려 경찰을 불러주는 게 저 애들한텐 더 고마웠을걸?"

"저라고 알았나요 뭐. 은형이 자식이 제 분을 못 이기고 자길 친 거지. 애들 때릴까 봐 조마조마했는데 그럼 사태만 악화시킨다는 걸 알았나 보던데요."

차 실장은 안경테의 끝을 잘근잘근 씹었다. 재민은 잠자코 기다렸다. 차 실장이 결국 조심스레 물었다.

"세은 씨 자르면 은형이가 정말 은퇴한다고 할까? 그렇게 철딱서니없진 않은 앤데……."

"은형이가 오늘 왜 화가 났다고 생각해요? 자기한테 약을 먹여서? 아니잖아요. 세은이한테 누명을 씌워 쫓아내려던 걸 알고 대신 화를 냈던 거잖아요. 그만큼 세은이한테 해를 끼치려는 인간들을 참지 못하겠단 뜻인데……."

차 실장의 눈이 가늘어졌다.

"내가 말을 잘못했지. 너도 세은 씨 편이라는 걸 까맣게 잊었네."

"세은이가 은형이랑 사귄다고 꼭 잘려야 해요? 난 그게 더 이상하네."

"이것도 일종의 사내연애야! 그게 얼마나 귀찮고 피곤한 일인지 알아?"

"둘이 결혼하면요?"

"결혼!"

차 실장이 비명을 빽 질렀다.

"둘이 결혼한데?"

"이상할 거 없는 나이잖아요. 둘 다 스물아홉, 서른인데."

"맙소사……. 안 돼, 그럼 EM은 대체……."

재민이 차 실장의 어깨를 툭툭 두드렸다.

"둘이 결혼하겠단 소릴 한 적은 한 번도 없어요. 나이도 그렇고, 알았던 시간도 그렇고, 이번 사건 때문에도 그렇고, 둘이 그렇게 될 가능성이 크단 얘기지."

"결혼, 결혼……. 너는 몰라도 채은형은 죽을 때까지 싱글일 줄 알았는데!"

"엑? 설마 은형이 좋아해요?"

"미쳤니! 그 성격을 데리고 살 눈 삔 여자가 있을까 싶어서 한 말이었지!"

있었네요. 재민은 혀끝까지 치민 말을 간신히 삼켰다. 지금은 이 정도로도 충분했다. 재민은 싱글싱글 터진 웃음을 감출 생각도 않고 일행을 몰아 대기실을 나갔다. 속으로는 사장이 이 자리에 없어서 천만다행이라 생각하고. 사장은 오늘 뒤풀이 자리에만 참석하기로 했다. 만약 사장이 이 자리에 있었다면 은형과 재민이 아무리 말려도 당장 경찰을 부르고 말았을 것이다. 그의 귀한 상

품에 흠집을 내려 했으니 비싼 돈 처들이며 변호사를 선임해 어떻게든 소녀들에게 콩밥을 먹이고 말았을 것이다. 더불어 세은에 대한 처사도, 조금의 너그러움도 없었겠고. 여하간 은형과 세은이 운이 좋다고 할까, 인간관계 운이 트였다고 할까. 재민처럼 든든한 아군도 있고 말이다. 재민은 여전히 은형과 세은의 결혼에 대해 고민하는 차 실장을 내버려 두고 다른 멤버들 속에 어울렸다.

세은도 놀랐을 테니 택시로 가란 승행의 말을 따르길 잘했다. 택시에 오르자마자 세은은 거짓말처럼 힘이 풀려 흐물흐물 무너졌다. 곁에선 은형이 세상모르고 자고 있었다. 신경안정제 다섯 알이면 병원에 안 가봐도 되나? 하긴, 은형을 해치자고 한 짓은 아니었다. 예전에 신경안정제의 대표격인 바리움의 경우 하루에 여섯 알 정도까진 괜찮다고 했던 것 같다. EM의 같은 운영자이자 간호사였던 수진의 말이라 어느 정도 신빙성은 있었다. 다만 그것을 공복에 한꺼번에 복용해서 걱정이었다. 만약 내일 은형이 깨어나지 않으면 병원에 가는 것도 심각하게 고려해야 할 것이다. 하지만 지금은 도무지 무리였다.

은형의 집에 도착한 뒤 세은은 경호업체 직원의 도움으로 은형을 자기 아파트까지 옮겼다. 세은은 경호업체 직원을 돌려보낸 뒤 정신없이 자고 있는 은형을 물끄러미 바라보았다.

뺨이 붓다 못해 찢어져 있었다. 대체 어떻게 해야 자기 뺨을 이 지경으로 만들 수 있는 것인지. 세은은 부엌에 가 얼음그릇을 만들고 수건을 적신 뒤 은형의 뺨에 올려놓았다. 차갑고 쓰릴 텐데도 은형은 조금 뒤척이기만 할 뿐 깨지 않았다. 세은은 은형이 숙면을 취하는데 방해가 될세라 방의 불을 껐다.

달빛인지 네온사인인지 알 수 없는 어스름한 빛이 방 안에 스몄다. 세은은 빛을 등진 채 은형 곁에 앉았다. 하얀 시트 위로 톡, 물 한 방울이 번졌다.

"바보."

어스름한 빛이 세은의 등을 쓸어 긴 그림자를 드리웠다. 세은은 어렴풋한 빛에 의지해 은형의 뺨에 얹은 수건을 다시 차게 적셨다. 어느덧 밤은 깊어 새벽으로 흐르고 있었다.

은형은 눈을 떴다가 눈을 뜰 때와 감았을 때의 차이가 없을 만큼 컴컴해서 어리둥절해졌다. 잠든 지 얼마 안 된 건가? 잠은 언제 들었지? 게다가 이곳은 그의 방이었다. 은형은 지끈거리는 머리와 뒤집히는 속 때문에 일어나지도 못하고 침대에 누워 끙끙거렸다. 뇌에 주름이 펴졌는지 지금이 무슨 상황인지 도무지 파악이 되지 않았다.

분명 콘서트는 끝냈다. 몽롱한 정신 속에서도 그것만큼은 기억했다. 그리고 세은에게 누명을 씌우려던 애들을 불러다 뭐라뭐라 난리를 쳤었는데. 순간 오른쪽 뺨이 욱씬 쑤셔왔다. 반사적으로 손을 댔다가 더 아파서 손을 홱 치웠다. 날카로운 통증이 스치자 그제야 자기가 한 짓이 떠올랐다. 동시에 세은도.

은형은 침대 옆을 더듬거렸다. 아무도 없었다. 그는 머리며 등이며 뺨이며 속이며 성한 곳이 하나도 없는데도 억지로 일어났다.

문이 굳게 닫혀 있었지만 거실의 불빛이 문틈으로 또렷하게 선을 그리고 있었다. 거실에 누가 있단 뜻이다. 그는 비틀거리며 거실로 나갔다.

거실 소파엔 세은이 누워 있었다. 잠이 들었는지 그가 나와도 아무런 기척이 없었다. 하지만 그는 깊은 안도의 한숨을 내쉬었다. 오늘은 있구나. 세은이 EM의 팀에 합류했던 초기에 은형이 감기에 걸린 걸 간호했으면서 그가 깨기 전에 세은이 사라졌던 걸 아직까지 기억하고 있었다. 오늘도 혹시나 세은이 없을지 모른다는 생각이 들자마자 그는 가만히 누워 있을 수 없었다.

은형은 거실에 둔 전자시계를 보았다. 10시 11분. 농담이 아니었다. 그는 거의 만 하루를 잔 것이다. 아무리 전국투어 콘서트를 하고 뒤풀이까지 참석했다고 해도 그는 24시간을 잔 적이 한 번도 없었다. 이게 다 그 망할 놈의 약 때문이다.

세은을 보니 힘이 풀렸다. 그래도 그는 세은 곁에 가 잠든 모습을 바라보았다.

처음 그녀를 안았을 때였나, 잠들어 있었는데도 그녀는 불편해 보였다. 지금 생각하면 그는 마음으로 사랑을 나누었던 거지만 세은은 그의 몸만 받아들였었다. 그러니 그의 품에서 잠들어도 하나도 편치 않았을 것이다.

지금도 그다지 편해 보이진 않았다. 이젠 은형의 집이 편해질 법도 한데.

그의 그림자가 세은의 얼굴 쪽에 드리웠다. 그 차이를 느꼈는지 세은이 살짝 눈을 떴다. 세은은 그를 보더니 황급히 일어났다.

"일어났어요? 괜찮아요?"

"아니, 안 괜찮아."

세은이 피식 웃었다. 피로하고 초췌했지만 세은의 미소였다. 세은은 바지런히 일어났다.

"뭘 좀 만들어줄게요. 밥해놨으니까 죽을 좀 쑤면……."

은형이 자신을 가로지르려는 세은을 잡아 품에 안았다. 세은은 잠자코 안겨 있었다. 은형은 숨을 깊이 들이마셨다가 내쉬었다. 세은 특유의 청량한 향기가 밀려왔다. 머리를 감았는지 머리카락에선 그의 샴푸 향기가 났다. 어쩐지 기묘하면서 흐뭇했다. 하지만 곧 세은이 그를 밀었다.

"뭘 좀 먹어야죠. 배고프지 않아요?"

밥보다는 세은이 더 필요한데 세은은 그를 지나쳐 부엌에 들어갔다. 은형도 휘적휘적 세은 뒤를 따랐다. 세은은 군더더기 없는 동작으로 냄비를 꺼내더니 밥과 물을 적당히 넣어 가스레인지 위에 올려놓았다. 그의 부엌에 어느덧 완전히 익숙해진 모습이었다. 솔직히 그조차 냄비며 주걱이 어디 있는지 잘 모르는데. 세은이 바스락대며 움직일수록 흐뭇함과 동시에 어떤 서먹함이 느껴졌다. 은형은 서먹함을 없애려 세은을 등 뒤에서 안았다. 세은이 흠칫 놀랐다.

"불 앞에서 이러면 어떡해요."

세은이 그를 밀어냈다. 은형은 얼결에 물러났다. 세은이 그와 몸만 겹쳤을 때의 불쾌감이 스멀스멀 피어올랐다. 안 좋은 예감이 들었다. 세은은 그날도 그와 눈 한 번 마주치지 않았었다. 지금도 세은은 눈을 뜬 직후 지금까지 그와 한 번도 눈을 마주치지 않았다. 웃고 있고 그를 위해 움직이고 있는데 마음은 서늘하게 식어 있었다. 은형은 돌연 가스레인지 불을 확 끄고 세은을 휙 돌려 세웠다.

"은형 씨, 이게 무슨……."

"뭐야, 너 왜 그래."

"내가 왜요. 죽이 싫다면 밖에서 다른 걸 좀……."

"딴청 피우지 마. 너 왜 그러냐고!"

벌컥 소릴 질렀더니 머리가 핑 돌았다. 어지럼증에 눈을 꾹 감았지만 물러나진 않았다. 자꾸만 세은이 냉정히 돌아섰던 그 밤이 떠올랐다. 다 지난 일인 줄 알았는데, 이제 다신 그딴 괴로움 안 겪어도 될 줄 알았는데! 세은을 드디어 가졌다고 생각했던 밤, 그가 정말로 행복했던 그 밤, 세은은 그의 행복을 잔인하게 짓밟았다. 사랑해서 섹스를 한 게 아니었다고, 술김이었다고, 미운 인간이 쫓아다니는 게 얼마나 징글징글한 일인지 알게 되었다고 했다. 그는 사랑을 주었는데 세은은 차디차게 무시했다. 그날의 고통이 생생히 떠올랐다.

이제 다 해결된 줄 알았는데, 이젠 둘이 행복할 일만 남은 줄 알았는데, 세은은 고집스레 그를 외면했다. 은형은 기가 막히고 속에서 천불이 나 세은을 확 잡아당겼다.

"말해. 너 왜 이러는 거야. 무슨 일이야!"

은형은 가장 우려했던 현실이 코앞에 닥쳤음을 깨달았다. 그는 세은의 어깨를 으스러지도록 쥐었다.

"내가 가장 걱정했던 게 뭔 줄 알아? 그 애들이 또 다른 보복을 하는 거? 그 애들이 저지른 것 이상의 사고가 터지는 거? 아니. 바로 이거야. 네가 날 보지 않는 거. 네가 또다시 날 무시하고, 날 외면하는 거!"

세은은 그의 팔을 떨쳐 냈다. 다시 잡으려 했지만 세은이 한 발짝 물러났다.

"뭘 생각하는지 모르지만 난 지금 화내는 거예요."

"화를 낸다고? 뭐에 대한?"

세은이 그를 똑바로 노려보았다. 핑계인 줄 알았는데 세은은 정말로 화난 기색이었다.

"자기가 무슨 짓을 했는지 기억 안 나요?"

"그럼 나보고 가만히 있으란 거야? 내 여자가 그 하잘것없는 것들한테 당하는 꼴을?"

"그런 말이 아니잖아요! 당신 말대로 그 하잘것없는 것들 때문에 했던 짓을 떠올려 봐요!"

세은이 뭘 말하려는지 모르겠다. 은형은 이맛살을 찌푸렸지만 걸리는 건 아무것도 없었다. 급기야 세은이 코앞으로 다가왔다.

"기억이 안 나요? 자기가 은퇴하겠단 선언을 했는데도?"

은형은 진심으로 의아해했다. 그게 어때서? 은형의 태연한 태도에 세은은 코웃음을 쳤다.

"채은형 씨, 당신한테 음악을 빼면 뭐가 남죠?"

너. 은형은 입을 다물었다. 지금 '너' 라고 답했다간 단박에 장난치지 말라고 윽박지를 것 같았다. 세은이 떠나갔던 밤에 느꼈던 불쾌감은 점점 옅어졌지만 또 다른 불안감이 엄습했다.

"난 음악 말고는 아무 값어치가 없어?"

세은이 그렇게 생각하지 않는다는 보장이 없었다. 은형은 특유의 자세로 팔짱을 꼈다. 세은이 그의 팔짱 모양을 보더니 돌연 울컥 눈물을 비췄다. 은형은 정말로 당황했다.

"세은아?"

"내가, 내가 왜 은형 씨를 알게 되고 좋아하게 됐는지 알아요? 왜 은형 씨의 이 팔짱 모양에 반했는지?"

가수로서의 은형을 좋아했던 것 아닌가. 하지만 그건 연인인 세은에게서 가장 듣고 싶지 않은 말이기도 했다. 이젠 아니라고 생각했다. 세은은 그냥 한 남자인 은형을 좋아하는 거라고. 은형은 억지로 힘을 주어 팔짱 낀 상태를 유지했다.

"내가 음악을 그만두면, 가수질을 멈추면 넌 날 사랑하지 않을 거란 뜻이야?"

"당신 바보예요?"

세은이 대뜸 소릴 질렀다. 세은이 이렇게 소리를 지르는 건 오랜만이었다. 세은이랑 사귀기 전 은형이 싫다고 가라고 바락바락 소릴 질렀던 때를 제외하곤 거의 처음이었다. 그때를 생각하면 아직도 간담이 서늘했다. 그래도 한 가지는 확실했다. 세은은 그를 똑바로 쳐다보고 있었다. 감정을 담아, 온 마음을 담아. 그를 무시하고 외면하려는 기색은 조금도 없었다. 세은과 처음 잔 이후 거의 반년이 흘렀는데도 은형은 그날의 기억이 잊혀지지 않았다. 이게 상처인가 보다. 그리고 사랑하는 사람이 준 상처란 건 지독하게도 안 지워지는 것인가 보다. 하지만 지금은 그때완 달랐다. 세은이 감정을 고스란히 드러내며 화를 내는 게 그 증거였다. 이런 말은 지금 길길이 날뛰는 세은에겐 미안했지만 차라리 화를 내주어서 고마웠다.

"은형 씨 삶에서 음악을 빼면 뭐가 남는다고! 왜 그 하잘것없는 것들 때문에 은형 씨가 음악을 그만둬야 하는데! 차라리 죽겠다고 하지! 죽어도 포기하지 못하는 음악에 왜 손을 떼겠다고 한 거야!"

뭐에 놀라고 뭐에 화내고 뭐에 감동해야 하는지 모르겠다. 그저 얼떨떨했다. 세은은 그가 은퇴 선언을, 그것도 그 소녀들 때문에 은퇴 선언을 했던 것에 화를 내고 있었다.

"앞으로 다신 은퇴하겠단 말 하지 말아요. 앞으로 다신, 누구를 위해서도, 당신이 원할 때가 아니면 다신 음악을 그만두겠단 말 하지 말아요……."

세은은 그날처럼 펑펑 울었다. 콘서트 마지막 날, 그러니까 어제, 세은이 엉엉 우는 걸 끝으로 정신을 놓았는데 눈을 뜨자마자 세은이 다시 펑펑 울고 있었다. 어제 세은이 울 때는 모든 사건이 끝나서 안심이 되어 우는 건 줄 알았다. 하지만 오늘 모습을 보니 속이 상해서 울었나 보다. 그가 마음에도 없는, 그러나 진심으로 실행하려 했던 은퇴 선언 때문에.

세은은, 맙소사, 은형은 하마터면 웃어버릴 뻔했다. 세은은 바보스러울 정도로 그를 걱정했던 거다. 그를 너무너무 잘 알기 때문에, 그가 밥은 안 먹고 살아도 음악 없인 못 산다는 걸 알기 때문에, 그게 화가 나서, 그게 걱정되어서, 지금 울고 있는 것이다.

그가 걱정했던 사태는 조금도 일어나지 않았다. 세은이 몸만 주고 떠났던 밤은 영영 되풀이되지 않는 것이다. 그는 세은을 와락 끌어안았다.

세은이 그를 툭툭 때리고 밀쳤다.

"저리 가요, 당신 미워 죽겠어. 자해를 하는 것도 모자라 협박까지 해요? 대체 누구 좋으라고 하는 협박이야. 대체 당신이 얻는 게 뭐였던 거야."

"이세은, 이세은……. 난 네가 어제 일에 책임을 지고 내 곁을 떠나려는 건 줄 알았어."

"그 생각도 해봤어요."

은형의 심장이 한순간 정지했다. 세은의 두 손이 은형의 몸을 둘러 꼭 끌어안았다.

"착한 척, 당신을 위한 척, 떠날 생각도 해봤어요. 근데 너무 싫은 거예요. 내가 곁에 있으면 이런 일 또 벌어질지 모른다는 거 아는데, 머리는 가라는데 가슴이, 마음이…… 그러질 못했어요."

"이 바보야, 놀랐잖아."

은형의 심장은 한순간 멈췄던 게 분했던지 여느 때보다 더욱 힘차게 박동했다. 은형은 세은을 놓칠세라 더욱 꼭, 꼬오옥 끌어안았다.

"그건 절대 날 위한 일이 아니거든? 너야말로 나 없인 못살 거면서 내 곁을 떠나겠단 생각 따위 하지 마."

"나 이기적이어도 되요? 내 욕심만 부려도 돼요?"

"네가 정말 원하는 게 뭔데. 네가 정말 욕심내는 게 뭔데."

세은이 얼굴을 들었다. 세은의 심장이 그의 가슴에 톡톡 부딪쳐 왔다. 세은의 심장도 그처럼 힘껏 펌박질하고 있었다. 눈물로 얼룩진 세은의 얼굴에 어떤 간절함이 스몄다.

"당신."

은형에게 아직 세은을 향한 경계가 있었다면 이 순간 툭 끊어졌다. 은형은 대체 이 사랑스러운 여자를 어찌해야 할지 알 수 없었다.

"돼, 다 돼. 너 원껏 욕심내고 원껏 이기적이어도 돼."

너만이 날 온전히 소유할 수 있으니까. 너만이, 오직 너만이.

은형은 자기 가슴에 세은을 파묻을 듯 꾸욱 눌렀다. 정말이지 이 작은 여자가 그의 심장을 들고 쥐락펴락을 반복한다. 어제 혜경이 일을 벌인 이유가 세은을 그에게서 떼어놓기 위해서란 사실을 알았을 때 확 미쳐 버렸다. 감히 누구를 누구한테서 떼어내? 그 순간 은형은 진심으로 살인 충동을 느꼈다.

이 바보 여자는 모른다. 그가 정말로 없으면 못사는 건 음악도 음악이지만 이세은 바로 자기라는 걸. 어제는 정말로 세은과 함께 있을 수 있다면 자기가 일을 그만두는 게 최고의 방법이라고 생각했다. 은퇴라는 말이 떨어지기 무섭게 마음이 정말로 홀가분했다. 세은은 그의 은퇴 선언을 음악을 그만두는 것과 동일시했지만 그는 가수만 그만둔다는 뜻이었다. 프로듀서로서의 활동에 은퇴가 어디 있겠는가. 그는 죽을 때까지 음악을 할 터인데. 다만 대중들 앞에서 자취를 감추겠단 뜻이었다. 재민에겐 미안하지만 재민 실력이면 솔로로도 충분히 성공할 것이고, 그 역시 가수를 그만두는 건 아쉽지만 무대에서 내려온다고 노래를 못 부르는 것도 아니지 않은가. 그런 면에서 그가 '가수'를 은퇴하는 게 최선이라고 여겨졌다.

하지만 지금은 그의 은퇴 선언이 '가수'만을 뜻했다는 건 비밀로 붙일 것이다. 이 여자가 오해한 덕분에 지금껏 몰랐던 세은의 속을 알게 되지 않았던가. 음악을 그만둔다고 할 거면 차라리 죽겠다고 하지 그랬냐고? 정말 웃음밖에 나지 않았다. 그럼 넌 어떻게 살라고? 너도 따라 죽으려고? 은형은 자꾸만 웃음이 나왔다.

사실 가수로서의 그를 좋아했던 여자니까 한 번쯤은 아직도 날 가수를 좋아하는 감정 정도로만 좋아하나 의심했던 적도 있었다. 그도 그럴 것이 세은이 적극적이었던 건 손에 꼽을 정도, 아니, 거의 없었고, 항상 그가 적극적으로 다가가고 연락하고 보고 싶다고 졸랐기 때문이다. 세은은 어떨 땐 마지못해 받아주는 것처럼 보였었다.

은형은 어쨌든 세은이 필요했기 때문에 그래도 좋다고 생각했었다. 그게 어디냐 싶기도 했다. 만약 그였다면 삼 년이나 주구장창 쫓아다녔던 인간이 이제야 나 좋다고 돌아선다면 당장 그 인간을 요절을 내거나 이 나라를 떠났을 것이다. 세은이 안 그랬던 건 아직 그에 대한 마음이 남았기 때문이 아닌가. 지금 곁에 있는 것도 그 마음의 연장선상이면 어떤가. 지금 세은이 곁에 있고, 앞으로도 있을 거란 확신만 있다면.

그래서 세은이 사랑한다고 고백할 때도, 은형의 품을 파고들 때도, 세은이 겨우 그에게 적응이 됐나 보다 정도로만 생각하고 있었다. 세은이 그를 진심으로 사랑한다는 걸 그도 반신반의했던 것이다.

하지만 이젠 의심하는 마음이 쏙 들어갔다. 거짓말처럼, 내가 왜 여태 세은일 믿지 못했지, 싶었다. 이렇게 날 사랑하는 사람인데, 이렇게 날 사랑하는 사람인데, 이렇게나 날 사랑하는 사람인데! 왜 세은의 마음을 의심했을까! 왜 내 마음만으로 우리 관계가 이어진다고 불안해했을까!

은형은 세은이 좋아 죽을 것 같았다. 은형은 세은을 떼어 얼굴이며 머리며 머리칼이며 가릴 것 없이 키스를 날렸다. 행복했다. 미치도록 행복했다! 이세은이 정말로 날 사랑한단다!

"세은아, 평생 나만 사랑해라."

"응, 에, 네?"

"응이랬어. 너 분명 응이랬어."

"아니, 뭐 그리 당연한 소릴 하나 해서……."

"그래. 그렇단 말이지."

은형은 세은을 번쩍 안, 으려다 관뒀다. 이런 밤에 허리가 나가면 대체 무슨 망신이란 말이냐.

은형은 세은의 손을 끌어 침실로 들어갔다. 세은도 못 이기는 척 은형을 따라왔다. 그 모습조차도 너무 예뻤다. 은형은 세은을 침대에 눕혀 몸을 겹쳤다. 너무 좋았다. 너무너무 좋았다!

"넌 이제 내 거야. 평생 안 놓칠 거다."

"응."

"나도, 평생 놓치지 마."

"응……."

울보 세은의 눈에 또다시 눈물이 고였다. 은형은 빰이 욱신대는 것도 무시하고 세은의 입술에 입술을 묻었다. 아, 너무도 향긋하고 달콤하고 따뜻한 세은이 그곳에 있었다. 은형은 천천히 해야겠단 생각은 냅다 내던지고 허겁지겁 세은의 몸을 더듬기 시작했다.

언제까지나 _31

약 반년간의 콘서트 대장정도 끝이 나고 왁자한 뒤풀이도 끝났다. SOO의 식구들은 혜경이 벌인 일을 알고 세은을 동정하고 격려했다. 동시에 세은이 은형과 사귀는 것에 대한 우려를 숨기지 못했다. 굳이 이것저것 묻진 않았지만 세은을 보는 눈빛에 안쓰러운 기색이 스며 있었다. 그들은 세은이 스타와 사귀게 되었다고 부러워하는 게 아니라 스타의 연인이 얼마나 고달픈지를 절절히 잘 알기 때문이었다. 책망하는 기색도 있었다. 역시 그랬냐는 눈초리도 있었다. 다 세은이 감안해야 할 몫이었다.

의외였던 건 차 실장과 사장이었다. 사장조차도 세은이 은형과 사귀는 걸 알면 펄펄 날뛰리라 예상했는데 애써 참는 기색이 역력한데도 화를 폭발시키지 않았다.

사장의 호출이 있었을 때 당연히 잘릴 각오를 했었다. 한데 사장은 주먹을 쥐락펴락하고 얼굴은 잔뜩 찌푸린 채였으면서도 최대한 목소리를 억눌렀다.

"은형이와 사귄다는 게 사실인가?"

"네."

세은의 짤막한 답변에 사장의 얼굴은 일순간 시뻘겋게 물들었다. 그는 찬물을 벌컥벌컥 들이마시고 한참 심호흡을 한다.

"자네 처분에 대해 차 실장하고 얘기를 좀 해봤지. 우리하고 일한 지 이제 일 년이 다 되어가지?"

거의 십 개월이었다. 거의 일 년이란 시간을 EM과 함께한 것이다. 세은은 묵묵히 고개를 끄덕였다.

"이대로 EM하고 계속 일하는 것보다 차 실장이 미리 제안했던 신인에게 붙는 건 어때?"

세은은 정말로 놀랐다. 이제 거의 일 년을 일했으니 나가라고 할 줄 알았다. 급한 불은 껐으니 EM의 새 로드 매니저도 심사숙고해서 고를 수 있을 것이다. 하지만 세은을 SOO에 남겨둘 줄은 몰랐다. 정말이냐고 되물어도 되는지 아니면 사장의 마음이 바뀌기 전에 넙죽 받아들여야 하는지 갈피를 잡을 수 없었다. 세은은 콘서트 마지막 날 차 실장이 좀 더 시간을 들여 생각해 보자던 말이 떠올랐다. 그 결과가 세은을 은형에게서 떼어놓는 것뿐인가? 잘려도 할 말 없는 세은인데?

세은은 결국 물어보았다.

"저야 정말로 고마운 제안이지만 전에 차 실장님께서……."

"사실 이세은 씨 다시 봤어."

사장이 세은을 따갑게 쏘아보았다. 세은은 입을 다물었다. 사장은 결국 자리에서 벌떡 일어나더니 세은에게서 등을 돌렸다.

"은형인 어떻게 구워삶은 거야, 응? 그 비결 좀 알려줘 봐."

구워삶았다라, 결국 세은을 붙잡는 이유는 세은이 꼭 필요해서가 아니라 은형 때문이었다. 혹시 세은을 다시 건드리면 은퇴하겠다던 은형의 선포 때문인가? 콘서트 날 차 실장의 태도가 미묘하게 친절했던 것도 이해가 되었다. 세은을 자를 때 은형이 또다시 은퇴 운운하면 어떡하는가. 팬들이 세은을 해코지할 때 한 번 발언했던 것을 SOO 측에서 세은을 자른다고 할 때 또 한 번 발언하지 말라는 법 없었다. 그리고 은형은 말하는 건 정말로 실행하는 인간이었고, 이전엔 무슨 일이 있어도 은퇴하겠단 소리는 입에 담지도 않았다. 아무리 힘들어도, 실패를 거듭해도, 인정받지 못해도, 은형이 은퇴를 한 번도 생각해 보지 않았다는 인터뷰를 본 적 있었다. 힘들 때 다 그만두고 싶은 적 없었냐는 질문에, '제가 음악을요?' 라고 대꾸하며 정말 어처구니없다는 듯 웃었단다. 그 때문에 은형이 음악을 얼마나 사랑하는지, 음악이 은형에게 어떤 의미인지 알게 되었다.

한데 은형은 그 음악을 세은 하나로 그만두겠다 선포한 것이다. 때문에 사장 입장에서는 그냥 치기 어린 장난이라고 쉽게 넘어가지 못한 것이다. 은형이 콘서트 음향기기를 도입하려는 과정에서 사장과 맞붙었을 때, '그거 치우면 나 안 해!' 라는 유치한 협박에 넘어간 것도 은형이 한 번 내뱉은 말은 곧 죽어도 실현한다는 성격임을 잘 알기 때문이었다. 그러니 SOO 측에서 세은을 더더욱 건드릴 수 없는 것이다.

"우린 세은 씨 잘랐다가 채은형까지 잃게 생겼어. 이것 역시 세은 씨 능력이겠지?"

날카로운 말이 가슴에 푹 찔렸다. 세은은 이를 악물었다. 참아야 하나? 여기서 더 참아야 해?

"세은 씨한테는 별로 선택사항이 없어. 내일부터는 차 실장이 붙여준 친구하고 다니도록 해. 나가봐."

웃어야 하나 울어야 하나. 은형 때문에 잘려야 할 판국이었는데 이번엔 은형 덕분에 이 일을 계속하게 되었다. 오히려 승진이 빨라졌다고 할까. 실력으로 인정받는 게 아니라 연인 하나 잘둔 덕에 낙하산을 타는 것이다. 이세은, 낙하산이라고 싫다고 할 거니? 네가 그렇게 잘났어? 자존심으로 버티면 누가 밥 먹여주니? 기회는 잡으라고 오는 거야.

확실히 치사하긴 하다. 자존심도 엄청 상한다. 하지만 이 일을 그만둬야 한단 생각에 몇 날 며칠간 우울했던 나날을 되돌아보면 자존심 상한다고 이 자리를 거부하는 건 엄청난 사치였다.

사람 욕심은 정말 한정이 없다던가. 아니면 화장실 갈 때 마음 다르고, 올 때 마음 다른 법인가. 일을 그만둬야 한다고 했을 땐 은형에게 티를 내지 않으려고 애써 아무렇지 않은 척했지만 실은 침울해지고 있었다. 아무리 좋게 생각하려 해도 앞날은 아득하고 어둑어둑했다. 그러던 것이 지금은 어찌 됐든 일을 계속하게 됐다. 당연히 행복하고 기뻐해야 하는 것 아닌가? 세은의 마음은 그렇지만 이전과 별다를 바 없이 침잠해 갔다.

좋게 생각할 수도 있잖아. 지금은 은형 씨 때문에 내가 필요하다지만 이걸 기회로 내 능력을 보여줄 수도 있어. 더 노력하면 은형 씨라는 타이틀이 아니라 이세은이란 이름만으로도 값어치를 인정받게 될 거야. 지금은 콧대 세우지 말자. 이 일을 그만두고 넌 어떻게 살래. 다시 무미건조하던 편의점 알바로 돌아갈 수 있어? 그것만은 정말 싫었다. 어떻게 발견한 천직인데. 이 자리를 뿌리친다는 건 이 바닥을 떠나겠다는 것과 같은 말인데. 그럴 순 없어, 그러기 싫어.

그래, 이런 기회조차 못 얻는 사람도 있어. 투정 부리지 말자, 이세은. 나가달라고 설득하거나 협박하지 않은 게 어디겠어.

"네."

세은은 꾸벅 인사한 뒤 사장실을 나왔다. 차 실장 방에 가니 차 실장이 말없이 황화일을 하나 내밀었다. 곱상하게 생긴 소년의 프로필 사진과 이력서가 들어 있었다. 나이는 찬이보다도 어렸다. 생김생김은 온순하지만 SOO에서 발굴하고 은형이 프로듀싱을 맡았으니 기질과 재능 면에선 꽤 뛰어날 것 같았다.

"유리야, 내가 전에 말했던. 올해 열아홉 살인데 외모만 좀 더 갈고닦으면 꽤 먹힐 애야. 가창력도 그만하면 쓸 만하고. 무엇보다 본인 스스로 적극적이고 열심이야. GIL하고 비슷하다고 생각하면 돼. 그리고 당장 메인은 무리니까 한 반년에서 일 년 정도는 견습 기간을 두자."

처음 약속했던 바와는 달랐다. 차 실장은 지금 붙여주는 메인 매니저 곁에서 반년에서 일 년 정도 보고 배우라고 했다. 세은이 메인으로는 초보이기 때문에 이 정도 유예기간을 두는 게 서로에게는 이득이라고. 처음부터 이 정도 견습 기간은 염두에 뒀었다고. 세은은 구두계약 사항이라 계약위반까지 따질 순 없었지만 그게 아니더라도 가타부타 따질 처지가 아니었다. SOO 측의 작은 보복이라고 해야 하나, 지금 세은 입장에서의 응당한 대우라고 해야 하나, 여하간 세은이 입을 벙끗할 여지는 없었다.

차 실장은 유리를 불러 소개해 주겠다고 했다. 지금 연습실에 있던 유리는 조금 후에 도착한다고 했다. 차 실장은 그사이 담배에 불을 붙였다.

"사장님이 뭐래?"

세은은 쓴웃음을 머금었다. 무슨 말을 했는지 차 실장이 가장 잘 알지 않을까. 차 실장도 사장과 같은 마음일 테니까. 차 실장이 세은의 기색을 보더니 한숨처럼 담배 연기를 내뿜었다.

"세은 씨를 곱게 보지 않는 것까진 이해해 줘. 우리야 문제의 씨앗이 될 세은 씨를 일찌감치 내보내고 싶지만 그럴 수 없는 상황이니까. 지금 당장은 좀 미움받을 거야. 그 정도는 세은 씨도 감안했겠지?"

차 실장은 굳이 세은의 답을 기다리지 않았다.

"세은 씨가 기억을 되찾았다고 했을 때 설마하는 생각을 하긴 했어. 그래도 은형이가 세은 씰 얼마나 피했는지 아니까 괜찮겠거니 했지. 기억나? 내가 처음 세은 씨 헌팅 했을 때. 은형이가 세은 씨 비꼬고 그랬잖아. 혹시 그때부터 시작이었던 거야?"

"아니에요, 그땐. 그땐 정말 그 사람이 싫었으니까요."

차 실장은 어디까지가 진심인지 가늠하려는 듯 세은을 얇은 눈으로 쳐다보았다. 세은은 덤덤하게 그 눈빛을 받았다.

"그럼 어쩌다가? 솔직히 은형이가 뮤지션으로서 탁월하다는 건 인정해. 하지만 남자로서는 영……. 그 지랄맞은 성격 어디 가겠어?"

세은은 피식 웃었다. 아이러니하지만 세은은 그 지랄맞은 성격 때문에 넘어갔다. 밀어내고 밀쳐 내고 떠밀고 도망가도 계속계속 지랄맞게 다가와서, 그냥 얌전히 와도 신경에 거슬릴 판에 가시를 날카롭게 세우고 다가와서, 너무 아프고 아파서, 힘들고 지쳐서, 그냥 포기해 버린 것이다.

그사이 유리가 도착했다. 사진보다 실물이 훨씬 단정하고 고운 소년이었다. 정말 요즘 애들이 맞냐고 묻고 싶을 정도로 얌전했다. 목소리는 은형보다는 재민에 가까운 타입이었다. 약간 낮은 톤에 목소리도 꽤 두터웠다. 목소리만으로는 소년이라기보다 성인 남성 같았다. 세은은 노래하는 걸 들어보고 싶다고 했다. 소년은 갑자기 눈을 반짝이더니 고개를 끄덕였다. 세은은 차 실장에게 인사를 남기고 유리를 따라 연습실로 향했다.

"열아홉 살이면 고3이겠다. 수능 봤겠네."

"그럭저럭 봤어요. 마음 같아선 대학을 안 가고 싶은데 선생님이 대학에 안 갈 거면 이 길도 때려치우라고 하셔서요."

말하는 투로 봐선 은형일 것 같았다. 은형을 선생님이라고 부르니 GIL이 생각난다. GIL도 은형이라면 껌벅 죽었다. 데뷔하고 지금까지 두 개의 앨범을 냈으면서도 은형이라면 선망과 동경의 눈빛을 보내곤 했다. 유리도 마찬가지인 듯했다.

"가고 싶은 데는 어디야?"

"성적에 맞는 데면 어디든요."

정말 노래 말고는 관심이 없는 모양이었다. 세은은 꼭 누구 같다고 풋 웃었다.

실제 들어본 유리의 노래는 세련미라든지 노련미는 없지만 무엇보다 열정에 가득 차고 풋풋했다. 연습을 정말로 열심히 했던지 어렴풋하게 프로의 냄새도 났다. 감정을 살리는 것도 교육받은 대로겠지만 능숙했고 음색이 독특했다. 한번 들으면 쉽게 귀에 붙을 목소리였다. 가창력도 상당했다. 정말 스타일을 가다듬고 콘셉트만 잘 잡으면 GIL 정도의 성과를 얻을 수 있을 것 같았다. 비록 견습으로 떨어지긴 했지만 세은에게 이만한 인재를 붙였다는 건, 세은이 아주 막장은 아니라는 뜻일까? 사장실과 실장실을 거쳐 축 늘어졌던 마음에 활기가 스몄다. 세은은 유리에게 아낌없이 박수를 쳐주었다.

유리는 이번 GIL의 콘서트에서 데뷔하기로 했다. 원래는 EM의 콘서트 때부터 내보내고 싶었는데 유리가 고3이라 은형이 극구 반대한 모양이었다. 사장이 그 때문에 애끓였을 걸 생각하니 세은은 한숨이 나왔다. 상업적인 면에서야 유리가 EM의 콘서트에 데뷔하는 것이 훨씬 이득일 것이다. EM의 팬층은 폭넓었고 콘서트의 관객층도 두터웠다. 그들에게 최소 한 번 이상은 유리를 선보이는 것이다. 그럼 훗날 유리가 정식으로 TV에 데뷔했을 때 사람들은 유리를 더 잘 기억하게 될 것이다. 다만 유리가 고3이라는 것이 걸리지만 유리 본인도 고3이란 이유로 EM 콘서트를 마다하진 않았을 것이다. 문제는 모두 은형이었다. 은형도 유리가 데뷔하는데 자신들의 콘서트가 얼마나 도움이 될지 잘 알면서도 유리를 데뷔시키지 않았다. 유리의 먼 미래까지 보는 것이다. 분명 유리는 성공의 가능성은 가지고 있었다. 하지만 프로의 세계란 그것만으론 부족할 때가 많았다. 진인사 대천명이랄까, 정말로 사람의 힘만으로는 안 되는 무언가가 있었다. 사람의 눈으로 다 갖췄다고 해서 팬이 확보되고 무대 요청이 날아오는 건 아니었다. 그럴 때를 대비해서라도, 유리의 인생을 위해 고3을 날려보낼 수 없었던 것이다. 같은 맥락에서 대학에 가라고 한 것이겠고.

유리 때는 또 무슨 협박을 해서 사장의 뜻을 꺾었는지 궁금했다. 세은은 사장을 동정하면서도 한편으로는 은형이 대견했다.

유리와 헤어지고 나오는 길, 은형에게서 전화가 왔다. 벌써 저녁이 되어버렸다.

[사장이 뭐라 그래?]

차 실장과 똑같은 걸 묻는다. 세은은 당연한 거라며 풋 웃었다.

"유리한테 가래요. 반년에서 일 년 정도 견습 거치면 메인 매니저 자리 주겠대요."

[반년이나 일 년 이내에 우리 둘이 헤어질 거라 생각한다 이거군.]

그렇게 되는 건가. 세은은 한 번도 생각해 보지 않았다. 반년에서 일 년이면 많이 봐줬다고 생각했는데 말 그대로 유예기간이었다. 그사이 은형과 헤어지면 세은은 그대로 잘리는 것이다. 은형이란 끈이 없어졌는데 괘씸한 세은을 계속 붙잡을 이유가 뭐 있겠는가. 은형과 헤어지면 직장도 잃는단다. 참 우스웠다.

직장은 잃어도 직종을 잃진 않겠지? 은형과의 관계가 소문이 퍼진다면 직종조차 잃겠지만 SOO에서 스캔들이 될 만한 일을 떠벌리고 다니진 않을 것이다. 은형은 지금껏 유명세를 누리면서도 스캔들 한 번 일어난 적이 없기 때문에 헤어진 여자에 대한 소문에도, 마른 짚단에 불이 붙듯 여론이 화륵 일어날 것이다. 그렇게 되면 각종 주간지며 월간지며 가십지에서 세은을 찾아와 은형과의 연애에 대해 꼬치꼬치 캐물을 것이다.

안 그래도 마지막 콘서트 때 은형의 발언 때문에 카페가 얼마나 시끄러운지 모른다. 다행히 여론에까지 흘러들어 가지 않았지만 카페는 거의 폭발할 지경이었다. 은형의 성격에 없는 말 하진 않으니 은형에게 애인이 있는 게 확실하다, 은형은 음악과 결혼한지라 여자 따위 없을 줄 알았는데 이건 배신이다, 대체 누구냐, 'TO SE' 란 노래부터가 심상치 않았다, 또 그 세은이란 여자 아니냐 등등. 하지만 가만있을 운영진이 아니었다. 괜히 3집 때부터 약 오년간 공으로 운영진을 해온 게 아니었다. 약 이 년이라는 공백기 동안 은형이 얼마나 힘이 들었을지 생각해 보았느냐, 게다가 은형은 어엿한 성인이다, 은형이 힘들어할 때 은형이 사랑하는 사람이 곁에서 힘이 되어주었다면 팬들로서 고마워해야 할 일 아니냐, 그게 팬으로서의 자세냐, 왜 사랑하는 가수가 행복해지는 걸 용납하지 못하느냐며 그들이 '팬' 일 뿐임을 강조했다. 그리고 세은에 대한 이야기도 빼놓지 않았다. 만약 은형이 정말 세은을 사랑하게 돼서 'TO SE'를 만들었다면 왜 지금일지 생각해 본 적 있느냐, 세은이 은형의 팬으로서 지난 삼 년간 쫓아다녔어도 이런 스캔들 한 번 일어난 적 없었다, 은형은 어디까지나 정중하게 팬으로서 세은을 대했다, 그건 운영진들 모두가 증인이 되어줄 수 있다, 로드 매니저가 됐다고 갑자기 감정이 변했으리라 생각하느냐, 은형이 그렇게 곁에 있는 사람에게 덥석덥석 잘 빠지는 사람이었다면 세은보다 훨씬 더 가까이에 있었고 더 오랫동안 함께했던 스타일리스트한테 먼저 빠졌어야 했던 것 아니냐, 세은이 은형의 팬이었기 때문에 'TO SE'가 세은을 위한 노래라고 생각하나 본데 그게 세은의 감정이지 은형의 감정이냐, 너무 억지로 끼워다 맞추는 것 아니냐.

운영진의 입김은 막강한 데다 상대적으로 이성적이어서 은형을 원망하고 세은을 공격하는 글들은 어느 정도 수그러들었다. 게다가 운영진은 은형이 세은을 얼마나 싫어했는지 알기 때문에 글들이 더더욱 설득력 있었다. 운영자 미정은 오히려 세은에게 전화해서 카페 일은 신경 쓰지 말라고, EM이 지금 활동을 접은 상태이기 때문에 곧 잠잠해질 거라고 안심시켰다. 웃어야 할지 울어야 할지, 세은은 한숨만 나왔다.

SOO의 입장도 고려해야 했다. SOO 측에서 세은을 믿는다면 세은이 말 안 할 사람이라고 안심하겠지만 사장 성격에 세은을 믿을 것 같진 않았다. 세은을 불신할수록 세은을 더욱 조심스레 대할 것이다. 자르고 싶어도 자를 수 없는 상황이 또다시 벌어지는 것이다. 그래도 결국 직종을 잃진 않게 된다.

참 밥 벌어먹고 살기 힘들다. 참 더럽고 구차하다. 그래도 이 일을 해야 하나? 세은은 피식 웃었다. 원래 사는 게 다 더럽고 구차하고 힘들기 마련 아닌가. 사장에게 특히 스트레스를 줘서 미안하지만 사장을 위해 곱게 물러날 생각은 조금도 없었다. 은형을 위해서 물러났어야 했는데도 자리를 지켰는데 사장에게 지킬 의리는 희박했다.

이제 남은 일은 사장에게 은형이 아니라도 세은은 쓸 만한 인재라는 걸 인정하게 하는 일이었다. 정말 길고 지루한 싸움이 될 것이다. 한순간도 긴장을 늦추지 못하고 쫓기듯 앞을 향해 달려가야 하는 상황인데도 세은은 어쩐지 들뜨고 있었다. 비 온 뒤 땅이 굳는다. 역경이 있을수록, 방해물이 커다랄수록, 의욕이 더 샘솟는다. 이 일이 정말로 좋기 때문이다. 세은이 실은 얌전히 주어진 것을 받아먹기보단 원하는 것을 쫓아 달려가는 성격이기 때문이다. 예전의 은형에게처럼.

"헤어질 거예요?"

[넌?]

질문에 질문이라. 세은은 새침하게 대꾸했다.

"은형 씨 하는 거 봐서요."

은형이 혀를 찼다.

[이세은 많이 컸어. 하는 거 봐서라고? 너 그러다 혼쭐난다.]

"내가 상전을 모시는 건가. 연애는 남자랑 여자가 하는 거예요. 남자 쪽이 잘못하면 여자가 떠나는 거지 뭐."

[떠난다는 말을 왜 그렇게 쉽게 하냐?]

은근히 예민한 대꾸였다. 아직 이런 농담을 할 때가 아닌가 보다.

"연애가 그렇다는 거죠. 내가 그렇다는 건가."

[거봐. 내가 잘못해도 안 갈 거면서.]

하, 청취력 한번 죽인다. 그 말을 이렇게 받아쳤다 이거지?

"세상은 흑백논리로만 해석하면 안 돼요. 은형 씨가 잘못하고도 싹싹 빌지 않으면 고려해야지."

[마치 나만 잘못할 것처럼 말하는데, 이세은 씨는 그럼 완벽하신가?]

"흠, 그럼 잘못하고도 싹싹 빌지 않겠다는 말이에요?"

세은이 날이 선 목소리로 대꾸했다. 은형은 잠시 침묵하더니 한숨처럼 말했다.

[누가 그렇대. 잘못했으면 너든 나든 싹싹 빌어야 한단 말이지.]

세은은 쿡 웃었다. 결국 잘못하면 천하의 채은형도 세은에게 싹싹 빌겠단 말 아닌가. 하여간에 자존심은 세가지고, 순순히 지질 않는다.

[저녁 먹자. 그 안이라고 알아?]

"그안? 어느 나라 말이에요?"

[국산 말. 이탈리안 레스토랑이야. 먹을 만해.]

세은이 연습실 앞이란 말에 은형이 어디까지 나오라고 지정했다. 세은이 그 자리에 도착하니 곧 은형도 도착했다. 세은은 내심 놀랐다.

"오는 중이었어요?"

"차 실장한테 연락해 봤지. 유리 연습하는 거 보러 갔대서 이제 슬슬 나올 때가 됐다 싶었거든."

은형은 멋들어진 선글라스를 낀 채였다. 안 그래도 화려한 사람이 선글라스까지 끼니 '나 연예인이에요' 전광판을 밝힌 것 같았다. 세은은 알고 한 행동인지 무의식적으로 한 행동인지 묻고 싶었다.

"거긴 사람 안 많아요?"

"안 많긴. 아줌마들 계하는 분위기인데. 동네 식당이거든."

"그럼 일부러 선글라스 끼고 온 거예요?"

"이럼 대충 못 알아보더라고."

세은은 한숨을 내쉬었다. 진심일까? 이보세요, 채은형 씨. 못 알아보는 척하는 것뿐일 거예요.

"은형 씨는 가끔 보면 스타라는 자각이 없어요."

"자각이 있으면? 난 그냥 노래쟁이야. 노래 만드는 게 좋고 부르는 것도 좋고 듣는 것도 좋아하는."

"자기가 생각하는 자기의 모습과 남들이 보는 자기의 모습에 엄청난 괴리가 있다는 건 알아요?"

"태어날 때부터 이마에 스타라고 써 붙이고 나온 것도 아닌데 뭘 그래."

"스타라는 자각을 심어주려면 스케줄 좀 늘여야겠네요. TV에 노출돼 봐야 자기가 스타란 걸 알지."

"됐어."

세은은 문득 이제 더는 EM의 매니저가 아니라는 걸 깨달았다. 은형이 그 점을 지적하는 줄 알았다.

"이젠 필요 최소한만 뛸 거야. 다음부턴 5집 때처럼 안 해."

"활동을 줄이겠다고요?"

"늘릴 필요가 없어졌거든."

그가 씩 웃었다. 세은은 입을 살짝 벌렸다. 그가 세은 때문에 스케줄을 늘렸다는 고백이 새록새록 떠올랐다. 정말 농담이 아니었던 거다. 그리고 이젠 세은이 그의 연인이 되었으니 새삼 대중매체를 통해 목소리를 들려주지 않아도 된다고 판단한 것이다. 그렇다고 활동을 줄여? 대체 저 제멋대로인 성질을 어떻게 뜯어고쳐야 할지 난감했다.

그러나 세은의 입가엔 어느덧 미소가 걸려 있었다. 은형은 아마 가수를 그만둔다 해도 세은만의 채은형이 되진 않을 것이다. 그는 음악을 계속할 것이고, 음악을 계속하는 한 그의 유명세는 계속 유지될 테니까. 그래도 활동량이 줄어들면 은형의 팬이 더 늘어나는 건 막을 수 있을 것이다. EM의 전 로드 매니저로서 EM의 활동이 줄고 팬이 주는 건 정말 아쉬웠지만 은형의 연인으로서는 더할 나위 없이 기쁜 소식이었다. 그가 일을 줄인다면 자동적으로 만날 시간도 늘어나니까. 세은은 저도 모르게 빙그레 웃는 걸 지우려 입 안쪽 살을 깨물었다.

"근데 정말 은형 씨를 몰라보는 사람은 없을 거예요."

세은은 어쨌거나 대중 레스토랑에 가는 게 걱정이었다. 세은이 은형의 연인이라 은형을 더 높이 쳐주는 게 아니었다. 세은이 은형 팬이었을 땐 언제 어디서도 은형을 알아볼 수 있었다. EM의 팬이라면 그 정도 수준은 기본이었다. 그리고 이번 5집 앨범을 통해 EM은 거의 국민가수 수준으로 올라선 상태였다. 은형은 거기에 뮤직 비디오도 찍은 터라 더더욱 얼굴이 잘 알려지게 되었다.

"그럼 내가 스타라서라기보다 대중에게 노출도가 높아서일 거야. 재민이야 생긴 게 번지르르하니까 뭘 해도 서재민인 걸 알아보지. 난 아니잖아?"

세은은 정말로 진심인지 되물었다. 은형이 선글라스를 머리 위로 올렸다. 그제야 은형의 눈이 똑똑히 보였다.

"내가 나란 인간으로 좋은 평 받길 바라는 놈이라고 생각해?"

"아뇨."

세은은 똑똑히 대답했다. 저 성질머리로 좋은 평을? 저 유치하고 막무가내에 자기가 원하는 건 기어이 갖고야 말고 이루고야 마는 똥고집쟁이가? 음악가로서는 틀림없이 필요한 재능일지 모른다. 하지만 인간으로서는 사회성 제로도 부족해 사회성 결여 혹은 사회 부적응자란 평을 받을 것이다. 세은의 단호한 대답에 은형이 다시 선글라스를 내렸다.

"나한테 중요한 건 내 음악에 대한 반응뿐이야. 가끔 생각하지. 나란 인간은 인간으로서의 쓸모는 거의 없다고. 이 몸뚱이는 음악을 담아내는 그릇, 혹은 음악을 표현하는 도구에 지나지 않는다고."

음악에의 깊은 애정을 느끼면서도 세은은 동시에 외로웠다. 음악을 담는 그릇이라는 은형에게는 세은이 낄 여지가 없었다. 은형이 세은의 기색을 느꼈는지 문득 세은의 손을 잡아 기어 위에 올렸다. 은형은 그 채로 기어를 조작했다.

"이탈리안 좋아? 거기 파스타가 맛있어."

"파스타 좋아해요. 사실 나 면 귀신이에요. 냉면, 밀면, 칼국수, 소면, 스파게티, 라면, 면이라면 정말로 좋아하거든요."

"알아."

알아. 간결한 두 음절에 허전했던 가슴이 그득 차 올랐다. 그제야 손을 덮은 은형의 온기가 전해졌다. 마르고 뼈마디가 두터운 손이라 가죽과 뼈만 닿는 줄 알았는데 그의 마음도 확실하게 닿고 있었다.

"다음 주에 드라이브나 갈까?"

"어디로요?"

"부산?"

세은은 살짝 잔기침을 했다.

"부산을 드라이브나 갈까 정도로 표현하는 거예요?"

"겨울바다 싫어?"

"싫다니 무슨 말씀을. 난 서울 촌닭이라 겨울바다에 대한 환상이 있다고요."

"그럼 그 소원을 이뤄주지. 한겨울의 바다에서 일출을 봐야 그 소리 쏙 들어가지."

하지만 세은의 가슴은 두근두근 뛰기 시작했다. 한겨울의 바다에서 일출을? 상상만으로도 행복했다. 수평선 너머로 동그랗고 새빨갛게 타오를 해의 모습이라니. 날아갈 것 같은 해풍도, 살을 에는 칼바람도, 해의 뜨거움을 식히진 못할 것이다. 세은은 상상만으로도 마구 설레었다. 은형이 그 모습을 보더니 흐뭇하게 웃었다.

둘은 드디어 그 안이라는 레스토랑에 도착했다. '그 안에 맛있는 레스토랑'이 정식 이름이었는데 '그 안'이란 글자가 더욱 또렷하고 컸다. 상가 내에 있는 레스토랑으로 저녁때인데도 중년의 아주머니들이 여유롭게 자리를 잡고 있었다. 다 큰 자녀와 함께 온 어머니부터 와글와글 모여 수다를 떠는 아주머니들, 편안한 차림으로 자리를 잡은 한 커플 등등 정말 동네 식당 분위기였다. 다만 앉아 있는 사람들 차림새가 유독 부티 나고 레스토랑 내부가 차분하며 고급스럽단 차이가 있을 뿐? 생각해 보면 어마어마한 차이인데 레스토랑 내의 편안한 분위기에 큰 차이를 느낄 수 없었다.

예약한 자리로 안내 받았다. 가장 안쪽에 자리한 곳이었다. 이미 자리를 잡은 손님들이 은형의 화려한 모습을 보고 힐끗거렸다. 언뜻 보면 연예인인가 생각이 들 테고, 정말 연예인인가 싶어 뜯어보면 은형인 걸 알게 될 것이다. 삼십대로 보이는 두 여자는 은형을 보고 잠깐 동안 술렁이고 함께 온 세은을 보고도 한참 동안 떠들었다. 그들 쪽을 힐끔거렸지만 이쪽으로 다가오려는 낌새는 없었다. 세은은 이것도 이 동네 특유의 분위기인가 보다 싶었다. 유명 연예인을 봐도 호들갑을 떠는 건 품위가 떨어지는 일이라고 생각하는 것. 돈 많은 사람들이라고 너무 편견을 갖고 보는 건가 싶지만, 이곳이 어디인가, 바로 도곡동 내 상가 아닌가. 그런 생각을 갖지 말라는 게 서민인 세은에게는 무리였다.

동시에 은형이 왜 이곳을 편하게 생각하는지 알 수 있었다. 은형을 보고도 달려드는 사람이 없는 데다 직원들은 좀 더 들떠 보이기만 할 뿐 특별히 신경 쓰이게 굴지도 않았다. 다만 입구 쪽에 종업원이 갑자기 늘었다는 것? 그것도 잠시, 곧 다들 일하러 흩어졌다. 세은은 은형이랑 함께 다니면 이런 일이 비일비재하리라는 걸 깨달았다. 사람들은 은형을 보러도 왔지만 함께 온 세은에 대해 더한 궁금증을 가질 것이다. 은형이 둘의 사이를 숨길 생각이 없는 이상 세은은 항상 이렇게 노출될 것이다.

그리고 은형을 숨기고 싶지 않은 건 세은도 마찬가지였다. 소문이 어떻게 퍼질진 몰라도, 이러다 덜컥 두 사람의 관계가 여론에 발각될지 몰라도, 세은의 연인이 은형이라는 걸 더는 숨기고 싶지 않았다.

더 엄밀히 말해서 연인이 스타라는 이유로 남들보다 더욱 각별히 조심하며 연애하고 싶지 않았다. 데이트 하고 싶으면 하고, 맛있는 거 먹으러 다니고 싶으면 다니고, 영화나 공연 보고 싶은 게 있으면 같이 다니고 싶었다. 남들 눈치 보며 하고 싶은 걸 참고, 보고 싶은 것도 참고 싶지 않았다. 그런 시간은 혼자 짝사랑할 때만으로도 충분했다. SOO에 두 사람 사이가 알려진 이후 은형이 떳떳이 데이트를 하는 것이 기뻤다. 무슨 생각으로 공개적으로 데이트를 하는진 모르지만 적어도 세은을 부끄럽게 여기며 숨기려는 건 아닌 것이다. 어쩌면 세은과 같은 마음일 수도 있었다. 은형에게는 짝사랑 기간이 없지만 비밀 연애를 하며 서로의 관계를 숨기고 덮느라 급급했던 반년이 있으니까. 가장 걸림돌이었던 소속사에게 들켰으니 이제 걸릴 게 없다고 생각할지도 모른다. 이젠 양지에서 떳떳하게 세은과 사랑을 하고 싶다고 생각하는지도 모른다. 그 상상만으로도 세은은 너무나 기뻤다. 부산 바닷가에서 일출을 보는 것보다, 바다의 물알갱이 수보다도 더 기뻤다.

그날은 음식도 훌륭했다. 코스 요리가 모두 훌륭했지만 중간에 나온 스파게티는 가장 세은의 취향이었다. 고소하며 질감이 풍부한 크림소스에 쫄깃하고 싱싱한 게살과 톡톡 씹히는 날치알, 그리고 살짝 쫀득하게 씹히는 면까지, 정말로 행복한 맛이었다. 후식으로 나온 아이스크림까지 싹싹 해치운 세은을 보고 은형이 뿌듯하게 웃었다.

세은은 언제까지나 이런 시간이 이어지기를 바랐다. 은형이 함께 있고 그녀를 향해 웃어주는 이 시간이. 두 사람이 함께 만들어가는 이 시간이, 언제까지나 계속되기를.

뜻밖의 손님 _32

유리의 메인 매니저는 박형민이란, 올해 십 년 차의 베테랑 매니저였다. 통통한 몸에 서글서글한 미소가 인상적인 사람이었는데 EM의 1집 앨범 매니저도 했던 사람이었다. 현재는 네 명의 R&B 그룹을 담당하고 있었다. 유리의 데뷔를 위해 담당 그룹이 휴식기를 갖는 동안 이쪽 팀으로 옮긴 것이다.

보통은 한 가수에게 붙어 있는 매니저를 데려오기보다 새로 뽑기 마련인데 반년 후의 상황이 어찌 될지 몰라 임시로 붙여놓았다. 반년 후에도 세은이 계속 있다면 세은에게 자리가 넘어올 것이고, 이런저런 핑계를 대며 그때쯤 새로운 사람을 뽑는다면 세은을 새로운 자리를 알아봐야 할 것이다. 어쨌든 세은에게는 편한 자리는 아니었다.

형민은 이미 세은과 은형에 대한 소식을 들었는지 그에 대해 일절 묻지 않았다. 하긴, 이 자리로 옮길 때 내부적인 상황에 대해 진작 들었을 것이다.

데뷔는 내년 초로 잡혔다. 12월은 연말 수상식이니 뭐니 해서 바쁜 때였다. EM에게도 수상의 기회가 오기 때문에 SOO 사무실에는 조금 긴장된 분위기가 흐르고 있었다. 세은이 할 일은 유리가 그런 분위기에 휩쓸리지 않고 더욱 연습에 매진하도록 이끄는 것이었다.

문득 연습실 문이 열렸다. 세은은 무심결에 돌아보곤 정말로 놀랐다.

찬이 있었다. 거의 반년 만에 보는 찬이었다. 예전보다 훨씬 마르고 파리했지만 키는 그사이 좀 더 자라 있었다. 찬은 문 앞에서 살짝 턱짓을 했다. 세은은 형민에게 양해를 구하고 연습실을 나갔다.

"웬일이야? 맙소사, 너 더 컸구나."

찬의 눈높이가 세은 위에 있었다. 성장기 소년도 아니면서 그사이에 이만큼 클 수 있는 건가? 여전히 부스스한 머리카락이나 패셔너블한 차림새는 여전했지만 어딘가 달라져 있었다. 키가 컸기 때문일까? 아니면 너무 오랜만이라서?

찬은 벽에 쿵 기대곤 팔짱을 꼈다. 세은을 위아래로 훑더니 피식 웃는다. 그제야 세은이 아는 찬이 돌아왔다. 시니컬하고 냉소적인 찬이, 세상만사 다 허무하다는 듯 웃던 아이. 세은은 너무 반가워 와락 껴안을 뻔했다.

"여긴 어떻게 알고 왔어?"

찬이 핸드폰을 틱 열었다. 메시지 목록에 세은 이름이 주룩 떴다. 세은은 살짝 민망했다. 오늘 아침에도 유리라는 아이를 맡게 되어서 연습하는 걸 보러 간다고 보고했었다. 날이 갑자기 쌀쌀해졌으니까 감기 조심하라는 안부도 함께. 찬이 핸드폰을 닫아 재킷 주머니에 던져 넣었다. 여전한 건 계절감을 잊은 옷차림도 마찬가지였다. 회색 티셔츠에 광택이 도는 얇은 재킷을 덧입고 검은색 스키니를 입은 모습이었다. 니트에 목도리를 둘둘 맨 세은이 갑갑해 보일 지경이었다.

"그거 보고 온 거야?"

"이젠 나보고 감기 걸릴 것 같다고 할 차롄가?"

세은은 코끝이 시큰해져 말을 잊었다. 찬이 달라 보이는 건 눈빛 때문이었다. 나이를 먹어도 마냥 아이 같던 눈빛이 아니었다. 보면 우선 꼭 안아주고 외로움을 덜어주고 싶던 눈빛도 아니었다. 그저 더욱 깊게 가라앉아 있었다. 외롭다고 칭얼거리고 어리광을 부리는 게 아니라 고요히 그 자리에, 홀로, 머무르고 있었다. 가슴이 저려왔다. 찬이가 많이 아팠나 보다. 많이 아파서 이젠 아이로 남아 있을 수 없었나 보다. 이렇게 만든 건 세은이었다. 세은은 한숨을 삼켰다.

"그래. 넌 얇고 입고 다니는 건 여전하구나? 감기 몸살도 크게 앓았으면서."

찬은 주머니에 손을 집어넣곤 슬쩍 몸을 세웠다. 세은은 저도 모르게 찬을 잡았다.

"가려고?"

찬은 자기를 잡은 세은을 물끄러미 보았다. 세은은 손을 풀지 않았다.

"잠깐 들른 거야. 나도 일하러 가야 돼."

"이렇게 빨리 갈 거면 왜 온 거야."

와준 것으로도 고마우면서, 기쁘면서 세은은 불만스레 말했다. 찬이 픽 웃더니 한 걸음 물러났다. 세은의 손이 저절로 떨어졌다. 찬은 핸드폰을 다시 열어 뭔가 조작하더니 세은에게 똑바로 보여주었다. 메시지 목록이 텅 비었다. 세은은 순간 마음이 휑했다. 날 용서한 게 아니었나? 이제 귀찮으니까 연락하지 말라는 걸 말하러 왔던 거야? 가슴이 먹먹했다.

"앞으론 전화로 해. 이런 걸 보내니까 핸드폰도 맘대로 못 바꾸잖아."

찬이 손을 휘휘 저었다. 찬이 복도를 돌아 뒷모습마저 사라졌다. 하지만 세은은 풋풋 웃기 시작했다.

"그게 다야? 이제 너 괜찮은 거야?"

매일같이 메시지를 보내면서 답장을 기대하진 않았다. 오히려 답장이 올까 봐 무서웠다. 연락하지 말라고, 귀찮다고 하면 어떡하지? 처음에는 전화도 시도했지만 찬이 전화를 받지 않자 문자 메시지를 보냈었다. 나중에는 바쁘다는 핑계로 문자 메시지만 보내게 되었다. 그렇게 전화도 못하고 문자 메시지만 보내는 자기가 비겁하게 느껴진 것도 사실이다. 어쩔 땐 전화를 받지 않는 찬이 고맙기도 했다. 직접적인 거절을 받으면 상처받고 말 테니까. 찬이에게는 상처를 주고 자기는 상처받기 싫다니 얼마나 비겁한가. 하지만 정말은 찬이 보고 싶었다. 찬의 마음이 풀어졌는지, 상처는 아물었는지, 아프지 않게 잘 지내고는 있는지 궁금했다.

오늘에서야 그 답을 받았다. 눈물이 솟았다. 세은은 눈을 아프게 비볐다.

"바보야. 고맙다는 말도 못하게 그냥 가버리고."

그리고 미안하다는 말도. 툭 떨어진 눈물이 옷깃에 스몄다.

그날 밤 은형이 찾아왔다. 담배를 무는 모습이 생소했다. EM이 정말로 휴식기에 들어가긴 한 모양이다. 세은이 알기로도 최소 두 달 정도는 EM이 정식 무대에 오를 일은 없었다. 장장 반년간의 전국투어 콘서트 이후 두 달 이상의 완벽한 휴식기를 가져야 재충전이 된다고도 했다. 재민은 그사이 파리인지 피렌체인지로 날아갔다는데 아직 돌아왔단 소식이 없었다.

은형은 깊게 눌러쓴 캡을 살짝 올렸다. 세은은 그가 집 앞 무단횡단금지 펜스에 걸터앉아 있는 걸 발견한 순간부터 그라는 걸 알고 있었다. 콘서트가 끝나고도 세은은 금세 새 일로 바빠지고 은형 역시 휴식기를 갖는다 해도 프로듀서로서의 활동에는 휴식기가 없기 때문에 밀린 일을 처리하느라 바빠 만나지 못하고 있었다. 연락이야 하루에도 몇 번이나 하지만 직접 얼굴을 마주하니 마음이 뭉클했다.

"웬일이에요?"

아무래도 나쁜 버릇이 있는 모양이다. 반가운데, 기쁜데, 입은 통명스럽게 군다. 나쁜 버릇이다. 너무 좋을 땐 믿겨지지 않아 나오는 버릇이기도 했다.

역시나 은형의 이맛살이 살짝 구겨졌다. 세은은 저도 모르게 손을 뻗어 은형의 미간을 꾹 눌렀다.

“불독.”

“뭐, 불독?”

세은은 양 검지로 눈썹을 콧날 쪽으로 밀었다. 이미 자리를 잡은 주름이 깊은 골을 그리며 자글자글하게 잡혔다. 세은은 그걸 보고 풋 웃다가 미안해서 슥슥 폈다. 은형은 턱을 치켜들었다.

“아주 갖고 노는구만.”

“주름이 아주 자리를 잡았어요. 인상 좀 펴고 살아요.”

“인상 쓰게 하는 일만 없어지면.”

“뭐든 항상 이유가 있죠.”

세은은 은형이 고분고분하게 ‘응’이라고 하지 않아 톡 쏘아붙인 건데 은형의 눈빛은 갑작스레 진지해졌다.

“그래서 생각해 봤는데, 난 왜 널 사랑하는 걸까?”

난데없는 질문에 상대방이 너무 진지해서 웃어넘길 수가 없었다. 세은은 은형을 찬찬히 살폈다. 권태기에 접어들어서 하는 질문인가? 아니면 이제 와서야 자기쯤 되는 인간이 세은쯤 되는 여자를 사랑하는 게 납득이 안 된 건가? 뭐든 딱히 좋은 기분은 아니었다. 세은은 허리춤을 양손으로 집고 가슴을 폈다.

“나도 궁금해지는데요. 왜 날 사랑해요?”

은형이 돌연 표정을 풀더니 세은의 허리를 한 팔에 감아 와락 잡아당겼다. 세은이야 마음이 벌써 토라져서 버텼지만 남자 힘을 당할 수는 없었다.

그는 반사적으로 세은의 향을 깊이 들이 마시곤 세은을 꼭 끌어안았다. 세은은 손도 풀지 않고 시선도 괜히 허공에 두었다.

"네가 날 사랑해서?"

"아하."

그럼 그렇지. 세은은 그를 밀치려고 했다. 그는 갑자기 숨죽인 소리로 웃더니 더욱 세게 세은을 끌어안았다.

"바보야. 네가 날 완벽하게 까먹었을 때 내 속이 얼마나 시커멓게 탄 줄 알아?"

"이제야 말인데, 그렇게 사람 윽박지르고 속을 홀떡 뒤집어놨으면서 자기 속은 새카맣게 탔다고요? 그게 말이 되나?"

"돼."

그럼요, 그럼요. 채은형이라면 뭐든 말이 되죠. 세은은 샐쭉하게 중얼거렸다. 마음은 토라지고 입은 비죽거리는데 몸은 그의 체온과 체취에 흠뻑 젖어들고 있었다. 익숙해진 두근거림과 마구마구 샘솟는 '너무 좋아!' 란 감정이 갈비뼈 사이사이를 그득 채웠다. 숨 쉬기가 어려울 정도다. 세은은 새삼 한숨을 내쉬었다. 아, 난 왜 이렇게 이 남자가 좋을까?

이 남자 때문에 참 많이도 상처받았지만 이 남자 때문에 참 많이도 상처 입혔다. 찬이, 은형의 팬들, SOO의 가족들, 그리고 아직 세은이 은형을 만나는 걸 모르는 부모님까지. 상대의 마음을 필요 이상으로 헤아려서 남의 눈치를 너무 본다는 평을 듣던 세은이었다. 남의 언짢은 기색까지 하나하나 마음에 걸려 최대한 조심하고, 최대한 양보하고, 최대한 물러서던 세은이었다. 그런데 이 남자만큼은 도저히 물러서지지가 않았다. 마음이, 단 한 발짝도 양보하지 않았다. 그에게 받은 상처가 너무 커서 그에 대한 기억만 싹 지웠지만 태양을 공전하는 지구처럼 결국 단 한 발짝도 멀어지지 않았다. 기억을 지웠어도, 잊고 살았어도, 떨어져 살아도 어느 한구석은 그에게 향해 있었다.

그가 세은을 사랑하게 된 건 세은이 단 한 사람, 그 하나만을 바랐기 때문일지도 모른다. 그리고 세은은 그런 일을 '기적'이라 부르는 걸 잘 알고 있었다. 그래서 사실은 세은이 그를 사랑했기 때문에 그가 세은을 사랑하게 된 일이라는 게 정말로 기뻤다. 그를 사랑하길 포기한 순간에도 그를 갈망했기 때문에 그를 얻을 수 있었다면 그 아팠고 모질었던 시간들마저 감사하게 되는 것이다.

너무 결과론적이다 싶지만 끝이 좋으면 다 좋다는 말이 있지 않은가.

세은이 이제쯤 토라진 마음을 풀고 그를 마주 안으려는데 은형이 속삭임인 듯 중얼거렸다.

"나도 사랑이었으니까."

세은의 팔이 허공에서 멈칫 굳었다. 세은은 저도 모르게 그의 안색을 살피려 했다. 은형은 세은이 자기 얼굴을 못 보게 더욱 꼭 보듬었다.

"그때도 날 사랑했다는 말이에요? 언제, 언제부터?"

궁금했었다. 이 사람은 언제부터 날 사랑한 거지? 왜 사랑하게 된 거지? 하지만 물어보면 어떤 답이 돌아올지 몰라서, 무서워서, 궁금증을 드러낸 순간 이 감정이 거짓말처럼 산화될까 봐 묻지 않았다. 그저 조금 더, 어제보다 더, 그를 더 사랑하고 그가 더 사랑하면 된다고 스스로를 위안했다. 이제 정식으로 교제한 지 약 일 년이 되는 지금에선 처음의 궁금증도 희미해지고 있었다. 그만큼 그가 그녀를 사랑했다. 이젠 그의 사랑을 의심하지 않았다.

은형은 대답이 없었다. 세은은 그를 채근하고 싶은 마음을 꾹 참았다. 괜히 툭 건드렸다가 마음 돌아서면 세은은 본전도 못 건진다. 세은은 정말로 콩닥콩닥 거리는 심장을 안고 그의 답을 기다렸다.

"실은 나도 몰라."

거봐. 실망과 동시에 안도가 몰려왔다. 너무 은형다운 답이라 오히려 안심이었다.

"처음부터가 아닌 건 확실해."

"그건 나도 알아요."

세은이 은형을 쫓아다닐 때부터 마음이 이어져 있었다? 그가 세은을 어떻게 대했는지 아는 사람이라면 자다가도 벌떡 일어나 박장대소를 할 것이다. 그때 일을 떠올려도 이젠 아무 감정이 떠오르지 않아 정말 다행이었다.

"근데 널 잃었다는 걸 깨닫자마자 널 찾고 있었어. 나한테서 해방되어 자유로운 널 보는 게 진짜 싫었지. 난 이렇게 너한테 연연해 있는데 넌 너무 홀가분해하는 거야. 그때 진짜 살인충동을 느꼈지."

이건 정말 의외였다. 그가 진심으로 행복해할 줄 알았다. 지긋지긋한 거머리 같던 팬이 떨어져 나갔으니 상처는 남을지 몰라도 얼마나 후련하겠는가.

“짜증나고, 열받고, 신경질 나고. 그래도 이유를 몰랐어. 누구한테 물을 수도 없었고. 그땐 내가 네 이름을 입에 담는 것 자체가 자존심 상하는 일이었으니까.”

스스로가 옛일을 생각할 땐 아프지 않았는데 그의 입에서 세은이 상상하던 것이 사실이라는 말을 들으니 새삼새삼 가슴이 쓰렸다. 세은은 팔을 축 늘어뜨렸다.

“근데 그때 정말 네 생각을 안 했던 날이 없었어. 이상하잖아. 싫은 사람이면 일부러라도 생각 안 하려고 노력할 텐데 난 어딜 가든 널 찾고, 혹시 네 얘기를 듣지 않을까 네가 어디 있지 않을까 두리번거렸어. 그래도 난 그게 사랑인지 몰랐어. 사랑만큼은 아니어야 했지.”

“은형 씨, 지난 일은 이제 괜찮아요. 새삼 사과하려는 거라면 나 이제 정말 괜찮아요.”

“사과하려는 게 아니야.”

그가 드디어 떨어졌다. 보슬보슬하고 몽글몽글한 마음을 딴딴하게 뭉쳐 놓더니 이젠 주저없이 파헤치고 있었다. 세은은 더 듣고 싶지 않았다. 근데 이 눈치 없는 남자는, 아니, 지금만 눈치 없는 척하는 남자는, 끝까지 자기 얘기를 들으란다. 세은은 말리고 싶었다. 한데 은형은 단단하게 굳은 가슴을 관통할 듯 세은을 응시하고 있었다.

"넌 그때의 내가 밉겠지만 나도 네가 미웠어. 네가 사랑한다는 나는 내가 만든 허상인데, 넌 그걸 아는지 모르는지 내 허상에만 매달렸지. 나란 사람을 알려고 하지 않고 내 가까이에 오려고도 하지 않았어. 그러면서도 항상 그 자리를 맴돌고 있었지. 내가 가장 싫어한 게 뭔 줄 알아? 일 년이 지나고, 이 년이 지나고, 삼 년이 지나도 너의 자리는 항상 거기였던 거야. 더 멀어지지도 않고 더 가까워지지도 않고. 그게 제일 짜증이 났어."

"더 가까이 다가갈 틈을 주지 않았잖아요. 나라고 그 거리를 유지하고 싶었는 줄 알아요? 난, 난 은형 씨가 생각하는 것 이상으로 은형 씨를 알고 가까이서 느끼고 싶었어요!"

"삼 년 내내 같은 마음이었다고 자신할 수 있어? 너도 모르게 그 자리에 머무는 게 익숙해서 내 핑계를 대며, 내 눈치를 보며 더 가까이 안 오려고 했던 건 아냐?"

반박할 수가 없었다.

"전혀 아니라곤 할 수 없어요. 난 팬이었고, 당신 눈에 더는 거슬리고 싶지 않았으니까요."

은형이 드디어 빙그레 웃는다.

"어쩌면 내가 널 사랑하는 건 운명이라고 생각했어. 그리고 이건 정말 웃긴 말이지만 우리가 처음부터 서로 사랑하지 않고 긴긴 시간을 지나온 게 우리를 위한 일이 아니었나 하는 생각도 하고."

은형은 세은의 뺨을 부드럽게 쓸었다. 은형의 손은 이상하게 차가웠다.

"이런 말 몇 마디로 네게 용서를 구하려는 게 아니야. 나도 그 정도의 염치는 있는 놈이니까. 하지만 그래, 항상 말하고 싶었어. 사실 내가 널 사랑하게 된 게 운명인 거 아닐까. 우리가 지금 서로를 사랑하는 건 지난 시간이 있어서가 아닐까. 멀고 먼 길을 돌아왔지만 우리는 결국 서로의 운명이었던 게 아닐까."

콧잔등이 시큰 저려왔다. 추운 날씨 때문만은 아니었다. 그러고 보니 여느 때라면 차에서 기다리고 있었을 은형이 도로변에 나와 있던 것부터가 이상했다. 세은은 그의 손을 감쌌다. 차고 서늘하게 식어 있었다.

"그게 생각나서 날 찾아온 거예요? 내가 어디 있는지 알았잖아요. 전화라도 했으면 좋았잖아요."

"일하는 데 찾아가는 건 민폐니까. 그리고 그냥 기다리고 싶었어. 세은아, 정말 이상해. 널 기다리는 게 행복해. 네가 언젠가 여기로, 나한테로 올 거라 생각하면 시간이 하나도 아깝지 않아. 기다림이 기다림이라 생각되지 않아. 이건 그저 네가 나한테 건 하나의 마술인 것 같아. 여기서 기다리는 동안 네가 이 길 끝에서 내 쪽으로 걸어오는 걸 상상했어. 실제 환상도 보았어. 근데 네가 진짜 걸어왔을 때만큼 기쁜 적은 없었어. 내가 대체 몇 시에 와서 널 여기서 여태 기다렸는지 기억도 안 나. 내 시간은 네가 보인 그때부터 흘러가기 시작했어. 넌 진짜 요술쟁이야. 내가 만나본 사람 중에서 가장 신기한 요술쟁이."

세은의 뺨이 축축하게 젖었다. 은형은 세은의 턱을 들었다. 뺨에 반짝이는 눈물을 보고 손등으로 슥슥 닦아낸다.

"넌 어때? 나 혼자만 그래?"

세은은 결국 풋 웃어버렸다. 세은은 그의 옷깃을 쥐고 확 잡아당겼다.

"내가 먼저 시작했어요. 잊었어요?"

은형의 웃음소리가 살짝 들린 듯했다. 세은은 주책맞다는 걸 알면서도 결국 눈물을 주룩주룩 흘려보냈다. 은형이 세은을 다시 꼭 끌어안았다. 세은도 이젠 주저없이 그를 마주 안았다.

어쩌면 좋아, 이 사람 이렇게 좋아하게 돼서 어쩌면 좋아…….

어쩌면 좋긴, 더 좋아하면 돼. 더 사랑하면 돼. 마음의 한계에 다다를 때까지. 바다가 마르고 산이 꺼지고 지구가 태양을 떠날 때까지. 세은의 마음속 조그마한 진심이 속살거렸다.

Happy ending을 향해 _33

「사랑이 없는 나날 속 너는 어디 있었는지
그리움이 적신 나날 중 너는 어디 있었는지
혼자가 익숙하던 나날들 가끔 숨이 막히던 그 속
너는 어디 있었는지

너는 없는 줄 알았어
내겐 허락되지 않은 줄 알았어
벌을 받는 것일까 그런 줄 알았어

숨죽인 채 살던 나날 속
너는 내게 걸어왔어

오래 기다렸냐고 내 뺨을 쓸어주었어
미안한 듯 웃으며 나를 안아주었어

내가 할 수 있는 게 뭐가 있을까
너를 붙잡고 엉엉 울었어
엄마 잃은 아이처럼 매달려 한참을 울었어
마음속 빗장이 열렸어.

네가 그렇게, 내 안에 들어왔어.

고맙다고 못하겠어.
너 정말 못됐어
이렇게 있었잖아
번듯하게 있었잖아
그래 놓고 왜 이제 온 거야.

너는 웃으며 말했지
미안해요.

바보,
바보,

내 바보

너를 사랑해.』

"좀 닭살인데요."

앳된 기운이 어렴풋이 도는 목소리가 중얼거렸다. 세은은 스케줄 다이어리에서 눈을 뗐다. 유리는 스타일리스트의 도움을 받아 옷매무새를 정리하고 있었다. 세미 정장풍으로 어깨선이 딱 맞는 재킷을 걸치고 검은 진을 받쳐 입은 유리는 원래 나이보다 훨씬 성숙해 보였다. 그래 봐야 이십대 초반으로 보일 뿐이지만 본인은 훨씬 노숙해 보인다고 만족한 상태였다. 세은은 유리의 머리카락을 좀 더 쓸어 자연스럽게 했고, 유리는 세은이 하는 대로 두었다.

"아직도 적응이 안 됐어?"

"선생님이 무슨 생각으로 만드셨는지 묻고 싶어요, 정말."

유리의 가벼운 투덜거림에 스타일리스트 규혜가 픽 웃는다. 규혜는 손을 떼고 유리를 살짝 앞으로 밀었다. 세은은 한 발 물러서서 유리를 슥 훑고는 규혜에게 고개를 끄덕여 주었다. 규혜는 살짝 한숨을 내쉬더니 어질러진 짐을 치우기 시작했다.

"그 노래를 칭찬받을 정도로 소화한 사람이 누군데 그래."

유리가 극적으로 한숨을 내쉬었다.

"누나는 그것도 칭찬이라고 그래요? '그만하면 됐어' 가요?"

세은은 쿡쿡 웃음이 쏟아졌다. 유리는 또래들 중에선 정말 실력이 월등했다. 하지만 이 바닥에는 유리의 또래만 있는 게 아니지 않은가. 유리의 경쟁자를 또래들에게서 찾으면 오히려 유리에게 실례이기도 했다. 스스로도 가창력과 감수성이 또래 이상이라는 걸 잘 아는 유리이었다. 그러나 유리의 선생님에게선 한 번도 흡족한 칭찬을 들은 적이 없었다.

"인상 찌푸리고 '내가 너한테 뭘 바라니' 하는 것보단 낫잖아?"

유리는 그때 생각이 떠올랐는지 정말로 진저리를 쳤다. 유리가 몇 달 만에 원래 선생님에게 다시 트레이닝을 받을 때였다. 선생님은 단칼에 키보드에서 손을 떼곤 인상을 '빽!' 썼다. 유리는 노래 한 곡을 완곡조차 못하고 있었다. 선생님은 잠시 속으로 흥분을 삭이는 것 같더니 다시 반주를 시작했다. 유리는 노래를 부르라는 뜻인가 보다, 이번엔 죽을 각오로 최선을 다해야겠다는 생각에 정말 열심히 불렀다. 그 기백만큼은 전해져서인지 선생님은 유리가 완곡하는 걸 허락(?)하셨지만 트레이닝 시간이 끝날 때까지 가타부타 한 마디도 안 하셨다. 그저 반주만 반복할 뿐. 그 뒤에 유리가 아무도 없는 화장실에서 우는 걸 세은이 발견해 한참을 위로해 주어야 했다.

그날 이후 유리는 지금까지 해왔던 건 놀았던 것처럼 보일 정도로 죽을 만큼 연습했다. 선생님은 사흘째 되던 날 드디어 한마디 입을 떼었다. '거기 다시'.

첫 싱글 녹음까지 보름이 남은 시점에서 일어난 일이었다. 결국 선생님의 고집으로 녹음은 보름이 지나고도 닷새 후에 이루어졌지만, SOO의 사장은 닷새나 불필요하게 스튜디오 대여비와 인건비를 지불해 단단히 뿔이 났지만, 완성된 싱글 CD를 듣곤 아무 말도 하지 못했다는 전설(?)이 전해지고 있었다.

그 녹음 OK 사인이 '그만하면 됐어' 한 마디였다. 선생님에게서 최고의 찬사를 받으리라며 죽을 만큼 노력했던 유리에게는 허탈한 일이겠지만 세은이 보기엔 그 정도의 칭찬을 끌어낸 것만으로도 유리는 대단했다. 그 선생님이란 게 칭찬이나 좋은 소리에는 박하기 그지없는 채은형이었으니까.

은형은 그나마도 한 마디도 안 하려던 걸 세은이 옆구리를 찔렀다는 건 유리에겐 비밀이었다. 세은은 꼭 칭찬을 해주라고 찌른 게 아니었다. 은형에게 유리에 대해 느낀 바를 솔직하게 털어놓으라고 찌른 것뿐이었다. 세은이 봐도 은형이 곁에 붙어 있던 반 달 동안 유리의 실력은 겁이 날 만큼 일취월장했는데, 은형도 가끔은 유리가 안 본다 생각하면 빙긋 웃어놓곤, 시침 뚝 떼는 건 유리에게 결코 득이 되지 않으리라 생각했다.

은형은 이상한 데서 심술궂고 애 같아서 그 성질머리를 잘 아는 사람이야 웃고 넘어간다지만 아직 어린 유리에게까지 은형의 비뚤어진 성미를 감당하라는 건 무리였다. 유리는 지금이야 그게 칭찬이냐고 툴툴대지만 사람들이 잊을 만하면 그 일을 끄집어내곤 했다. 자기는 채은형에게 인정받았다 이거다. 세은은 데뷔 후 지금까지 몇 십번이나 유리의 똑같은 툴툴거림을 들었는지 모른다. 아직 어린 이 소년은 엄하고 배배 꼬인 스승에게 단 한순간이라도 인정받았다는 게 사실은 미친 듯이 기쁜 것이다. 그걸 순순히 드러내지 않는 면에서 닮은 사제지간이랄까, 세은은 그런 면은 닮아갈 필요 없다고 생각하며 유리의 머리를 쓸어주었다.

유리가 데뷔한 지 이제 두 달이 지났다. 은형의 곡이라는 것에서부터 주목을 받기도 했지만 나이에 맞지 않는 탁월한 가창력과 감수성으로 유리는 벌써부터 각종 랭킹의 상위권을 달리고 있었다. GIL 이후의 대박이라며 하이틴 잡지며 인터넷 신문사들과의 인터뷰도 꽤 잡혀 있었다. 게다가 생김새는 어린 소녀들이 보기엔 막 남자 냄새가 풍기기 시작한 두근콩닥 스타일이요, 누님들이 보기엔 솜털이 보송보송 나 남자 흉내를 내기 시작하는 예쁜 꽃돌이다 보니 연령층의 제한 없이 두루두루 사랑받기 시작하고 있었다.

게다가 유리는 그 스스로가 무대와 각종 버라이어티 쇼를 통해 어리고 풋내나는 모습을 탈피하고 진정한 스타로서의 면모를 드러내고 있었다. 누가 지도하지 않아도 자신이 해야 하는 바를 잘 아는 것 같았다. 유리에게 이런 끼가 있었나 싶을 정도로 유리는 각종 쇼에서 자신의 끼를 발산하고 있었다. 딱히 유머러스하지 않아도 되었다. 딱히 멋진 척하거나, 딱히 과장되게 자신을 포장하지 않아도 되었다. 조금은 멋도 부리고 싶고, 조금은 멋지게 보이고 싶지만 아직은 풋풋하고 수줍고 때론 놀랄 만큼 대범함을 보이는 십대 후반 특유의 자연스러운 모습만으로도 유리는 충분했다. 이 아이가 이번엔 어떤 반응을 보일까, 세은조차도 눈을 떼지 못할 정도였으니까. 유리는 여자들이라면 조금씩은 가질 법한 '남자아이라면 이럴 것이다' 라는 모습의 결정판이었다. 유리의 실력도 실력이지만 이런 끼를 꿰뚫은 사람이 정말 대단하달까. 그게 자기 애인이라면 팔불출이란 소리를 들을까. 세은은 혼자서 풋 웃어버렸다.

"이젠 네 노래가 라디오에서 나오는 것에 좀 적응해. 오늘만 벌써 두 번째야."

유리는 자기 노래가 라디오나 TV에서 흘러나오면 정말로 부끄러워했다. 처음에는 괜히 그러는 것이겠지 했는데 그게 아니었다. 이 소년은 자기가 애틋한 사랑 노래를 부르는 게 정말로 쑥스러운 것이다. 노래를 녹음할 당시에야 스승에 대한 경쟁심(?)과 오기로 해치웠다지만 몇 번을 곱씹어 들어도 낯 뜨겁다는 것이다. 세은도 유리의 나이를 생각해서 좀 더 가벼운 내용으로 노래를 만들어주길 바랐는데 바람부터가 잘못된 것이었다. 채은형에게 기술적으로 노래를 만들어내라니, 무리였다.

세은이 은형에게 '천생연분'은 유리에게는 아직 이른 노래인 것 같다고 했더니 '부르기 싫으면 관두라고 해'라고 해서 다신 입도 벙끗하지 않았다. 은형은 머리가 아니라 가슴으로 노래를 만드는 타입이라 유리의 나이를 생각해 좀 더 가벼운 내용, 좀 더 대중적인 내용으로 노래를 만드는 건 상상도 할 수 없는 인간이었다. 그런 인간인 걸 알면서도 음악 의뢰를 하는 사람들이 용하다고 할까, 그럼에도 불구하고 내놓는 노래마다 히트시킨 은형이 대단하다고 할까, 세은은 정말로 의아했다. 정직히 털어놓는다면 그런 은형이 만드는 노래이기 때문에 히트가 되지 않는다는 게 더 믿기 힘든 일이라고 생각하고 있었다.

곧 M방송국 음악 프로그램의 녹화가 시작되었다. 유리는 세 번째 순서라 가서 녹화하는 걸 구경하고 싶다고 했다. 세은이 함께 나갔다. MC의 유려한 멘트가 이어지고 곧 첫 번째 가수가 노래를 시작했다. 유리는 스태프와 선배 가수들에게 열심히 인사한 뒤 스스럼없이 어우러졌다. 유리는 궁금한 것도 많고 붙임성도 좋아서 누구와든 쉽게 친해졌다. 정말 다행이랄까, 세은은 이전에 함께했던 가수들이 대부분 낯가림이 심해서 그런 유리가 정말로 신기했다.

제일 먼저 함께 일한 SI야 가만히 있어도 사람들이 다가왔지만 실은 폐쇄적인 사람들이라는 걸 알고 있었다. 유명세를 탈수록 벽이 높아진다고 할까, 누구와든 편하게 지낼 순 있었지만 조금도 마음을 허락하지 않았었다. JA는 스스로의 유명세를 인식해 필요한 사람이 아니면 접근도 하지 않는 편이었다. 유달리 까다롭고 심술궂은 애들이었지만 어린 나이에 데뷔해서 별별 사람들을 접해 비뚤어진 것이란 걸 알고 있었다. 그 아이들의 처지는 이해해도 끝끝내 좋아지진 않았지만 여하간 JA도 필요할 때가 아니면 덥석 누군가에게 다가가지 않았다.

EM이야 두말할 것도 없었다. 재민이 그나마 친절하고 외향적이었지만 나이가 있어서인지 아무한테나 답삭 달라붙진 않았다. 은형은, 세은은 혀를 둘렀다. 그 JA마저 사근사근해 보일 지경이니 은형에 대해선 말 다 했다. 자기가 필요할 때라도 사람에게 붙는 걸 못 봤다, 그 사람은. 반면 유리는 마치 갓 태어난 강아지 같았다. 뭐가 그렇게 궁금하고 뭐가 그렇게 좋은지, 세은은 이 바닥에서 벌써 사 년을 보냈는데도 가까스로 이름만 외운 기기들의 기능을 쭉 꿰고 있었고, 편집실에도 다녀왔다고 해서 기함한 적 있었고, 다 어디서 들은 거냐고 하면 어느 형이 알려준 거라고 그 형에 대해 줄줄 늘어놓았다. 사람에 대한 경계가 너무 없는 것 아닌가 걱정도 되었지만 이런 유리를 지키는 것도 매니저의 본분이려니 받아들이는 세은이었다.

유리의 원래 매니저인 형민은 건강상의 이유로 어쩔 수 없이 일을 그만두었다. 유리를 맡기 시작한 지 한 달이나 채 지났을까, 간경변 진단을 받고는 곧바로 일에서 손을 떼었다. 얼마나 스트레스를 많이 받고 술에 찌든 나날을 보냈으면 고작 삼십대의 나이에 간경변이 왔을까. 불규칙한 수면과 잦은 술자리는 이 세계에서 드문 일도 아니었다. 아무리 성격이 좋고 체력이 좋아도 약간의 지방간이나 혹은 위염 정도는 갖고 있는 게 일상화된 곳이기도 했다. 알고는 있었지만 막상 형민이 간경변으로 인해 일을 그만두어야 할 지경이란 말에 세은은 정말로 먹먹해졌다. 형민은 한 아이를 부양해야 할 가장이기도 했다. 간경변으로 일을 쉬어야 한다면 그 집안의 생계는 대체 어떻게 되는 건지, 세은은 그게 가장 걱정이었다.

형민이 후에 아이를 데리고 고향으로 내려갔다는 소식을 듣긴 했다. 아이가 아직 어려서 시골에서도 잘 적응할 수 있을 거라며 차 실장이 중얼거리는 걸 들었다. 세은은 형민도 형민이었지만 자기 처지도 참 난처하게 됐다는 걸 깨달았다. 일부러 형민을 내쫓은 건 아니지만 일이 어찌하다 보니 세은이 유리의 전속 매니저가 되게끔 진행되고 있었다. 차 실장이 또 다른 사람을 구해온다면 모르겠지만 데뷔가 코앞인 유리에게 유리에 대한 건 아무것도 모르는 낯선 매니저를 붙여서 데뷔 초부터 갈팡질팡 헤매게 할 순 없는 노릇이었다. 세은이 조심스레 자기의 생각을 밝히니 은형은 단순하게 말했다.

"맘고생은 반년 치 충분히 했잖아. 다 네 복이라고 생각해."

은형의 말에 마음이 놓였다면 세은은 나쁜 사람인 걸까.

그로부터 얼마 안 있어 차 실장이 백기를 들었다. 새로운 사람을 뽑으니 어쩌니 왜 어수선하게 굴어야 하는지 모르겠다며 세은 보고 유리의 전속 매니저를 하란다. 남이 흘린 부스러기 주워 먹는 심정이 없잖아 있었지만 세은은 산뜻하게 받아들였다. 유리는 세은이 전속 매니저가 됐다는 소식에 놀랄 만큼 덤덤했다.

"당연한 거 아니었어요?"

오히려 소식을 전한 세은이 무안할 지경이었다.

그렇게 새로운 스타일리스트 규혜와 신입 로드 매니저 승민과 함께 넷이 한 팀을 짜게 되었다. 승민은 호리호리한 체구에 말수가 적은 친구였지만 떠벌거리며 무책임한 사람보다는 훨씬 나았다. 일이 처음이라 자잘한 실수도 있었지만 항상 열심이었다. 규혜도 스타일리스트로서는 경력이 짧고 나이도 어렸지만 세은이 여태 본 스타일리스트 중에선 가장 감각적이었다. 실험 정신이 지나쳐 가끔 유리의 스타일을 뜨억하게 만들지만 사람들의 반응을 알아채곤 조크였다며 금세 원래대로 돌려놓기도 했다. 이번 팀원들은 개성이 뚜렷한 만큼 재밌고 열성적인 것 이상으로 열심이라서 정말로 일할 맛이 났다. 세은은 일하는 하루하루가 정말로 즐거웠다.

또 하나 놀라운 일은 찬이었다. 세은은 유리가 무대에 오르는 것을 조마조마하게 지켜보았다. SI, JA, EM 등 누가 무대에 올라도 세은은 반쯤 팬의 마음으로 임했던 것 같다. 반쯤 팬의 마음이라는 건 내가 좋아하고 내가 함께하는 가수들이니 당연히 잘해내겠지 라는 막연한 믿음을 내포하고 있었다. 하지만 유리는 아주 처음부터 세은이 함께하는 친구였다. 유리의 노래와 트레이닝을 제외하곤 무엇 하나 세은의 손을 거치지 않은 것이 없었다. 자식 같고 동생 같은 아이였다. 이 아이의 성공은 곧 자신의 성공을 뜻하는 것이니 기대하지 않는다면 거짓말이겠지만 정말은 무대에 올라서 실수하진 않을까, 그 실수 때문에 좌절하진 않을까, 아직 어리니까 맘이 많이 다치진 않을까가 더 걱정이었다. 그저 턱없이 믿고 맡기기엔 유리에게는 경험이 아주 없었고, 아무리 세은이 가다듬었다고 하나 누군가의 전속 매니저가 된 건 세은에게도 처음 있는 일이었기 때문에 유리는 괜찮을 것이라는 100% 자신감을 가질 수 없었다.

곧 유리의 무대가 끝났다. 그새 형성된 팬클럽들이 유리의 무대가 끝나기 무섭게 비명을 질러댔다. 세은은 이전의 가수들 때문에 익숙해졌는데도 유리에게 엄청난 환호가 쏟아지자 새삼 가슴이 뛰었다. 유리가 무대에서 내려왔다. 세은은 유리의 손을 저도 모르게 꽉 쥐었다. 유리도 벅찼던지 세은의 손을 맞잡았다. 둘은 곧 스태프의 안내로 무대 뒤로 이동했고, 세은이 먼저 정신을 차려 스태프들과 관계자들에게 인사를 하기 시작했다. 유리도 곧 세은과 함께 수고했다는 인사를 하고 받으며 대기실로 돌아왔다. 함께 대기실을 쓰는 다른 가수들이 유리가 돌아온 걸 보고 수고했다며 자기 차례를 위해 무대로 떠났다.

세은과 유리는 잠시 멍해 있었다. 규혜가 세은을 톡톡 두드렸다. 세은은 반사적으로 흠칫 놀랐다가 규혜가 시간을 가리키자 부랴부랴 차량으로 이동했다. 규혜는 눈치도 빠르고 몸도 재서 이미 웬만한 짐은 차량에 옮겨놓은 다음이었다.

차 안에서야 세은은 겨우 한숨 돌릴 수 있었다. 세은은 맞은편에 앉은 유리를 와락 껴안았다. 유리는 어쩔 줄 몰라 했다.

"잘했어, 정말 잘했어."

"그냥 하던 대로 했어요. 누나는 만날 보고선."

"응. 근데 진짜 잘했어."

규혜가 풋풋 웃었다.

"언니, 그러다 애 숨 막혀 죽겠어요."

"아, 응, 정말?"

세은은 어쩔 수 없이 떨어졌다. 유리는 겨우 살았다는 듯 규혜에게 고맙다고 했다. 세은은 두 사람을 가볍게 노려보았지만 결국 너무 좋아서 웃어버리고 말았다. 그렇게 오늘의 무대도 성공했다. 오후의 라디오 게스트 일만 끝나면 오늘의 일과도 끝이었다. 세은은 새삼 유리의 뺨을 꼬집어 당겼다. 유리는 엄살을 부려댔다. 운전석에서 조그만 웃음소리를 들은 것 같았다. 세은은 유리가 옷 갈아입는 걸 확인한 뒤 스케줄 다이어리를 펼쳤다.

오늘의 취재는 소녀들이 애독하는 V잡지의 요청이었다. 매달마다 각종 분야에서 주목받는 신인을 취재하는 코너였는데 이번에 영광스럽게도 유리가 선정되었다. 유리 외에도 몇 팀이 더 있다고 들었지만 취재가 겹치진 않는다고 했다.

약속 장소에 이르니 이미 취재팀이 도착해 있었다. 오늘의 콘셉트는 5월에 발매될 것에 맞춰 푸릇푸릇한 나무에 둘러싸인 한 대학 캠퍼스 내에서의 촬영이었다. 유리는 올해 만 열아홉 살로 이미 대학 1학년생이었다. 상큼하고 풋풋한 대학 새내기라는 콘셉트에 맞춰 교정을 거닐며 촬영을 한다고 했다. 인터뷰와 프로필만큼이나 중요한 게 사진이었기 때문에 규혜는 여느 때 이상으로 유리의 외모에 신경을 썼다.

이미 인터뷰 질문지를 받고 모범답안도 만들었다. 유리도 V지와 같은 메인 잡지의 인터뷰는 처음이라 스스로 답안도 만들어 세은과 상의하기도 했다. 세은은 되도록 유리의 콘셉트에 어울리는 답안을 이끌어냈고, 유리는 정말 자기가 답했을 만한 답이라며 감탄했다.

인터뷰는 술술 진행되었다. 정오를 막 넘긴 햇살은 더울 정도였지만 유리는 5월 콘셉트에 맞춰 시원한 옷을 입어서인지 딱 좋다고 했다. 유리는 연습했던 것 이상으로 활달하게 움직였다. 촬영기자가 웃으며 삼 초만 정지해 달라고 부탁할 정도였다. 유리는 수줍은 듯 웃었고 기자는 그 순간을 놓치지 않고 찍었다.

유리가 촬영에 몰두해 있는데 세은에게 전화가 왔다. 찬이었다. 세은은 놀라 전화를 받았다.

[거기 C대 캠퍼스지?]

세은은 저도 모르게 주변을 두리번거렸다. 찬이 마치 다 안다는 듯 말하고 있어서였다.

[두리번거린다고 내가 보여?]

세은은 정말로 놀랐다.

[정말 놀리는 보람이 있다니까. 아, 지금 보인다.]

찬은 자기 할 말만 하더니 전화를 뚝 끊었다. 세은이 휙 돌아보니 저만치에서 찬이 슬슬 걸어오고 있었다. 세은은 그 순간 유리도 잊고 찬에게 다가갔다.

"여긴 어쩐 일이야."

찬은 찬답지 않게 단추를 꼭꼭 채운 흰 셔츠에 마른 다리가 그대로 드러나는 스키니를 입은 모습이었다. 머리카락은 여전히 덥수룩하지만 조금 짧아져 있었다. 옷차림 때문인지 오늘따라 더욱 소년처럼 보였다. 찬은 픽 웃었다.

"왜, 세은을 따라왔을까 봐?"

세은은 찬을 따라 웃어버렸다.

"언제부터 그렇게 한가했다고? 여기에 볼일이 있었어?"

대답은 기자가 해주었다.

"벌써 왔어요? 아직 시간 전인 줄 알았는데."

찬은 깍듯하게 기자에게 인사하고 악수를 나눴다. 그 모습이 정말로 성숙하고 시원시원해서 세은은 벌써 여러 번 놀라는 중이었다.

"기다리실까 봐 서둘렀어요. 저는 신경 쓰지 마시고 촬영 계속하세요."

기자는 찬의 허락에 다시 유리에게 돌아갔다. 찬은 세은 곁에 서서 유리가 촬영하는 걸 지켜보았다. 유리는 찬이 누군지 궁금했는지 몇 번이고 그들 쪽을 힐끔거렸다.

"너도 오늘 취재 약속 있었어?"

"왜 내가 하냐는 말이네. 세은, 요즘 나한테 너무 무심한 거 아냐?"

찬이 비뚜름하게 투덜거렸다. 부인할 수 없었다. 요즘은 찬에게 연락하는 것도 뜸할 정도였다. 그만큼 유리에게 집중한단 뜻이었지만 새삼 찬에게 미안해졌다.

"미안. 내가 보고 싶었구나?"

찬이 기가 차다는 듯 웃었다. 마치 예전으로 돌아간 것 같았다. 세은은 찬의 머리를 슥슥 쓰다듬었다.

"뭐, 나도 귀찮아서 안 알린 것도 있지."

언제 왔는지 찬의 운전기사가 가까이 다가와 있었다. 세은은 그와도 반갑게 인사를 나누었다. 찬의 운전기사는 항상 무뚝뚝한 표정이었지만 한 번도 불친절하거나 무례한 적 없었다. 찬이 항상 곁에 두는 사람이니 보통 사람은 아니리라 막연히 짐작했었다. 한데 오늘은 찬에게 하루 일정에 대해 나직나직하게 보고하는 것이다. 그것도 대본연습이니 녹화이니 하는 용어가 튀어나오는 일정에 대해.

세은의 눈이 휘둥그레지자 찬은 특유의 서늘한 미소를 지었다.

"아침 드라마 볼 시간 없지?"

아침엔 자거나 곧바로 유리의 집으로 향한다. 세은이 고개를 끄덕였다. 찬은 돌연 굉장히 서글프면서도 무덤덤한 표정을 지었다. 세은은 뜨끔했다. 찬이 이 정도로 감정을 표면에 드러낸 것도 처음인데다 빠져들 것 같은 깊고 흐린 슬픔이 찬의 눈빛에 가득해서였다. 세은은 저도 모르게 찬의 손을 꼭 쥐었다. 찬은 자기를 잡은 세은을 보고 웃는 듯, 우는 듯, 체념한 듯, 기쁜 듯, 종잡을 수 없는 눈빛을 지었다. 세은은 찬을 더 보고 있으면 울 것만 같았다.

세은의 눈가에 눈물이 비치는 걸 보고 찬이 눈을 깜박였다. 그러자 채널을 돌린 것처럼 원래의 찬의 모습이 튀어나왔다. 찬은 세은의 일렁일렁한 눈가를 보더니 혀를 찼다.

"세은은 아침 드라마 보지 마."

세은은 순간 멍해졌다. 그 모습을 본 찬의 운전기사가 세은이 안쓰러웠는지 앞으로 나섰다.

"찬 도련님은 요즘 아침 드라마에 출연 중입니다. 사고로 부모를 잃고 말을 잃은 소년으로 나오지요."

"거기다 유일하게 내 마음을 알아주는 사촌누나는 자기 좋다는 남자랑 결혼하겠다는 판이거든. 난 완전히 외톨이야."

기사가 어쩔 수 없다는 듯이 한숨을 내쉬었다.

"아버지의 동생 가족 손에서 자라지만 항상 짐짝 취급을 받았지요. 유일하게 맘을 터놓은 상대가 사촌 누이였는데 결혼을 앞두고 있습니다. 그 누이가 여주인공이고요."

세은에게는 삼촌뻘 되는 사람이 아침 드라마를 설명하는 것도 웃겼지만 그 비극의 사촌동생이 정말 자기라도 되는 양 으스대는 찬은 더 웃겼다. 세은은 마지못해 웃었다.

"방금 그것도 연기였던 거야?"

"응. 누나가 결혼하는 바람에 내가 외톨이가 될 걸 알고 미안해하는 장면에서 내가 짓는 표정."

"연기, 시작한 거야?"

"응."

언제 이렇게 컸을까. 마냥 아이인 줄 알았는데 어느덧 제 갈 길을 찾고 있었다. 세은에게 매니저란 새로운 길을 열어주고 이끌어준 건 찬이었다. 세은은 고마운 만큼 찬을 응원하고 싶었다.

"잘됐어. 하고 싶은 걸 찾았다니."

"더 놀릴 줄 알았더니."

"네 연기를 못 봤으면 더 놀렸을 텐데. 찬아, 내 생각에 넌 정말 천재인 것 같아. 왜 이제야 연기를 시작했는지 의아할 만큼."

세은은 진심을 담아 말했다. 찬은 한동안 세은을 물끄러미 바라보기만 했다. 세은은 찬의 머리를 슥슥 쓰다듬었다. 찬은 가만히 두었다.

곧 유리의 촬영이 끝났다. 세은은 유리의 다음 스케줄 때문에 찬의 촬영을 잠깐밖에 볼 수가 없었다. 찬은 햇볕 따뜻한 양지에서 해맑게 웃으며 사진을 찍었던 유리와는 정반대의 모습이었다. 빛이 드는 커다란 창이 있는 복도 한가운데 서 있으면서도 추운 듯, 시린 듯, 눈을 내리깐 모습. 찬의 주변만 기온이 서늘하게 떨어진 듯했다. 촬영기자가 카메라 정면을 보라고 했다. 찬의 시선이 천천히 들려 카메라 렌즈에 닿았다. 그러나 보는 듯 보지 않는 듯 초점이 잡히지 않는 모습이었다. 촬영기자는 쉴 새 없이 셔터를 눌렀다. 찬은 기자가 요구하는 대로 즉각 움직였다. 마치 춤을 추는 듯 유연한 움직임이었다. 찬은 세은 쪽으로 천천히 돌아섰다. 세은을 발견한 찬의 눈에 처음으로 어떤 빛이 떠올랐다. 하지만 그 빛은 순식간에 사라졌다. 때맞춰 촬영기자가 메모리카드를 교체하겠다고 했다. 세은은 그사이 기자들과 찬 일행에게 인사를 남기고 돌아섰다.

차 안에서는 규혜가 자꾸 아쉽다며 혀를 차고 있었다. 세은이 이유를 물었다.

"오늘 찬이 오는 줄 알았으면 사인 받을 준비를 했을 텐데 말이에요."

"찬이? 찬이가 유명해?"

"맞다. 언니는 찬이랑 친한 것 같던데 어떤 사이에요? 아니, 그것보다 아는 사이라면서 찬이가 유명한지 물어요? 요즘 찬이 모르는 사람이 어디 있다고요."

"그러게. 나도 아는데."

유리가 거들었다. 세은은 오늘 정말 여러모로 놀라운 일의 연속이라고 혀를 찼다. 유리는 세은이 생전 처음 들어보는 외국의 뮤지션은 줄줄 꿰고 있으면서 국내 연예인에는 깜깜했다. 그나마 관심있는 가수들만 알 뿐이지 배우며 모델이며 가수 아닌 연예인에게는 정말 관심이 없었다. 대국민배우라는 몇몇 사람만 알 정도랄까, 그런 유리가 알 정도면 세은이 모르는 게 정말로 이상한 일이었다.

"'사랑 없어도 괜찮아'에 나와요. 원래는 한두 회 나오고 말 역할이었는데 찬의 인기가 너무 치솟아서 고정출연이 되고 말았대요. 엑스트라가 준조연이 된 경우랄까? 우리 엄마가 얼마나 예뻐

하는데요.”

“나도 우리 엄마 때문에 아는데. 아침마다 질질 짜는 아침 연속극 뭐가 좋냐고 아빠가 타박해도 ‘사랑 없어도 괜찮아’는 절대 포기 안 하시더라고요.”

유리가 툴툴대듯 말했다. 규혜는 돌연 전에 울지 않던 찬이 사촌 누이가 결혼해서 집을 나가는 게 확정이 됐을 때 저도 모르게 눈물을 뚝 흘리던 걸 보았냐며 난리였다. 유리도 그 장면에서 엄마가 또 얼마나 울었는지를 한탄했다. 말은 투덜거리는 식이었지만 유리가 찬의 연기력을 인정한다는 게 느껴졌다. 심지어 승민마저도 챙겨본다고 했다.

“나랑 동갑이랬던가? 우리 엄마는 나이도 어린 녀석이 어쩜 저렇게 연기를 잘하냐고 난리예요. 그러다가 나랑 동갑이라고 했더니 날 얼마나 철딱서니 없는 애로 보시던지.”

“그럼 나보다 형이란 뜻이야? 한참 동생으로 봤는데.”

“극 중 나이도 열일곱인가, 열여덟인가 그러잖아. 그런데 위화감이 하나도 없어. 수염은 나는지 의문이야.”

“실제로 보니까 더 작던데요. TV에서 봤던 것만큼 마르고.”

승민도 웬일로 수다에 참여했다. 규혜가 손가락을 튕겼다.

“그죠, 오빠? 걔는 뭘 먹고 살아서 그렇게 말랐나 몰라. 하긴, 그래서 옷 입히는 보람은 있겠더라. 그렇게 마른 애들이 잘 꾸며 놓으면 굉장한 스타일이 되거든.”

“원래 배우는 아니지? 내가 몰랐을 정도면.”

“유리 네가 아는 연예인이 몇이나 된다고. 원래는 VJ랬나? 듣기론 굉장한 백이 있다고도 하던데. 언니는 혹시 몰라요?"

세은도 규혜가 열띠게 드라마 얘기를 하니 들어본 기억이 났다. 아침마다 규혜가 드라마에 열을 올리며 오늘은 못 봤으니 다시보기로 챙겨볼 거라는 둥, 일 없을 땐 못 봤던 부분들을 찾아서 본다는 드라마가 찬의 드라마였던 것이다. 극중 이름도 '찬'이었으니 세은으로서야 '우리 찬이하고 이름이 같네' 정도밖에 연결시킬 수 없었다. 그 '찬'이 이 '찬'이라고 한 번이라도 상상해 보았겠는가.

"아, 응. 난 잘."

"아버지가 조폭이란 말도 있더라고요. 언니 혹시 모르니까 알아둬요."

세은은 쓴웃음을 지었다. 굉장한 백이면 조폭을 뜻하는 거였나? 그 뒤로도 세 사람은 찬의 이야기 삼매경에 빠져들었다. 세은은 하나같이 생경한 소리라 끼어들 여지가 없었다.

아줌마들의 마음도 모자라 규혜 같은 젊은 아가씨의 마음까지 사로잡고 있다고 하니 유리와 함께 떠오르는 신인 코너에 실리는 것도 이해가 되었다. 게다가 아까 찬이 잠시 보여준 연기력이라면 아줌마며 아가씨며 가릴 것 없이 마음이 휘어잡히고 말 것이다. 정말로 찬을 확 끌어안고 대신 울어주고 싶었으니까.

찬이 연기에 소질이 있는 건 확실했다. 사람들은 가짜에 열광하더라도 그 열기가 오래가진 않는다. 아이러니하지만 이 바닥에서야말로 '진짜'가 살아남는다는 것을 뼈저리게 깨달은 세은이었다. 찬의 소질과 재능이라면 충분히 대성하고도 남을 것이다. 다만 세은의 작은 이기심이 속살거렸다. 찬이 어디론가 멀리 가버리는 것 같아서 싫다, 라고. 찬이 하고자 하는 일을 찾은 것과 성공에 한 발짝씩 다가가고 있는 건 진심으로 기쁘지만 이대로라면 찬이 어딘가로 훌쩍 사라질 것 같았다.

게다가 마음에 걸리는 건 찬의 연기가 정말로 연기일까 하는 의혹이었다. 고작 이십대 초반의, 소년티를 막 벗은 청년이 그 정도의 깊이 있는 슬픔을 '지어낼' 수 있을까. 사실 찬에게는 세은이 상상도 하지 못한 슬픔이 그득한 건 아닐까. 항상 느껴왔지만 항상 지켜볼 수밖에 없던 그 기운들, 그게 다 슬픔에서 기인한 건 아닐까.

세은은 자신이 잔인하다는 것도, 못됐다는 것도 알고 있었다. 하지만 세은은 진심으로 바랐다. 찬을 깊은 슬픔에서 건져 줄 누군가가 나타나기를. 부디, 찬이 그 슬픔에 먹히지 않도록 잡아줄 누군가를 만나기를. 세은이 할 수 없었고, 세은이 뿌리쳤던 그 일을 누군가가 제발 해주기를. 찬이 바란 것 이상으로 찬을 행복하게 해줄 사람을 만나기를. 부디, 부디…….

찬의 운전기사, 가민은 찬을 태운 채 찬의 아파트로 향하고 있었다. 찬은 오늘 분의 녹화를 끝낸 후였다. 찬이 오늘 저녁도 거를 생각인 것 같아 어찌할까 고심하는데 찬이 한숨처럼 읊조렸다.

"세은, 잘 지내는 것 같았어."

가민은 룸미러로 흘끗 찬을 보았다. 찬은 작년에 이대로 죽는 건 아닐까 싶을 만큼 심하게 앓았었다. 꼬박 두 달을 앓던 찬은 거짓말처럼 말짱해져선 일을 해야겠다고 했다. VJ 일을 하다 계 사장과 친분이 있는 PD의 눈에 든 건 우연일까, 우연으로 조작된 필연이었을까. 찬은 그 PD의 눈에 들어 벙어리 소년 역을 맡았다. 찬은 군말없이 역할을 받아들였다.

대사 한마디 없이 눈빛과 표정만으로 감정을 전달하는 건 베테랑 연기자라도 힘든 일이었다. 그렇게 힘든 역할을 찬은 어렵지 않게 해내었다. 오히려 대사가 없어서 무위도식한다며 시니컬하게 웃기도 했다.

찬은 일을 핑계 삼아 집에서 나왔다. 계 사장은 찬의 일에 일절 참견하지 않았다. 찬은 계 사장의 여러 아파트 중 한 채를 골라 거주지로 삼았다. 계 사장은 무관심했다. 마치 찬이란 존재가 계 사장에게는 없는 존재인 것 같았다. 그러면서도 필요한 순간엔 찬을 착실히 부렸다. 찬은 희한할 정도로 계 사장의 명령은 군소리 없이 따랐다. 마치 그런 계약을 맺은 사람들인 양. 가끔은 피 한 방울 섞이지 않은 남이라는 생각마저 들 정도였다.

가민은 이틀 전의 세은의 모습을 떠올렸다. 찬은 세은을 다시 만나고 지금까지 세은을 본 적도 없는 사람처럼 입도 벙끗하지 않았다. 그게 찬 스스로의 다짐인 것 같았다. 가민은 찬이 갑자기 세은을 안 찾는 이유와 세은 역시 찬을 찾지 않는 이유를 알 순 없었지만 찬이 세은의 이야기를 봉한다면 가민이 굳이 끄집어낼 필요는 없다고 생각했다. 가민도 역시 지금까지 찬을 따라 찬의 다짐을 이행해 왔는데 오늘은 찬이 처음으로 세은의 이름을 입에 올렸다.

이제 세은이라면 괜찮은 것인가, 입에 담지 않고는 못 참을 지경이 된 것인가. 가민은 피로해 보이지만 눈빛만큼은 그 어느 때보다 생생하던 세은과 그런 세은을 눈부신 듯 바라보았던 찬을 생각했다.

"지금 하는 일이 잘 맞는 것 같았습니다."

"유리란 앤 어때?"

지금 말투만 봐선 계 사장과 판박이이긴 했다. 물론 그 사실을 찬에게 알릴 생각은 없었다.

"KG에서 아까워할 정도지요. SOO는 한 단계 더 커질 겁니다."

"세은이 CD를 보냈었지?"

"틀까요?"

"응."

유리의 싱글에는 총 두 곡이 수록되어 있었다. 타이틀은 '천생연분' 또 하나는 'U' 였다. 천생연분의 가사를 듣던 가민은 저도 모르게 작사가를 찾아보았다. 선명한 '채은형' 의 이름을 보았을 때 세은이 동시에 떠오른 건 왜인지. 이 바닥에서 아무리 쉬쉬한다고 해도 은형과 세은이 사귀는 걸 아는 사람은 알고 있었다. 다만 누군가의 통제하에 비밀에 붙여진 것이다. 찬은 자기를 차버린 여자 소식 따위는 듣고 싶지 않다며 세은에 관련된 소식은 일절 입을 봉하게 했다. 가민은 찬의 뜻을 따라 찬이 가는 곳이면 어디서든 세은의 소식을 들을 수 없게 철저히 세은에 대한 소문을 막았다.

찬은 무릎을 접고 등을 둥글게 말았다.

"천생연분이라고?"

찬의 웃음소리를 들은 것 같았다. 어미 잃은 새끼 새가 마지막 한숨을 토해내는 듯한 자그마한 웃음소리였다.

"잘됐네. 이젠 은형이 형도 인정한 모양이고. 잘됐어, 정말……."

가민은 볼륨을 조금 더 키웠다. 유리의 나이에 어울리지 않은 호소력 짙은 목소리가 애절하게 노래하고 있었다.

『너는 없는 줄 알았어. 내겐 허락되지 않은 줄 알았어. 벌을 받는 것일까…….』

재민이 돌아온 건 윤중로의 벚꽃이 막 피어날 즈음이었다. 재민은 세은이 기억하던 대로 파리였는지 비엔나에 있던 게 아니었다. 줄곧 일본에 있었다고 했다. 재민의 사촌형이 일본 오사카 지역에서 근무하고 있다고 했다. 오사카에서 뭘 했는지 모르지만 거뭇거뭇하게 타선 더욱 말라 보였다.

재민은 느닷없이 은형의 집에 나타났고 세은은 재민의 은형의 호출을 받아 부랴부랴 날아온 참이었다. 재민은 세은을 보곤 새하얀 이를 드러내며 웃었지만 해쓱한 안색과 여윈 뺨은 감춰지지 않았다.

"파리인가 비엔나인가 간다고 하지 않았어요?"

재민은 술에 한이 맺힌 사람처럼 술을 들이 붓고 있었다. 세은이 재민이 술 먹는 걸 멈춰보려 일부러 말을 걸었다. 그사이 은형은 재민의 잔을 자기 입 안에 털어 넣었다. 마지막 술이 사라진 걸 보던 재민은 쩝쩝 입맛을 다셨다. 사후 약방문인 건 알지만 세은은 고소한 향이 감도는 우유를 재민에게 내밀었다. 재민은 세은이 챙기는 걸 보더니 씩 쪼갰다.

"이제야 한국 돌아온 실감이 나네."

우유 한 컵을 쭉 비운 재민은 일부러 커억 트림을 한다. 그 모습에 장난스레 웃어줄 법도 한데 은형은 뭐가 그리 심각한지 담배를 물고 있었다. 세은은 걱정되어 미간이 펴지질 않았다.

"파리도 비엔나에도 갔었지."

"혹시 유빈 씨를 쫓아서요?"

"일본에도 갔고, 한국에도 돌아왔지."

세은은 무슨 영문인지 몰라 은형을 돌아보았다. 은형은 담배를 지져 끄곤 거실 창을 활짝 열었다.

"그 자식 차였어."

세은은 말문이 막혔다. 재민은 그대로 드러누웠다. 재민이 킥킥 웃는 것 같았다.

"세은아, 나 없는 사이 저 자식 많이 웃겨졌다, 아냐? 옛날 같았음 그만 여자 잊고 다른 여자 찾아보라고 했을 놈이야, 저놈이. 난 가슴이 쓰려 죽을 것 같아도 지는 산뜻하게 잊어버리라고 말하던 놈이라고. 근데 저 자식 아까 나보고 뭐랬는 줄 알아?"

세은은 재민의 팔을 토닥였다. 재민은 다른 손으로 눈가를 가리고 있었다.

"사랑한다면 쫓아가라더라. 내 존심 세우지 말고 사랑한다면 가서 잡으래."

세은은 베란다에서 두 번째 담배를 짓이겨 끄는 은형을 돌아보았다. 재민은 돌연 세은의 손을 꽉 움켜쥐었다.

"나 없는 새 너 대체 저 자식한테 무슨 짓을 한 거냐?"

은형이 왜 세은을 불렀는지 알 것 같았다. 은형은 위로 전문가가 아니었다. 은형에게 있어 위로 전문가는 세은이었고 세은이라면 어떻게 해주리라 믿고 부른 것 같았다. 하지만 세은에게도 답이 있는 건 아니었다. 어쩔 줄 몰라 재민의 손을 다독이자니 재민의 숨이 규칙적으로 바뀌어갔다. 은형이 다가왔다.

"잠들었어?"

"그런 것 같아요."

"불러서 미안."

세은은 은형이 재민 위에 성의없이 이불을 확 던지는 걸 잘 펴서 덮어주었다. 은형이 세은 옆에 풀썩 주저앉았다. 세은은 고개를 저었다.

"나야말로 힘이 못 돼줘서 미안해요."

"언제 힘 돼달라고 불렀대? 이 자식 얘기 듣다 보니까 보고 싶어서 그런 거지."

이 사람은 어디까지 농담이고 진심일까. 세은은 은형의 어깨를 툭 쳤다. 은형은 막 한 모금이나 빨았을까 싶은 담배를 다시 지져 껐다.

"너 보고 자극 좀 받으라고 부른 거였어. 유빈이한테 차였다고 지 혼자 실연여행을 다녔다잖아. 실연여행을 다녔으면 좀 후련해져서 오던가. 개미 콧구멍만큼도 못 잊었으면서 뭐, 잊을 거라고?

잊을 거라던 놈이 술 푸자마자 유빈이 타령을 해?"
"날 보고 어떤 자극을 받으라고요?"
은형은 세은을 물끄러미 보다가 재민의 잠든 얼굴을 비딱하게 쳐다보았다.
"너도 참 불쌍하다."
"응? 왜 재민 씨가 불쌍해요?"
은형이 딱딱 혀를 찼다.
"어째 지 맘도 제때 눈치를 못 채고 이런 여자한테 홀려선."
세은은 한숨만 나왔다.
"또 그 소리네요. 재민 씨가 날 좋아했다면 내가 모를 리 없다니까요."
"넌 사람 마음을 100% 잘 알아?"
은형이 정색하고 물으니 조금 무서웠다. 은형은 곧 표정을 풀었다.
"하긴, 자기 마음도 100% 모르는데. 여하간 넌 이제 약발이 다 했다는 건 확실하고."
"그게 무슨 뜻인데요?"
"널 봐도 유빈이 생각만 난다는 건 이 바보 놈이 골수까지 유빈이한테 빠졌다는 거잖아. 자기만 그걸 몰라. 아니, 알면서도 모른 척하지. 자기 자존심이 얼마나 드높다고."
"그게 아냐……."
재민이 잠든 줄 알았는데 어느새 깬 모양이었다. 재민은 부스럭대며 일어났다. 여전히 취한 상태였지만 아까처럼 이상하게 기분이 들뜬 상태는 아니었다. 오히려 깊이 가라앉은 무거운 분위기였다.

"유빈이가 날 거부해. 이제 나는 안 되겠데."

재민은 더웠던지 이불을 걷어냈다. 세은은 눈치 빠르게 차가운 물을 떠다 주었다. 재민은 차가운 얼음물을 두 잔을 비운 다음에야 간신히 눈에 초점이 돌아왔다.

"나라면 괜찮을 줄 알았는데 아니더래. 그래서 그만두자더라. 더 귀찮게 한다면 내가 가장 바라는 모습을 보여주겠다더군."

재민이 가장 바라는 모습이 협박거리가 된다면 곧이곧대로의 의미가 아닐 것이다. 세은은 무슨 뜻인지 선불리 물을 수 없었다. 하지만 은형에게는 아닌 모양이었다.

"네가 가장 바라는 모습이 뭐기에?"

재민의 입가가 괴로운 듯 일그러졌다.

"내 눈앞에서 다른 놈과 섹스 하는 모습."

"설마요……."

세은은 저도 모르게 고개를 저었다. 재민은 거칠게 마른세수를 했다.

"유빈이 성격이면 한다면 하지. 그래서 넌 그 꼴만은 차마 볼 수 없어서 도망쳤냐?"

돌연 재민이 눈을 번뜩였다.

"너라면 세은이 다른 새끼랑 섹스 하겠다고 덤비는데 안 돌아설 거냐?"

"세은인 안 그래."

"씨팔."

재민이 사납게 욕설을 지껄이곤 벌떡 일어났다. 워낙 술에 젖은 몸이라 재민의 뜻대로 움직여 주진 않아 금세 비틀거렸지만 재민은 세은의 부축도 마다했다. 은형은 현관을 향하는 재민의 등에 대고 비아냥거렸다.

"왜 유빈이가 떠났는지 알겠다."

재민이 거짓말처럼 멈췄다. 세은은 은형을 소리 없이 뜯어말렸지만 은형은 말을 듣지 않았다. 은형은 오히려 재민 앞에 섰다. 세은은 재민의 처음 보는 무시무시한 모습에 흠칫 놀랐다.

"그래? 나도 모르는 이유를 아시겠다고."

"내가 유빈이라도 툭하면 도망치는 놈한테 마음 맡기고 싶지 않을 테니까."

"도망친다고?"

"그럼 지금 네가 뭐 하고 있는 것 같은데? 유빈이한테서 도망쳐, 나한테서 도망쳐. 아, 그래. 마땅히 합당한 변명은 있으시지. 유빈이가 네가 얼마나 싫으면 맘에도 없는 놈팡이랑 자겠다고 설치겠냐. 안 그래?"

"내가 취했다고 기억 못할 줄 아나 본데, 여기까지 하자. 이 정도면 됐어."

재민이 낮은 목소리로 경고했지만 은형은 멈추지 않았다.

"언제나 그렇게 어른스러운 척, 잘난 척 한 발을 뺐지. 하지만 그거 알아? 너 속은 아닌 거 다 알아. 너 같이 얕은 놈이 아무리 꾸며댄다고 속이 안 보일 것 같아?"

"채은형, 터진 입이라고 함부로 지껄이지……."

"유빈이도 알았겠지. 너는 겉멋만 잔뜩 쳐든 허풍선이라는 걸. 그래서 질린 거 아냐? 그깟 협박 같지도 않은 협박에 꼬리 말고 도망치는 네 꼴을 보고?"

"채은형!"

결국 재민이 은형의 멱살을 잡아 벽에 확 밀쳤다. 세은은 기함을 하고 재민을 뜯어내려 했다. 하지만 은형이 세은을 밀쳐 냈다. 세은은 은형 때문에 가까이 다가갈 수도 없었다.

"그만둬요. 은형 씨도, 재민 씨도!"

"나라면! 이세은이 다른 놈팡이를 끌어들여 내 앞에서 섹스를 한다고 해도 도망치지 않아! 넌 그러냐? 넌 하유빈이 하라는 대로 다 하는 개새끼냐? 너 자신의 의지란 것도 없어? 가란다면 가고, 오란다면 오냐? 그럼 대체 하유빈이 개새끼를 키우지 왜 널 만나는데!"

재민의 눈가가 시뻘게졌다. 저러다 정말 치고 박고 싸우겠다. 세은은 발을 동동 굴렀다.

"유빈이가 널 거부한다고? 넌 이제 안 되겠다고. 그럼 넌?"

멱살을 쥔 재민의 손이 조금씩 떨렸다. 세은의 눈동자가 커다래졌다.

"네 자존심이 상해서 도망친 게 아니라 유빈이의 뜻을 따라준 거라고? 웃기지 마. 유빈이가 널 떼어낼 각오를 보고 넌 분명 질려버렸겠지. 이 여자가 그렇게 날 싫어하나, 자존심에 금이 갔겠지. 그래서 도망친 거야. 안 그래? 그것도 유빈이가 만들어준 출구로 유빈이가 쥐어준 구실을 갖고 정정당당하게 말이야. 이거 정말 웃기지 않냐?"

재민은 결국 은형에게 한 방 날렸다. 하지만 이 와중에도 직업의식이 발동한 걸까, 재민의 주먹은 은형의 얼굴이 아니라 배에 꽂혔다. 은형의 몸이 반으로 접혔다. 세은은 기겁해서 은형을 부축했다.

재민은 그 길로 은형의 아파트를 나갔다. 세은은 술에 잔뜩 취한 데다 머리꼭지까지 화가 난 재민도 걱정이었지만 은형을 두고 나갈 리 만무했다. 세은은 은형이 쿨럭쿨럭 기침하는 걸 보고 등을 툭툭 두드렸다.

"그러게 왜 자꾸 시비를 걸어요."

"열받게, 하잖아. 쿨럭— 그 자식, 인정사정 보지도 않고. 헥헥—"

"나라도 인정사정 안 본다. 아무리 재민 씨를 위한 말이었다지만 꼭 그렇게까지 해야 했어요?"

"그렇게라도 안 하면 깨닫지 못할 놈이니까 그렇지."

"그러다 두 사람 사이가 험악해지면 어떡해요."

은형은 다 죽어갈 것처럼 엄살을 부리더니 세은의 무릎을 베었다. 세은은 그를 끄집어내는 시늉을 했지만 은형이 또 끙끙거리며 앓는 바람에 실패해 버렸다.

"이 정도로 험악해질 거면 애초에 친해지지도 않았어."

남자들의 이런 근거없는 자신감은 어디에서 나오는 걸까. 아무리 상대를 위한다지만 세은이 보기에 은형은 확실히 지나쳤다. 저러다 재민이 더욱 엇나가면 어쩌는지. 세은은 은형이 맞은 부위를 보려고 옷을 들췄다. 생각보다 그리 심하게 맞은 건 아닌지 빨갛게 손자국만 나 있었다.

"죽진 않겠네요."

"그럼. 세은이를 두고 죽을 수 없지."

세은은 은형의 코를 살짝 꼬집었다.

"재민 씨 어떡해요. 집엔 잘 갔을까요?"

"아무리 만취해도 제 집엔 꼬박꼬박 들어가던 놈이야. 제 집 옷장에서 자는 한이 있더라도. 그러니까 걱정 마."

"사람들이 재민 씨 알아보면……."

"다 지 팔자지. 누가 내쫓았어?"

은형의 이론대로라면 정말 세상 살기 편할 거란 생각이 들었다.

"유빈 씨는 그렇게까지 재민 씨가 싫은 걸까요?"

"글쎄, 너라면 정말 싫은 놈이 집까지 찾아오면 어떡할 거야? 무슨 수를 써도 그놈이 떨어지지 않을 것 같아 보이면? 유빈이 같은 협박을 할 거야?"

세은은 질색을 했다. 세은도 분명 눈앞의 남자가 끔찍하고 싫어서 어찌할 바를 모른 때가 있었다. 하지만 이 남자를 떼어내자고 이 남자 앞에서 다른 남자와 섹스 하는 모습을 보일 바에야 차라리 죽겠다고 설칠 것이다. 결국 세은은 아무것도 안 하고 은형을 받아들이고 말았지만.

"유빈이도 지독하지. 웬만해선 재민이 자식이 떨어지지 않을 것 같아서 극약처방을 한 모양인데 그래도 그렇지, 자기 남자 앞에서 다른 놈팡이랑 섹스 하겠다고 해? 그 자식도 덜 됐어."

"아깐 잔뜩 유빈 씨 편을 들었잖아요?"

"그건 그거고 이건 이거야. 너무하잖아. 그게 자길 사랑하는 남자한테 얼마나 치명적인지 알면서 한 소리라고. 하여간에, 유빈이 자식도 지독해. 독해, 독해."

"난 은형 씨를 잘 모르겠어요. 정말은 유빈 씨한테 화가 난 거예요? 재민 씨를 상처 줘서?"

은형은 배를 슥슥 문지르며 바로 앉았다. 배는 이제 웬만큼 나은 모양이었다.

"당연하잖아. 재민이 자식은 내 몇 안 되는 친구인데."

친구가 몇 안 된다는 건 인식하고 있구나, 세은은 멍하니 생각했다.

"그럼 왜 재민 씨 앞에선 유빈 씨 편을 들었어요?"

"저렇게라도 하지 않으면 안 움직일 놈이니까. 자존심 내세우다 뼈에 사무칠 후회를 남기는 것보다 낫잖아."

결국 재민을 위해 재민의 화를 북돋았다는 건데, 세은은 그런 은형을 칭찬해야 할지 그래도 심했다고 나무라야 할지 갈피를 잡기 힘들었다. 결국 결정을 내린 건 은형이었다. 은형은 세은을 꼭 끌어안고는 깊은 한숨을 내쉬었다.

"재민이는 단순한 놈이야. 한번 아니다 싶으면 절대 뒤돌아보지 않아. 그런 놈이 실연여행이라면서 몇 달을 허비했지만 결국 유빈일 잊지 못했어. 한국에 왜 돌아오지 못했는지 알아? 한국에선 자기 발길이 닿는 곳마다 유빈이 흔적이 있어서래. 뇌의 주름은 장식인 줄 아는 놈이 말이야."

세은은 픽 웃었다. 사실 재민이 단순한 건 아니다. 그저 명쾌하달까, 뚝심이 있달까, 한번 결정한 건 밀어붙이는 성격 때문에 일면 단순하게 보일 뿐이었다. 그걸 누구보다 잘 아는 게 은형이었다.

"난 유빈이 마음이 어떤지 몰라. 그래도 재민이 마음에 후회가 남지 않았으면 좋겠어. 저렇게 잊지 못할 바에야 와장창 깨져서 하유빈이라면 치를 떠는 게 낫지. 그래야 깨끗하게 새로 시작이나 하지. 잊을 거라면서 잊지도 못하고, 지울 거라면서 정말 지워질까 봐 전전긍긍한 채로 뭘 시작하겠어. 젠장, 난 왜 이렇게 착한 거야? 친구를 생각하는 마음이 너무 갸륵하지 않아?"

세은은 결국 풋풋 웃어버렸다.

"잘 나가다가 꼭 딴 길로 새죠. 그러다가 재민 씨가 더 상처받아 오면 어떡해요?"

"내가 그것까지 책임져야 해? 저 자식 나이가 몇 갠데?"

"네, 네. 그래야 채은형 씨죠. 은형 씨는 그저 도화선에 불을 붙였다 뿐이지 터지는 것과는 아무런 상관도 없단 말이죠?"

"허어, 그 말투 엄청나게 불손한데? 자기 남자를 뭐로 보는 거지?"

세은은 생글생글 환한 미소를 지었다.

"채은형으로밖에 안 봐요."

은형의 미묘하게 구겨진 얼굴 덕분에 세은은 그 뒤로 한동안은 두고두고 웃고 지낼 수 있었다.

그 뒤로도 한동안은 재민을 만날 수 없었다. 세은이 혹시나 싶어 연락을 취했지만 재민은 전화를 받지 않았다. 걱정스러워 문자를 몇 개나 보냈지만 답은 오직 하나.

'내 걱정 마' 였다. 추신도 함께였다. '채은형 조련 좀 잘해. 이제 네 거잖아'.

문자를 보고 은형은 또 한참을 투덜거렸지만 내심 안심한 기색이었다. 세은은 새삼 장난기가 발동했다. 은형에게 간식으로 베지밀을 넘길 때 은형이 받으려는 순간 휙 뒤로 뺐다. 은형이 의아해하며 세은을 돌아보았다. 세은은 빙긋 웃었다.

"'주세요, 주인님' 하면 줄게요."

은형의 이맛살이 또다시 미묘하게 일그러졌다. 은형은 '오냐, 그렇단 말이냐' 쯤의 눈빛을 띠더니 그르르릉, 낮은 울음소리를 냈다. 세은은 은형의 낮은 목울음 소리와 동시에 떠오른 야릇한 눈빛에 불길한 예감을 느꼈다.

"주세요, 주인님, 하면 뭐든 주는 건가?"

"베지밀이라면 얼마든지……."

은형의 정말 소리도 없이 슬쩍 다가왔다. 세은은 반사적으로 물러났지만 은형의 품 안이었다.

"하지만 주인님, 이 맹수는 너무 허기져서 베지밀 따위론 배가 안 차는데?"

세은은 새삼스레 얼굴을 붉혔다. 그의 눈빛이 너무 노골적으로 세은의 젖가슴을 더듬고 있었다. 세은은 그의 눈빛을 가리고 싶었다.

그의 입술이 천천히 내려와 세은의 목덜미에 닿았다. 서늘한 숨결이 뜨거운 살갗에 부딪쳐 부스스 흩어졌다. 세은의 솜털이 쭈뼛 서고 아랫배가 살짝 욱신거려 왔다.

"주인님……."

세은은 결국 눈을 꼭 감고 고개를 휙 돌렸다. 은형이 쿡 웃었다. 그가 돌연 거칠게 세은의 다리 사이를 가르며 들어왔다. 세은은 숨을 흡 들이켰다.

"이 맹수는 유즙을 참 좋아해서……."

"으, 은형 씨, 그만……."

유즙이라니! 세은의 귓불까지 새빨갛게 타올랐다. 세은은 정말로 그를 밀어낼 생각이었지만 팔에 힘이 들어가지 않았다. 그가 음란하게 허리를 놀렸다. 솜털이 뾰족뾰족 섰다. 숨은 더욱 들이쉬지 못할 정도로 가득 찼지만 내뱉을 틈이 없었다.

"하지만 가장 좋아하는 건……."

세은은 그의 옷깃을 움켜쥐었다. 그는 허벅지를 그녀의 안쪽에 강하게 밀어붙였다. 세은은 아랫입술을 꽉 깨물었다. 그의 얄미운 숨결이 귓불을 타고 올라왔다. 감미로운 불꽃처럼 뜨겁고 뜨거운 입술이 세은의 관자놀이에 닿았다. 오싹오싹, 소름이 돋았다. 세은은 헉헉 거칠게 숨을 내쉬었다.

"이세은……."

"은형 씨, 제발……!"

그저 닿았을 뿐인데, 억울하게도, 닿기만 했을 뿐인데, 세은은 미쳐 버릴 지경이었다. 은형은 빙글빙글 웃기만 할 뿐, 세은의 요구는 조금도 들어주지 않았다. 은형은 양손으로 벽을 짚어 세은을 가두곤 세은이 애달아하는 걸 지켜보았다. 세은은 저도 모르게 허리를, 등을, 다리를 뒤틀었다. 그를 더욱 좁게 가두고 문질렀다. 그저 흘러나온 율동이었다. 은형의 눈가 역시 붉게 물들었다. 세은은 그를 당겨 거칠게 입술을 물었다. 은형의 눈에 빛이 번뜩였다.

"주세요, 주인님, 해봐."

"음, 으음……."

"주세요, 주인님……."

세은은 그의 머리를 끄집어 자기 가슴에 묻었다. 그리고 오직 그만이 들을 수 있게 그의 귓전에 거친 신음처럼, 흩어지는 숨결처럼 속삭였다.

"……세요, 주인…… 니임……."

그리고 드디어 주인님이 관용을 베푼 순간, 세은은 꿈에 바라던 천국을 맛보았다.

꿈 _34

흐드러지게 핀 벚꽃이 스러지던 밤 세은은 눈을 떴다. 바람소리 때문이었을까, 벚꽃의 흩날림이 들렸을까, 세은은 그저 눈을 떴다. 침대는 비어 있었다. 사람이 누웠던 흔적만이 남아 서늘하게 식어 있었다. 세은은 바닥에 흐트러진 옷을 집어 몸에 두르고 작업실로 향했다.

어두운 공간 안에 그가 앉아 있었다. 잠이 든 듯 미동조차 없었지만 세은은 섣불리 말을 걸 수 없었다. 연인이 되었지만, 대부분의 시간을 함께하지만 그에게는 그만의 시간이 절대적으로 필요하다는 걸 알고 있었다. 세은을 필요로 하면서 세은이 보고 싶다고 조르기도 하면서 갑작스레 혼자만의 세계에 들어설 때가 있었다. 처음에는 어찌할 바를 몰랐지만 요즘은 익숙해졌다.

외롭지 않다면 거짓말이다. 차라리 '넌 오지 마' 경고를 받았다거나 내쳐졌다면 좀 덜 아프겠다. 완전한 단절, 세은이 감히 손을 뻗을 수 없는 영역에 접어들 때면 세은은 절실하게 혼자임을 깨닫게 된다. 더욱 슬픈 건 투정하거나 원망할 수 없다는 것이다. 이해하니까, 채은형이란 인간의 일면이니까, 받아들여야 한다는 거. 사람이라면 누구나 혼자 있고 싶을 때가 있다는 거 세은도 알고 있었다. 깊은 수면과도 같은 고독이 필요하고 그 고독의 시간을 거쳐야 사람이 숙성된다는 것도 잘 알고 있었다. 여느 사람이라면 그런 시간에 접어들 때 자신을 생각해 주는 타인을 배려할 것이다. 선의의 거짓말로라도 상대방을 위로하며 자기만의 시간을 가질 것이다. 적어도 세은은 그랬다.

하지만 은형은 아니었다. 너무나 제멋대로인 사람, 너무나 '나'와 '나 아닌 너'가 뚜렷한 사람. 자기가 혼자만의 시간을 가질 때 상대방을 배려해야 한단 생각을 조금도 못하는 사람. 참 어리고, 많이 부족하고, 인격적으로 덜 여문 사람. 잘 알고 있으니까 그 때문에 상처받고 아파하는 게 우습기도 하지만 그럼에도 완전한 혼자가 되었다는 씁쓸함은 가시지 않았다.

방해를 해보려고도 했다. 혼자만의 시간을 갖는 건 좋지만 너무 내 생각을 안 하는 게 아니냐고, 탓도 하고 원망도 하려고 했다. 그를 가르치고 깨닫게 해서 변화시킬 생각도 해봤다. 그러나 지금까지 세은은 한 번도 입을 떼지 못했다.

내게 그럴 자격이 있을까 하는 생각에. 연인으로서 당연한 투정일지 모르지만, 모르겠다, 세은에게는 아직도 그를 팬으로서 아끼고 사랑하는 마음도 강한가 보다. 무조건적으로 봐주고 돌봐주고 싶은 마음이 강했다. 연인으로서의 나를 내세우기보다 팬으로서 그의 시간을 존중하고 싶었다. 아프고 외롭고 마음 쓰려도 이번에도 역시 참는 이유였다.

물론 자조하는 마음도 강했다. 그렇게까지 그에게 잘 보이고 싶은 거냐. 연인이 되었고 실감도 한다지만 정말 마음속 깊은 뿌리는 여전히 그가 연인이 '되어줘서' 기쁘다고 하지 않은가. 아직까지도 그를 대등한 입장에서 보지 못하는 자신을 깨닫고 있었다.

사람은 근본적으로 변하지 못하는 법이라 그런가.

세은은 소리 죽여 돌아섰다. 이 마음이 비굴한지도 모른다. 여전히 밑에서 우러러보는 스스로가 많이 우습기도 하다. 그렇지만 그 비굴한 마음에 지지는 않았다. 그를 우러러야 사귈 수 있으니 난 현명하게 처신하는 거라고 과대 포장하지도 않았다. '그렇구나' 랄까. 난 이 사람을 사랑하지만 팬으로서의 마음이 완전히 사라진 건 아니구나, 정도.

은형이 성숙하고 어른스럽지 않다는 건, 반대로 그에게는 음악 외에는 아무것도 필요 없었다는 뜻도 되었다. 음악만 하면 되는 사람이었다, 음악만 있으면 되는 사람이었다. 바라는 건 음악을 인정받는 것이고 꿈은 음악을 죽을 때까지 계속하는 것이었다. 음악 바보다, 채은형은. 그런 사람이라 인격의 깊이를 깊게 한다거나 사람을 폭넓게 사귀는 등의 성숙도와 사회성은 거의 제로가 되어버렸다. 음악에 있어선 항상 최고여야 하니까, 완벽해야 하니까, 그 외의 것엔 신경을 쓸 여유나 에너지나 시간이 없었던 거다.

은형의 음악이 좋기도 했지만 정말은 꿈을 쫓아가는 열정을 좋아했던 것인지도 모르겠다. 그가 꿈을 쫓고 꿈에 인생을 건 음악 바보라서, 한순간도 쉼없이 음악에로의 길을 달려가는 사람이라서, 그래서 더 사랑했던 것인지도 모르겠다. 그래서 그를 향한 마음이 조금도 멈춤 없이 계속 내달렸던 것인지도. 그의 열정에 이끌려서.

정말은 사랑이라기보다 존경인지도 모르겠다. 동경과도 같은 존경, 그리고 한편에서는 그런 그가 계속 꿈을 쫓을 수 있도록 든든한 지원군이 되고 싶다는 바람도. 세은은 충분히 그런 후원을 해줄 수 있다고 믿었기 때문에 뻔뻔하고 지독스럽게 그를 쫓아다녔던 것일지도 모르겠다.

이제는 한 사람의 남자로서 채은형을 사랑한다. 동시에 꿈을 쫓는 열정가로서의 그를 동경한다. 그가 자기가 포기해 버린 것들을 모른다고 생각하진 않는다. 그럼에도 음악을 해나가는 그의 힘이 되어주고 싶다. 음악 바보인 은형을 이해할 수 있는 건 세은 역시도 일생을 걸고 이루고픈 꿈을 발견했기 때문일 것이다.

세은은 그새 서늘하게 식은 침대 위에 올랐다. 오늘은 지방 공연 때문에 사무실에서 합숙하기로 했다고 집에 통보해 두었다. 갈수록 부모님께 거짓말이 느는 건 죄송하지만 이렇게라도 은형과 함께할 수 있어서 세은은 사실 참 행복했다.

세은은 이불을 끌어 몸을 둥글게 말았다. 서늘한 시트 감촉에 살짝 소름이 돋았지만 곧 푸근한 잠의 세계로 빨려들어 갔다.

색색, 나 아닌 타인의 숨소리에 잠을 깬 건 어슴푸레 빛이 스미기 시작한 새벽녘이었다. 세은은 어느새 코앞에서 아이처럼 잠에 떨어진 은형을 발견했다. 세은이 살짝 몸을 일으키는데도 잠귀 밝은 은형은 세상모르고 곯아떨어져 있었다. 잠이 든 지 얼마 안 된 모양이었다. 세은은 은형이 이불을 차내서 다시 덮어주려던 건데 돌연 몸이 밑으로 쭉 잡아당겨졌다. 은형이 세은을 와락 당겨 안는다. 깬 건가? 흘끗 올려다보지만 깬 기색은 전혀 없었다. 세은이 자세가 불편해 꼼지락대니 더욱 세게 껴안는다. 세은은 풋 웃어버렸다.

알람을 맞춰놓았으니 좀 더 자도 괜찮겠지. 세은은 이불보다 따뜻한 그의 품에서 다시금 잠을 청했다. 마음부터 덥혀오는 따스함에 세은은 또다시 깊은 잠에 빠져들었다.

"내가 정말 바라는 건 이세은 씨와 다신 부딪치지 않는 거야. 제발 좀 꺼져 주겠어?"

세은은 소스라치게 놀라 눈을 떴다. 세은을 부르던 미정은 세은이 눈을 뜨자 반색을 했다.

"세은아, 정신이 들어? 이게 무슨 일이야."

머리가 멍했다. 정신이 드냐고? 그게 무슨 말이지? 왜 미정이 여기에 있고? 분명 아까까지 난 누구하고……. 찌릿한 통증이 관자놀이를 관통했다. 세은이 인상을 쓰자 미정과 EM 팬클럽 운영진들이 저마다 한소리씩 했다. 병원에 가자는 의견이 지배적이었다. 미정이 병원에 가야겠다고 결단을 내렸다. 하지만 세은이 만류했다.

"아니, 난 괜찮아요."

"계단에서 떨어졌어. 멀쩡한 게 이상하지. 고집 부리지 말고 병원에 가자."

"난 정말로 괜……."

미정을 만류하려 고개를 든 순간 그와 눈이 마주쳤다. 하나, 일순간이었다. 남자는 눈이 마주치기 무섭게 몸을 휙 돌렸다. 세은의 동공이 얼어붙었다. 심장이 그대로 정지해 버렸다.

"은형 씨……."

"병원에 가자, 세은아."

미정이 세은을 잡아끌었다. 세은은 반사적으로 미정을 밀쳤지만 힘이 하나도 없어서인지 미정은 꿈쩍도 하지 않았다. 그사이 은형은 세은에게서 멀어지고 있었다. 점점 그의 모습이 작아지고 있었다. 세은은 미친 듯이 미정을 밀었다.

"언니, 언니, 이거 놔요. 은형 씨가, 은형 씨가 가버려……."

"괜찮아. 은형 씨는 가는 게 도와주는 거야."

"아니야, 은형 씨가 왜? 내가 다쳤는데?"

"너 아직도 몰랐어? 은형 씨는 정말로 널 싫어하잖아."

"아니야, 아니에요, 언니. 이젠 아니야. 은형 씨가 날 사랑한다고, 좋아한다고 그랬어요. 우리 이제 연인이라고 그랬어."

"정신 차려, 세은아. 왜 꿈같은 소리를 하고 있어. 얘가 정말 많이 다쳤나 보다."

"이거 놔요. 가지 마, 은형 씨! 은형 씨……!"

"세은아, 세은아!"

"아냐, 그럴 리 없어…… 아냐, 아니야!"

"이세은!"

숨이 막혔다. 세은은 퍼뜩 정신이 들었다. 사위는 이제 완연한 아침을 알리고 있었다. 세은의 숨을 막은 건 강인한 두 팔과 딱딱한 품이었다. 세은은 숨을 들이쉬려고 안간힘이었지만 남자는 세은을 안은 팔에서 조금도 힘을 빼지 않았다.

세은이 숨이 막혀 콜록대니 그제야 팔이 좀 느슨해졌다. 세은이 콜록대는 동안 남자는 세은의 등을 쓸어주었다. 얼굴이 축축했다. 기침 좀 했다고 눈물이 찔끔 나는 수준이 아니었다. 세은은 도무지 꿈과 현실이 구분이 안 돼서 이것이 현실인지 아니면 아직도 꿈속인지 분간할 수가 없었다.

"괜찮아?"

뺨에 닿는 손끝은 서늘했다. 세은은 반사적으로 몸을 뺐다. 손이 떨어졌지만 곧 다시 세은을 당겼다. 어깨를 쥔 손의 악력 때문에 어깨가 저려왔다. 미약하나마 통증이 생겼지만 그래도 여전히 꿈인 것만 같았다.

"맙소사. 왜 그래? 무슨 꿈을 꾼 거야?"

세은은 눈을 깜박였다. 자꾸 세상에 몽롱하고 일그러져 보이는 건 꿈 때문이 아니라 여전히 뭉클뭉클 솟는 눈물 때문이었다. 자꾸자꾸 또록 떨어뜨려도 세상이 일렁거렸다. 세은은 결국 눈을 감았다.

꿈이면 어떡해? 정말로 이게 다 꿈이면? 그때로 돌아가는 거야? 그에게 난 아무것도 아닌 그때로? 나란 사람의 존재 자체를 저주하던 그날로?

몸이 강하게 진동했다.

"이세은! 날 봐!"

화가 난 목소리. 하지만 근심과 걱정이 가득 담겨 있었다. 세은은 억지로 눈을 떴다. 은형이 보였다. 아름다운 얼굴, 수척하고 눈밑이 움푹 들어갔어도 너무나 아름다운 얼굴. 일그러진 양미간으로 눈가가 가늘게 좁혀졌어도 근심과 걱정이 가득한 눈빛은 조금도 가려지지 않았다.

"이것도 꿈인 거야? 나, 여전히 악몽 속인가?"

"꿈? 그게 무슨……."

뜨뜻한 물줄기가 다시 주룩 흘러내렸다. 세은은 뺨을 닦을 힘도 없었다. 그가 어깨를 잡고 있지 않다면 힘없이 스러졌을 것이다.

"날 보고 있었어. 정말 차갑고 무섭게, 내가 미워서 죽을 것처럼. 그리고 돌아섰어. 아무리 불러도 한 번도 멈추지 않고, 그렇게 계속, 계속 멀어졌어……. 꿈이 아니래, 그게 현실이래, 난, 난……."

"이 바보야!"

은형이 우악스럽게 세은을 끌어안았다. 세은은 소리 죽여 흐느꼈다. 은형은 마치 그녀가 연기처럼 꺼지기라도 할 듯 끝없이 끝없이 부둥켜안았다. 마른 그의 몸 때문에 뼈가 부딪쳐 아팠는데, 그가 너무 힘껏 껴안아 참 많이 아픈데, 가슴의 통증 때문에 통증으로 여겨지지 않았다. 가슴이 미어져서 그저 눈물만 나왔다.

"다 잊은 줄 알았더니, 다 용서한 줄 알았더니……."

그가 중얼거렸다. 세은은 반쯤 넋이 나가 혼잣말 같은 그의 말을 흘려들었다. 은형이 세은과 얼굴을 마주했다. 멍한 시야 속에서 그의 얼굴도 눅눅하게 젖어 있었다. 세은은 반투명한 젖빛 유리에 둘러싸인 세계에 갇혀 있었다.

"미안해."

은형이 세은의 뺨을 닦았다. 섬세하진 못해도 조심스러웠다. 가늘게 떨리는 손끝이 만지면 깨질까 두려운 듯 세은의 뺨을 더듬었다. 파삭파삭, 어디선가 얇은 유리에 금이 가는 소리가 들렸다.

"미안해……."

그의 검은 눈동자 가득 눈물이 고였다. 찰랑찰랑 떨어지는 눈물이 세은의 입술에 닿았다. 그의 입술이 세은의 떨리는 입술을 살포시 덮고는 떨어졌다.

"다시 돌아와 준 그 사람에게 내가 해줄 수 있는 건 아무것도 없어요. 난 아직 부족하고 바보이니까요. 하지만 이런 나라도 할 수 있는 게 하나 있어요. 그 사람을 사랑하는 것. 사랑이 무언 줄 모른 시절 내게 주었던 사랑만큼, 그보다 많이, 그 사람을 사랑하는 것. 부족하고 바보인 나예요. 미안하단 말도 이젠 할 수가 없죠. 그래서 약속할게요. 미안한 만큼, 그대 돌아오는 길이 힘들었던 만큼, 나 그대 사랑하겠노라고. 사랑해요, 나의 사람. 항상항상 그대 하나뿐이었습니다."

'TO SE' 였다. 눈의 여왕에서 카이는 겔다의 눈물로 가슴에 박힌 거울 조각이 녹고, 눈에 박힌 거울 조각은 흘러나왔다고 했던 가. 세은을 둘러싼 잿빛 유리가 사륵 녹아내렸다. 그 무엇보다도 그의 노랫소리가 세은의 심장을 두드렸다. 이 노래를 기억하고 있었다. 이 노래를 만들어주던 그날을 기억하고 있었다. 이 노래에 제목을 붙이고 그답지 않게 주절주절 자신에 대해 변명하던 것도 기억했다. 그 다음의 고백까지도.

세은은 그동안 모르고 있었다. 그저 세은이 그에게 돌아왔다는 기쁨을 노래하는 줄 알았다. 하지만 그의 각오였던 것이다. 그의 다짐이고, 약속이었던 것이다. 널 사랑하겠노라고, 네게 준 아픔보다 더 많이 사랑하겠노라고.

세은은 눈을 들었다. 완연히 눈이 떠졌다. 꿈이 아니다. 은형이 눈앞에 있고, 세은을 위해 노래를 불러주고, 세은과 눈을 마주하는 이 순간은 결코 꿈이 아니었다. 그 순간에 또다시 눈물이 흘러나왔다. 은형은 그 새로운 눈물까지도 닦아주었다. 그가 조금은 쉰 듯한 목소리로 말을 꺼냈다.

"쉽게 용서할 수 없는 일이라는 건 알아. 상처를 갖고 내 곁에 있는 게 쉽지 않은 일이라는 것도. 그래도 세은아……."

그의 눈물이 시트를 적셔 소리 없이 번졌다.

"난 네가 아니면 안 돼."

툭, 툭. 매끄러운 뺨을 달려 턱 끝에서 툭, 툭 떨어진 눈물은 마음속 깊은 곳에 혹여라도 있을지 모르는 의심의 찌꺼기마저 녹여주었다. 세은의 가늘게 떨리는 손이 그의 뺨을 감쌌다. 그의 눈빛은 젖은 눈동자와 달리 메마르고 찢길 듯 고통스러워 보였다. 세은은 그의 마음을 달래주고 싶었다.

사실은 이거였어요? 작업하지 않고 홀로 있는 시간 동안 나 때문에 아픈 거였어요? 난 바보였구나. 난 당신이 원하는 일인 줄 알고 당신을 위해서라며 물러났는데. 이렇게까지 아파하고 후회하는 당신을 보지 못했어요. 미안해요, 진작 말했어야 했는데…….

"알아요."

그의 눈이 천천히 감겼다. 세은은 다시 한 번 읊조렸다.

"나도 알아요."

연인이 '되어주었다'느니, 비굴한 마음이니, 사실은 신경 쓰지 않았다. 굳이 안 좋은 생각을 끌어오기엔 지금이 너무 행복했으니까. '혹시나' 하는 의심을 품기엔 그의 사랑이 세은의 마음을 그득 채우고 있었으니까. 말로 하지 않아도 그가 알 줄 알았다. 그의 사랑을 세은은 충분히 잘 알고 있다는 거. 세은이 사랑하는 것만큼, 가끔은 그 이상으로 그가 세은을 사랑하고 있다는 거, 세은이 느끼고 기뻐하고 감사하고 있음을 그가 아는 줄 알았다.

하지만 생각해 보면 세은이 입 밖으로 얼마나 행복한지에 대해 말한 적은 없었다. 그라면 당연히 알리라고 믿었고 충분히 보여지리라 믿었기 때문이다. 바보 같았다. 사랑하고 사랑받는 걸 알아도, '사랑한다'는 말을 하지 않으면 가끔 마음이 흔들릴 수 있다는 걸 알고 있었으면서, '혹시나' 하는 의심에 불안해진다는 걸 알고 있었으면서, 세은은 지금껏 '사랑한다'는 말에 인색했었다.

"언젠가, 내가 병원에 입원했을 때 날 찾아왔다고 했죠? 난 그날 당신이 노래를 불러주던 꿈을 꿨어요."

은형이 세은의 손을 끌어 손끝에 입술을 묻었다. 뭉클하고 따뜻했다. 아까와는 다른 농도의 눈물이 또록 떨어졌다.

"굉장히 안타깝고 화가 났었어요. 난 당신이 정말로 싫었는데 당신 목소리를 듣는 순간 다 낫는 것 같았거든요. 아픈 몸도, 아픈 맘도. 난 당신을 용서할 준비조차 되어 있지 않았는데 당신은 아무렇지 않게 원래 있던 자리에 있었어요. 내 맘속 그 자리에. 그래서 떠올려 버렸어요, 당신에 대한 기억의 전부를. 그래도 아니라고, 난 당신 이젠 사랑하지 않는다고 부정했지만."

이제는 오래된 옛날이야기 같았다. 불과 일 년 전 이야기인데. 눈물이 번졌지만 세은은 생긋 웃었다. 그를 안심시키기 위한 억지 미소가 아니었다. 입술은 조금 떨렸지만 세은의 마음에서부터 우러나오는 미소였다.

"알아요? 당신이 아니면 안 되었던 건, 내가 먼저였어요."

은형도 웃어줄 줄 알았는데 그저 세은을 덥석 끌어안았다. 그의 숨결이 흐트러져 있었다. 어깨가 잘게 흔들렸다. 세은의 두 눈에도 맑고 투명한 눈물이 맺혔다.

"사랑해요."

그가 더욱 세은을 조였다. 세은의 목소리는 그의 가슴팍에서 흩어졌다. 조금의 시간이 지난 뒤 그에게서 자그마한 목소리가 흘러나왔다.

"나도."

〈I never stopped loving you from the moment I first met you.

After all We've been going through I never stopped loving you.

I will never leave you again for you were always my friend.

The only one who was there in the end.

No, I'll never leave you again.

The road has been long but I have come home.

I need you by my side. You're my joy and my pride.

This morning seems new since I'm back with you.

The past's over and done.

In your eyes I the sun.

그대를 처음 본 순간부터 사랑하는 마음을 멈출 수가 없었어요.

우리가 겪어온 지난 일들에도 불구하고 그대를 사랑하는 마음을 멈출 수가 없었죠.

그대는 언제나 변함없는 친구였기에 다시는 그대 곁을 떠나지 않겠어요.

결국 곁에 남아준 단 하나뿐인 사람. 다시는 그대 곁을 떠나지 않겠어요.

그 길은 길고 험난했지만 난 이제 집으로 돌아온 거예요.

당신을 곁에 두고 싶어요. 당신만이 나의 기쁨, 자랑이죠.

돌아와 당신과 함께 맞이하는 오늘 아침은 새롭게 여겨져요.

이제 지난 일들은 완전히 끝난 일이에요.

그대 눈에서 희망을 보네요.

'I never stopped loving you' —마리떼 보디어〉

작가후기

EM(이엠)에게는 모델이 있어요. 딱 한 그룹이 아니라 여러 그룹을 혼합한 거지만요. 우선은 남성 듀엣 그룹 'V' 가 있고요, 'S' 그룹이 있습니다. EM이란 이름은 은형의 'E' 와 재민의 'M' 을 따왔고요.

저는 웬만해선 평범한 이름을 선호해요. 이름을 짜내서 짓기보단 주변 사람들 이름을 많이 가져오는 편이고요. 그런데 은형은, 그것도 채은형은 대체 어디서 튀어나왔는지 모르겠어요. 주인공 남자 이름을 짓자고 마음먹은 순간 '채은형' 이 튀어나왔거든요. 그런데 혼자만의 생각인진 모르겠지만 너무나 연예인스러운거예요(웃음).

연재하는 중에 어느 분께서 '은형이 같은 연예인 어디 없나요? 그럼 세은이처럼 쫓아다닐 수 있는데' 라고 말씀해 주셨어요. 듣고 뜨끔 했습니다. 왜 없겠습니까, 실제 모델이 버젓이 살아 있는데요. EM의 음악성에 대해 표현할 땐 V 그룹을 항상 떠올렸었어요. 활동하는 모습이라든지, 음악에 몰입하는 모습 같은 거요. 실제 은형의 모델이 된 분은 골든글러브 프로듀서 상도 타고 본인도 가수로 활동도 하고 있지요. 알려 드릴까 하다가 실제 모델하고 겹쳐서 은형이를 본다면 재미가 반감될까 봐 묻어두고 넘어갔습니다만.

그리고 이 글을 완결하기 전에 'S'라는 영화를 봤어요(또 S네요). 춤이 소재인 영화였는데 머리가 복슬복슬하고 굉장히 앳된 데다 엄청나게 귀여운 소년이 한 명 나오는 거예요. '저거 찬이다!' 혼자서 얼마나 열광했는지 모릅니다. 겉모습만큼은 찬이었어요, 제가 마음속에서 그렸던 찬이.

찬이가 세은이한테 해준 일들이 많아서인지 찬이도 은근히 사랑을 많이 받았어요. 찬이에 대한 이야기도 언젠가 풀어놓을 예정이에요. 그때도 우리 귀엽고 불쌍하고 하지만 정말 네가지(?) 없는 찬이도 많이 사랑해 주세요. 찬이 짝이 될 녀석이 지금부터도 참 불쌍하기 그지없습니다. 사실 찬이는 은형이보다 더하면 더했지 덜하지 않을 고집쟁이에, 외골수에, 자기중심적이고, 거만하고, 제멋대로니까요. 아, 그래도 전 찬이가 참 좋습니다. 그래서 예쁜 녀석으로 붙여주려고요.

재민이랑 유빈이 이야기도 생각해 둔 게 있습니다만 아주 짧게 이어질 것 같아요. 유빈이가 너무 아픈 애라서, 어떻게 보면 세은이보다 더 고생하고 상처 많은 애라서, 길게 못 쓸 것 같아요. 짤막하게 둘의 이야기를 마무리 지을 생각이에요.

세은이랑 은형이 이야기 중에서 아직도 풀어내지 못한 부분이 많아요. 우선 세은인 팬클럽 운영진한테도 은형이와의 사이를 밝히지 않았죠, 세은이 엄마도 세은이가 어떤 놈팡이를 만나는지 모르죠, 세은이랑 은형이 사이가 어디까지 이어질 건지도 안 나왔죠. 그래도 언젠간 쓰겠죠? 쓸 거예요. 언젠가라는 게 문제지만요.

정말 감사드리고 싶은 분들이 많아요. 우선은 주님께, 정말로 감사합니다. 그리고 부모님께, 언제나 감사하고 존경하고 있습니다. 엄마, 아빠가 아니었다면 제가 어떻게 여기까지 올 수 있었을까요. 정말 감사합니다.

I언니와 H양, J아줌마. 내가 사랑하는 사람들, 나를 사랑해 주는 사람들. 그 마음 항상 따뜻했습니다. 고마워요. V 그룹을 통해 알게 된 흑장미 언니 동생들, 만약 본문을 읽으신다면 기함하시겠지요. 이름만 살짝 바꿔서 모두 등장시켰습니다. 출연이 많고 적은 차이는 있지만요. 항상 바쁘고 맘에 여유가 없다고 소홀했어요, 그래도 더 많은 힘을 주시고 격려해 주셔서 고맙습니다. 정말로 사랑해요. 내 삶의 비타민 75.C, 언니 동생들만큼 사랑스러운 사람들을 본 적이 없어. 정말로 사랑할 수밖에 없는 우리 언니 동생들, 사랑해요. 사랑하고, 정말 고마워요. 보고 싶은 선생님들, 동아리 선후배와 동기들, 항상 토닥여 주셔서 고마워요. 많이 부족하고 모자란 저인데 정말 좋게 봐주셔서, 전 사실은 거기서 더 힘을 얻곤 했어요. 기대에 부응하고 싶어서요. 항상 고맙습니다.

글을 연재하는 내내 힘을 주시고 기다려 주시고 저와 희노애락을 함께해 주셨던 독자님들께도 깊은 감사를 드립니다. 글을 쓸 때 가장 행복한 이유는 읽어 주시는 분들이 있기 때문이에요. 저보다 더 우리 세은이와 은형이를 사랑해 주셨던 분들, 저보다 더 세은이와 은형이의 편이 되어주셨던 분들, 정말로 감사합니다. 보내주셨던 감상글들, 잊지 못할 거예요. 더 힘입어 더 좋은 글을 쓰도록 노력할게요. 감사하고, 사랑합니다.

청어람 편집팀 분들, 저 때문에 고생 많으셨을 텐데 이번 글도 함께하자 해주셔서 고맙습니다. 덕분에 더욱 가다듬어져서 세상 빛을 보게 됐어요. 고맙습니다.

만약 찾아뵌다면 〈아픔 통증 그리고 당신〉으로 먼저 찾아뵙고 싶어요. 〈그와 결혼하다〉의 주인공 '이재' 동생 '이안'이 이야기입니다. 제목부터가 심상치 않죠? 연재 당시에 이안이 아깝다는 말을 얼마나 들었는지 모르겠어요. 그래도 재밌게 봐주셨으면 좋겠습니다.

빠른 시일 내에 다시 만나뵙길 바라며, 지금까지 함께해 주셔서 정말 감사합니다. 그리고 앞으로도 잘 부탁드립니다!

행복하시고, 가정에 평화와 기쁨이 함께하시길 바랍니다.

2008년 4월 벚꽃비가 흩날리던 날

—이미연 올림.